enform

taschen

Jean-Luc Bannalec

BRETONISCHE BRANDUNG

FISCHER TaschenBibliothek

Aus Verantwortung für die Umwelt hat sich der S. Fischer Verlag zu einer nachhaltigen Buchproduktion verpflichtet. Der bewusste Umgang mit unseren Ressourcen, der Schutz unseres Klimas und der Natur gehören zu unseren obersten Unternehmenszielen.

Gemeinsam mit unseren Partnern und Lieferanten setzen wir uns für eine klimaneutrale Buchproduktion ein, die den Erwerb von Klimazertifikaten zur Kompensation des CO_2-Ausstoßes einschließt.

Weitere Informationen finden Sie unter:
www.klimaneutralerverlag.de

FSC www.fsc.org
MIX
Papier | Fördert gute Waldnutzung
FSC® C083411

2. Auflage: August 2023

Erschienen bei FISCHER Taschenbuch
Frankfurt am Main, Oktober 2021

Umschlaggestaltung: Rudolf Linn, Köln
Umschlagabbildung: Birgit Pittelkow
Satz: Fotosatz Amann, Memmingen
Druck und Bindung: CPI books GmbH, Leck
Printed in Germany
ISBN 978-3-596-52293-4

»An douar so kozh, med n'eo ket sod.«
»Die Erde ist alt, aber nicht verrückt.«

Bretonisches Sprichwort

à L.

Der erste Tag

Wie auf Zauberweise schwebten die flachen, lang gezogenen Inseln über dem tiefopalen Meer, ein wenig verwischt, flimmernd. Wie eine Fata Morgana lag der berühmte Archipel vor ihnen.

Die Konturen der größeren Inseln waren bereits mit bloßem Auge auszumachen, nicht viel hob sich von ihnen ab: die geheimnisumwobene Festung auf Cigogne, der altgediente sturmgepeitschte Leuchtturm von Penfret, die verlassene Farm auf Drénec, die vereinzelten verwitterten Häuser auf Saint-Nicolas, der Hauptinsel des fast kreisrunden Archipels. Die Îles de Glénan. Ein Mythos.

Zehn Seemeilen waren vom Festland aus zurückzulegen, von Concarneau, der prächtigen *blauen Stadt* der Cornouaille, deren Einwohner die Inseln seit Menschengedenken ihre »Beschützer« nannten. Tag für Tag waren sie ihr unverrückbarer Horizont. Daran, wie sie zu sehen waren, klar, scharf, verschwommen, milchig, ob sie schwirrten oder fest im Wasser lagen, las man das Wetter von morgen ab, und, an bestimmten Tagen, das des gesamten weiteren Jahres. Seit Hunderten von Jahren wurde bretonisch beharrlich diskutiert, wie viele Inseln es waren. Sieben, neun, zwölf oder zwanzig waren die geläufigsten Zählungen. Sieben »große«, nur das war unstrittig. Und groß meinte: ein paar Hundert Meter in der Länge – höchstens. Einst, vor sehr langer Zeit, war alles *eine* Insel gewesen, nach und nach dann hatten sie das tosende Meer und die ewige Brandung auseinandergerissen. Vor einigen Jahren hatte eine Kommission des Départements nach den amtlichen Kriterien der Bestimmung einer Insel – Land im Meer, das beständig über Wasser ist und eine ebenso ständige Vegetation aufweist – höchstoffiziell »zweiundzwanzig Inseln und Inselchen« festgestellt. Darüber hinaus gab es eine schier unendlich scheinende Zahl an schroff aufragenden Felsen und Felsengruppen. Diese Zahl variierte zudem erstaunlich, je nach dem Stand von Ebbe und Flut, die wiederum je nach den Positionen von Sonne, Mond und Erde selbst erheblich unterschiedlich ausfielen. An manchen Tagen war eine Flut drei, vier Meter höher als an anderen, bei richtig tiefer Ebbe eine Insel um ein Mehrfaches größer und vielleicht über Wasser mit einer Sandbank verbunden, die ansonsten unter der Wasseroberfläche verborgen lag. Einen »normalen« Stand gab es nie. So kam es, dass die Landschaften des Archipels unablässig im

Wandel waren und niemand jemals sagen konnte: Das sind sie, die Glénan, so sehen sie aus. Die Glénan waren nicht eindeutig Land, sie waren unklarer Zwischenraum, halb Land, halb See. Bei wütenden Winterstürmen rollten mitunter riesenhafte Wellen über die Inseln hinweg, die gewaltige Gischt machte dann aus allem Meer. »Fast verloren schon im Nichts, in der großen Weite«, so lautete die poetische und dennoch präzise Beschreibung der Menschen hier.

Es war ein außergewöhnlicher früher Maitag, der sich von einem veritablen Sommertag in nichts unterschied, nicht in den geradezu unglaublichen Temperaturen, nicht in dem kräftigen Licht, nicht in den prächtigen Farben. Auch die Luft war schon sommerlich, leichter, sie trug ein bisschen weniger Salz, weniger Jod, Tang und Algen, dafür diese bestimmte, schwer zu beschreibende atlantische Frische. Bereits jetzt, um zehn Uhr morgens, schuf die Sonne einen gleißenden, unruhig aufblitzenden Horizont und darunter einen silbernen Trichter, der sich, Richtung Betrachter, immer weiter verschlankte.

Kommissar Georges Dupin vom Commissariat de Police Concarneau nahm von alldem nicht viel wahr. Er war ausgesprochen übellaunig am heutigen Montagmorgen. Eben noch hatte er im *Amiral* gesessen, gerade seinen dritten *café* bestellt, seine Zeitungen vor sich liegen gehabt – *Le Monde, Ouest France, Télégramme* –, da hatte ihn sein Handy mit einem schrillen Klingeln aufgeschreckt. Auf den Glénan waren drei Leichen gefunden worden. Man wusste bisher noch gar nichts – nur genau das. Drei Leichen.

Er war sofort aufgebrochen. Sein Stammcafé, in dem er jeden seiner Tage begann, lag direkt am Hafen, und nur wenige Minuten später hatte er sich bereits an Bord eines Polizeischnellbootes befunden. Kommissar Dupin war erst ein Mal auf den Glénan gewesen, letztes Jahr, auf Penfret, der Insel ganz am östlichen Rand des Archipels.

Sie waren jetzt seit zwanzig Minuten unterwegs. Die Hälfte hatten sie hinter sich. Kommissar Dupin wäre froh gewesen, wenn es mehr als die Hälfte gewesen wäre. Das Bootfahren auf offenem Meer war nicht seine Sache, sosehr er das Meer auch liebte – wie ein genuiner Pariser des sechsten Arrondissements, denn das war er bis zu seiner »Versetzung« vor jetzt fast vier Jahren gewesen, das Meer eben liebte: den Strand, das Schauen, bestenfalls das Baden, das Gefühl, den Geruch, das Schwärmen. Noch weniger als das Bootfahren an sich mochte er das Bootfahren auf einem der beiden neuen Schnellboote, die die Wasserschutzpolizei vor zwei Jahren nach langen verbissenen Kämpfen mit der Bürokratie erhalten hatte und deren ganzer Stolz sie waren. Die neueste Generation, imposante Hightechwunder, Sonden und Sensoren für alles. Sie schossen förmlich über das Wasser. Ein Boot war auf den Namen *Bir* getauft – »Pfeil« auf Bretonisch –, das zweite auf *Luc'hed,* »Blitz«. Boote hatten Dupins Empfinden nach anders zu heißen, aber es hatte nur die Bedeutung gezählt.

Kommissar Dupin fehlte zudem Koffein, das ließ ihn grundsätzlich mürrisch werden. Zwei *cafés* waren nicht annähernd genug. Er war eher massiger Statur, nicht dick, sicher aber auch nicht dünn, und litt seit seiner Jugend an erstaunlich niedrigem Blutdruck.

Widerwillig war er an Bord gegangen. Eigentlich nur, weil er sich keine Blöße hatte geben wollen und weil Inspektor Riwal, einer seiner beiden jungen Inspektoren, der zu ihm aufsah – was Dupin generell sehr unlieb war –, mit an Bord gegangen war.

Dupin wäre sofort bereit gewesen, die halbe Stunde zum kleinen Flughafen nach Quimper zu fahren, um mit dem kümmerlichen, wackligen Zweimann-Polizeihubschrauber der Zentrale auf die Glénan zu fliegen, selbst wenn es insgesamt deutlich länger gedauert hätte und auch das Fliegen keineswegs ein Vergnügen für ihn war. Aber sein Vorgesetzter, der Präfekt, war mit dem Hubschrauber unterwegs, ein »freundschaftliches Treffen« mit der Präfektur der britischen Kanalinseln Guernsey, Jersey und Alderney, in Bordeaux, einem dösigen Kaff auf Guernsey. Die polizeiliche Zusammenarbeit sollte, das war der entschiedene englische wie französische Wille, intensiviert werden: »Das Verbrechen darf keine Chance haben, egal welche Nationalität es hat«. Kommissar Dupin konnte den Präfekten Lug Locmariaquer nicht ausstehen, und noch jetzt, nach annähernd vier Jahren, konnte er den Namen nicht aussprechen (Georges Dupin hatte generell ein zumeist schwieriges Verhältnis zu Autoritäten, vollkommen zu Recht, wie er fand). Über Wochen hatte er zunächst nervende, dann quälende Anrufe vom Präfekten bekommen, der »Ideen sammelte«, worüber zu sprechen wäre bei einem solch illustren Treffen. Nolwenn, Dupins unendlich patente Assistentin, hatte auf Locmariaquers Anweisung hin »ungeklärte Fälle« der letzten Jahrzehnte recherchieren müssen, die »vielleicht, eventuell und irgendwie« eine Spur zu den Kanalinseln aufwiesen, Fälle, die »vielleicht, eventuell und irgendwie« aufgeklärt »hätten werden können«, wenn es bereits eine engere Zusammenarbeit gegeben hätte. Es war völlig lächerlich. Nolwenn hatte sich gesträubt. Ihr fehlte jedes Verständnis dafür, warum man sich hier »im Süden« mit dem Kanal im hohen Norden zu befassen hatte, wo die Eisberge durchs Meer trieben und es das ganze Jahr über regnete. Meterweise Akten waren gewälzt worden, sie hatten nicht einen signifikanten Fall gefunden – worüber der Präfekt partout nicht glücklich gewesen war.

Was Dupins Laune auf dem Boot nicht verbessert hatte, war der kleine »Unfall« gewesen, zu dem es bereits kurz nach dem Ablegen gekommen war. Er hatte getan, was nur schlimmste Landratten tun: bei dieser

Geschwindigkeit, steifem Wind von Backbord und doch etwas agitierter See ebendort, nämlich auf der Backbordseite, einen Blick auf die Inseln zu werfen, während Inspektor Riwal wie die zwei Mannschaftsmitglieder der *Bir* penibel eng an der Steuerbordseite gestanden hatten. Es hatte nicht lange gedauert, bis ihn eine kapitale Welle erwischte. Kommissar Dupin war klatschnass geworden. Seine stets offen getragene Jacke, das Polohemd und die Jeans – seine Dienstkleidung von März bis Oktober – klebten am Körper, lediglich die Socken in den Schuhen waren trocken geblieben.

Was den Kommissar jedoch besonders missmutig machte, war die Tatsache, keine weiteren Informationen zu besitzen als nur das eine Faktum: dass eben drei Leichen gefunden worden waren. Dupin war kein Mann der Geduld. Ganz und gar nicht. Kadeg, sein zweiter Inspektor, mit dem er in der Regel auf Kriegsfuß stand, hatte ihm per Telefon lediglich mitteilen können, was er wiederum von dem aufgeregten Anruf »eines Mannes mit starkem englischen Akzent« wusste, der kurz zuvor beim Kommissariat eingegangen war. Die Leichen lagen am nordöstlichen Strand von Le Loc'h, der größten Insel des Archipels – und mit »der größten Insel« war eine Länge von vierhundert Metern gemeint. Le Loc'h war unbewohnt, besaß eine Klosterruine, einen alten Friedhof, eine verfallene Sodafabrik und, als größte Attraktion der Insel, einen lagunenähnlichen See. Kadeg hatte ein Dutzend Mal wiederholen müssen, dass er nichts weiter als ebendiese paar Informationen hatte. Dupin hatte Kadeg mit allen möglichen Fragen gelöchert, seine geradezu fanatische Neigung zu scheinbar unbedeutenden Einzelheiten und Umständen war notorisch.

Drei Tote, ohne dass irgendjemand irgendetwas wusste – in der Präfektur hatte verständlicherweise erhebliche Aufregung geherrscht: Das war eine ziemlich große Sache hier im Finistère, am malerischen Ende der Welt, wie die Römer es genannt hatten. Für die Gallier, die Kelten – und als solche verstanden sich die Menschen hier bis heute –, war es natürlich das genaue Gegenteil: nicht das Ende, sondern wortwörtlich der »Anfang«, das »Haupt der Welt«. »Penn ar Bed«, nicht »finis terrae«.

Das Boot hatte mittlerweile abgebremst. Sie fuhren nur noch mit mäßiger Geschwindigkeit. Es folgte eine schwierige Navigation. War das Meer hier ohnehin seicht und durchsetzt von steil aufragenden Felsen – über und unter der Wasseroberfläche – und Bootfahren in diesen Gewässern grundsätzlich nur etwas für äußerst geübte Kapitäne, so war es wie jetzt bei Ebbe noch heikler. Die »Einfahrt« zwischen Bananec und der großen Sandbank vor Penfret war noch der ungefährlichste Zugang zum Archipel, über sie gelangte man in die »Kammer«, wie der durch die umliegenden Inseln vor Stürmen und schweren Seegängen geschützte Meeresraum in der Mitte des Archipels genannt wurde: »la chambre«. Souverän nahm die *Bir* ihren Weg, manövrierte in harmonischen Bewegungen zwischen den Felsen hindurch und nahm Kurs auf Le Loc'h.

»Wir werden nicht näher rankommen.«

Der Kapitän des Polizeibootes, ein junger, hoch aufgeschossener Kerl in einer Hightech-Stoffuniform, die heftig an ihm herumschlackerte, hatte von seinem erhöhten Kapitänsstand heruntergerufen, ohne dabei jemanden anzuschauen. Er war vollkommen auf das Navigieren konzentriert.

Dupin wurde mulmig zumute. Es waren sicherlich noch hundert Meter bis zur Insel.

»Springflut. Koeffizient 107.«

Auch das hatte der hagere Kapitän einfach ins Unbestimmte gerufen. Fragend blickte Kommissar Dupin seinen Inspektor an, nach dem Vorfall mit der großen Welle hatte er sich in die unmittelbare Nähe der anderen begeben und sich nicht mehr vom Fleck gerührt. Riwal beugte sich sehr nah zu Dupin hin, die Motoren waren, obwohl das Boot fast nicht mehr fuhr, immer noch ohrenbetäubend laut.

»Wir haben zurzeit einen extremen Tidenhub, Monsieur le Commissaire. In den Tagen einer Springflut ist der Wasserstand noch einmal deutlich niedriger als bei einer gewöhnlichen Ebbe. Ich weiß nicht, ob Sie …«

»Ich weiß, was eine Springflut ist.«

Dupin hatte hinzufügen wollen »denn ich lebe seit fast vier Jahren in der Bretagne und habe bereits etliche Springfluten und Nippebben erlebt«, aber er wusste, dass es sinnlos war. Zudem musste er zugeben, dass er das mit den Flutkoeffizienten zwar schon sehr, sehr oft erklärt bekommen hatte, es sich aber bis heute nicht richtig hatte merken können. Für Riwal würde er, wie für alle Bretonen, noch nach Jahrzehnten ein »Fremder« sein (was jedoch in keiner Weise böse gemeint war). Noch dazu ein Fremder der für Bretonen schlimmsten Sorte: ein Pariser (was wiederum durchaus böse gemeint sein konnte). Jedes Mal aufs Neue bekam er es vorgebetet: Wenn Mond, Sonne und Erde auf einer Linie liegen und sich dadurch die Schwerkrafteinflüsse addieren …

Der Motor erstarb jäh, die beiden Kollegen der Wasserschutzpolizei, die, was Dupin erst jetzt auffiel, dem Kapitän auf komische Weise ähnlich sahen, die gleiche drahtige Statur, das gleiche schmale Gesicht, die gleiche Uniform, machten sich umgehend vorn am Bug zu schaffen.

»Wir kommen nicht näher an die Insel ran. Das Wasser ist zu flach.«

»Und was heißt das?«

»Wir müssen hier aussteigen.«

Es dauerte ein paar Sekunden, ehe Dupin reagierte.

»Wir müssen hier *aussteigen?*«

Sie waren für Dupins Empfinden noch sehr deutlich auf dem Meer.

»Das Wasser ist nicht mehr tief, vielleicht einen halben Meter.«

Inspektor Riwal hatte sich hingekniet und begonnen, seine Schuhe auszuziehen.

»Aber wir haben doch ein Beiboot.«

Dupin hatte es ehrlich gesagt gerade erst bemerkt. Mit Erleichterung.

»Das lohnt sich nicht, Monsieur le Commissaire. Viel näher kämen wir damit auch nicht an den Strand heran.«

Mit hochgezogenen Augenbrauen blickte Dupin über die Reling. Es schien ihm erheblich mehr als ein halber Meter bis zum Grund zu sein. Das Wasser war unfassbar klar. Jede Muschel, jedes Steinchen war zu sehen. Ein Schwarm winziger hellgrüner Fische huschte vorbei. Sie lagen vor der Nordseite von Le Loc'h. Nichts als blendend weißer Sand, türkisfarbenes flaches Wasser, das Meer lag vollkommen still in der Kammer. Dazu noch ein paar Kokospalmen – wohl die einzige Palmenart, so kam es Dupin vor, die in der Bretagne nicht wuchs –, und durch nichts wäre dieses Bild von der Karibik zu unterscheiden gewesen. Niemand wäre je auf die Idee gekommen, diese Landschaft mit der Bretagne in Verbindung zu bringen. Auf Hunderten von Postkarten war der Anblick zu bestaunen, sie übertrieben tatsächlich kein bisschen.

Riwal hatte inzwischen auch seine Socken ausgezogen. Die Besatzungsmitglieder des Bootes hatten den Anker gesetzt, waren ohne das geringste Zögern geschickt ins Meer gesprungen und nun dabei, das Boot zu drehen, sodass das Heck mit der sich nur knapp über dem Wasser befindlichen Holzstufe Richtung Strand ausgerichtet war. Riwal, in einer hellen Stoffhose, sprang ins Wasser, als gäbe es nichts Selbstverständlicheres auf der Welt. Direkt nach ihm der schlaksige Kapitän.

Dupin zögerte. Es war eine absurde Szene, fand er. Die jungen Polizisten, Riwal und der Kapitän waren stehen geblieben und warteten. Es sah aus, als würden sie Spalier stehen. Alle Augen waren auf ihn gerichtet.

Dupin sprang. Er hatte die Schuhe nicht ausgezogen. Augenblicklich stand er bis knapp über den Knien im Atlantik, der jetzt, Anfang Mai, höchstens vierzehn Grad hatte. Mit Argusaugen fixierte er den Meeresboden. Der Schwarm der winzigen hellgrünen Fische, der nun viel größer war als zuvor, kam neugierig heran und schwamm furchtlos um seine Beine herum. Dupin vollführte eine halbe Drehung, um den Fischen mit dem Blick zu folgen – da sah er ihn: einen stattlichen Krebs, zwanzig, dreißig Zentimeter, in Angriffshaltung, der ihn direkt anstarrte, einen echten »Tourteau«, wie man ihn gern aß hier an der

Küste – wie auch Dupin ihn gern aß. Er unterdrückte beides: einen kleinen Ausruf des Schreckens sowie der kulinarischen Begeisterung. Er sah hoch und realisierte, dass alle immer noch bewegungslos standen und ihm zuschauten. Dupin richtete den Oberkörper entschieden auf und begann Richtung Strand zu waten, sorgfältig darauf bedacht, weder Riwals noch die Blicke der drei Polizisten zu streifen. Die Kollegen überholten ihn im Wasser rasch rechts und links.

Dupin erreichte den Strand als Letzter.

Der leblose Körper lag auf dem Bauch, ein wenig seitlich, die Schulter in unnatürlicher Weise unter dem Körper abgeklemmt, es sah aus, als hätte er seinen rechten Arm verloren. Der linke Arm, der gebrochen sein musste, war stark angewinkelt. Der Kopf lag fast genau auf der Stirn, als hätte ihn jemand absichtlich so hingelegt. Das Gesicht war nicht zu sehen. Die blaue Jacke und der Pullover waren weitgehend zerfetzt, man sah die fürchterlichen großflächigen und tiefen Wunden am Rücken und am Hals, am Hinterkopf und am linken Arm. Der Unterkörper schien dagegen fast unversehrt. An einigen Stellen war er von Algen bedeckt. Die festen Segelschuhe, beide noch an den Füßen, wirkten neu. Das Alter des Mannes war in dieser Lage schwer zu schätzen, vielleicht etwas älter als er selbst, vermutete Dupin. Ende vierzig, Anfang fünfzig. Der Tote war nicht sehr groß. Dupin hatte sich neben ihn gekniet, um ihn genauer zu betrachten. Das Meer hatte ihn weit oben an den Strand getragen, ein paar Meter vor die Linie, wo der langsam ansteigende weiße Sand endete und die grellgrüne Vegetation begann.

»Dahinten liegen die beiden anderen, ziemlich nah beieinander. Sie sind in einem ähnlichen Zustand.«

Riwal deutete den Strand entlang. Dupin sah die jungen Kollegen der Wasserschutzpolizei neben etwas Massigem stehen, sicher hundert Meter entfernt. Dupin hatte gar nicht wahrgenommen, dass er nicht allein gewesen war. Riwals Stimme war ein wenig dünn.

»Die Leichen sehen fürchterlich aus.«

Riwal hatte recht.

»Welcher Gerichtsmediziner kommt?«

»Docteur Savoir müsste jeden Augenblick hier sein. Er ist auf dem anderen Schnellboot. Mit Inspektor Kadeg.«

»Natürlich. Das passt ja gut.«

Es war allgemein bekannt, dass der Kommissar und Docteur Savoir wenig Sympathie füreinander hegten.

»Docteur Lafond hat heute Morgen eine Verpflichtung in Rennes.«

In der Regel arrangierte Nolwenn es im Hintergrund immer so, dass der alte – brummige, aber großartige – Docteur Lafond gerufen wurde, wenn Dupin ermittelte.

Der Kapitän der *Bir* kam entschlossenen Schrittes auf sie zu.

»Es sind drei Männer, alle vermutlich Anfang fünfzig«, der junge Mann sprach ernst und ruhig. »Identität bisher unbekannt. Sehr wahrscheinlich sind die Leichen mit der letzten Flut angeschwemmt worden. Sie liegen ziemlich weit oben am Strand. Wir verzeichnen auf den Glénan mächtige Strömungen, und in den Tagen der Springflut sind sie noch stärker als sonst. Wir fotografieren und dokumentieren alles.«

»Ist das jetzt der niedrigste Stand der Ebbe?«

»Fast.«

Der Polizist schaute kurz auf die Uhr.

»Das Tideniedrigwasser war vor eineinhalb Stunden. Seitdem läuft das Wasser schon wieder auf.«

Dupin rechnete.

»Es ist jetzt 10 Uhr 45 – die letzte Ebbe war also um …«

»Der letzte Niedrigwasserstand war heute Morgen um 9 Uhr 15, der vorletzte gestern Abend um 20 Uhr 50. 12 Stunden und 25 Minuten früher. Der Höhepunkt der Flut wurde in der Nacht um 3 Uhr 03 erreicht.«

Es hatte keine drei Sekunden gedauert, der Polizist schaute Dupin ohne das geringste Zeichen von Triumph an.

»Haben wir Vermisstenmeldungen? Bei uns, bei der Seerettung?«

»Nein, Monsieur le Commissaire, es liegen, soweit wir wissen, bisher keine vor. Die können aber noch kommen.«

»Le Loc'h ist unbewohnt, oder?«

»Ja. Saint-Nicolas ist die letzte bewohnte Insel des Archipels. Aber auch dort wohnen nicht viele Menschen. Allenfalls zehn, im Sommer fünfzehn.«

»Das heißt, über Nacht ist hier auf der Insel niemand?«

»Es ist streng verboten, auf dem Archipel zu campen. In manchen Sommernächten tun es ein paar Abenteurer dennoch. Wir werden uns die ganze Insel ansehen. Und vielleicht haben vergangene Nacht einige Boote in der Kammer vor Le Loc'h gelegen. Das ist ein beliebter Ankerplatz. Das werden wir herausfinden.«

»Wie heißen Sie?«

Dupin mochte den unaufgeregten, sorgfältigen, jungen Polizisten.

»Mein Name ist Kireg Goulch, Monsieur le Commissaire.«

»Kireg Goulch?«

Dupin war die Nachfrage einfach rausgerutscht.

»Genau.«

»Das … das ist ein sehr … ein … ich meine, ein bretonischer Name.«

Auch dieser Kommentar schien den jungen Mann in keiner Weise zu irritieren. Dupin räusperte sich kurz und gab sich Mühe, wieder konzentriert bei der Sache zu sein.

»Inspektor Riwal sagte, der Engländer, der die Leichen entdeckt hat, war mit einem Kanu unterwegs.«

»Hier machen viele Besucher Touren mit Meerkajaks, das ist höchst populär. Auch wenn sie um diese Jahreszeit noch nicht so zahlreich sind, einige sind schon da.«

»Schon morgens? Sie machen ihre Touren bereits um diese Uhrzeit?«

»Am allerliebsten. Über Mittag brennt die Sonne auf dem Meer bereits gewaltig.«

»Der Mann hat aber nicht angelegt und ist ausgestiegen?«

»Soweit wir wissen, nein. Hier am Strand sind auch keine Fußspuren zu sehen.«

Dupin hatte gar nicht daran gedacht. Der nach jeder Flut wieder jungfräuliche Sand zeichnete aufs Vollkommenste jede Spur auf, sogar jeden Versuch einer Verwischung.

»Wo ist der Mann?«

»Auf Saint-Nicolas. Er wartet dort am Quai. Unser zweites Boot bringt einen Kollegen auf die Insel. Er wird mit dem Mann sprechen. Inspektor Kadeg hat das angewiesen.«

»Inspektor Kadeg hat das *angewiesen?*«

»Ja, er ...«

»Ist schon gut.«

Es war nicht der Zeitpunkt für einen Affekt. Dupin nestelte mit einigem Aufwand aus seiner immer noch nassen Jacke eines seiner roten Clairefontaine-Hefte heraus, die er traditionell für Notizen verwendete. Weitgehend geschützt war es bei dem kleinen Meerunfall halbwegs trocken geblieben. Mit derselben eigenwilligen Umständlichkeit kramte er einen seiner billigen Bic-Kulis heraus, die er immer in großen Vorräten kaufte, weil sie ihm stets unbegreiflich schnell abhandenkamen.

»Hat es denn irgendwo einen Schiffbruch gegeben?«

Er wusste noch im selben Moment, dass es eine überflüssige Frage war. Sie hätten davon natürlich längst gehört. Der junge Polizist nahm die Frage mit freundlichem Langmut.

»Auch davon wissen wir bisher nichts, Monsieur le Commissaire. Aber wenn es gestern Abend oder gestern Nacht zum Kentern eines Bootes gekommen wäre, könnte es unter Umständen dauern, bis sein Ausbleiben bemerkt würde. Je nachdem, wie groß das Boot ist, über welche technische Ausrüstung es verfügt, wo es passiert ist, wohin es fuhr, wer es erwartete …«

Dupin machte sich ein paar lustlose Notizen.

»War denn gestern Nacht schlechtes Wetter? Gab es hier draußen einen Sturm?«

»Sie dürfen sich von dem Wetter heute nicht täuschen lassen. Gestern Abend ist ein Unwetter vor der

Küste entlanggezogen, die Zentrale wird uns genau sagen können, wie stark es war und wo und wie es sich bewegt hat. In Concarneau war es nur wenig zu spüren, aber das heißt nichts. Wir verfügen über alle Aufzeichnungen. Die See ist ja noch heute einigermaßen unruhig, auch wenn es hier in der Kammer still ist. Sie haben es eben auf dem Boot selbst deutlich gemerkt.«

Das war eine neutrale Feststellung, ohne Unterton. Goulch wurde ihm immer sympathischer.

»Es war kein Jahrhundertunwetter, aber offenbar heftig«, schloss der Kapitän.

Kommissar Dupin kannte das zur Genüge, er war längst selbst zu sehr Bretone geworden, um sich von dem blauen, wolkenlosen Himmel und der perfekten Schönwetterstimmung noch narren zu lassen. Die bretonische Halbinsel, ihr äußerster, zerklüfteter Vorsprung – das Finistère –, erklärte ihm Nolwenn immer, lag weit vorgelagert *mitten* im Nordatlantik. »Wie ein urzeitliches Ungetüm streckt Armorika sein gezacktes Haupt aus. Gleich einem züngelnden Drachen.« Er mochte das Bild – und auf der Landkarte konnte man den Drachen tatsächlich erkennen. Die Bretagne war somit nicht nur der Urgewalt des bekanntermaßen wildesten aller Weltmeere ausgesetzt, sondern auch den chaotischen, sich unentwegt verändernden Wetterfronten, die sich zwischen der Ostküste der USA, Kanada, Grönland, der Arktis und den westatlantischen Küsten Irlands, Englands, Norwegens und Frankreichs entwickelten. Das Wetter konnte innerhalb kürzester Zeit von einem ins andere Extrem umschlagen. »Vier Jahreszeiten an einem Tag« war die Formel dafür, die die Bretonen gern mit Stolz zitierten.

»Vielleicht war es ja gar kein Schiffbruch.«

Riwals Stimme hatte wieder etwas an Festigkeit gewonnen.

»Sie könnten von der Flut überrascht worden sein. Dem Unwetter. Beim Angeln oder Muschelnfischen. Vor allem, wenn es Touristen waren. Bei besonders niedrigen Ebben kommen viele Muschelfischer.«

Das stimmte. Dupin nahm den Punkt in sein Notizheft auf.

»Warum haben sie keine Schwimmwesten an? Spricht das nicht für eine solche Annahme? Dass sie gar nicht auf einem Boot waren?«

»Nicht unbedingt«, erwiderte Goulch bestimmt. »Viele der Einheimischen fahren ohne Schwimmwesten. Und wenn noch Alkohol dazukommt … Ich würde dem keine Bedeutung beimessen.«

Dupin machte eine resignierte Handbewegung. So war es. Sie wussten nichts – schon gar nicht hier draußen.

»Alkohol spielt allgemein eine große Rolle auf dem Meer. Besonders hier auf den Inseln«, fügte Goulch noch hinzu.

»Die Menschen behaupten, dass die Flaschen auf den Glénan kleiner sind als auf dem Festland – deswegen sind sie hier so schnell leer.«

Dupin brauchte einen Moment, bis er den Witz verstanden hatte – er nahm an, dass es einer war –, Riwal hatte ihn als sachliche Ergänzung vorgetragen.

Goulch fuhr unbeeindruckt fort:

»Die Körper sind sicherlich eine Zeitlang in der Brandung getrieben, vermutlich ist es so zu den schweren Verletzungen gekommen. Wenn es ein Bootsunfall war, haben sie sich die Verletzungen vielleicht teils schon während des Unfalles zugezogen.«

»Könnten sie weit entfernt von hier ihr Leben verloren haben? Ich meine, wie weit könnte die Strömung sie getragen haben?«

»Das hängt ganz davon ab, wie lange sie im Meer getrieben sind. Vielleicht haben sie zunächst noch gelebt und versucht, sich zu retten. Und sind dann erst ertrunken. Es macht nicht den Eindruck, als hätten sie Tage im Meer getrieben. Solche Leichen sehen anders aus. Dennoch, die Strömungen sind unterschiedlich schnell. Manche acht Stundenkilometer, so hätten die toten Körper selbst in einer Nacht schon eine beträchtliche Entfernung zurücklegen können. Aber je nachdem, wo sie ins Wasser gekommen sind, sind sie womöglich im Kreis getrieben. Die Richtungen der Strömungen wechseln, je nach Tidenstand, Wetter, Jahreszeit.«

»Ich verstehe: Es lassen sich noch keinerlei Aussagen treffen.«

»Es ist eine Eigenart des Archipels, dass bei bestimmten Konstellationen von Sonne, Mond und Erde viele Strömungen zu Le Loc'h führen. Zu allen Zeiten wurden hier Schiffbrüchige angeschwemmt. Bei Unfällen großer Schiffe waren es manchmal Dutzende Leichen, die am Strand gefunden wurden. Deswegen hat man auf der Insel im 19. Jahrhundert einen Friedhof gebaut, direkt neben der Kapelle. So musste man die Toten nicht extra nach Saint-Nicolas bringen, wo zuvor der einzige Friedhof des Archipels gewesen war. Hier wurden sie alle begraben. – Man hat auf der Insel sogar schon Grabstätten aus der frühen keltischen Zeit gefunden.«

»Sie wurden immer hier angeschwemmt?«

Dupin sah sich unwillkürlich mit einem seltsamen Gefühl um.

»Man hielt die Insel über Jahrhunderte für das sagenumwobene Versteck von Groac'h, der Hexe der Schiffsuntergänge. Sie war unermesslich reich, reicher als alle Könige zusammen, heißt es. Und ihre Schatztruhe war der See, der eine unterirdische Verbindung mit dem Meer hat. Eine magische Strömung brachte so die Schätze aller versunkenen Schiffe zu ihr. Auf dem Grund stand auch ihr Palast.«

Riwal lächelte, als Goulch geendet hatte, aber es sah deutlich angestrengt aus.

»Sie frisst gern junge Männer«, ergänzte Goulch, »sie verführt sie, verwandelt sie in Fische, frittiert sie und frisst sie. Viele haben sich auf die Suche nach dem sagenhaften Schatz gemacht. Nie ist einer zurückgekommen. Es gibt unzählige Geschichten.«

So war es in der Bretagne. Unter der Oberfläche des Gewöhnlichen und Natürlichen wirkten obskure Kräfte. Und jeder Ort hatte seine eigenen übernatürlichen Geschichten. Auch wenn sich die Bretonen selbst darüber lustig machten – und Dupin kannte keinen Menschenschlag, der sich allgemein so souverän und grandios über sich selbst lustig machen konnte –, bei diesen Geschichten erstarb das Lachen von einem Augenblick auf den nächsten, und alles war ganz real. Es steckte zu tief, über Tausende Jahre war das Übernatürliche die natürlichste Wahrnehmung der Welt gewesen – und nur, weil man sich jetzt im 21. Jahrhundert befand, sollte es plötzlich anders sein?

»Ich will die anderen beiden Toten sehen.«

Dupin ging den Strand entlang, Goulch und Riwal folgten ihm. Die erste, die entscheidende Frage war im Moment: Waren die Männer Opfer eines Unfalls geworden? Ertrunken? Gab es irgendwelche Hinweise, dass es etwas anderes als ein Unfall gewesen sein könnte?

Die leblosen Körper lagen einander zugewandt auf der Seite, die Arme dem anderen entgegengestreckt.

Es sah ein wenig makaber aus, als hätten sie noch gelebt und in ihrer Agonie mit letzter Kraft zueinanderkriechen wollen. Der unheimliche Eindruck der Szene wurde von einer Reihe großer Perlmuttmuscheln verstärkt, die wie arrangiert um die Toten herumlagen und in allen Regenbogenfarben schimmerten. Goulchs Kollegen knieten zwischen den Leichen, der eine machte Fotos mit einer Digitalkamera. Wortlos stellte sich die kleine Gruppe neben sie und betrachtete die beiden Körper.

Dupin löste sich nach einigen Momenten, ging langsam mehrere Male um die Leichen herum und bückte sich dabei immer wieder. Die gleichen schweren Fleischwunden, bei dem einen fast ausschließlich am Unterkörper, beim anderen am ganzen Körper verteilt, stark zerfetzte Kleidung (Baumwollhosen, Polohemden, Fleecejacken, feste Schuhe), ein paar Algen und Seetang, auf und in den Wunden.

Der Polizist mit der Kamera richtete sich langsam auf:

»Wie der Tote dort drüben weisen sie auf den ersten Blick keine anderen Verletzungen auf als solche, die spitze Felsen ihnen beim Treiben in der Brandung zugefügt haben könnten.«

»Auf dem Meer muss man niemanden verletzen, um ihn zu töten. Es reicht ein kleiner Stoß, ein Sturz ins Wasser. Bei Unwettern und hohem Seegang hat selbst ein geübter Schwimmer nicht den Hauch einer

Chance. – Weisen Sie einen kleinen Schubser einmal nach.«

Goulch hatte mit jedem Satz recht. Man musste hier draußen anders denken.

»Das zweite Boot kommt.«

Dupin fuhr zusammen. Goulch deutete aufs Meer. Die *Luc'hed* näherte sich mit hohem Tempo der *Bir*, erst kurz bevor sie diese erreichte, verlangsamte sie ihre Fahrt. Sie stoppte direkt neben der *Bir* und legte sich parallel zu ihr.

Dupin beobachtete die Prozedur, die er von eben kannte. Er konnte Kadeg und Docteur Savoir ausmachen, den Kapitän, zudem einen weiteren Polizisten, der bereits im Meer stand und das Boot ausrichtete. Ohne Umstände verließen alle das Boot und wateten auf den Strand zu, Kadeg ein Stück voraus. Natürlich.

»Wir haben einen Polizisten zur Befragung des Engländers, der die Leichen entdeckt hat, auf Saint-Nicolas abgesetzt. Wir werden bald einen Bericht erhalten. Drei Leichen, das ist ein gewichtiger Fall.«

Noch ehe er aus dem Wasser war, hatte Kadeg schon losgelegt, in dem emsigen Ton, den er gern anschlug und den Dupin auf den Tod nicht ausstehen konnte.

»Wir wissen noch gar nicht, ob das hier überhaupt ein Fall ist, Inspektor.«

»Was wollen Sie damit sagen, Monsieur le Commissaire?«

»Alles sieht erst einmal nach einem Unfall aus.«

»Und das heißt, dass wir nicht alles erfassen sollen, was zu erfassen ist, um zu erfahren, was hier geschehen ist?«

Ein beeindruckend idiotischer Satz, fand Dupin. Er merkte, wie gereizt er war. Was an dem ganzen verunglückten Morgen lag – und am Eintreffen des zweiten Bootes. Kadeg, dann dieser linkische Gerichtsmediziner Savoir, der hier gleich eine Show wie in einer CSI Folge abziehen würde, dabei auf unglaubliche Weise umständlich war und nie zum Punkt kam. Jetzt erst sah Dupin, dass der Polizist des zweiten Bootes einen riesigen und offensichtlich schweren Koffer trug, in dem sich mit Sicherheit Savoirs Hightechausrüstung befand.

Dupin wusste, dass er sich nur auf die Situation konzentrieren sollte. Vielleicht wäre das hier in ein paar Stunden vorbei und nicht mehr seine Sache.

»Oh! Monsieur le Commissaire.«

In Savoirs Stimme lag ein absurder Hauch von Stolz, als hätte er allein durch das Erkennen Dupins eine anspruchsvolle Aufgabe gemeistert.

»Gibt es erste Erkenntnisse? Was gibt es bisher an Fakten?«

Er war während dieser betont markig gesprochenen Fragen an Dupin vorbeigelaufen, ohne seine Schritte auch nur ein wenig zu verlangsamen.

»Ich werde mir alles ansehen, dann wissen wir sicher schon mehr. Obgleich ich selbstverständlich nur vorläufige Aussagen treffen kann, zu allem Weiteren benötige ich mein Labor. Die Ausrüstung bitte hierhin, zwischen die beiden Leichen.«

Savoir warf einen kurzen, aber theatralisch professionellen Blick auf die Körper und klappte den Koffer auf.

»Ist alles bereits dokumentiert worden? Fotografiert?«

»Ja, diese Arbeiten sind abgeschlossen. Bei allen drei Toten«, schaltete sich Goulch ein.

»Lässt sich schon vor einer Autopsie sagen, ob die Männer ertrunken sind?«

Savoir starrte Goulch indigniert an.

»Ausgeschlossen. Ich werde mich auch in diesem Fall selbstverständlich keinen Spekulationen hingeben. Das wird alles seine Zeit brauchen.«

Dupin schmunzelte. Wunderbar! Er wurde hier nicht gebraucht. Er trat zu Riwal und Goulch.

»Ich werde mir die Insel ansehen.«

Er hatte selbst keine Ahnung, was er genau tun wollte.

»Sollen wir uns dennoch später noch einmal systematisch umschauen, Monsieur le Commissaire? Ob wir etwas Auffälliges finden?«

»Ja, ja. Unbedingt, Goulch. Ich laufe einfach etwas herum. Und finden Sie heraus, ob jemand von einem Boot aus etwas Ungewöhnliches wahrgenommen hat hier auf Le Loc'h. Überhaupt. Auch anderswo.«

»Wollen Sie auf etwas Bestimmtes hinaus?«

Kadeg hatte sich unangenehm nahe vor ihn gestellt, er tat das sehr gern und wusste, dass Dupin es nicht leiden konnte.

»Routine, Kadeg. Ausschließlich Routine. Von eingehenden Nachrichten über Schiffbrüche oder Vermisste erfahren wir ja automatisch, denke ich?«

Kommissar Dupin war selbst nicht klar, was er mit »automatisch« meinte. Er hatte sich bei dieser Frage deutlich Goulch zugewandt.

»Natürlich, Monsieur le Commissaire. Alle Polizeistationen der Küste sind informiert, auch die der umliegenden Distrikte. Wir haben die beiden Hubschrauber aus Brest angefordert, von der Seerettungszentrale. Sie sind seit einer Stunde im Einsatz und fliegen die Umgebung ab.«

»Sehr gut, Goulch, sehr gut. – Riwal, Sie bleiben in der Nähe von Monsieur Goulch. Ich will über alles unterrichtet werden. Kadeg, sobald Savoir grünes Licht gibt, suchen Sie bei den Leichen nach Dokumenten, nach allem, was uns hilft, sie zu identifizieren.«

»Ich – ich.«

Kadeg verstummte. Einer musste das machen. Und der Kommissar konnte bestimmen, wer. Es war, als würde sich dieser simple Gedankengang mit Pein auf Kadegs Gesicht zeigen, seine Züge verzerrten sich.

»Seien Sie gründlich, Kadeg. – Funktionieren die Mobiltelefone eigentlich auf den Inseln, Riwal?«

»Letztes Jahr wurde ein neuer Mast auf Penfret errichtet. Wenn auch kein richtig großer. Die Verbindung ist seitdem meistens stabil.«

Riwal blickte über Le Loc'h hinweg und schien den Mast auf Penfret zu suchen.

»Was heißt das?«

»Das hängt von verschiedenen Faktoren ab.«

»Und was bedeutet das?«

Dupin fand das nicht unwichtig.

»Vor allem vom Wetter. Bei schlechtem Wetter haben Sie zumeist gar keinen Empfang, bei gutem Wetter eigentlich schon. Zuweilen aus irgendwelchen Gründen aber selbst dann nicht. Es hängt sehr davon ab, ob Sie auf dem Wasser sind oder nicht – und vor allem natürlich davon, auf welcher Insel Sie sind. Auf Bananec haben Sie eigentlich nie Empfang, obwohl es ja gar nicht weit von Saint-Nicolas entfernt ist.«

Dupin fragte sich, wie das sein konnte, rein technisch gesehen. Und warum Riwal das so genau wusste. Er ließ beide nachfragen.

»Und hier auf Le Loc'h?«

»Heute vermutlich stabil.«

»Ich bin also – *vermutlich* erreichbar.«

»Und wundern Sie sich nicht, Monsieur le Commissaire, auf dem Archipel sieht man manchmal Dinge, die dann im nächsten Moment verschwunden sind. Oder hört sonderbare Geräusche und Laute. Das war schon immer so, das ist ganz normal.«

Dupin hatte keinen Schimmer, was um alles in der Welt er dazu sagen sollte. Er drehte sich um, fuhr sich durch die Haare und lief in westlicher Richtung den Strand entlang, auf die dickbäuchige Südspitze der Insel zu.

Es war wirklich atemberaubend. Wohin man auch schaute. Feinster weißer Zuckersand, sachte ins Meer abfallende Strände, bei denen man gar nicht sah, wo die Wasserlinie begann, so durchscheinend war das Ozeanwasser. Ein helles, zugleich leuchtendes Türkis, das sich in unendlichen Übergängen in Opal, dann in ein Hellblau verwandelte. Dunkler wurde es erst weit draußen. Nicht, dass man in Concarneau nicht auch in berückender Weise das Meer spürte – genau das machte die Stadt ja aus –, aber das hier, die Glénan, steigerte alles um ein Vielfaches. Man war nicht am Meer, man war *im* Meer, so das Gefühl, mitten im Meer. Es waren nicht nur der Geschmack und Geruch, es war ein tiefer, durchdringender Eindruck.

Das Betörendste aber war das Licht, ein mächtiges, gewaltiges Licht, dabei sanft, nicht aggressiv. Es war ein Licht von überall her. Es schien keine bestimmte Quelle zu haben, zumindest nicht nur eine, nicht nur die Sonne. Es kam vom ganzen Himmel – aus all seinen Weiten, Höhen, Schichten, Sphären und Dimensionen. Und vor allem – es kam vom Meer. Das Licht schien endlos multipliziert zu werden, sich in den verschiedenen Atmosphären und dem Wasser zu spiegeln und sich dabei immer mehr zu verdichten. Die kleinen Fetzen Land waren viel zu unerheblich, um etwas davon zu schlucken. Dupin hatte noch nie so viel Licht gesehen wie in der Bretagne – auch noch keinen Himmel, der so hoch hing, so frei war –, aber hier auf den Glénan wurde das alles übertroffen. Es macht einen trunken, erzählten sich die Menschen an der Küste, es verdreht einem den Kopf. Dupin verstand, was sie meinten.

Er kramte sein Mobiltelefon aus der linken hinteren Hosentasche hervor. Es schien bisher alles überstanden zu haben. Und es hatte tatsächlich Empfang.

»Nolwenn?«

»Monsieur le Commissaire?«

Dupin hatte völlig vergessen, dass seine Sekretärin heute Morgen einen Arzttermin gehabt hatte und gar nicht im Büro gewesen war, beim alten, knorrigen Docteur Garreg, der auch sein Hausarzt war. Jetzt erst fiel es ihm wieder ein.

»Ach ja, Sie wissen wahrscheinlich noch gar nicht, was passiert ist?«

»Nein. Ich wollte gerade bei Inspektor Kadeg anrufen. Ich habe gesehen, dass er es drei Mal bei mir versucht hat.«

»Drei Leichen. Auf den Glénan. Auf Le Loc'h. Angeschwemmt. Noch nicht identifiziert. Es sieht im Augenblick nach einem tragischen Unfall aus.«

»Ja, sie liegen immer auf Le Loc'h. Die Glénan bedeuteten zu allen Zeiten Schiffbrüche.«

Nolwenn blieb wie immer vollkommen gefasst.

»*Wenn du beten lernen willst, so fahr aufs Meer!* sagen wir hier.«

Nolwenn mochte alte Sprichwörter, und diese zu vermitteln gehörte zu ihren »bretonischen Lektionen«, die sie dem Kommissar seit seiner Ankunft im Interesse seiner »Bretonisierung« gab (so nannte sie ihr Projekt tatsächlich). Dupin war nicht sicher, was er antworten sollte.

»Ja. So oder so, das wird gehörige Wellen schlagen. Savoir ist eben angekommen. Ich gehe jetzt die Insel ab.«

»Sie sind schon dort?«

»Ja.«

»Mit dem Boot?«

»Ja.«

Das zweite Ja hatte viel resignierter geklungen, als Dupin es beabsichtigt hatte.

»Kann ich im Moment etwas tun?«

»Nein. Erst einmal müssen wir die Identität der Toten ermitteln.«

Dupin hatte tatsächlich kein konkretes Anliegen gehabt. Er hatte bloß gewollt, dass Nolwenn im Bilde war. Nolwenn war sein Anker, seit dem ersten Tag in seiner neuen »Heimat«. Sie war universell patent und pragmatisch, nichts in der Welt – und auch darüber hinaus, stellte Dupin sich vor – schien sie aus der Fassung bringen zu können. Sie würde in drei Wochen das erste Mal seit zwei Jahren Urlaub machen, weit weg, am mediterranen Rand der Pyrenäen, in Portbou. Seit er davon erfahren hatte, machte es Dupin erheblich nervös, sie plante volle vierzehn Tage am Stück.

»Der Präfekt wird Sie heute noch einmal persönlich sprechen wollen. Nach den ersten Erörterungen bei seinem Treffen auf Guernsey. Wir hatten einen Telefontermin für den Nachmittag vereinbart. Ich befürchte, das wird jetzt ganz und gar unmöglich sein. Ich werde ihm über sein Büro eine Nachricht zukommen lassen.«

»Ich – das ist – wunderbar! Ja. Die Verbindung hier draußen ist sehr schlecht. Er wird sich das denken können – ich befinde mich gewissermaßen mitten im Meer.«

»Der Präfekt wird von dem neuen Mast auf Penfret wissen. Die Einweihung war ein Ereignis. Auch wenn er wirklich leistungsstärker sein könnte. Aber – ich nehme doch an, dass Sie sich in Ihrer Ermittlung befinden werden. Drei Leichen, ich meine, für bretonische Verhältnisse … Egal wie sie zu Tode gekommen sind. Eine rasche Aufklärung wird auch im Interesse des Präfekten sein.«

Dupins Stimmung hob sich, das erste Mal an diesem Tag.

»Sehr gut, ja. So ist es.«

Erst jetzt dachte er doch einen Augenblick darüber nach, warum das mit dem Mast so ein »Ereignis« gewesen war, dass alle davon wussten.

»Ich werde also mitteilen, dass erst einmal nicht mit Ihrem Anruf zu rechnen ist.«

»Ausgezeichnet.«

Dupin zögerte.

»War – wie war es beim Arzt? Ich meine …«

»Alles in Ordnung.«

»Da bin ich froh.«

Er kam sich ein wenig albern vor.

»Danke. Woran Sie unbedingt noch denken sollten, ist, Ihre Mutter anzurufen. Sie hat heute bereits drei Mal auf den Anrufbeantworter gesprochen.«

Das fehlte ihm noch. Er vergaß es die ganze Zeit. Seine Mutter. Zum allerersten Mal seit seiner »Verbannung in die Provinz« – so nannte sie es bis heute konsequent – hatte sie sich vorgenommen, ihn zu besuchen. An diesem Donnerstag. Und seit Wochen rief sie an, mittlerweile täglich, um noch eine »wichtige Frage« zu klären, bei der es sich immer nur um eine einzige Angst drehte: ob es derart weit entfernt von der Metropole noch ein hinreichendes Maß an zivilisatorischen Standards gab. Dupin hatte sie – Anna Dupin, die traditionell elitäre Pariserin aus großbürgerlichem Haus, tyrannisch wenn es sein musste, ansonsten bezaubernd, und die Paris nur verließ, wenn es unumgänglich war – natürlich im besten Hotel

Concarneaus untergebracht. Und er hatte selbstverständlich das teuerste Zimmer gebucht, die »Suite Navy«, aber sie schien es dennoch nicht für ausgemacht zu halten, dass es über fließendes Wasser verfügte.

»Mach ich.«

»Gut.«

»Danke, Nolwenn.«

Dupin legte auf. Er musste sich wirklich noch um einiges für diesen Besuch kümmern, hauptsächlich um seine Wohnung. Auch wenn sie gar nicht besonders unordentlich war, aber er hatte keine Lust, sich die geringste Blöße zu geben. Am besten, sie würden gar nicht erst in seine Wohnung gehen. Er würde den gesamten Besuch an anderen Orten stattfinden lassen.

Dupin war um einen kleinen Vorsprung herumgelaufen, hier endete jäh der weiße Sandstrand. Struppiges, buschiges, fettes Grün – Halme, Gräser, Farne – wuchs bis zur felsigen Meereslinie hinunter. Das Gestein der Insel zog sich an dieser Stelle dreißig, vierzig Meter ins Wasser, erst dort war wieder Sand. Dupin betrat den schmalen, steinigen Trampelpfad, der einmal um die Insel führte, ein alter Schmuggler- und Piratenweg, wie sie hier an den Küsten allerorts zu finden waren. Über Hunderte Jahre waren die Glénan das Reich ruhmvoller Piraten gewesen, »böser« englischer zum Beispiel und »guter« bretonischer, die bis heute jenseits moralischer Fragen sehr verehrt wurden, denn einzig entscheidend war: Sie kamen aus der Bretagne und waren weltberühmt. Nolwenns Heldin, nach der sie ihre erste Tochter genannt hatte, war die »Tigresse de Bretagne«, Jeanne de Belleville, die »bretonische Tigerin«: die verbürgt erste Piratin der Weltgeschichte. Eine atemberaubend schöne Frau aus dem Adel der damals noch eigenständigen (!) Bretagne, die im 13. Jahrhundert mit einer »Flotte« von nur drei Booten in tollkühner Weise unzählige hochgerüstete Schiffe zerstört hatte – Schiffe eines Todfeindes: des französischen Königs.

Am westlichen Ende der Insel waren die Ruinen der Soda-Fabrik auszumachen, in der aus Algen industrielles Soda für die Herstellung von Glas, Wasch- oder Farbmitteln gewonnen worden war, Anfang des 20. Jahrhunderts ein kostbarer Stoff, was sich heute niemand mehr vorstellen konnte. Jetzt sah man plötzlich auch den erstaunlichen See. Ein wenig unwirklich, wie eine glatte Fläche lag er da, man sah die unglaubliche Farbe, für die er berühmt war: ein leuchtendes, fast phosphoreszierendes Grüngraublau. Dabei war das Besondere die eigentümliche tiefe Intensität des Tons. Dupin musste, ob er wollte oder nicht – und er versuchte angestrengt, nicht zu wollen –, unwillkürlich an Goulchs Geschichten über den See denken. Die Hexe. Groac'h. Er verstand sofort, dass dieser See der Fantasie weite unheimliche Flügel verlieh. Einen

Augenblick fröstelte er. Bilder tiefschwarzer Unterwasserhöhlen-Labyrinthe tauchten unwillkürlich vor seinem inneren Auge auf.

Dupin hatte gedacht, es wäre eine gute Idee, etwas herumzulaufen. Sich umzusehen. Aber eigentlich gab es gar keinen Grund. Wonach sollte er Ausschau halten? Was immer geschehen war, es war bestimmt nicht auf Le Loc'h geschehen, es würde hier also auch nichts geben, was von Relevanz wäre. Er hatte im Grunde nicht die geringste Ahnung, was er überhaupt noch auf der Insel sollte. Sie mussten die Identität der Toten ermitteln und herausfinden, was den drei Männern zugestoßen war. Dazu würde er vor Ort keinen Beitrag leisten können.

Es war bisher überhaupt nicht Dupins Tag gewesen, dieser Montag. Der Kommissar hatte nicht viel und nicht gut geschlafen, dabei funktionierte das mit dem Schlafen seit einiger Zeit eigentlich passabel, zumindest für seine Verhältnisse. Er war die ganze Nacht unruhig gewesen, ohne zu wissen, warum. Sicher war, er brauchte einen *café*. Unbedingt. Und sofort.

Dupin holte das Handy aus seiner Tasche.

»Riwal?«

»Monsieur le Commissaire?«

»Könnten Sie Goulch bitten, dass mich die *Bir* nach Saint-Nicolas fährt?«

»Nach Saint-Nicolas? Jetzt?«

»Genau.«

Es entstand eine längere Pause, und in der Stille war Riwals Frage, was der Kommissar jetzt auf Saint-Nicolas vorhabe, quasi zu hören. Riwal fragte nicht, nach Jahren der Zusammenarbeit mit dem eigenwilligen, bisweilen dickschädeligen Kommissar wusste er, was sinnvoll war und was nicht.

»Ich nehme an, Saint-Nicolas wird der Umschlagplatz für alle Neuigkeiten hier auf dem Archipel sein, oder? Bei der Gelegenheit kann Goulch seinen Kollegen abholen und ich vielleicht noch einmal ein paar Worte mit dem Engländer wechseln.«

»Ich spreche mit Goulch. Sie müssten nur wieder zum Strand kommen, man wird Sie an anderen Stellen der Insel nicht abholen können.«

»Kein Problem. Ich bin gleich da.«

»Gut.«

»Riwal – die Bar dort wird doch schon aufhaben, oder?«

»Die Bar?«

»Das Café.«

»Ich habe keine Ahnung, Chef.«

»Mal sehen.«

Die hölzernen Hummerkäfige mit den geflochtenen, vom Meer ausgewaschenen hellblauen Tauen standen zu Dutzenden wild herum, hier und da zu kunstvollen Türmen gestapelt, rechts vom Hauptquai zu regelrechten Gebirgen. Dupin saß auf einem der wackligen, abgeblätterten Holzstühle, die zusammen mit den Tischen weit verteilt draußen vor der Bar standen, und bestaunte die Käfige.

Das *Les Quatre Vents* war augenfällig nicht als Restaurant, Café oder Bar gebaut worden. Es war das Bootshaus der ersten Seerettungsgesellschaft der Küste gewesen, die in Concarneau ihren Hauptsitz hatte, aber hier draußen ihre, aufgrund der dauernden Einsätze, wichtigste Dépendance. Über hundert Jahre war es alt, und man hatte es außen gar nicht und innen nur wenig und ohne großen Aufwand umgebaut. Links ein kleiner, windschiefer, provisorisch aussehender Anbau aus Holz, weiß gestrichen wie das steinerne Haupthaus, der über einen Durchbruch mit dem Hauptraum verbunden war, große Fenster hatte und noch einmal Platz für einige zusätzliche Tische bot.

Es gab nicht viel im *Quatre Vents,* eine kleine Auswahl an Getränken, hauptsächlich Bier, Wein und Hochprozentiges, ein wechselndes *Plat du jour* – den Fisch des Tages oder ein Entrecôte –, Sandwiches mit verschiedenen Fischrillettes, Fischsuppe, die Meeresfrüchte, die hier aus dem Atlantik zu holen waren: Krebse, Seespinnen, verschiedenste Muschel- und Schneckenarten: Bulots, Bigourneaux, Palourdes, Praires, Ormeaux. Aber vor allem, natürlich, die Hummer der Glénan. Über dem Haupteingang stand auf einem

Stück Holz in weißen handgeschriebenen Buchstaben »Bar«, darunter »Les Quatre Vents«, rechts und links der Schrift flogen stilisierte Möwen. Vor dem alten Bootshaus lagen noch die Schienen, die bis tief ins Meer führten und auf denen das stolze Boot der Seerettungsgesellschaft so weit ins Wasser gebracht worden war, bis es selbst manövrieren konnte.

Dupins Laune hatte sich schlagartig gebessert, seit er im *Quatre Vents* saß. Es war großartig hier. Ihm war sofort klar gewesen, dass er diesen Ort liebte; augenblicklich hatte er einen Platz auf Dupins Liste der »besonderen Orte« erobert, die er führte, solange er sich zurückerinnern konnte. Orte, die ihn froh machten. Im *Quatre Vents* war alles echt, nichts arrangiert, dekoriert, um idyllisch zu sein. Und in der Tat, es war kein bisschen idyllisch, es war – umwerfend schön. Und, genauso wichtig: der *café* war perfekt. Dupins zweiter jetzt. Es gab keine Bedienung, man musste sich alles auf Holztabletts an dem langen Tresen in der Bar holen und konnte sich damit hinsetzen, wo man wollte. Dupin hatte sich mit dem Rücken zur Wand des Anbaus gesetzt, so konnte er die ganze Szenerie überblicken.

Links, vielleicht dreißig Meter entfernt, lag das größte Haus der Insel, das lang gestreckte ehemalige Farmhaus, das der legendären Segelschule als Zentrale diente: *Les Glénans* (mit »s«, die Inseln dagegen wider alle Grammatik ohne »s«). Sie war Ende des

Zweiten Weltkrieges von ein paar idealistischen jungen Leuten aus der Résistance gegründet worden und hatte sich in den folgenden Jahrzehnten zur weltweit anerkanntesten Segelschule entwickelt, die sich schon bald auf fünf der Inseln verteilt hatte und mittlerweile Dépendancen in zwölf Ländern unterhielt. Das Gebäude glänzte leuchtend weiß, es musste erst vor Kurzem neu gestrichen worden sein, innerhalb von Monaten verloren selbst die resistentesten Spezialfarben am Meer ihren Glanz, so scharf setzten ihnen Sonne, Salz, Feuchtigkeit und Wind zu. Gegenüber der Segelschule, vor der sich ein kleiner länglicher Platz erstreckte, lagen zwei Austernbecken, deren solide Außenwände Richtung Meer zugleich eine Art Hafenmauer bildeten. Die Becken waren zur Hälfte mit einem Schuppen überbaut, der im Sommer als Austernbar diente, nicht schick – nichts war schick hier –, kein Gehabe und Getue, bloß köstlich.

Die vordere Wand des Schuppens brachte etwas Skurriles in die ansonsten vollkommen stimmige Szene: ein riesengroßes Gemälde, forciert naiv gemalt, auf dem typische Landschaften der Glénan, die bekanntesten Wahrzeichen der einzelnen Inseln und auch mythische Stoffe zu einem surrealen Panoramabild vermischt worden waren. Rechts sah man den Thron der Groac'h und sie selbst als hübsche junge Königin mit einem Fischschwanz. Genau in der Mitte des Bildes, auf einem Strand, stand ein großer Pinguin und schaute keck in die Gegend. Pinguine waren zwar Dupins Lieblingstiere, aber er grübelte doch darüber nach, was dieser dort zu suchen hatte, ein Brillenpinguin, wenn er sich nicht täuschte.

An der Seite des größeren Austernbeckens entlang führte der aus schwerem Beton gegossene, massive Quai, der sich bestimmt fünfzig Meter ins Meer zog. Hier legten in den Sommermonaten die vielen Boote an, die zwischen den Inseln und verschiedenen Orten an der Küste hin- und herpendelten. Dort hatte vor einer halben Stunde auch die *Bir* festgemacht. Der junge Polizist hatte die – vollkommen ergebnislose – Befragung des Engländers längst abgeschlossen und bereits am Quai gewartet.

Nicht weit von den Austernbecken begann einer der typischen karibisch anmutenden Strände der Glénan. Das Bemerkenswerte dieses Strandes war, dass er sich bei Ebbe, also jetzt, zu einer schier unendlich langen Sandbank ausdehnte, die aus Bananec, eigentlich die kleinere Nachbarinsel von Saint-Nicolas, einen Annex der Hauptinsel werden ließ. Zwischen beiden lag nun der außergewöhnlichste Strand des Archipels, alle zwölf Stunden – und fünfundzwanzig Minuten! – neu und rein dem Meer entwachsen.

Nur an zwei anderen Tischen saßen Gäste. Eine Gruppe Engländer, der Kleidung nach zu urteilen Segler, und eine Gruppe Franzosen, dem Anschein nach Pariser, Dupin hatte einen sicheren Blick für so etwas.

Beiden Gruppen war eine gewisse Aufgeregtheit anzumerken, was nicht verwunderlich war. Dupin nahm an, dass sie über die angeschwemmten Leichen sprachen. Natürlich.

Sie hatten bei der Untersuchung der Leichen keinerlei Hinweise auf die Identität der Toten gefunden, keine Papiere, keine Handys, nichts, in den Hosentaschen von zweien war etwas Kleingeld gewesen, bei einem ein Zettel, der vom Salzwasser schon schwer angegriffen und bisher nicht zu entziffern war. Kadeg hatte angerufen und einen schneidig formulierten Bericht vorgetragen, kurz nachdem Dupin auf Saint-Nicolas angekommen war.

Dupin hatte Hunger. Mehr als das obligatorische Croissant zum ersten *café* hatte er noch nicht gegessen. Warum sollte er nicht etwas bestellen? Ein bisschen komisch kam er sich vor, eine Insel weiter lagen drei unbekannte Tote am Strand, die Ermittlungen liefen, alle waren beschäftigt, nur er saß hier und – machte Ferien, so fühlte es sich an. Gerade hatte er sich – gegen seine Skrupel – entschieden, etwas zu essen, da wurden seine Gedanken jäh von einem ohrenbetäubenden Lärm unterbrochen. Ein Hubschrauber überflog in einer langen Kurve Saint-Nicolas Richtung Osten, er war wie aus dem Nichts gekommen, Dupin erkannte den Seerettungsdienst. Es musste einer der Hubschrauber sein, von denen

Goulch gesprochen hatte. Als er sich entfernte und Dupin gerade im Begriff war aufzustehen, klingelte sein Handy.

»Ja?«

Er hatte nicht auf die Nummer geachtet. Er hasste es, wenn er das vergaß.

»Ich bin es.«

Erleichtert atmete er auf. Nolwenn.

»Gut, ich wollte …«

»Locmariaquer. Er hat von Guernsey aus angerufen. Ein Freund von ihm wird vermisst. Yannig Konan. Ein Unternehmer und Investor, wie man so sagt. Er ist zunächst mit Matratzen reich geworden, dann hat er sein Geld in die verschiedensten Geschäfte gesteckt. Er hat seine Finger in allem Möglichen. Richtig reich«, Nolwenn betonte das »richtig«, mit gerümpfter Nase, das konnte Dupin förmlich hören, »und ein erfahrener Segler. Konan war auf einer Bootstour mit einem Bekannten.«

»Ein Freund von … ein Freund des Präfekten?«

»Ja. Denken Sie, dass er …«

»Zu zweit? Sie waren zu zweit unterwegs?«

»Ja. Zu zweit. – Ein Krimineller, dieser Konan, wenn Sie mich fragen.«

»Ein Krimineller? Was meinen Sie mit … Ach … Er wird schon wieder auftauchen, dieser Matratzenunternehmer. Wir haben hier *drei* Leichen.«

Eine schwebende Pause entstand.

»Seit wann wird er vermisst?«

Dupin ärgerte sich über seine Nachfrage, er hatte eigentlich keine Lust, sich damit zu beschäftigen.

»Er wollte sich gestern Abend bei seiner Frau melden. Und heute Morgen wollte er zurück sein im Hafen von Sainte-Marine. Da liegt sein Boot, da hat er auch eines seiner Häuser. Konan hat heute eine Reihe wichtiger Termine. Er ist bislang nicht aufgetaucht und hat niemanden benachrichtigt, deswegen hat sich sein Büro in Quimper bei seiner Frau gemeldet, die …«

»Und der Bekannte?«

»Auch er geht nicht ans Handy, sagt Konans Frau.«

»Wo waren sie mit dem Boot unterwegs?«

»Das wusste seine Frau nicht genau. Sie verbringen bei gutem Wetter wohl häufig das Wochenende auf dem Boot. Oft auf den Glénan. Angeln und tauchen. Die Weite suchen, wie wir sagen.«

Jeder zweite Bretone, schätzte Dupin, hatte ein Boot. Und wenn man selbst keines hatte, so kannte man jemanden, der eines hatte. Das galt selbstverständlich nur für die Küstenbretonen. Kein Inlandsbretone käme je auf die Idee, auch nur ans Meer zu fahren.

»Sie werden schlicht keinen Empfang haben, da, wo sie sind. Auf dem Meer scheint das so eine Sache zu sein mit dem Empfang.«

»Konans Boot verfügt über ein Satellitentelefon. Aber darüber sind sie ebenso wenig zu erreichen.«

»Sie werden …«

Der Hubschrauber war zurückgekommen. Wie eben war er merkwürdigerweise erst zu hören, als er schon fast genau über Dupin stand. Der Lärm war brutal.

»Was ist bei Ihnen los?«

Nur mit Mühe verstand Dupin Nolwenns Frage.

»Ein Hubschrauber!«, brüllte er.

»Ein Hubschrauber?«

Dupin wollte gerade das Telefon vom Ohr nehmen, um es direkt vor den Mund zu halten und die Erklärung hineinzuschreien, als ihm Nolwenn zuvorkam.

»Natürlich. Die Küstenwache.«

Der Hubschrauber machte keine Anstalten weiterzufliegen. Im Gegenteil, jetzt war deutlich zu erkennen, dass er sank. Zuerst langsam, dann immer rascher. Er würde landen. Der Lärm war noch dröhnender geworden, es war vollkommen unmöglich, sich zu verständigen.

»Ich lege jetzt auf.«

Dupin hatte keine Ahnung, ob Nolwenn ihn verstanden hatte.

Der Hubschrauber konnte höchstens noch ein paar Meter über dem Boden sein, er war aus Dupins Sichtfeld verschwunden. Dupin überlegte, was er tun sollte. Ob er nachsehen musste? Er blieb sitzen. Es dauerte weitere ein, zwei Minuten, dann stoppte der Pilot den Motor, und sofort war die große, tiefe Stille zurück, die auf dem Archipel herrschte. Noch bevor Dupin erleichtert seufzen konnte, schrillte sein Telefon erneut. Diesmal war es nicht Nolwenn, sondern Riwal.

»Was gibt es?«

»Der eine Hubschrauber der Küstenwache müsste gerade bei Ihnen gelandet sein.«

Dupin sah sich außerstande, darauf etwas zu antworten.

»Wir haben Sie nicht erreichen können, bei Ihnen war dauernd besetzt. Im Meer wurden Gegenstände gesichtet. Vielleicht von einem Boot. Bei einer kleinen Felsengruppe, Les Méaban – drei Seemeilen östlich des Archipels. Sie gehört aber noch zu den Glénan, irgendwie. Der andere Hubschrauber ist noch dort und sucht weiter.«

Zu dem jahrhundertealten Streit, aus wie vielen Inseln, Inselchen und Felsengruppen bei welchen Gezeiten der Archipel nun tatsächlich bestand, hatte sich immer auch ein anderer gesellt: Welche Insel, Inselchen und Felsengruppen, die erkennbar nicht unmittelbar zum Archipel gehörten, zählte man dennoch hinzu? Wenn es sein musste, auch nur geologisch, erdgeschichtlich. Gern wurde landläufig alles den Glénan zugeordnet, was irgendwie vor der Küste zwischen Trévignon, Concarneau und Guilvinec lag, so wurden sie immer größer.

»Könnten die Toten von dort bis hierher getrieben worden sein? Was meint Goulch?«, fragte Dupin.

»Durchaus, meint er. Aber er sagt auch, dass das im Augenblick reine Spekulation sei.«

»Was will der Hubschrauber hier auf Saint-Nicolas?«

»Wir haben – Sie nicht erreicht.«

»Er ist meinetwegen hier?«

»Der – der Präfekt hat – angeordnet, dass er Sie zur Felsengruppe fliegt, um das persönlich in Augenschein zu nehmen.«

Offensichtlich war es Riwal sehr schwergefallen, das wiederzugeben. Am ersten Teil des Satzes hatte er eine gefühlte Minute herumgedruckst, durch den zweiten war er im Bruchteil einer Sekunde gerast.

»Hinfliegen? *Angeordnet?*«

Dupin spürte, wie er in Rage geriet, ganz gegen seinen Willen, denn es war sein fester Vorsatz, in allem, was den Präfekten betraf, ruhig zu bleiben und sich nicht provozieren zu lassen – und das, obgleich er sich nur an wenige Dinge, Sätze und Vorgänge im Zusammenhang mit dem Präfekten erinnerte, die nicht irgendeine Art von Provokation gewesen wären.

»Und warum sollte ich da hinfliegen?«

»Ich sollte Ihnen nur ausrichten, was er gesagt hat. Und er sprach wiederholt von ›Anordnung‹.«

Riwal war anzuhören, dass er sich am liebsten in Luft aufgelöst hätte.

»Hat er Sie direkt angerufen?«

»Ja, zwei Mal bereits in den letzten zehn Minuten,

er hatte es bei Ihnen versucht, aber, wie gesagt, da war besetzt. Er hat auch gesagt«, Riwal klang nun restlos verzweifelt, »ich solle Sie unbedingt daran erinnern, die Anklopffunktion Ihres Telefons zu aktivieren, er habe Ihnen auch das bereits einige Male gesagt, er könne Sie nie erreichen, wenn es darauf ankomme. Er lande immer nur bei Nolwenn.«

»Anklopffunktion?«

Das war ein abstruses Gespräch.

»Das bedeutet, dass ...«

»Ich werde nirgendwohin fliegen. Was sollte ich aus der Luft erkennen? – – – So ein Blödsinn. Die Kollegen werden das gewissenhaft inspizieren. Wichtiger ist, dass wir eines der Boote dorthin schicken.«

»Die *Bir* ist bereits unterwegs. Sie haben Tauchausrüstungen an Bord. Sollen wir Sie mit dem zweiten Boot abholen?«

»Ich bleibe hier.«

»Und der Präf...«

»Lassen Sie das meine Sorge sein, Riwal. Sagen Sie dem Piloten, er kann zurückfliegen. Wohin auch immer. Melden Sie sich, wenn es Neuigkeiten gibt.«

»Aber ...«

Dupin legte auf. Riwal würde ihn verstehen. Er kannte ihn, wenn er in einer solchen Stimmung war. Dupin lehnte sich zurück und atmete tief durch. Versuchte sich wieder zu beruhigen. Erst jetzt bemerkte er, dass ihn die Leute an den anderen Tischen mehr oder weniger unverhohlen anstarrten. Er nahm es ihnen nicht übel. Gerade versuchte er ein bemühtes Lächeln in Richtung der beiden Gruppen, als sein Telefon ein weiteres Mal klingelte.

Noch einmal Nolwenn.

»Das Boot von Yannig Konan ist ausfindig gemacht worden. Es liegt wohlbehalten im Hafen von Bénodet. Er selbst ist noch nicht aufgetaucht – aber immerhin, das ist doch eine große Beruhigung. Der Präfekt sagt: Entwarnung.«

Dupin fragte sich kurz, wie der Präfekt es fertigbrachte, so viele Telefonate innerhalb so kurzer Zeit zu führen und derart auf dem Laufenden zu sein, es nötigte ihm beinahe Respekt ab.

»Das ist doch gut.«

»Nur für den Matratzenhersteller. Die drei Toten bleiben tot.«

Nolwenn hatte wieder mal ins Schwarze getroffen.

»Das ist schlimm, ja.«

Er hatte sich angestrengt, den richtigen Tonfall zu finden. Es war ihm nur mäßig gelungen.

»Dann hören wir uns sicher später, Monsieur le Commissaire.«

»Ja. Nur noch …«

In diesem Moment startete der Hubschrauberpilot den Motor. Der ohrenbetäubende Lärm war zurück. Dupin legte einfach auf. Kurz darauf tauchte der Hubschrauber über der Zentrale der Segelschule auf, stieg in beachtlichem Tempo und zog dabei bereits Richtung Südosten. Zurück zu den Méaban, vermutete Dupin.

Die letzten Minuten waren grotesk gewesen. Aber er würde sich nicht beirren lassen. Er würde jetzt tatsächlich einen Hummer essen. In Ruhe. Es war inzwischen Mittag. Die Hinweise mehrten sich ja: Sie hatten es vermutlich mit einem Schiffbruch zu tun. Die *Bir* würde sich alles genauestens ansehen. Die Gegenstände, die man vom Hubschrauber aus gesehen hatte. Kireg Goulch und seine Leute würden den Hergang des Unfalls zuverlässig und rasch rekonstruieren. Das tyrannische Interesse des Präfekten am Fortgang der Ermittlungen hatte sich in dem Augenblick erledigt, in dem für ihn klar war, dass es sich bei einem der Toten anscheinend nicht um seinen Freund handelte. Großartig.

Dupin erhob sich endlich und ging in die Bar. Hinter dem Tresen stand immer noch die junge Frau, bei der er eben schon den *café* geholt hatte. Sie lehnte wie zuvor aufreizend gelangweilt an der Wand, nahe dem Durchgang zum Anbau. Klein, nicht zierlich, aber doch schlank, schulterlange, matt-tiefschwarze Haare, bemerkenswert tiefbraune Augen, stupsnasig, vor allem aber: majestätisch unbeteiligt und fern. Dupin hätte hingegen geschworen, dass sie eben noch über der Jeans ein dunkelrotes T-Shirt getragen hatte, kein blaues. Er hatte schon beim Bestellen des *cafés* versucht, ein Gespräch zu beginnen, er war beeindruckend gescheitert. Mehr als ein »oui« und ein »s'il vous plaît« war aus ihrem Mund nicht zu hören gewesen. Auch dieses Mal blickte sie Dupin erst an, als er genau vor ihr am Tresen stand.

»Ich nehme etwas Hummer.«

Es dauerte ein paar Sekunden, bis sie antwortete.

»Es gibt einen halben Hummer. Oder einen ganzen.«

»Gut. Ich meine, ich nehme einen ganzen.«

Bisher hatte sie vollkommen regungslos gestanden, nun bewegte sie sich geschmeidig, katzenhaft und trat ohne ein Wort durch die schmale offene Tür in die Küche. Die Küche konnte nicht sehr groß sein, man sah, dass es bis zur Außenmauer höchstens zwei Meter waren. Am Ende des Tresens saß ein alter Mann in seine Zeitung vertieft. Er war Dupin vorhin bereits aufgefallen. Er wirkte so, als hätte er sich seitdem nicht bewegt. Er saß in exakt derselben Haltung, hatte weiße, dicht am Kopf anliegende kurze Haare, ein von der Sonne gegerbtes, tief gezeichnetes Gesicht. Sofort hätte man geschworen: ein würdiger alter Seemann. Wie vorhin hob er den Kopf nur ansatzweise, sein Blick streifte Dupin, und er machte eine minimale, aber freundliche Geste des Grußes. Es dauerte nicht lange, und die junge Frau kehrte mit einem rustikalen weißen Keramikteller zurück, auf dem die beiden

Hummerhälften lagen, ein großes Stück Baguette, eine halbierte Zitrone und zwei weiße Schälchen, einmal mit Mayonnaise und einmal mit Rouille.

»Und eine Karaffe Wasser, bitte.« Dupin zögerte. »Und ein Glas Muscadet.«

Die junge Frau stellte den Teller auf ein Tablett, nahm eine der in einer langen Reihe aufgestellten Karaffen und goss, ohne jede Eile, den Wein ein.

»Zweiundzwanzig Euro.«

Dupin holte seine Brieftasche hervor. Jedes Mal war er aufs Neue fasziniert. In Paris wären es mindestens sechzig gewesen. Mindestens.

»Haben Sie von den – Nachrichten gehört, den Vorkommnissen auf Le Loc'h?«

»Die Leichen?«

Es klang, als gäbe es andere Nachrichten, die eventuell noch spektakulärer wären.

»Genau.«

»Ja.«

Ihr Gesicht war vollkommen gleichmütig.

»Und was denken Sie?«

Sie blickte Dupin ein wenig erstaunt an.

»Ich?«

»Ja. Sie sind hier zu Hause.«

»Sie sind der Polizist, der hier die Leute befragt, ja.«

Es war keine richtige Frage gewesen. Er wusste, dass er nicht aussah wie ein Polizist, heute noch weniger als sonst.

»Ja – nein, der ist schon weg. Ich bin – ein anderer Polizist.«

Die junge Frau ließ sich von Dupins unbeholfener Antwort kein bisschen beeindrucken.

»Sie liegen immer auf Le Loc'h.«

»Ich weiß. Und was denken Sie, ist passiert?«

Dieses Mal blickte sie richtiggehend verblüfft. Es entstand eine längere Pause, und Dupin nahm an, dass sie gar nicht mehr antworten würde.

»Das kommt vor. Das Meer.«

Dupin mochte ihre Art, auch wenn das Gespräch etwas mühsam war.

»Ich danke Ihnen.«

Sie stellte sich wortlos wieder in derselben Haltung an dieselbe Stelle, an der sie anfangs schon gestanden hatte. Dupin nahm das Tablett, eine der schon etwas zerfledderten Zeitungen, die auf dem Tresen lagen, verließ die Bar und setzte sich zurück an seinen Platz. Die eine der beiden Gruppen war lautstark im Aufbruch. Es waren keine Segler, bemerkte Dupin jetzt, sondern Taucher, er sah die Ausrüstung in den großen Taschen. Die Glénan, die ganzen Lagunenwelten, unzählige Male hatte er dies erzählt bekommen, gehörten zu den spektakulärsten Tauchparadiesen Europas. Natürlich vor allem die Kammer mit ihrer einzigartigen Unterwasserflora und -fauna. Und die Tauchschule der Glénan war eine Institution, wenn auch nicht so renommiert und groß wie die Segelschule.

Die Gruppe schlenderte auf das Gebäude der Tauchschule zu, das etwas weiter vom *Quatre Vents* entfernt lag. Es gab nicht einmal einen Weg, man erreichte es über kurzes moosiges Grün.

Der Hummer war unglaublich. War der bretonische Hummer, der etwas kleiner als der amerikanische und zudem dunkelblau war, mit seinem feinen weißen Fleisch schon eine besondere Delikatesse, so war der kulinarische Ruhm des Hummers der Glénan – ebenso wie derjenige der anderen Meerestiere des Archipels – sogar noch beträchtlicher. Er war selbstredend der »beste Hummer der Welt«, aber auch Dupin, der über den urbretonischen Hang zu Komparativen und Superlativen in Hinblick auf alles Bretonische manchmal noch schmunzelte (auch wenn er ihn im Großen und Ganzen mittlerweile eigentlich selbst verinnerlicht hatte), fand den Stolz hier vollkommen angebracht. Der Hummer schmeckte zart und zugleich ganz aromatisch, mit einer feinen nussigen Bitternote, die Dupin so mochte. Alles, was das Meer ausmachte, hatte man auf der Zunge, mit jedem Biss, magisch destilliert. Er überlegte, wo man ihn wohl auf dem Festland bekäme. Er würde Paul Girard, den Besitzer des *Amiral*, fragen. Vielleicht servierte er ihn sogar im *Amiral* selbst. Und sicher gab es ihn in den alten prächtigen Markthallen am Hauptplatz Concarneaus, die ohnehin ein Schlaraffenland waren.

Sie erinnerten ihn an die Hallen im sechsten Arrondissement in der Rue Lobineau, die er schon als Kind geliebt hatte und die auch deswegen so großartig waren, weil sie morgens um sechs öffneten und erst um Mitternacht schlossen – was bei seinen bereits in Paris höchst unregelmäßigen Dienstzeiten ein großer Vorteil gewesen war. Vor allem aber waren sie lange Zeit ihr Lieblingsort gewesen, Claires und seiner. Hier hatten sie sich manchmal um zehn oder elf Uhr abends noch getroffen, nach der Arbeit, an einem bistroartigen Stand mit ein paar alten Holzstühlen, der vor allem Wein, Käse und Senf verkaufte. Dort hatten sie gesessen, die Menschen beobachtet, die eigene, wunderbare Stimmung zu dieser Zeit. Wein getrunken, nicht viel geredet.

Dupin fiel ein, dass er Claire anrufen musste. Wollte. So war es, wenn er ehrlich war: Er *wollte* sie anrufen. Vor einigen Wochen hatte er sich mit Claire zum Telefonieren verabredet. Er hatte sie Anfang April angerufen, sie war auf dem Weg in die Klinik gewesen, und sie hatten ausgemacht, bald einmal länger zu telefonieren. Das hatten sie ebenfalls schon nach Weihnachten letzten Jahres getan, als sie etwas ausführlicher gesprochen hatten – auch um zu überlegen, ob sie sich nicht einmal treffen wollten, aber da hatten sie sich beide offenbar nicht getraut. Er wollte das. Er wollte Claire sehen. Es war ihm in den letzten Wochen klar geworden. Nicht, dass es ihm nicht schon davor klar gewesen wäre, aber nicht in diesem Maße. Aus den Beziehungen, die er angefangen hatte, seit es mit Claire auseinandergegangen war – und das waren doch ein paar gewesen –, war nie etwas Ernstes geworden. Nicht, weil es nicht wunderbare Frauen gewesen wären, aber es war ihm immer plötzlich bewusst gewesen, dass es nicht ging. Auch im letzten Jahr nicht, mit der Kunsthistorikerin, die ihm bei einem spektakulären Fall geholfen hatte und die er dann noch mehrere Male getroffen hatte. Es war sehr schön gewesen. Und sie waren im *Océanopolis* gewesen. Bei Dupins Pinguinen. Sie war dann kurzfristig nach Montréal gegangen, ein Ruf der Universität, aber das war ehrlich gesagt nicht der Grund dafür, dass es nicht weitergegangen war.

Dupin hatte bei den letzten beiden Telefonaten mit Claire zum ersten Mal das Gefühl gehabt, dass Claire ebenfalls wirklich an ein Wiedersehen dachte. Dupin nahm das Handy und wählte ihre Nummer, die er immer noch auswendig konnte. Es dauerte ein paar Augenblicke.

»Guten Tag, Sie sind mit dem Anschluss von Docteur Claire Chauffin der chirurgischen Abteilung Hôpital Georges Pompidou verbunden. Bitte hinterlassen Sie mir eine Nachricht.«

Sie hatte ihr Telefon auf ihren Klinikanschluss weitergeleitet. Wie fast immer. Dupin zögerte.

»Ich – ich rufe noch mal an.«

Er legte abrupt auf.

Ihm war klar, dass dies nicht die perfekte Nachricht war. Dupin hoffte, sie würde zumindest seine Stimme erkennen, die Verbindung war nicht die beste gewesen.

Sie würde ihn erkennen. Bestimmt. Und – er hatte angerufen.

Beim Genuss des fabelhaften Hummers störte den Kommissar auf lästige Weise und ganz gegen seinen Willen eine Frage, die ihm seit Nolwenns letztem Anruf durch den Kopf ging und die er seitdem immer rabiater beiseitezuschieben versuchte. Vergeblich. Er würde seine Gedanken noch energischer auf etwas anderes lenken müssen.

Dupin fixierte ein Boot, das sich eben erst dem Quai genähert hatte und nicht aussah wie die anderen. Es war größer, länger, fünfzehn Meter vielleicht, schätzte er, es hatte Aufbauten, die aussahen, als diente es irgendeinem industriellen Zweck. Die Sonne brannte. Er hätte eine Kappe gebraucht.

»So ein Scheiß.«

Es half alles nichts. Das mit dem Ablenken funktionierte nicht. Er hatte nur halblaut gesprochen, dennoch drehten sich ein paar Leute zu ihm um. Er griff nach dem Telefon, seine Laune war fast wieder so schlecht wie am Morgen. Dupin wusste, dass man von ihm sagte, er sei ab und an ein wenig mürrisch und unleidlich – »murrköpfig« hatte er bei seinem letzten Fall einmal gehört, dieser Ausdruck hatte ihm am besten gefallen. Je nach Laune reagierte er auf solche Kommentare konziliant, selbstironisch oder auch ein wenig unwirsch, aber im Allgemeinen hielt er diese Behauptung für völlig unangemessen.

»Nolwenn?«

»Monsieur le Commissaire?«

»Das Schiff dieses Matratzenunternehmers, das man in Bénodet gefunden hat. Hat man mittlerweile auch von ihm gehört? Ich meine, hat er sich gemeldet?«

»Ich weiß es nicht. Der Präfekt war beruhigt, als er hörte, dass Konans Boot sicher im Hafen liegt. Ich werde nachfragen, ob es einstweilen Nachricht von ihm gibt.«

»Und Konans Bekannter? Hat man von ihm etwas gehört? Und weiß jemand, warum das Schiff in Bénodet liegt und nicht in Sainte-Marine? Und wer hat dieses Boot eigentlich im Hafen liegen sehen, und warum hat er es gemeldet?«

»Ich habe nicht den blassesten Schimmer.«

»Kennen wir den Namen dieses Freundes?«

»Nein.«

»Hat er auch ein Boot?«

»Soviel ich weiß, sind sie immer mit dem Boot von Yannig Konan unterwegs gewesen. Wollen Sie, dass ich all diese Punkte kläre?«

Dupin wusste es selbst nicht. Es war ohnehin alles abstrus. Er sorgte sich um einen Freund des Präfekten, den Nolwenn für einen Kriminellen hielt, und das, obwohl bisher keinerlei stichhaltige Hinweise existierten, dass es Grund zur Sorge gab. Wahrscheinlich war er einfach bei einer Frau. Irgendeine schäbige Geschichte.

»Ich esse jetzt meinen Hummer zu Ende.«

»Ihren Hummer?«

»Hummer.«

»Sie sind im *Quatre Vents?*«

»Ganz richtig.«

»Der Hummer der Glénan ist der beste der Welt. Gut, dass Sie dort sind. Wenden Sie sich an Solenn Nuz, wenn Sie etwas brauchen. Sie ist die Besitzerin des *Quatre Vents.* Sie weiß alles. Kennt jeden. Die Glénan sind ihr Reich.«

»Ihr Reich?«

»Oh ja.«

»Was soll das heißen?«

»Sie werden schon sehen. Solenn Nuz hat das *Quatre Vents* vor zehn Jahren von der Gemeinde gekauft, zusammen mit ihrem Mann, Jacques. Ein leidenschaftlicher Taucher. Ihm gehörte die Tauchschule schon davor, aber da haben sie noch auf dem Festland gelebt. Keiner hatte das alte Bootshaus haben wollen, fast sieben Jahre lang hatte es leer gestanden. Es war allen zu beschwerlich gewesen, da draußen ein Restaurant aufzuziehen. – Haben Sie Solenn Nuz schon getroffen?«

»Nein.«

»Dann sicher eine ihrer beiden Töchter. Louann und Armelle, sie arbeiten auch in der Bar. Man kann die drei kaum auseinanderhalten, so ähnlich sehen sie sich, erstaunlich. Eine wohnt bei ihrer Mutter auf dem Archipel, die andere bei ihrem Freund auf dem Festland, ist aber häufig da. Sie haben ein kleines Häuschen auf der Insel, schräg hinter der Segelschule.«

Das war kein einfaches Leben hier draußen, stellte sich Dupin vor.

»Und der Mann, der Taucher?«

»Oh, eine traurige Geschichte. Ertrunken. Gerade als sie das *Quatre Vents* gekauft hatten und auf die Glénan ziehen wollten. Es war ihr großer gemeinsamer Traum. Solenn ist dann trotzdem auf die Inseln gegangen. Sie hat den Klub verpachtet. An eine Freundin.«

Dupin hatte sich in den Jahren der engen Zusammenarbeit mit Nolwenn vollständig daran gewöhnt, dass sie über sehr viele Menschen der Cornouaille – der Küste zwischen dem westlichsten Punkt Frankreichs, der Pointe du Raz, und Quimperlé – sehr viel wusste, ohne im Geringsten Aufheben darum zu machen. Dennoch war er manchmal baff, und ihm rutschte eine Nachfrage heraus.

»Und woher wissen Sie all das?«

»Das Ende der Welt ist nicht groß, Monsieur le Commissaire. Zudem hat mein Mann …«

»… einmal ein paar Dinge für Solenn Nuz erledigt.«

»So ist es.«

Dupin hatte keine Ahnung, welchem Beruf Nolwenns Mann nachging – er hatte schon früh beschlossen, auch nie zu fragen –, aber der Beruf war offensichtlich universeller Natur. Es dürfte, hatte Dupin hochgerechnet, nicht viele Menschen in der Region geben, für die Nolwenns Mann nicht schon »ein paar Dinge erledigt« hatte.

»Sie ist eine gut aussehende Frau. Herb. Eine raue Schönheit. Jung geblieben. Sehr jung.«

Dupin war sich nicht sicher, was Nolwenn damit sagen wollte. Warum sie überhaupt seit Minuten über die Besitzerin der Bar hier redeten.

Er ließ eine Pause entstehen.

»Vergessen Sie meinen Anruf, Nolwenn.«

Nolwenn kannte Dupins jähe Wechsel, in jeder Hinsicht.

»Dann hören wir uns später.«

»Ich melde mich.«

Nolwenn hatte aufgelegt.

Dupin hatte das Telefon noch halb am Ohr, gerade erst die rote Taste zum Auflegen gedrückt, als es erneut klingelte. Er nahm den Anruf reflexhaft an.

»Monsieur le Commissaire?«

»Riwal?!«

»Bei Ihnen war wieder besetzt. Ich wollte sagen, dass die Leichen jetzt mit dem Hubschrauber in die Gerichtsmedizin nach Quimper gebracht werden, wenn Sie einverstanden sind. Hier können wir nichts weiter ausrichten. Auch Savoir nicht. Er braucht sie in seinem Labor. Er drängelt.«

»Natürlich. Gibt es denn Neuigkeiten? Vermisstenmeldungen? Etwas zum Schiffbruch?«

»Bisher nicht.«

»Das kann doch nicht sein. Die drei müssen doch vermisst werden.«

»Sie könnten von überall her sein. Vielleicht waren es Ausländer. Holländer, Deutsche, Engländer oder Pariser, die eine Tour entlang der Küste gemacht haben. Das tun viele. Wenn sie hier Ferien mit ihrem eigenen oder mit einem geliehenen Boot gemacht haben, kann es dauern, bis sie vermisst werden. Und ehe man dann bei der Polizei anruft.«

Das stimmte. Dupin runzelte die Stirn und rieb sich mit der rechten Hand die Schläfe.

»Die *Bir* ist inzwischen an den Méaban. Zwischen den Felsen treibt einiges im Wasser, wohl hauptsächlich Plastik. Noch weist nichts spezifisch auf ein verunglücktes Boot hin. Sie schauen sich jetzt alles genau an. – Kadeg und ich würden nun mit der *Luc'hed* zu Ihnen rüberkommen. Und dann bei den Booten nachfragen, die hier in der Kammer liegen. Ob jemandem etwas aufgefallen ist. Auch wenn das höchstwahrscheinlich nicht sehr ergiebig sein wird.«

»Zu mir rüber?«

»Genau.«

»Tun Sie das.«

Dupin hatte die Worte langsam gesprochen, er hatte während des Redens über etwas anderes nachgedacht. Er wusste ehrlich gesagt nicht, was er noch auf Saint-Nicolas sollte, überhaupt auf den Glénan – außer, dass es hier sehr schön war, er den besten Hummer seines Lebens aß und der *café* perfekt war. Er könnte ebenso gut mit Docteur Savoir zurückfliegen und von Concarneau aus alles koordinieren – was den großen Vorteil hätte, heute auf kein Boot mehr zu müssen.

»Sind Sie noch dran, Monsieur le Commissaire?«

»Riwal – der Hubschrauber soll mich abholen. In einer halben Stunde auf Saint-Nicolas. Sie müssen ja erst einmal die Leichen an Bord bringen, das dauert sicher eine Weile.«

Riwals Antwort kam verzögert.

»Richtig, es gibt hier für Sie gar nichts mehr zu tun. Ich regle das.«

»Und Sie können das Befragen auf den Booten direkt beginnen. Es ist gar nicht erforderlich, zuerst nach Saint-Nicolas zu kommen.«

Er würde die halbe Stunde noch ganz für sich haben. In Ruhe zu Ende essen können.

Dupin legte auf.

Er sah sich um. Die Terrasse hatte sich mit einem Mal gefüllt. Fast alle Tische waren jetzt besetzt, auch einer der beiden, die ihm am nächsten standen. Das Paar musste gehört haben, was er gesprochen hatte. Dupin setzte ein betont freundliches Lächeln auf, was nichts daran änderte, dass ihn seine Nachbarn mit deutlich argwöhnischen Blicken bedachten.

Es war richtig was los. Für das Segeln und Tauchen hatte die Saison bereits begonnen. Der Atlantik machte jedes Jahr Ende April den entscheidenden Sprung von zehn, zwölf Grad auf vierzehn, fünfzehn Grad (dann im Juni, Juli auf achtzehn Grad, in bretonischen »Hitzeperioden« auch mal auf neunzehn bis zwanzig, 2006 sollte das Meer in Port Manech am 23. und 24. August gegen Abend gar zweiundzwanzig Grad Celsius gehabt haben!). Es waren offenkundig Wassersportenthusiasten, die er hier sah, die meisten zwischen zwanzig und vierzig. Auch für die Angler war jetzt im Mai und dann im September, wenn die großen Makrelenschwärme auftauchten, die beste Saison. Dann musste man seine Schnüre mit bloßem Haken nur für Sekunden ins Meer halten, und schon bissen sie an – mit den Fünferhakenleinen, die sie hier benutzten, waren es pro Leine je fünf dicke Fische, Dupin hatte schon viele Geschichten darüber gehört.

Er aß das letzte Stück des Hummers, das Fleisch aus der aufgebrochenen Schere. Er hatte sich das

Beste bis zum Schluss aufbewahrt, das hatte er schon als Kind getan. Und er trank den letzten Schluck des sehr guten, sehr kalten Weißweins.

Dupin lehnte sich zurück. Er nahm die Zeitung zur Hand. Fast die komplette erste Seite des *Ouest France* – einer der beiden großen Regionalzeitungen, die Dupin liebte und jeden Morgen akribisch studierte – war wie in den letzten Tagen den sechsunddreißig toten Wildschweinen gewidmet. Man hatte im Norden, im Département Côtes-d'Armor, sechsunddreißig tote Wildschweine am Strand gefunden. Gestorben an giftigen Gasen, die bei der Zersetzung von Grünalgen entstanden. Es war eine traurige Meldung, eine, die zudem wahnsinnig wütend machte. Der Tod eines Wildschweines traf die Bretonen im Innersten, sie liebten ihre Wildschweine – *Asterix und Obelix* war die reine Wahrheit. Schon seit Jahren war die Algenplage eines der meistdiskutierten bretonischen Themen. Es war auch eines der Lieblingsthemen Riwals, er hatte sich noch Freitagnachmittag eine geschlagene halbe Stunde wüst echauffiert (»Eine Riesensauerei!«). Durch eine Überdüngung der Felder und die Ausschwemmungen der Nitrate über die Bäche und Flüsse ins Meer kam es seit Jahren in den Sommermonaten zu größeren Algenanlandungen, manche Strände waren über Hunderte Meter mit ihnen übersät. Eigentlich waren sie harmlos, sogar essbar, lediglich wenn sie sich in der Sommersonne zersetzten, wurde es gefährlich. Dieses Jahr waren die ersten Algen bereits Ende April angeschwemmt worden, so früh wie nie zuvor. Ganz Frankreich und halb Europa diskutierten plötzlich darüber. Vielleicht würde der Tod der Wildschweine nun wirklich etwas bewegen, gegen die Übermacht der Bauernlobby und die dreiste Verharmlosung vieler Politiker. Vielleicht würden die Wildschweine die Dinge verändern – es wäre eine sehr bretonische Geschichte.

Wieder klingelte Dupins Handy. Wieder Nolwenn.

»Der Freund Konans heißt Lucas Lefort. In der Bretagne eine echte Berühmtheit. Mitinhaber der Segelschule *Les Glénans.* Der berühmtesten Segelschule der Welt! Sie gehört ihm und seiner Schwester, die beiden haben sie geerbt. Lefort ist überdies früher selbst ein professioneller Segler gewesen. Er gehörte vor acht Jahren zur Besatzung der *Explorer IV,* die den *Admiral's Cup* gewonnen hat, den härtesten und bedeutendsten Segelwettbewerb für Hochseejachten. Die offene Klasse – die inoffizielle Weltmeisterschaft. Nur Bretonen in der Mannschaft!«

Nolwenn holte jetzt doch einmal Luft und fuhr etwas ruhiger fort.

»Mit ihm macht Konan seine Touren. Die Zentrale auf den Inseln befindet sich direkt neben dem *Quatre Vents.* Er hat auch ein Haus auf Saint-Nicolas, eines dieser von außen sehr hässlichen Häuser, Richtung Bananec.«

Widerwillig stieg Dupin in das Thema ein.

»Wohnt er auf den Inseln?«

»Eigentlich wohnt er in Les Sables Blancs, da hat er wohl eine Villa, von einem Stararchitekten hochmodern renoviert, mit Pool und allem. Aber er scheint auch häufiger auf Saint-Nicolas zu übernachten. Ein eingefleischter Junggeselle. Wenn Sie mich fragen: ein Aufschneider, Großtuer und Frauenheld. Er macht nicht selten Schlagzeilen.«

Dupin reizte es erneut, zu fragen, woher sie das alles wusste und wo sie diese Informationen innerhalb so kurzer Zeit herbekommen hatte. Nicht zuletzt, wie sie zu ihrer drastischen Charakterisierung kam, zuerst hatte er wie ein Held geklungen.

»Lefort hat seine beiden Boote übrigens natürlich nicht in Bénodet liegen, sondern in Concarneau. Er besitzt eine luxuriöse Segeljacht und eines dieser Speedboote. Mit diesem verkehrt er wohl immer zwischen den Glénan und dem Festland.«

»Hm. Und warum sind sie auf ihren Touren nicht mit der Luxusjacht unterwegs, Konan und er?«

»Keine Ahnung, Monsieur le Commissaire.«

»Ich werde sehen, ob ich ihn zufällig hier antreffe. Oder ob jemand etwas weiß.«

Dupin hatte den Satz ganz instinktiv gesprochen. Nolwenn hatte anscheinend genau damit gerechnet, sie kannte ihn.

»Ich habe eben bei der Segelschule nachgefragt, ob

er da ist. Sie sagten, sie wüssten nicht, wo er im Moment sei, aber er werde dringend erwartet.«

»Alles klar. Sagen Sie Riwal, der Hubschrauber braucht mich doch nicht abzuholen. Er wird ja sicher später noch einmal kommen. Vermute ich. Nachdem er die Leichen nach Quimper gebracht hat, oder?«

»Das weiß ich nicht. Aber es gibt ja noch den zweiten Hubschrauber der Seerettung.«

»Sehr gut.«

Dupin wollte nur eines nicht: noch einmal aufs Boot.

Wenige Minuten später stand Kommissar Dupin vor dem in der Tat sehr hässlichen Haus Lucas Leforts, es war das erste in der Reihe. Die anderen, vollkommen identischen Häuser folgten in Abständen von ungefähr fünfzehn Metern, sechs Stück, dabei jeweils ein paar Meter weiter nach hinten versetzt. Alle waren von einem großen, aber öden Garten umgeben, nur mit dem buschigen wilden Gras der Insel bewachsen, dafür mit berückendem Blick auf die Lagune von Saint-Nicolas, auf Penfret, Drénec, Le Loc'h und, mitten in der Kammer, Fort-Cigogne. Die Gärten waren durch eine kniehohe, kurios anmutende und völlig undekorative Betonmauer von dem am Meer entlangführenden Weg getrennt. Die Häuser mussten aus den Siebzigern stammen und waren damals sicher ambitionierte Architektur gewesen. Die Schieferdäche waren bis zum Boden gezogen, die Fenster und Terrassen wie Nischen darin eingearbeitet, das hatte mal als schick gegolten. Nur die seit einigen Jahren äußerst strikten Küstenschutzgesetze hatten vermutlich verhindert, dass sie abgerissen und durch neue Häuser ersetzt worden waren. Die Terrasse Leforts war aus Holz und das einzig Schöne an dem ganzen Haus, umrandet mit großen Steinen, versehen mit einem, wie Dupin fand, übertrieben großen Holztisch und ebenso übertrieben vielen Stühlen.

Durch die das Licht reflektierenden Panoramafenster war niemand auszumachen. Am rechten Grundstücksrand befand sich ein kleines Holztor, von dem ein schmaler Kiesweg zur Eingangstür an der Seite des Hauses führte. Am Tor war keine Klingel zu sehen. Nur ein emailliertes Schild: »L. Lefort«.

Dupin spielte noch einmal mit dem Gedanken, doch rasch Riwal Bescheid zu geben, ihn direkt mit aufs Festland zu nehmen. Die ganze Situation war zu grotesk. Da erkundigte er sich nach dem offensichtlich unsympathischen Freund eines ebenso unsympathischen Freundes des ihm verhassten Präfekten. Womöglich lag Lefort nach einer langen Nacht sogar noch wohlig im Bett, wenn nicht hier, dann in seiner Villa in Sables Blancs. Und was hieß das schon – »Sie erwarten ihn«? Überhaupt: Es gab keinerlei Anzeichen dafür, dass Konan und Lefort zwei der drei Leichen sein könnten, die sich gerade auf dem Luftweg in die Gerichtsmedizin von Quimper befanden. Und was sollte er Lefort sagen, wenn er ihn nun hier anträfe? »Ich hatte irgendwie den Verdacht, Sie seien eine der drei Wasserleichen, auch wenn wir keine Hinweise darauf hatten – ich bin froh, dass Sie es nicht sind«? Eigentlich sprach tatsächlich alles für die sofortige Rückkehr nach Concarneau. Aber sosehr Dupin sich auch darüber ärgerte, er konnte nicht anders. Er öffnete das Tor und ging den Kiesweg entlang.

Die Eingangstür war genauso hässlich wie das Haus, aus Aluminium, mit einem Milchglasfenster im oberen Drittel. Auch hier keine Klingel. Dupin klopfte. Zunächst diskret, dann, nach einigem Warten, beherzter.

»Monsieur Lefort? Hallo?«

Dupin rief einige Male. Immer lauter.

»Commissariat de Police Concarneau.«

»Ich weiß nicht, ob er überhaupt da ist.«

Dupin fuhr zusammen. Direkt hinter ihm stand eine Frau. Er hatte nicht bemerkt, dass sich jemand genähert hatte, über den Kiesweg konnte sie nicht gekommen sein.

»Ich – Bonjour Madame – Kommissar Dupin, Commissariat de Police Concarneau.«

Die Frau war schätzungsweise Ende dreißig, hatte dicke, lange Haare, dunkelblond, in einem disziplinierten Zopf gebunden. Sie war ausnehmend dünn, mittelgroß, vornehm hohe, dabei gänzlich harmonisch laufende Wangenknochen in einem schmalen Gesicht. Sehr schmal, aber nicht hässlich. Gar nicht. Zurückhaltende, aber präsente, selbstbewusste Augen. Ein sichtlich enger schlammbrauner Tweedrock, eine ebenso enge strenge Bluse in einem dunklen Orange. Es wirkte drollig, wie sie angezogen war, irgendwie altmodisch.

»Ist Lucas etwas passiert? Worum geht es? Ich bin seine Schwester. Muriel Lefort.«

»Nein, gar nicht. Ich wollte nur …«

Das war noch schwieriger, als wenn es Lefort selbst gewesen wäre. Was immer er sagte, es würde ihr Angst machen.

»Sie müssen sich gar keine Sorgen machen, bestimmt.«

Dupin fühlte sich nicht wohl bei diesem Satz.

»Mein Bruder und ich waren verabredet, aber bisher ist er nicht aufgetaucht. Ich wollte nachsehen, ob er hier ist. Er geht nicht an sein Handy. Sein Boot liegt im Hafen. Deswegen müsste er auf der Insel sein. Eigentlich wohnt er in Sables Blancs, aber ab und zu ist er hier, auch wenn er nicht häufig über Nacht bleibt. Gestern Abend war er jedenfalls noch da.«

»Er war gestern Abend hier?«

»Ja. Ich habe ihn kurz im *Quatre Vents* gesehen. Aber nicht mit ihm gesprochen. Ich war nur ein paar Minuten da.«

»War Ihr Bruder allein?«

»Das kann ich nicht sagen. Er stand an der Bar und war im Gespräch mit einer Blondine. Warum suchen Sie meinen Bruder?«

Dupin hatte gehofft, um diese Frage herumzukommen.

Er war verwirrt. Lefort war gestern Abend hier gewesen. Yannig Konan ebenfalls? Waren sie hier in der Gegend unterwegs gewesen, hatten sie hier Station gemacht, wegen des Unwetters? Waren die beiden über Nacht auf der Insel geblieben? Wenn Lefort allein gewesen war, war das nicht eher ein Indiz dafür, dass Konan gar nicht mit Lefort unterwegs, sondern wirklich bei einer Frau gewesen war oder Ähnliches? Aber wo war Lefort?

»Haben Sie einen Schlüssel zum Haus Ihres Bruders?«

»Nicht hier. Ich kann ihn holen, ich wohne gleich nebenan.«

Dupins Telefon gellte. Er sah Kadegs Nummer. Er trat zur Seite und nahm ab.

»Wir haben eine Vermisstenmeldung. Sie ist gerade eben in Quimper eingegangen.«

Kadeg verhaspelte sich ein wenig, auch wenn er seine Worte angestrengt zu kontrollieren versuchte.

»Wer ist es?«

»Ein Monsieur Arthur Martin. Aus Île-Tudy, nicht weit von Bénodet. Er …«

»Wie alt?«

»Fünfundfünfzig.«

»Ich – warten Sie einen Augenblick, Kadeg.«

Dupin wandte sich Muriel Lefort zu, die ihn ängstlich ansah.

»Es geht um etwas ganz anderes, Madame Lefort. Um jemand anderen. Ausdrücklich.«

»Das ist gut zu hören. – – – Ich meine …«, sie brach verlegen ab, »ich gehe den Schlüssel holen.«

»Tun Sie das.«

Dupin wartete einen Moment, dann wandte er sich wieder Kadeg zu.

»Wer hat ihn vermisst gemeldet?«

»Seine Freundin. Er war gestern auf der Île aux Moutons. Sie gehört gar nicht zum Archipel, aber alle zählen sie dazu. Sie liegt fünf Seemeilen entfernt, Richtung Festland, etwas westlicher. Er wollte mit seinem Boot spätestens heute früh zurück sein. Kein richtig großes Boot, fünf Meter sechzig, mit dem er immer rausfährt. Mit einer Kabine immerhin. Die Freundin hat versucht, ihn über das Handy zu erreichen. Dann hat sie sich immer größere Sorgen gemacht.«

»Vielleicht ist der Akku leer.«

»Sie ist bei ihm vorbeigefahren und hat in seinem Büro angerufen. Auch da ist er noch nicht aufgetaucht.«

»Was wollte er auf den Inseln?«

»Angeln. Ein erfahrener Angler.«

»War er allein?«

»Seine Freundin sagt, er war immer allein auf dem Boot. Ich lasse uns ein Foto von Arthur Martin auf mein Smartphone schicken.«

Kadeg benutzte kein Handy, natürlich nicht, sondern ein Smartphone. Dupin konnte es schon nicht ertragen, wie Kadeg das Wort »Smartphone« aussprach, geschweige denn zu sehen, wie er sich aufspielte, wenn er es zum Einsatz brachte – mit all seinen sensationellen Funktionen.

»Ich sehe keine Hinweise darauf, dass der Vermisste einer der drei Toten hier sein könnte. Monsieur Martin wird sicher bald wieder auftauchen.«

Dupin wusste, dass die Rigorosität dieser Schlussfolgerung vorrangig seinem Unwillen geschuldet war, Kadeg hier einen Punkt machen zu lassen – dennoch: Auch von der Sache her ergab das alles keinen Sinn. Es handelte sich um einen einzelnen Mann. Es gab keinen Hinweis, dass er jemanden getroffen hatte. Und es war doch sehr unwahrscheinlich, dass gestern Nacht mehrere Boote an mehreren, vielleicht ganz unterschiedlichen Stellen mit jeweils einem Menschen an Bord gekentert waren und es drei Leichen an ein und denselben Strand getrieben hatte – oder?

»Ich halte das für einen seltsamen Zufall. Zu genau demselben Zeitpunkt haben wir drei noch nicht identifizierte Leichen und einen Vermissten. Eine Vermisstenmeldung, die genau das Gebiet betrifft, um das es geht. Es wäre grob fahrlässig, dem nicht nachzugehen.«

So formuliert klang es überzeugend, musste Dupin zugeben.

»In Ordnung.«

»Wir sollten einen der Hubschrauber anweisen, sich die Gegend um die Moutons anzusehen. Und zusätzlich noch ein Boot aus Bénodet oder Fouesnant anfordern. Die Moutons sind zwar unbewohnt, aber vielleicht liegen da Boote, die auch gestern schon da waren, und jemand hat Martins Boot gesehen.«

»Tun Sie das, Kadeg.«

Dupin legte auf. Vielleicht waren gestern doch aus irgendeinem Grund, den sie noch nicht kannten, zwei weitere Leute an Bord des kleinen Bootes des Mannes aus Île-Tudy gewesen? Sie wussten ja noch gar nichts.

Er schaute sich um. Madame Lefort war schon wieder zu sehen, sie kletterte gerade mit Geschick über die niedrige Mauer vom ersten zum zweiten Haus. Es dauerte nicht lange, und sie stand neben ihm.

»Der Schlüssel.«

Sie wirkte wieder vollständig gefasst.

Im nächsten Moment schloss sie die Tür auf.

Unmittelbar hinter dem Eingang stand man in einem geräumigen, offenen Raum, der Wohnzimmer und Esszimmer in einem war, nach vorn und hinten lagen die Panoramafenster, gegenüber der Eingangstür eine kleine, edel wirkende Küchenzeile.

»Lucas? Lucas? Bist du da?«

Es war nicht penibel aufgeräumt, aber auch nicht unordentlich. Madame Lefort stand etwas unschlüssig da.

»Es ist mir doch ein wenig unangenehm, einfach in das Haus meines Bruders zu gehen. Das würde ich normalerweise nicht tun.«

»Es ist in diesem Fall ganz – angemessen.«

Dupin hatte mit sanfter, aber fester Stimme gesprochen.

»Wenn Sie meinen.«

Muriel Lefort bewegte sich in Richtung der schmalen Holztreppe, die zum Dachgeschoss führte. Kommissar Dupin war fast genau in der Mitte des Raums stehen geblieben.

»Lucas? Ein Kommissar will dich sprechen.«

Sie stieg die Treppe hoch und verschwand einige Augenblicke in der oberen Etage, bevor sie wieder auf der Treppe erschien.

»Niemand da, Monsieur le Commissaire. Das Bett sieht unbenutzt aus. Auch das Bad. Er scheint hier nicht geschlafen zu haben.«

»Dann muss er noch in der Nacht zurückgefahren sein.«

»Wie gesagt, sein Boot liegt im Hafen. Er besitzt eines dieser albernen Speedboote. Er hat einen Platz direkt an der Mole.«

»Vielleicht ist …«

Dupin unterbrach sich. Das führte zu nichts. Alles war vollkommen spekulativ. Sie brauchten Klarheiten.

»Haben Sie ein Foto Ihres Bruders?«

Jetzt kam Madame Leforts Unruhe zurück.

»Halten Sie es nun etwa doch für möglich, dass mein Bruder einer der Toten ist?«

»Ich würde gern mit Gewissheit sagen können, dass er es nicht ist.«

»Er könnte bei jemand anderem übernachtet haben. Er …«

Jetzt brach Muriel Lefort ab.

»Ich hole Ihnen ein Foto.«

Sie verschwand wieder für kurze Zeit im Dachgeschoss und kam kurz darauf zurück.

»Über seinem Bett hing eines, mit seiner aktuellen Freundin. Glaube ich.«

Das Wort »Freundin« hatte sie seltsam künstlich betont.

»Das Foto ist zumindest ziemlich aktuell. Nehmen Sie es.«

Sie reichte es Dupin. Zu sehen war ein zugegebenermaßen attraktiver, hochgewachsener, schlanker Mann. Er hatte markante Züge, kantige Wangenknochen, kurzes, volles Haar, schwarz glänzend, war in Bermudas und einem dunklen Polohemd auf einem anscheinend größeren Segelboot. Er lachte und umarmte eine bikinibekleidete Bilderbuchbrünette. Er schaute direkt in die Kamera, sicher, durchdringend, herausfordernd. Dupin konnte nicht erkennen, ob der Mann auf dem Foto einer der drei Toten am Strand war. Aber es war auch nur das Gesicht eines der drei Männer einigermaßen deutlich zu sehen gewesen. Und der war es nicht.

»Ich kann anhand dieses Fotos keine Aussage treffen. Es wäre aber gut, wenn wir das kurz überprüften. Dann haben wir Gewissheit. Ich werde …«

Dupin überlegte.

»Von meinem Bruder sind eine Reihe Fotos im Internet zu finden. Er ist ein bekannter Segler. Der *Admiral's Cup* …«

»Dürfte ich das Foto dennoch behalten?«

»Wenn er gleich wieder auftaucht, müssen aber Sie ihm erklären, warum das Commissariat de Police Concarneau im Besitz einer privaten Fotografie von ihm und seiner Freundin ist.«

Sie lächelte etwas gezwungen.

»Da wird mir etwas einfallen. – Was noch wichtig für uns ist: Sie sagten, Ihr Bruder sei seit gestern Abend nicht mehr gesehen worden?«

Muriel Lefort antwortete etwas verhuscht.

»Soweit ich weiß. Meine Assistentin sagte, sie habe ihn den ganzen Morgen noch nicht gesehen. Ich weiß auch nicht, was er noch vorhatte. Ich habe wie gesagt gestern Abend im *Quatre Vents* gar nicht mit ihm gesprochen. Wir …«

Sie schien kurz nachzudenken.

»Es ist bekannt, dass wir uns nicht – nicht sehr nahestehen. Wir haben heute einen Termin, es gibt einige wichtige Dinge zu besprechen. Wir leiten die Segelschule zusammen, theoretisch, ich meine … Sie gehört uns beiden.«

»Ich verstehe.«

»Sie haben mir immer noch nicht gesagt, wie Sie überhaupt auf meinen Bruder kommen?«

Dupin musste einen klaren Kopf behalten. Die Situation mit Lefort schien nun eindeutiger, als sie es faktisch war.

»Es ist etwas kompliziert, Madame Lefort. Wir wissen, dass Ihr Bruder häufiger mit einem Monsieur Yannig Konan Bootstouren unternimmt und dass sie es auch an diesem Wochenende vorhatten. Ich nehme an, Sie kennen Monsieur Konan?«

»Nur oberflächlich.«

»Aber Sie wissen, dass die beiden befreundet sind und manchmal zusammen mit dem Boot unterwegs?«

»Ja, wieso?«

Dupin zögerte.

»Yannig Konan ist heute nicht in seinem Büro erschienen«, eilig fügte Dupin hinzu, »aber er ist bisher keinesfalls vermisst gemeldet worden. Er könnte überall sein, es gibt Hinweise, dass er in Bénodet oder der Gegend von Bénodet ist, sein Boot, mit dem er unterwegs war, liegt dort im Hafen.«

Muriel Leforts Augen weiteten sich.

»Konan wird auch vermisst?«

»Wir wissen im Augenblick nicht, wo er ist. Mehr nicht.«

Dupin war sich darüber im Klaren, dass das kein besonders souveräner Satz gewesen war.

»Es könnte also doch Lucas sein.«

»Ich weiß selbst erst seit eben, dass es Ihr Bruder ist, der mit Konan unterwegs war. Ich …, das ist wirklich eine komplizierte Geschichte. Aber Sie werden sehen, alles wird sich in Wohlgefallen auflösen. So wird es sein.«

Dupin hatte sich bemüht, alle ihm mögliche Zuversicht in diesen Satz zu legen. Weit war er nicht gekommen.

Muriel Lefort wandte sich Richtung Ausgang.

»Ich muss wieder ins Büro, Monsieur le Commissaire. Vielleicht hat ja dort jemand etwas von Lucas gehört.«

»Ich danke Ihnen schon einmal für Ihre Hilfe, Madame Lefort.«

Sie traten hinaus und verabschiedeten sich. Dupin notierte sich noch ihre Handynummer, für den Fall, dass es Neuigkeiten gab. Dann lief er langsam über den Kiesweg zurück. Doch er bog nicht nach rechts Richtung *Quatre Vents* ab, sondern nach links, Richtung Sandbank.

Er musste telefonieren. In Ruhe.

»Riwal?«

»Monsieur le Commissaire?«

»Ich möchte, dass die Kollegen umgehend überprüfen, ob es sich bei einem der Toten um einen Monsieur Lucas Lefort handelt. Auf der Stelle. Ein bekannter Segler. Weltmeister oder so. Sie sollen im Internet nach einem brauchbaren Foto schauen. Lu – cas Le – fort. Ich will es sofort wissen. Sind die Leichen schon in Quimper eingetroffen?«

»Der *Admiral's-Cup*-Gewinner?«

Riwal klang aufgeregt.

»Ja, er ist seit gestern Abend nicht mehr gesehen worden.«

»Ich werde die Kollegen anrufen. Ich denke, sie müssten bald in Quimper ankommen. Wie sind Sie auf …«

»Rufen Sie dort an, Riwal. Alles andere kann warten.«

»Verstanden, Chef.«

Dupin legte auf.

Er lief über den malerischen Holzsteg, der einmal um die gesamte Insel führte, immer am Meer entlang. Das »Innere« der Insel (so viel war es nicht) war karg, herb, er mochte es. Dorniges Gestrüpp, Himbeeren, Brombeeren, eine knappe Grasdecke, halbhohe Farne, hier und dort schimmernde Heide, Inseln grellgelben Stechginsters. Die Sandbank zwischen Saint-Nicolas und Bananec war vom auflaufenden Wasser bereits überspült. Sanfte, lange Wellen glitten vom offenen Atlantik in die Kammer. Genau inmitten der Sandbank waren zwei Männer zu sehen. Sie standen nicht mehr als knöcheltief im Wasser. Es sah vollkommen verrückt aus – es wirkte so, als würden sie über das Wasser laufen. Die Flut kam. Die Landschaft veränderte sich, das hieß vor allem: Das Land wurde noch weniger.

Der Archipel war ein äußerster Vorposten des alten Kontinents. Man konnte es spüren, fand Dupin. Das letzte Ende vom Ende der Welt. Tatsächlich gab es zwischen den Glénan und der Küste Kanadas nichts mehr, kein Fleckchen Erde, nicht einmal eine öde Felsengruppe. Fünftausend Kilometer waren es, die man zurückzulegen hatte, bis man wieder festen Boden unter die Füße bekam. Fünftausend Kilometer Wasser. Des wildesten Meeres der Welt. Und viel Land war es eben nicht, dieses allerletzte Stück. Dupin dachte an den Sturm der vergangenen Nacht. Dieses allerletzte Stück Land war keine feste Landmasse, nicht annähernd, es waren wüst gesetzte, chaotisch gezogene, unförmige Landkleckse – was die beliebten Luftaufnahmen eindrucksvoll zeigten. Die letzte Bastion Land war eine sehr fragile Bastion.

Dupin war langsam um die nördliche Spitze der Insel herumgelaufen. Er schaute nun Richtung Westen. Der Klingelton seines Handys durchbrach die Stille. Es war Kadeg. Dupin nahm ab.

»Negativ.«

Kadeg hörte sich hektischer als gewöhnlich an.

»Was meinen Sie, Kadeg?«

»Er ist es nicht.«

»Es handelt sich bei keinem der drei untersuchten Toten um den vermissten Angler? Den Mann aus Île-Tudy?«

Dupin hatte den Satz so auführlich formuliert, um zu frohlocken. Weil er mit seinem Gefühl richtiggelegen hatte und Kadeg falsch.

»Nein.«

»Ist er denn wieder aufgetaucht?«

»Nein. Aber sie haben sich die Leichen anhand des Fotos genau angesehen, es ist gänzlich ausgeschlossen, dass er es sein könnte.«

In Kadegs Stimme lag unumwundene Enttäuschung. Und ein wenig Pein. »Dann haben wir einen Vermissten, der keiner der drei Toten ist – und drei Tote, von denen bisher keiner vermisst wird.«

Kadeg wusste offensichtlich nicht, was er auf Dupins Anfall komischer Formulierkunst antworten sollte, und schwieg.

»Gut, Kadeg, so ist die Lage.«

Dupin legte auf.

Er gab zu, dass auch er, so makaber es war, und aus anderen Motiven als Kadeg, nicht unglücklich gewesen wäre, wenn es sich bei dem Vermissten um einen der drei angeschwemmten Toten gehandelt hätte. Um überhaupt irgendeine Spur zu haben. Dann hätte man wahrscheinlich rasch herausgefunden, wer die anderen beiden Toten waren.

Dupin war erneut stehen geblieben. Er überlegte umzukehren, aber es sah so aus, als wäre er schneller wieder am *Quatre Vents,* wenn er dem Weg einfach folgte. Man sah die Bar von hier zwar noch nicht – eine Düne zog sich längs über die Insel –, aber es konnte nicht mehr weit sein.

Dupins Blick glitt unbestimmt in die Ferne, über das Meer, ein tiefes Ultramarin am Horizont. Dass das Meer blau sei, das hatte Dupin aufgehört zu sagen. Denn es stimmte nicht: das Meer war nicht einfach blau. Nicht hier in dieser magischen Lichtwelt. Es war azur, türkis, cyanblau, kobaltblau, silbergrau, ultramarin, helles Wasserfarbenblau, bleigrau, nachtblau, violettblau … Blau in sicher zehn, fünfzehn verschiedenen Grundtönen und schier unendlich vielen Zwischentönen. Manchmal war es sogar grün, richtig grün oder braun – und tiefschwarz. All das hing von mannigfaltigen Gegebenheiten ab: der Sonne und ihrem Stand natürlich, der Jahreszeit, der Tageszeit, auch vom Wetter, dem Luftdruck, dem genauen Wassergehalt in der Luft, der alles Licht je anders brach und das Blau in diesen oder jenen Ton verschob, in besonderer Weise von der Tiefe des Meeres und dem jeweiligen Meeresboden, auf den das Licht fiel. Es hing auch vom Wind ab, von der Beschaffenheit der

Meeresoberfläche und dem Wellengang. Vom Land, das vor dem Meer lag, der Landschaft und ihren Farben. Die wichtigste Gegebenheit war jedoch ein anderes Blau – der Himmel, der genau so variierte und selbst mit den Wolken kontrastierte. Sein Blau war es, das sich mit den unterschiedlichen Tönen des Meeres in einem unendlichen Zusammenspiel befand. Die Wahrheit lautete: Nie sah man dasselbe Meer, denselben Himmel, nicht einmal in ein und derselben Stunde an ein und demselben Ort. Und: Immer war es ein Spektakel.

Dupin ging weiter, etwas schnelleren Schrittes. Er würde noch einen *café* trinken. Und auf Riwals Anruf warten. Und wenn der ebenfalls nichts ergab – wovon Dupin ausging –, würde er unwiderruflich zurück aufs Festland fliegen. So schön es hier auch war.

Die Terrasse des *Quatre Vents* hatte sich merklich geleert. Dupin sah die drei Frauen der Familie Nuz jetzt ein erstes Mal zusammen, routiniert und geschickt räumten sie die Tische ab und brachten nach dem mittäglichen Ansturm alles wieder auf Vordermann. Nolwenn hatte recht, sie sahen sich auf fast unheimliche Weise ähnlich. Alle hatten sie die gleichen tiefbraunen Augen, die gleichen mattschwarzen Haare, vor allem eben die gleiche eigensinnige Stupsnase, die gleiche schlanke Statur. Solenn Nuz trug die Haare unterdessen, anders als ihre Töchter, kurz, à la Jean

Seberg, und hatte zwei ausgeprägte Lachgrübchen. Die – wie Dupin, wenn auch nur mit Mühe, erkennen konnte – jüngere Tochter hatte ihrer Mutter etwas zugeflüstert, als er die Bar betreten hatte, ohne auch nur im Geringsten Anstalten zu machen, dies zu verbergen. Ein kurzer, kundschaftender Blick Solenn Nuz' hatte Dupin gestreift, dann war sie wieder mit Gläsern und Flaschen hinter der Theke beschäftigt gewesen.

Er hatte sich mit einem *café* auf seinen alten Platz gesetzt. Die *Luc'hed* war jetzt zu sehen. Sie hatte an einem der Boote angelegt, das ziemlich nahe an der Mole lag. Sie waren offenbar noch mit den Befragungen beschäftigt.

Dupin merkte, dass er unzufrieden war. Ihm ging das alles zu langsam. Er würde einfach selbst Savoir anrufen. Sie mussten weiterkommen. Und er wollte sichergehen.

Es dauerte etwas, bis Docteur Savoir abnahm.

»Gibt es Neuigkeiten, Savoir?«

»Mit wem habe ich das Vergnügen?«

Dupin war sich todsicher, dass Savoir ihn auf Anhieb erkannt hatte.

»Haben Sie ein Foto von Lucas Lefort mit den drei Toten verglichen?«

»Ah, Sie sind es, Commissaire! Wir suchen nach weiteren Fotos und sind dabei, die Leiche zu untersuchen. Es kommt nur eine infrage, die es sein könnte.

Sie hat schwere Verletzungen, teils auch im Gesicht. Wir bräuchten eigentlich ein Porträt, die meisten Fotos zeigen ihn auf dem Boot, bei Siegerehrungen, mit anderen Menschen. Und als Toter sieht man ohnehin anders aus. Sie müssen in Rechnung stellen, dass …«

»Ich will wissen, was Sie denken, Savoir.«

Dupin war lauter geworden. Einen Augenblick herrschte Schweigen auf der anderen Seite der Leitung.

»Ich denke, er könnte es sein. Die Wahrscheinlichkeit ist groß.«

»Was?«

Dupin war fassungslos. Das war kaum zu glauben. Jetzt herrschte Schweigen auf seiner Seite der Leitung.

»Sie denken, einer der Toten ist Lucas Lefort?«

»Ich sagte, die Wahrscheinlichkeit sei durchaus gegeben.«

»Sie sind sich also sicher.«

Dupin hatte keine Lust auf Savoirs umständliche Art.

»Ich denke, ja. Wir werden dennoch eine Identifizierung vornehmen, schon der Form halber, er hat eine Schwester.«

»Und warum zum Teufel haben Sie mich nicht schon angerufen, als Sie den ersten Verdacht hegten?«

»*Ich* arbeite gewissenhaft.«

Wäre die Nachricht selbst nicht so dramatisch und einschneidend gewesen und hätte sie nicht eine Kette von Gedanken in Dupin ausgelöst – er wäre in die Luft gegangen.

»Die Schwester wohnt auf den Glénan. Wir werden sie hierherfliegen müssen.«

Dupin antwortete nicht. Er dachte nach. Es war wirklich Lucas Lefort. Einer der drei Toten war der Bruder der Frau, mit der er gerade gesprochen hatte. In dessen Haus er gerade gewesen war.

»Haben Sie gehört, was ich gesagt habe, Monsieur le Commissaire?«

Dupin zwang sich zurück in das Gespräch.

»Haben Sie erste Anhaltspunkte zur Todesursache?«

»Nein. Wir haben die Leichen eben erst ins Labor gebracht und uns dann ganz auf die Frage konzentriert, ob Lucas Lefort darunter sein könnte. Jetzt werden wir die Toten umgehend auf mögliche Läsionen untersuchen, die nicht durch das Treiben im Meer zu erklären wären. Dann nehmen wir die Obduktion und die toxikologischen Tests vor, wir …«

»Ich verstehe.«

Dupin hatte in einem sehr rabiaten Tonfall gesprochen, der zumindest ein wenig seine Wirkung tat.

»Auf den Inseln konnte ich nicht viel machen. Was ich sehen konnte, sah nach äußeren Verletzungen aus, die durch Felsen und Klippen entstanden sein könnten. Aber das sind vollkommen unbelastbare Aussagen, die aller Wissenschaftlichkeit entbehren.«

»Wie lange werden Sie brauchen?«

»Wenn die Körper nicht länger als einen Tag im Wasser waren, werden wir nach der Öffnung des Brustkorbs binnen einer Dreiviertelstunde wissen, ob Ertrinken die Todesursache war. Jeweils. Ich …«

»Lefort hat nicht länger als zwölf Stunden im Meer gelegen, das kann ich bereits sagen. Die anderen also vermutlich auch nicht.«

»Dann beginnen wir mit ihm. Ich habe aus der Klinik zwei zusätzliche Assistenten angefordert. Ich …«

»Wir müssen wissen, womit wir es zu tun haben.«

»Darüber bin ich mir im Klaren, Monsieur le Commissaire, wir warten …«

»Savoir.«

»Ja?«

»Schauen Sie im Internet nach Fotos von einem Yannig Konan. Yan – nig Ko – nan. Ein bekannter Großunternehmer, hier aus der Bretagne.«

»Sie vermuten, dass er einer der beiden anderen Toten ist?«

»Wir werden sehen.«

»Wie kommen Sie darauf?«

»Sie hatten eine gemeinsame Bootstour vor. Es ist zwar nicht …«

Dupin stockte. Ihm war eigentlich überhaupt nicht danach, Savoir auch nur im Geringsten einzuweihen.

»Das ist unerheblich. Schauen Sie einfach nach Yannig Konan.«

Dupin hätte fast aufgelegt, bevor Savoir noch etwas sagen konnte, hielt aber inne.

»Savoir, noch eine Sache.«

»Ja?«

Das »Ja« sprach Bände.

»Ich werde Madame Lefort selbst in Kenntnis setzen. Ich habe eben ihre Bekanntschaft gemacht. Ich werde ihr sagen, wie es ist. Und auch, dass man sie in Quimper für die Identifizierung benötigt.«

»Der Hubschrauber wird sie abholen. Wir sollten keine Zeit verlieren.«

»Nein, das sollten wir nicht. Melden Sie sich umgehend – auch wenn es sich nur um eine ›Vermutung‹ handelt, ich …«

Jetzt hatte Savoir aufgelegt.

Dupin erhob sich. Auch wenn sie sich vielleicht nicht nahegestanden hatten, Muriel Lefort und ihr Bruder, es würde ein Schock sein. Und eine Identifizierung war immer furchtbar.

Er ging an der Mole vorbei. Rechts davon, an der ersten Boje, lag ein Speedboot. Knallrot, schmal, lang gezogen. Er hatte es am Morgen trotz seiner Auffälligkeit nicht wahrgenommen. Es gehörte einem Toten.

Es waren nur ein paar Meter bis zur Segelschule. Die ungewöhnlich breite Tür stand weit offen. Im Eingang rechts befand sich der »Accueil«.

Er trat ein. In dem Augenblick – er war noch nicht ganz über die Schwelle – schrillte sein Handy. Savoir.

Dupin machte auf der Stelle kehrt und nahm ab.

»Sie hatten recht, Monsieur le Commissaire!«

Savoirs Stimme vibrierte ein wenig, auch wenn er sich offenkundig bemühte, cool zu wirken.

»Es ist Yannig Konan. Er ist es. In diesem Fall definitiv. Die Leiche hat keine bedeutenden Verletzungen im Gesicht. Er ist anhand der Fotos, die wir im Internet gefunden haben, eindeutig zu identifizieren.«

Dupin war Richtung Austernbar gelaufen.

»Keinerlei Zweifel?«

»Für mich bestehen keine Zweifel. Nein.«

Dupin fuhr sich mehrere Male wild durch die Haare. Dann blieb er stehen.

»So ein Scheiß.«

»Bitte?«

»Großartig. Das wird Aufsehen erregen. Ein guter Freund des Präfekten. Und wir tappen noch vollkommen im Dunkeln.«

Dupin hatte mehr zu sich selbst gesprochen als zu Savoir.

»Ein Freund von Locmariaquer?«

»Ja.«

»Oh. Dann wird er eine große Sache daraus machen. Ich gehe davon aus, dass Sie ihn umgehend unterrichten werden, Monsieur le Commissaire. Ich gehe wieder an die Arbeit. Wir werden die Untersuchungen so schnell wie möglich vorantreiben.«

Das hatte er nun von seiner Beharrlichkeit, eigentlich davon, dass er unbedingt noch den Hummer hatte essen wollen – er hätte sein planloses Herumstöbern sicher nicht auf dem Festland begonnen. Dupin hatte die Dinge ins Rollen gebracht. Jetzt war es an ihm, dem Präfekten *persönlich* die Nachricht vom Tod seines Freundes zu überbringen, und das, nachdem der Präfekt selbst erleichert »Entwarnung« gegeben hatte. Und das auch noch, nachdem er Muriel Lefort *persönlich* die Mitteilung vom Tod ihres Bruders gemacht haben würde. Natürlich wäre es irgendwann auch so zu einer Identifizierung der Toten gekommen – aber sicherlich wäre es sehr viel weniger unangenehm für ihn gewesen.

Und ganz unabhängig vom Präfekten: Was bedeutete das alles? Wer war der dritte Tote? Konan und Lefort hatten zu zweit unterwegs sein wollen. Zumindest soweit sie wussten. Das waren sie anscheinend immer. Und warum lag Konans Boot in Bénodet? Sie waren auch nicht mit Leforts Boot unterwegs gewesen – hatten sie das Boot des dritten Toten genommen? Und noch einmal: Was war mit dem vermissten Angler, dem Mann aus Île-Tudy, der nicht der dritte Tote war?

Dupin stieß einen verdrossenen Fluch aus.

Das Gespräch mit Muriel Lefort war, wie erwartet, sehr schwer gewesen. Sie waren in ihr kleines, schlicht gehaltenes Büro der Segelschule gegangen, direkt neben dem »Accueil«. Die ersten Momente schien sie gefasst. Schließlich war sie in Tränen ausgebrochen und hatte nicht weiterreden können. Dupin war sich auf eine komische Weise schuldig vorgekommen. Madame Lefort hatte dann einige Minuten nur gesessen und geschwiegen, versteinert, den Kopf und die Augen gesenkt, den Blick ins Unbestimmte gerichtet. Man hätte nicht einmal sagen können, ob sie atmete. Dupin hatte ebenso still dagesessen. Dann war Muriel Lefort jäh aufgestanden und hatte darum gebeten, allein zu sein. Sie hatte versucht, ihrer Stimme einen festen Klang zu verleihen. Selbstverständlich war Dupin einverstanden gewesen.

Sie hatte sich umstandslos bereit erklärt, zur Identifizierung der Leiche nach Quimper zu fliegen, sobald sie sich dazu in der Lage fühlte. Sie hatte Dupin die Nummer ihrer Assistentin gegeben und gebeten, alles mit ihr zu organisieren. Dupin hatte natürlich ein paar dringende Fragen gehabt, aber es war nicht der Moment gewesen. Er würde später noch einmal mit ihr reden.

Noch grässlicher als befürchtet war das Telefonat mit dem Präfekten gewesen. Ein langes, sehr umständliches, sehr anstrengendes Gespräch. Dupin war währenddessen genau einmal um die Insel gelaufen.

Wieder und wieder hatte der Präfekt pathetisch ausgerufen, wie furchtbar tragisch und erschütternd dies sei, wieder und wieder hatte er wissen wollen, warum Dupin überhaupt weiter nachgeforscht hatte, was es mit den verschiedenen Booten auf sich hatte und wie und warum es überhaupt zu dem Unfall gekommen war – alles Dinge, von denen Dupin selbst noch nicht den blassesten Schimmer hatte. Es war eine unmögliche Unterhaltung gewesen. Wäre dem Präfekten nicht anzumerken gewesen, wie nahe ihm der Tod Konans ging – und es war jetzt an Locmariaquer, Konans Frau anzurufen, die er zuvor sicherlich noch wortreich beruhigt hatte –, und hätte Dupin nicht erstaunlicherweise eine Spur von Mitgefühl empfunden, es hätte in scharfen Wortscharmützeln geendet. Und diese wären ihm nicht gut bekommen, er hatte Erfahrung damit. Im jeweils letzten Augenblick hatte er sich unter Aufbietung aller psychischen Kräfte zusammengerissen. Der Präfekt hatte ständig von Dupins »Fall« gesprochen und Dupin jedes Mal angemerkt, dass es gar kein Fall sei, höchstwahrscheinlich nicht – sondern dass es ein Unfall gewesen sei. Dass es bisher keinerlei Hinweise gebe, die auf etwas anderes hindeuteten. Erst als Dupin dies lautstark eingeworfen hatte, hatte der Präfekt überhaupt reagiert und gebrüllt, dass dann ebendieser »Unfall« und seine »restlos penible Aufklärung« nun sein *Fall* seien. Dass Dupin und sämtliche anderen Mitarbeiter des Kommissariats von Concarneau so lange alles stehen und liegen lassen sollten. Und dass er, der Präfekt, höchstpersönlich und stante pede alle Verstärkung organisieren werde, die nötig sei. Danach war das Telefonat beendet gewesen.

Dupin war bedient, seine Laune auf dem Nullpunkt. Kurz vor dem *Quatre Vents* bog er zum Strand ab, ging die breiten Holzstufen hinunter und dann links über die Felsen. Die Sonne hatte ihren höchsten Stand überschritten, das war zu spüren, sie hatte doch noch nicht die volle Kraft des Sommers.

So war es also. Das war nun sein *Fall.*

Dupin hatte das *Quatre Vents* kurzerhand zur »Zentrale« erklärt, was seine Stimmung eine Spur aufgehellt hatte (wenn auch nur für kurze Zeit). Sie hatten einen der Tische und sechs Stühle von der Terrasse genommen und an die Seite des Anbaus, Richtung Tauchschule, gestellt. Es war Viertel nach vier. Dupin hatte sie nach dem Gespräch mit dem Präfekten alle zusammengerufen, seine kleine Truppe – mit der resolut formulierten Instruktion, auf der Stelle zu erscheinen. Er hatte keine Lust, die Ermittlung als eine unendliche Folge von Telefongesprächen zu führen, auch wenn es unter diesen örtlichen Begebenheiten zumeist so sein würde. Er hatte auch Kireg Goulch gebeten zu kommen, und dafür die *Luc'hed* zu den Méaban geschickt. Was sie bei den Méaban bisher gefunden hatten, waren sechs größere Kanister, die für Trinkwasser oder andere Flüssigkeiten auf Booten benutzt wurden. Sonst nichts.

Der Tisch war nicht groß, sie saßen unbequem eng aneinandergerückt, es sah ohne Zweifel komisch aus: Riwal, Kadeg, Goulch, die beiden anderen jungen Polizisten der *Bir* und Dupin. Vor ihnen zwei große Tabletts mit *café*, Wasser, Cola und ein paar Sandwiches mit Krebs- und Makrelenrillettes.

»Was haben wir?«, begann Dupin. Etwas umständlich brachte er seine Arme in Position, öffnete sein Notizbuch, kritzelte ein paar Worte – was die anderen veranlasste, zu warten – und fuhr dann selbst fort.

»Zwei der drei Toten haben wir mittlerweile identifiziert. Lucas Lefort und Yannig Konan. Es gibt noch keinerlei Hinweise auf die Identität des dritten Toten. Lucas Lefort war gestern Abend noch auf den Glénan. Hier in der Bar. Das wissen wir von seiner Schwester Muriel Lefort. Wie lange, ob allein oder nicht, und wenn nicht, mit wem, das wissen wir noch nicht. Auch nicht, wie lange er da war. Wann er gegangen ist. Vielleicht war er ja mit Konan und dem dritten Toten zusammen da. Wir ...«

Dupins Handy tönte mitten in seinen Satz hinein. Er sah Savoirs Nummer. Er hatte den Anruf deutlich früher erwartet.

»Die Leiche hat nicht lange im Meer gelegen. Wir können bereits aufgrund einer makroskopischen Untersuchung eine Aussage treffen, es sind keine feingeweblichen Untersuchungen nötig. Obgleich …«

»Savoir. Kommen Sie zur Sache.«

Dupin hatte nicht die Geduld, Savoirs endlosen Präliminarien zu lauschen.

»Lucas Lefort ist durch Ertrinken zu Tode gekommen. Definitiv. Das steht fest. Gerade untersuchen wir Yannig Konans Körper, aber ich dachte, ich sage Ihnen schon einmal Bescheid.«

Savoir hörte sich beleidigt an.

»Ich bin Ihnen äußerst verbunden, Docteur.«

»Ansonsten haben wir weiterhin keine prämortalen Verletzungen gefunden. Ich melde mich wieder.«

Savoir legte auf.

Dupin blickte in die Runde, alle Augen waren neugierig auf ihn gerichtet. Er wiederholte in knappen Worten, was Savoir gesagt hatte, und versuchte, seine Gedanken neu zu ordnen.

»Das würde ins Bild des Unfalls passen. Genauer gesagt: Wir verfügen momentan über keine Anhaltspunkte, die auf etwas anderes als einen Unfall schließen lassen könnten. Einen Unfall mit einem Boot wahrscheinlich. Aber nicht mit Konans oder Leforts Boot. Möglicherweise mit dem Boot des dritten Toten«, Dupin sprach mechanisch, resümierend, es klang deutlich uninspiriert, »und wir haben erste Hinweise auf den Ort eines eventuellen Schiffbruchs. – Das scheint mir das Wesentliche. Was zu tun ist: Wir müssen genau rekonstruieren, was passiert ist. Und wer der dritte Tote ist.«

Dupin hatte das Unbestimmte seiner Aussagen durch lebhafte Bestimmtheit im Ausdruck zu kompensieren versucht. Er hielt sein Baguette schon die ganze Zeit in der linken Hand, hatte aber noch keinen Bissen getan.

»Vermutlich wird der Sturm eine Rolle gespielt haben. Und die Ebbe. Bei Flut sind die Méaban sechs, sieben steil aufragende Felsen, mehr nicht. Die sind selbst bei schlechtem Wetter zu sehen. Bei Ebbe jedoch befinden sich Dutzende Felsen knapp über und unter der Wasseroberfläche, über eine Ausdehnung von sicher einem halben Kilometer«, trug Goulch auf seine angenehm sachliche Weise vor.

»Es handelt sich zum jetzigen Zeitpunkt bei allem um reine Spekulationen«, warf Kadeg barsch ein.

Dupin hatte schon heute früh auf Le Loc'h vermutet, dass Kadeg es schwer ertragen würde, nicht die erste Geige zu spielen. Die spielte hier draußen eindeutig Goulch. Und der blieb vollkommen unbeeindruckt.

Einer der beiden anderen Polizisten meldete sich jetzt fast schüchtern zu Wort.

»Ich habe die Informationen vom Wetterdienst eingeholt«, er gewann beim Reden an Sicherheit, »der Sturm hat die Glénan gegen zweiundzwanzig Uhr erreicht und bis Mitternacht angehalten. Das Unwetter hat sich sehr schnell die Küste entlangbewegt, ein wenig im Zickzack. Fast nur über dem Meer, lediglich bei Penmarc'h hat es die Küste gestreift. Es kam zu Windstärken von neun, zehn, in den Peaks bis elf.«

Dupin schaute den jungen Polizisten fragend an.

»Bis zu hundert, hundertzehn Stundenkilometern.«

»Das ist schon – nennenswert. Aber solche Stürme kommen auch im Sommer vor.«

Es waren weniger Goulchs immer noch wohlgewählte Worte als die Art und Weise, wie er »nennenswert« intoniert hatte, die Dupin bewusst machte, dass es wirklich ein ernster Sturm gewesen war.

»Vielleicht sahen sie das Unwetter aufkommen und wollten noch rechtzeitig zurück ans Festland«, Dupin machte sich einige kryptische Notizen, während er sprach, »wir werden sicher bald erfahren, wann sie die Bar verlassen haben. Daran wird sich jemand erinnern.«

»Was doch merkwürdig ist: Monsieur Lefort zählte zu den besten Seglern Frankreichs, er war auf dem Meer zu Hause und kannte die Glénan hier wie seine Westentasche. Auch die Méaban. Er ist hier aufgewachsen. Auch Monsieur Konan war durchaus erfahren auf dem Meer. Und natürlich war ihnen beiden die Gefahr bei Springtiden bewusst. Ebenso, was Stürme hier auf dem Atlantik bedeuten.«

Riwal hatte seine Überlegungen ruhig reflektierend eingebracht. Es entstand ein ausgedehntes Schweigen. Er setzte – auf eine ganz Riwal-typische Weise – nach.

»Der Atlantik ist ein *echtes* Meer.«

Riwal konnte hochanalytisch sein, präzise, insbesondere sehr praktisch und pragmatisch, dann plötzlich raunte er dunkel-rätselhafte Sätze. Es hatte schwebend geklungen. Gravitätisch.

Der Satz vom »echten Meer« war freilich nicht nur ein typischer Riwal-Satz, die Beschwörung des Meeres war gleichsam ein urbretonisches Mantra. Es wurde in den unterschiedlichsten Situationen zitiert, und nur selten verstand Dupin, was es genau bedeutete. Aber stets kam es aus dem »tiefsten Inneren«. Und meinte anscheinend vieles zugleich: Respekt, Furcht, Angst, Urgewalt, Faszination, Liebe. Ein Verhängnis. Und Stolz. *Ar mor bras,* »das große Meer«, wie das Weltmeer eigentlich hieß, auf Keltisch nämlich, bevor die Griechen es *Atlantis thalassa,* »Meer des Titanen Atlas«, genannt hatten. Auch bei ihnen war es schon ausdrücklich das »Ende der Welt« gewesen … Und sofort waren die Bretonen mit superlativischen Zahlen zur Stelle: Ein Fünftel der Erde bedeckte *ihr* Meer (106,2 Millionen Quadratkilometer!), bis fast zehntausend Meter war es tief, mit gigantischen Gebirgsrücken. Das »echte Meer« sollte dabei natürlich vor allem auch den kapitalen Unterschied zum »harmlosen« Mittelmeer markieren, das nach bretonischem Empfinden vollkommen überschätzt wurde und nichts weiter als ein Binnenmeer des Atlantiks war. Und: der Atlantik wuchs. Jedes Jahr um zwei Zentimeter, in fünfzig Jahren um einen Meter, in tausend Jahren – und das war für bretonisches Zeitempfinden immer noch nichts – um zwanzig Meter! Was die Bretonen allerdings ein wenig schmerzte: dass der pazifische Ozean – noch – ein Stück größer war. Doch das wurde durch andere Statistiken sofort wieder wettgemacht. So lag zum Beispiel der durchschnittliche Salzgehalt des Atlantischen Ozeans bei etwa 3,54, im Pazifik dafür nur bei dürftigen 3,45 Prozent. Und war Salz nicht eines der zentralen Elemente des Lebens? Und hatten sie, die Bretonen, deswegen nicht das kostbarste und berühmteste Salz der Welt: das Fleur de Sel, die Blume des Salzes? Es war kein pazifisches Fleur de Sel bekannt.

»Wir holen nicht selten erfahrene Seeleute aus dem Meer. Zu denken, man kenne und beherrsche alles, ist manchmal die größte Gefahr. Der Atlantik bedeutet totale Willkür. Niemand kann wissen, welche Strömungen in der Verbindung von Sturm und Springtiden entstehen. Von jetzt auf gleich türmen sich Wellenberge von zehn Metern auf, Strömungen von acht, zehn Stundenkilometern entstehen aus dem Nichts – der Atlantik ist ein extremer Ort.«

Was Goulch hier ausführte, war wahrscheinlich, was das »echte-Meer«-Mantra in diesem Fall gemeint hatte.

»Vereinzelt erreichen Wellen zwanzig, fünfundzwanzig Meter – und laufen gegen die Richtung des normalen Seegangs, mit schmalen, tiefen Tälern und einem gewaltigen Kamm. Es gibt den ›Kaventsmann‹, die drei ›Schwestern‹, die ›Weiße Wand‹.«

In Riwals Stimme lag eine Mischung aus Ehrfurcht, tiefem Schauder und Faszination. Es klang sehr poetisch, fand Dupin, auch wenn er einmal kurz prüfend auf das vollkommen glatte Meer der Kammer schauen musste.

»Wir sollten uns auf das konzentrieren, was jetzt greifbar ist. Schnellstmöglich herausfinden, wer der dritte Mann ist. Ob jemand weiß, was die drei vorhatten, wohin sie unterwegs waren.«

Kadeg gab den emsig Geschäftsmäßigen, eine Rolle, die er liebte. Dupin rutschte ein Stück vom Tisch zurück. Sein Ton war mürrisch, obwohl er gar nicht so klingen wollte.

»Dann teilen wir uns auf. Die Fragen sind ja klar. Kadeg, Sie konzentrieren sich auf Konan. Sein Umfeld. Frau, Freunde, Kollegen. Den Hafen, wo sein Boot liegt. Den Hafenmeister und so weiter.«

Dass Kadeg alles mit Konan übernahm, würde bedeuten, dass er zurück aufs Festland musste.

»Riwal, wir beide werden mit den Leuten hier auf Saint-Nicolas sprechen. Herausfinden, wer gestern Abend noch im *Quatre Vents* war. Wenn Lefort gestern Abend mit Konan und dem dritten Mann in der Bar gesessen hat, sind sie gesehen worden. Vielleicht kennt ihn jemand. Ich …«, Dupin runzelte die Stirn, »ich werde noch einmal persönlich mit Madame Lefort sprechen.«

Er hielt erneut kurz inne.

»Und Goulch, Sie leiten alle Untersuchungen auf dem Wasser.«

Kadegs Handy klingelte laut. Beflissen und mit wichtigtuerischer Miene kontrollierte er die Nummer.

»Der Präfekt!«

Es klang wie »Ihre Majestät«. Kadeg nahm schneller ab, als Dupin sagen konnte, er solle sich unterstehen.

»Monsieur le Préfet? Was kann ich für Sie tun?«

Dupins Blutdruck stieg augenblicklich. Er knallte sein Baguette auf den Tisch. Alle Köpfe am Tisch waren Kadeg zugewandt, der Präfekt war entfernt und dumpf zu hören, aber nicht zu verstehen.

»Aber selbstredend, Monsieur le Préfet. – – – Ich werde es dem Kommissar noch einmal eindringlich sagen. – – – Das ist ein Fall, und er hat höchste Priorität. – – – Sie wollen über wirklich alles permanent auf dem Laufenden gehalten werden, von ihm persönlich. Zusätzlich durch meine Person, ja. – – – Dass Sie schnellstens Ergebnisse erwarten. – – – Was? Monsieur le Commissaire hat einfach aufgelegt, als Sie eben mit ihm telefoniert haben?«

Das war schlicht zu viel.

»Kadeg, das ist eine wichtige Besprechung. Sie stören! Wir müssen vorankommen. Der Präfekt erwartet umgehend Fortschritte.«

Dupin hatte so laut gesprochen, dass Locmariaquer es gehört haben musste.

»Ich … ja, gut, Monsieur le Préfet. Ja. Wir werden uns melden. Au revoir.«

Nach dem mimischen Frohlocken Kadegs zu Beginn des Telefonates schaute er nun wieder so verdrießlich drein wie zuvor, auch etwas konfus – er hatte offensichtlich eine andere Reaktion des Präfekten auf Dupins Sätze erwartet. Dupin entschloss sich, auf das Telefonat in keiner Weise einzugehen.

»Und der Vermisste. Wir haben ja auch noch den vermissten Angler aus Île-Tudy. Kadeg, der bleibt auf Ihrer Liste.«

»Sie haben vorhin selbst zu verstehen gegeben, dass Sie keinen Zusammenhang sehen.«

»Nun, ich denke, Sie haben gehört, welche Bedeutung der Präfekt unserer Ermittlung beimisst. Wir werden allen, aber auch allen Meldungen auf den Grund gehen. Die zeitliche Koinzidenz ist doch seltsam, oder? Es wäre fahrlässig, das zu ignorieren.«

Kadegs rundem Gesicht – so rund, dass es Augen, Mund und Nase zu verformen schien, und das durch die fortgeschrittene Glatze nicht attraktiver wurde – war anzusehen, dass er unter Hochdruck nach einer Erwiderung suchte. Dupin kam ihm zuvor.

»Keine Diskussionen jetzt – es gibt viel zu tun, wir haben keine Zeit zu verlieren. An die Arbeit.«

Dupin stand als Letzter auf und packte das Baguette als Proviant ein, als sein Blick auf einen Taucher fiel, der schnurstracks vom Quai auf ihre kleine Gruppe zusteuerte. Die anderen waren ebenso stehen geblieben und starrten auf den Mann, der in seinem Ganzkörper-Neoprenanzug ein wenig aussah wie ein Außerirdischer. Nur eine kleine Fläche des Gesichts – zwischen Unterlippe und Augenbrauen – lag frei. Die Szene hatte etwas sehr Komisches, fand Dupin.

Ein paar Momente später stand der Mann vor ihnen, hörbar außer Atem.

»Man hat mir gesagt, Sie seien von der Polizei?«

Immer wieder unterbrach er sich zum tiefen Luftholen.

»Korrekt. Können wir Ihnen helfen?«

Dupin fand die Szene immer noch komisch.

»Ich habe bei einem Tauchgang ein gesunkenes Boot ausgemacht. Eine Bénéteau. Eine große Gran Turismo.«

»Was? Sie haben was?«

»Ich war tauchen. Seespinnen. Zwischen Penfret und Brilimec, nicht weit von Guiautec. Das Boot muss vor Kurzem erst gesunken sein. Gestern lag es jedenfalls noch nicht da. Da bin ich mir sicher. Es ist am Bug schwer beschädigt. Man kann den Namen des Bootes nicht erkennen.«

Dupins Gesichtsausdruck – wie der aller anderen – veränderte sich schlagartig.

»Sie könnten uns die genaue Stelle zeigen, Monsieur?«

Goulch war sofort ganz bei der Sache.

»Ich habe sie mit meiner Boje markiert. Das Boot liegt direkt an einer kleinen Felsengruppe. Ich war mit meinem Beiboot unterwegs.«

»In welcher Tiefe liegt es?«

»In vielleicht vier, fünf Metern. Man sieht es vom Boot aus.«

Der Taucher begann, das Kopfteil des Neoprenanzuges herunterzustreifen, was anscheinend alles andere als leicht war. Es entstand eine Pause. Dupin blickte zu Kireg Goulch.

»Was denken Sie?«

»Wenn dem so ist, ist die Wahrscheinlichkeit sehr hoch, dass wir es mit dem Boot zu tun haben, auf dem sich die drei Männer befunden haben. Dann wären sie nicht weit gekommen, wenn sie von hier aufgebrochen und bei Guiautec gesunken sind.«

Diese ganze Untersuchung, ihr Verlauf, überhaupt der ganze Tag – es war lächerlich. Seltsam verquer. Dupin hatte die Nase gestrichen voll.

»Ich will wissen, was Sache ist. Goulch, nehmen Sie das Boot und fahren Sie mit –«

Dupin wandte sich dem Taucher zu, der sofort verstand.

»Monsieur Tanguy. Kilian Tanguy.«

»Fahren Sie mit Monsieur Tanguy raus und sehen Sie sich das Boot genauestens an. Ich will umgehend und mit hundertprozentiger Sicherheit wissen, ob es das Boot ist, auf dem die drei Männer unterwegs waren. Finden Sie raus, auf wen es gemeldet ist. Wo es herkommt. Dann werden wir auch wissen, wer der dritte Tote ist. Vermutlich ist es sein Boot.«

»Wir brechen sofort auf. Kommen Sie, Monsieur Tanguy.«

Goulch ging bereits Richtung Quai.

»Eine Sache noch: Monsieur Tanguy, Sie sagten, Sie seien gestern an derselben Stelle tauchen gewesen? Bis wann?«

»Bis fünf vielleicht, nicht länger.«

»Und um welche Uhrzeit sind Sie heute an der Stelle gewesen?«

»Ich denke, so gegen halb vier. Mein Boot liegt an einem der Strände von Penfret. Von dort bin ich mit dem Beiboot gefahren.«

»Tauchen Sie hier häufiger?«

»Die ganze Saison. Ich gehöre zum Tauchklub.«

Monsieur Tanguy betrachtete Dupin einen Moment unumwunden.

»Sie sind der Kommissar aus Paris.«

Er hatte es sehr freundlich und anerkennend gesagt. Normalerweise protestierte Dupin in ähnlichen Situationen scharf, wenn auch völlig umsonst. Und diese Situationen gab es zuhauf. Er war nicht der Kommissar aus Paris – er war der Kommissar aus Concarneau. Aber für Bretonen war man entweder schon immer Bretone oder »ganz neu hier«.

»Ja, der bin ich.«

Immerhin war Dupin beeindruckt von der Kombinationsgabe des Tauchers. Durch die Aufklärung des aufsehenerregenden Doppelmordes letztes Jahr im idyllischen Pont-Aven war Kommissar Georges Dupin im Finistère eine echte Berühmtheit geworden. Dennoch, dass man ihn hier draußen kannte, hätte er nicht gedacht.

»Die Leute unten am Quai haben mir gesagt, dass der Kommissar aus Paris auf den Inseln ist. Und da Sie gerade so einen fragenden Ausdruck auf Ihrem Gesicht haben – die ›Saison‹ geht von April bis Anfang November. Der Atlantik muss über vierzehn Grad warm sein, sonst braucht man eine völlig andere Ausrüstung.«

»Das – hilft uns sehr, Monsieur Tanguy. Haben Sie herzlichen Dank. Wir sind dabei, einen – Unfall aufzuklären.«

»Die drei Leichen.«

»Genau.«

Wenn Dupin mit etwas beschäftigt war, passierte es ihm hin und wieder, dass er die Außenwelt vergaß und dann überrascht war, wenn sie wieder auftauchte. Natürlich wusste bereits der ganze Archipel Bescheid, alle, die sich irgendwie in seiner Sphäre bewegten. Mehr noch, Dupin war sich sicher, dass auch die Presse längst Wind davon bekommen hatte und die Nachricht von den drei angeschwemmten Toten am Strand von Le Loc'h bereits groß erschien, wenn man die Startseiten von *Ouest France* und *Télégramme* aufrief. Auch über das Radio würde die Meldung schon laufen – das Radio, das hier am Ende der Welt mit seinen zahlreichen Lokalsendern noch eine entscheidende Rolle bei der Verbreitung von Nachrichten spielte. Eigentlich wunderte ihn, dass noch niemand von der Presse aufgetaucht war. Es würde nicht mehr lange dauern.

»Es ist kaum zu fassen, dass Lucas Lefort in diesen Gewässern Schiffbruch erlitten hat, das ist eine grausame Ironie, er navigierte hier blind.«

Dupin war erneut erstaunt. Aber klar – dass einer der Toten Lucas Lefort war, auch das hatte sich bereits herumgesprochen, die Nachricht war zu spektakulär. Bemerkenswert war nur, wie rasant das hier auf den Inseln geschah. Monsieur Tanguy musste auch dieses Mal den verblüfften Ausdruck auf Dupins Gesicht bemerkt haben.

»Die Leute am Quai. Sie haben gesagt, dass einer der Toten Lucas Lefort ist.«

So war es.

»Ich danke Ihnen noch einmal. Sie sind uns wie gesagt eine große Hilfe.«

»Das Meer ist unberechenbar.«

Der Taucher hatte den Satz gar nicht zu Dupin, sondern eher vor sich hin gesprochen. Dupin nahm an, er meinte das atlantische Mantra.

»Halten Sie mich jederzeit auf dem Laufenden, Goulch.«

»Natürlich, Monsieur le Commissaire.«

Riwal und Kadeg stellten sich rechts und links neben den Kommissar.

»Und jetzt?«

Kadeg brachte es tatsächlich fertig, in zwei noch so banale Worte einen süßlich-genüsslich sarkastischen Tonfall zu mischen.

»Und jetzt was?«

»Was machen wir jetzt?«

Das Dumme war: Kadegs Frage war berechtigt. Die Lage hatte sich, so wie es aussah, gehörig verändert. Die formulierten Arbeitsaufträge waren größtenteils hinfällig. Das Geschehen schien jetzt zu einem großen Teil rekonstruierbar. Es *war* ein Bootsunglück gewesen. Und wenn sie wussten, auf wen das Boot gemeldet war, würden sie höchstwahrscheinlich die Identität des dritten Mannes kennen. Womöglich auch schon vorher. Durch ein paar Gespräche im *Quatre Vents.* Zuallererst mit Solenn Nuz. Dann wäre nur noch zu klären, warum sie alle auf *diesem* Boot gewesen waren, der genaue zeitliche Ablauf, solche Dinge. Mit den abgeschlossenen Autopsiebefunden Savoirs hätten sie dann alle Fakten beisammen, um dem Präfekten einen befriedigenden Bericht vorlegen zu können. Es blieb der vermisste Angler aus Île-Tudy – wahrscheinlich einfach ein zweiter Unfall.

Es gab jetzt wirklich nicht mehr viel, was sie auf der Insel noch tun konnten.

»Kadeg, Sie gehen mit auf die *Bir,* dann können Sie sofort vom Boot aus versuchen, den Besitzer des gesunkenen Schiffs zu ermitteln. Mit höchster Priorität. Und Riwal, Sie kommen mit mir. Und …«

Dupins Handy klingelte.

»Hier Muriel Lefort. Ich möchte mich für mein Indisponiertsein eben entschuldigen. Ich weiß, dass es für Sie wichtig ist, bestimmte Dinge rasch in Erfahrung zu bringen. Und ich möchte gern behilflich sein.«

Muriel Lefort hatte in erheblichem Tempo gesprochen. Ohne erkennbare Gefühle. Dupin kannte solche Reaktionen, sie waren im ersten Schock nicht selten. Aber »gezeigte« oder »nicht gezeigte« Gefühle waren, wusste er, ohnehin kein Anhaltspunkt. Dupin war ein paar Schritte beiseitegetreten und stand jetzt neben dem ersten der beiden Austernbecken.

»Ich fühle mich bereit, die Identifizierung meines Bruders vorzunehmen. So schnell wie möglich.«

»Ich werde umgehend veranlassen, dass der Hubschrauber Sie abholen kommt.«

Muriel Lefort machte eine längere Pause.

»Meine Assistentin wird mit mir kommen.«

»Natürlich. Ich werde auch einen meiner Inspektoren bitten, mit Ihnen zu fliegen.«

»Vielen Dank.«

»Und sobald Sie zurück sind, würde ich Sie gerne noch einmal sprechen.«

»Ich rufe Sie an.«

Sie legten auf. Dupin hatte kurz erwogen, ihr von dem gefundenen Boot zu erzählen, es aber dann gelassen. Er wollte ganz sicher sein.

Er hatte das Telefon noch am Ohr, als der füchterliche Klingelton ihm erneut tief ins Trommelfell fuhr.

»Ja?«

Er hatte fast gebrüllt.

»Auch Yannig Konan ist ertrunken. Auch das eindeutig. Tod durch Ertrinken.«

»Ich …«

»Wir öffnen jetzt den Brustkorb des dritten Mannes. Ich melde mich.«

Savoir hatte schneller aufgelegt, als Dupin reagieren konnte.

Er sah, dass Riwal mit Kadeg auf die Mole gegangen war. Er folgte ihnen. Kadeg sprang an Bord der *Bir* und stellte sich vorn in den Bug zu Goulchs Kollegen. Die Motoren liefen bereits.

»Riwal?«

»Ja, Chef?«

»Sie begleiten Madame Lefort zu der Identifizierung. Sagen Sie Savoir Bescheid. Er wartet bereits. Sie treffen Madame Lefort hinter dem Gebäude der Segelschule.«

»In Ordnung, Chef.«

»Rufen Sie mich danach an.«

Dupin machte kehrt und lief die alten rostigen Schienen entlang, die vom Quai direkt zur Bar führten.

Im *Quatre Vents* saßen mittlerweile alle drinnen, die Terrasse war vollkommen verwaist. Auch wenn die Sonne immer noch ziemlich hoch stand, war es »etwas frisch« geworden – und für Bretonen, hatte Dupin in den letzten Jahren nicht unamüsiert festgestellt, war alles unter fünfzehn Grad »etwas frisch«, was bedeutete, dass es naturgemäß auf ihrem Breitengrad und in dieser Atlantiklage häufiger »etwas frisch« war. Um diese Jahreszeit ging der Wechsel vom Sommerlich-draußen- zum Gemütlich-drinnen-Sein noch sehr schnell. Man hatte die Fenster geschlossen, die Gäste saßen stimmungsvoll eng an den kleinen Holztischen. Der alte Raum hatte eine hohe Decke, bestimmt vier Meter, die groben Steinwände waren weiß getüncht.

Die Nuz-Frauen hatten alle Hände voll zu tun. Solenn Nuz hatte Dupin beim Eintreten mit einem minimalen Kopfnicken begrüßt. Dupin hatte ihr bedeutet, dass er sie sprechen wollte. Sie hatte die Weinflasche abgestellt, die sie gerade mit einer routinierten Bewegung geöffnet hatte, und zum äußersten linken

Ende des langen Holztresens gezeigt, an dem niemand stand. Das war gut.

»Bonjour Madame Nuz, Commissaire Georges Dupin vom Commissariat de Police Concarneau.«

Er hatte überhaupt nicht so formell sein wollen. Solenn Nuz lächelte trotzdem ein großes, offenes Lächeln. Sie war eine schöne Frau, da musste er Nolwenn zustimmen. Und es wäre ihm in der Tat schwergefallen, ihr Alter zu schätzen.

»Ich weiß.«

Natürlich hatte Dupin gewusst, dass sie es wusste.

»Wir sind im Begriff zu ermitteln, was mit den drei Männern passiert ist, deren Leichen heute früh auf Le Loc'h angeschwemmt worden sind.«

»Ich weiß.«

»Sie wissen auch schon, um wen es sich dabei handelt?«

»Lucas Lefort. Und vermutlich Yannig Konan. Sie waren gestern Abend zusammen hier. Sie sind sehr häufig zusammen unterwegs. Meistens auf Konans Boot. Aber eigentlich immer nur zu zweit. Wissen Sie bereits, wer die dritte Person ist?«

Solenn Nuz sprach sehr zugewandt, so als würden sie sich bereits kennen.

»Nein, das wissen wir noch nicht. Ich hatte gehofft, Sie könnten uns vielleicht helfen. Waren Monsieur Lefort und Monsieur Konan gestern Abend die ganze Zeit zu zweit? War niemand bei ihnen?«

»Ich habe sie mit ein paar Leuten reden sehen. Aber an einem Abend hier spricht fast jeder mal mit jedem. An der Bar. An den Tischen. Auch dadurch, dass man sich die Bestellungen selber holt, ist immer viel Bewegung.«

Solenn Nuz machte einen vielsagenden Gesichtsausdruck.

»Lucas Lefort interessierte sich sehr für junge Damen, und davon gibt es hier während der Saison eine Menge. Die Segelkurse. Sie verstehen.«

»Ich verstehe. Aber hatte Monsieur Lefort nicht eine ›feste‹ Freundin in letzter Zeit?«

Solenn Nuz warf dem Kommissar einen amüsierten Blick zu. Es war klar, dass sie auf diese abenteuerliche Frage nicht antworten würde.

Dupin brauchte einen Moment.

»Was wirklich wichtig ist: Gab es jemanden, der erkennbar zu den beiden gehörte? Der zusammen mit ihnen gekommen oder gegangen ist?«

»Nein. Sicher nicht.«

»Können Sie mir sagen, von wann bis wann sich die beiden bei Ihnen aufgehalten haben?«

»Ich denke, so von sieben bis neun. Ungefähr. Abends geht es hier gegen sechs richtig los. Und um eins schließen wir. Aber gestern kam ein Unwetter auf. Die, die noch zurückwollten, sind alle ziemlich rasch aufgebrochen. So kurz vor neun eben. Die beiden sind dann auch los. Sie gehörten zu den Letzten, die aufbrachen, wenn ich mich richtig erinnere. Aber Sie sollten auch noch einmal mit meinen Töchtern sprechen. Und mit anderen Gästen. Es war viel zu tun gestern Abend.«

»War es so voll wie heute?«

»Es war die Hölle los.«

Dupin schätzte, dass es heute so an die dreißig Menschen waren. Viel mehr gab der Raum nicht her.

»Der Anbau wird abends nicht bewirtschaftet?«

»Es zieht wie Hechtsuppe. Und es gibt keine Heizung. Der ist nur etwas für tagsüber. Für den Hochsommer. Wir haben Pläne, hier ein bisschen umzubauen und das zu ändern«, wieder zeigte sich ein offenes Lachen auf ihrem Gesicht, »aber das wird noch etwas dauern. Die Bürokratie …«

»Haben Sie selbst mit Monsieur Lefort und Konan gesprochen, haben sie Ihnen etwas erzählt?«

Dupin musste sich die ganze Zeit bemühen, einigermaßen laut zu sprechen, Solenn Nuz, merkte man, tat dies gewohnheitsmäßig.

»Nein. Mit den beiden habe ich nicht gesprochen. Ich habe gestern Abend mit niemandem lange gesprochen, ein paar Worte hier und da.«

»Waren Konan und Lefort häufiger hier?«

»Lefort war regelmäßig hier, und Konan kam vielleicht jedes dritte, vierte Wochenende. Konan war nur selten allein hier, ein, zwei Mal im Jahr vielleicht.«

»Mit wem haben sich die beiden unterhalten? Vielleicht haben Sie jemandem erzählt, was sie vorhatten.«

Solenn Nuz dachte kurz nach.

»Ich habe sicher nicht alles mitbekommen. Ich bin ja immer wieder in der Küche. Manchmal auch länger.«

Sie wies mit dem Kopf flüchtig hinter sich, zum Durchgang.

»Lefort mit einer jungen Frau. Eine Segelschülerin wahrscheinlich. Das war ganz am Anfang und, glaube ich, am Ende noch mal. Kurz auch mit Maela Menez, soweit ich gesehen habe. Der Assistentin von Muriel Lefort, seiner Schwester, der Chefin der Segelschule.«

»Ich bin im Bilde.«

Dupin hatte sein Notizbuch hervorgekramt, mitsamt dem Bic auf den Tresen gelegt und begonnen, sich Notizen zu machen, auf seine notorisch eigentümliche Weise, die die Seiten zu einer Art chaotischem Kunstwerk werden ließen.

»Theoretisch ist Maela Menez auch Lucas' Assistentin, aber die Geschäfte der Segelschule regelt Muriel und nicht ihr Bruder. Maela begleitet Muriel gerade zur Gerichtsmedizin aufs Festland.«

Wenn Solenn Nuz »Festland« sagte, klang es, als spräche sie von einem weit entfernten Kontinent. Aber so war es Dupin heute den Tag über auch vorgekommen.

»Fällt Ihnen noch jemand ein?«

»Sie saßen dann hinten in der Ecke. Der neue Bürgermeister von Fouesnant, Monsieur Du Marhallac'h, saß am Tisch direkt neben den beiden. Ich denke, sie haben sich auch unterhalten.«

»Du Marc…?«

»Du Marhallac'h. Ganz einfach.«

Selbstverständlich sprach sie den Zungenbrecher völlig umstandslos aus.

»Er ist in der Saison ebenso fast jedes Wochenende hier draußen, ein passionierter Angler. So ist es – tagsüber sind sie auf dem Meer und auf ihren Booten, abends bei mir. Er ist auch heute Abend da. Er sitzt dort drüben. Am selben Tisch wie gestern.«

Sie deutete unverblümt auf einen unauffällig aussehenden Mann mittleren Alters am anderen Ende des Raums, der sich in einem offensichtlich angeregten Gespräch mit einem anderen Mann befand. Direkt neben ihm saß jetzt der sympathische alte Seemann von heute Mittag, dieses Mal ohne Zeitung, aber nach wie vor allein.

»Ja, wir haben eine Reihe von Stammgästen hier im *Quatre Vents.*«

Den letzten Satz hatte sie mit unverhohlenem Stolz gesagt. Es war klar, dass sie ihre Gäste kannte. Gut kannte.

»Die eine Hälfte unserer Welt hier ist ganz und gar familiär, die andere Hälfte besteht aus den Teilnehmern der Segel- und Tauchkurse und den Touristen, die zum Bootfahren, Angeln oder Schnorcheln kommen.«

»Erinnern Sie sich an weitere Personen, mit denen Lefort und Konan gesprochen haben?«

»Konan hat sich auch mit Kilian Tanguy unterhalten. Ein Mitglied des Tauchklubs. Hobbyarchäologe. Und mit dessen Frau. Er stand an ihrem Tisch, ich weiß nicht, wie lange.«

»Monsieur Tanguy war gestern Abend auch hier?«

»Oh ja, mit seiner Frau. Lily. Sie sind fast immer bei schönem Wetter hier draußen. Und wir hatten ein fantastisches Wochenende. Das schönste der Saison bisher. Wie heute. Und dann kam der heftige Sturm. Aber auch das ist normal. – Ich glaube, das war es, was mir spontan einfällt. Aber ich werde noch einmal nachdenken. Und meine Töchter fragen.«

»Ich danke Ihnen sehr, Madame Nuz. Das ist von großer Bedeutung. Wir werden uns rasch mit all diesen Leuten unterhalten. Vielleicht erfahren wir so wirklich etwas, das uns weiterhilft. Kannten Sie Monsieur Lefort gut?«

»Wir haben nicht viel Kontakt gehabt. Auch wenn ich ihn bereits lange kenne. Ich lebe jetzt seit zehn Jahren auf den Inseln. Und schon davor war ich öfter hier.«

»Wer ist eigentlich der alte Mann, der neben Marcha… der neben dem Bürgermeister sitzt?«

Dupin hatte die Frage aus reiner Neugier gestellt.

»Das ist Pascal, mein Schwiegervater«, erwiderte sie mit viel Wärme in der Stimme. »Er war gestern Abend auch da. Er ist immer da. Er wohnt bei uns. Seit einigen Jahren. Seit meine Schwiegermutter gestorben ist.«

Es waren jetzt doch einige Gespräche zu führen, Dupin ärgerte sich, dass er nicht Riwal oder Kadeg mitgenommen hatte. Madame Nuz beobachtete ihn.

Dupin hörte es bei dem Geräuschpegel nur leise, aber sein Handy klingelte.

Wieder Savoir.

»Monsieur le Commissaire, wo sind Sie denn?«

Natürlich hörte man den Lärm auch am anderen Ende der Leitung.

»Einen Augenblick. Ich gehe vor die Tür.«

Etwas widerwillig trat Dupin hinaus.

»Sie wollen mir sagen, dass der dritte Tote ertrunken ist, wie die beiden anderen?«

Es klang sarkastischer, als er beabsichtigt hatte. Es war ja richtig, das zu untersuchen.

»Das Serum geht schon Richtung Rosa. Das Blut ist bereits leicht hämolytisch, die Blutkörperchen haben begonnen, sich aufzulösen. Das heißt, dass die nachweisbaren Substanzen bereits etwas abgenommen haben, es …«

»Savoir, was reden Sie da?«

»Benzodiazepine. Es lassen sich im Serum Benzodiazepine nachweisen in einigermaßen signifikanter Konzentration.«

»Was heißt das?«

»Ich habe die toxikologischen Tests mit Hochdruck vornehmen lassen, im Schnellverfahren. Normalerweise …«

Dupin wurde laut.

»Ich will wissen, was das heißt!«

»Im Blut von Lefort lassen sich Benzodiazepine nachweisen. Das ist eine Gruppe starker Beruhigungsmittel. Valium werden Sie kennen. Oder Lexotanil. Noch vierundzwanzig Stunden und man hätte nichts mehr nachweisen können, die Blutkörperchen wären …«

»Was? Er hatte was?«

Es war keine echte Nachfrage gewesen.

»Er hatte eine nicht geringe Menge Benzodiazepine …«

»Ich habe verstanden.«

Dupin stand wie angewurzelt. Savoir nahm den Faden wieder auf.

»Ich denke nicht, dass er eine solche Dosis absichtlich zu sich genommen hat, er hätte wissen müssen, wohin das führt, zusammen mit dem Alkohol, den wir nachweisen konnten …«

»War es eine tödliche Dosis?«

»Wie gesagt: Den Tod hat er durch Ertrinken gefunden. Aber die Dosis war zweifelsohne hoch genug, um eine starke Orientierungslosigkeit und einen gravierenden Verlust der Koordinationsfähigkeit auszulösen. Und das hat ganz sicherlich beträchtliche Auswirkungen, wenn man mit einem Boot bei einem aufkommenden Sturm eine heikle Navigation zu bewältigen hat.«

»Wie stark, denken Sie, ist die Wirkung gewesen?«

»Das ist schwer zu sagen. Das hängt von zu vielen Faktoren ab, und die genaue Menge der Benzodiazepine im Blut kann man nicht mehr bestimmen. Man kann nur sagen: Sie war erheblich und hat sich sicherlich in den eben genannten Symptomen manifestiert. Und wie gesagt: Sie müssen den zusätzlich konsumierten Alkohol in nicht geringer Quantität in Rechnung stellen, 1,5 Promille waren es bestimmt …«

Dupin hatte bei den letzten Sätzen Savoirs schon nicht mehr richtig zugehört.

Es war Mord. Sie hatten es mit einem Mord zu tun!

»So ein Scheiß.«

»Bitte?«

Dupin versuchte in aller Eile, seine Gedanken zu ordnen.

»Haben Sie das Blut aller drei Männer analysiert?«

»Wir konnten die Benzodiazepine bei Monsieur Lefort und bei Monsieur Konan nachweisen, auch das macht einen versehentlichen Missbrauch unwahrscheinlich. Im Serum des dritten Toten konnten wir nichts nachweisen.«

Dupins Gedanken rasten. In alle Richtungen.

»Wie lange brauchen diese Medikamente, bis sie

wirken? Ich meine nach der Einnahme: Wie lange dauert es, bis eine Wirkung eintritt, die man wirklich spürt?«

»Ein halbe Stunde. Länger nicht. Dann geht es aber ziemlich rasch. Zuerst fühlt man sich nur ein wenig komisch.«

»Lassen sich diese Stoffe in Flüssigkeiten auflösen? In Getränken, meine ich?«

»Sehr einfach. Sie sind schnell löslich. Sie können sie in einer kleinen Menge Flüssigkeit auflösen und ohne Weiteres zu etwas anderem hinzugeben – zum Essen, zum Trinken beispielsweise, beides kein Problem. Das schmeckt man nicht.«

Es war ein arglistiger, ein wohldurchdachter Mord.

»Können Sie bereits eine Aussage über den Zeitpunkt des Todes treffen?«

»Nein, und das wird auch nicht so schnell gehen. Können Sie Ihrerseits schon eine zeitliche Eingrenzung vornehmen?«

»Ich würde im Moment sagen, dass das Boot ab ungefähr Viertel nach neun am gestrigen Abend gekentert sein kann. Und dann wohl nicht später als Viertel vor zehn, zehn. Aber behalten Sie diese neue Information bitte erst einmal für sich, Docteur Savoir.«

»Wie Sie wollen.«

»Danke, Docteur.«

Dupin hatte sich keinen Zentimeter bewegt. Er starrte regungslos auf die unverändert majestätisch daliegende Kammer und das gegenüberliegende Fort Cigogne. Alles war exakt so, wie es vor einigen Minuten gewesen war. Aber für ihn und den Fall hatte sich alles verändert. Dramatisch. Dupin löste sich und ging Richtung Strand. Er spürte einen leichten Schwindel. Mechanisch tastete er nach seinem Telefon.

»Monsieur le Commissaire, gut, dass …«

»Es war Mord.«

»Wie bitte?«

Nolwenns »Wie bitte?« war sehr leise gekommen.

»Ich brauche Riwal und Kadeg. Ich will beide hier sehen, so schnell es geht. Aber sagen Sie noch nichts von der neuen Situation. Ich will, dass das erst einmal unter uns bleibt.«

Es gab keinen bestimmten Grund dafür, es war grundsätzlich Dupins Art, manches erst einmal zurückzuhalten. Um alles in der Hand zu haben.

»Den Präfekten werde ich umgehend unterrichten müssen – in Ihrem eiligen Auftrag.«

Das stimmte leider, es würde nicht anders gehen.

»Gut, ja.«

Dupin hätte fast aufgelegt. Aber Nolwenn brauchte ein paar zusätzliche Informationen. Für den Präfekten, vor allem aber, weil es immer gut war, wenn Nolwenn auf dem Laufenden war.

»Man hat Konan und Lefort eine größere Dosis Valium oder Ähnliches zugeführt, Benzodiazepine, vermutlich hier im *Quatre Vents,* wahrscheinlich irgendwann zwischen halb neun und kurz vor neun, so viel, dass es relativ schnell zu schweren Koordinationsschwierigkeiten kam, die einen Schiffbruch erklären würden. Bei Guiautec, am Rand der Kammer, hat ein Taucher ein gesunkenes Boot entdeckt. Wir müssen schnellstmöglich feststellen, auf wen es gemeldet ist. Dann haben wir den dritten Mann.«

»Und in seinem Blut sind keine Benzodiazepine festzustellen?«

»Nein.«

»Dann müssten Lefort oder Konan das Boot gesteuert haben. Aber warum nicht der dritte Mann, dem es gehörte? Wenn einer der beiden bemerkt hätte, dass ihm komisch wurde, hätte er doch das Steuer übergeben können?«

Das war eine gute Frage.

»Das … keine Ahnung. Sie waren wahrscheinlich die versierteren Seeleute, vor allem natürlich Lefort – Lefort kannte hier jeden Felsen. Sie hatten den Sturm schon aufkommen sehen. Und dann haben die Medikamente schnell zu wirken begonnen. Sie hatten zudem nicht wenig getrunken. Dann überschätzt man sich noch mehr.«

Es klang für ihn selbst einigermaßen plausibel, was er da auf die Schnelle improvisiert hatte. Auch wenn es reine Spekulation war.

»Und warum hat man dem dritten Mann keine Benzodiazepine verabreicht?«

»Das war ja offenbar gar nicht nötig.«

Dupin hatte wieder improvisiert – und wieder fand er es selbst plausibel.

»Aber so weit sind wir noch nicht.«

»Der Präfekt wird sehr involviert sein, Monsieur le Comissaire. Ich meine: persönlich involviert.«

Dupin war sich vollkommen im Klaren über die Ausmaße dieses Falles, er machte sich keine falschen Vorstellungen.

»Er wird Sie sicher sofort persönlich sprechen wollen. Ich werde ihm – wahrheitsgemäß – sagen, dass Sie sich bereits in wichtigen Vernehmungen befinden. Sie sollten dann später mit ihm sprechen. Wenn er sich wieder etwas beruhigt hat.«

»Danke, Nolwenn.«

Ohne es nur im Geringsten wahrzunehmen, war Dupin während des Gesprächs weitergelaufen. Er befand sich mittlerweile an der nordöstlichen Spitze der Insel. Immer noch rang er grundlegend mit der neuen Realität.

Es war sehr unwahrscheinlich gewesen, dass dieser Mord überhaupt hatte entdeckt werden können. Alles hatte, da konnte sich der Mörder sicher gewesen sein, dafür gesprochen, dass der Tod dieser drei Männer für immer als Unfall gegolten hätte. Nur ein paar Stunden später, und die schweren Beruhigungsmittel wären nicht mehr nachzuweisen gewesen. Und: Wäre das Boot nicht schon hier auf dem Archipel schiffbrüchig geworden, sondern irgendwo auf dem Weg zur Küste, oder wären die Körper hier im Umkreis der Glénan während des schweren Sturms in eine andere Strömung geraten, sie wären wie die allermeisten der auf See Verschollenen nie aufgefunden worden. Das war, musste man sagen, zweifellos ein kaltblütig und klug ersonnener Mord. Es war keine spontane Tat gewesen, da war Dupin sich sicher. Kein plötzlich eskalierender Affekt. Anscheinend hatte jemand auf den richtigen Moment gewartet. Es war eine höchst disziplinierte Tat. Aber: Hatte der Mörder alle drei Männer gemeint? Oder nur einen oder zwei von ihnen und den Tod des oder der anderen billigend in Kauf genommen? Im *Quatre Vents* waren nur Lefort und Konan gesehen worden. Vielleicht gab es auch nicht nur *einen* Mörder.

Dupin fielen immer neue Fragen und Möglichkeiten ein. Die verschiedensten Dinge, alles gleichzeitig. Er musste seine Gedanken ordnen. Sich fragen, was nun das Vordringlichste war. Vor allem hatte er das unbestimmte Gefühl, schnell sein zu müssen, sehr schnell. Aber: Er hatte noch nichts in der Hand. Gar nichts. Er stand ganz am Anfang.

Dupin schaltete das Handy auf Vibration. Und auf »Anrufumleitung bei Nichtabnahme« – in stundenlangen Studien der wahnwitzigen Menü- und Untermenüführungen hatte er sich diese eine Fähigkeit im Umgang mit seinem Handy beigebracht. Er würde keinen Anruf mehr annehmen, dessen Nummer er nicht kannte. Es war immer das altbekannte Theater: Nicht nur der Präfekt, auch andere »wichtige« Leute würden ihn nun »unbedingt« sprechen wollen, ihm dieses und jenes Wichtige »mitteilen« und natürlich wissen wollen, wie es um die Ermittlungen stand. Vor allem um dringlich hervorzuheben, wie dramatisch dieser Fall sei und welche verheerende Konsequenzen er habe, an sich schon, aber eben auch mit jeder Minute, die er noch unaufgeklärt bliebe … Dupin hasste das, und: Er wäre von nun an gut und gern den ganzen Abend damit beschäftigt, diese Art Gespräche zu führen.

Die Luft war schwerer geworden, stickiger, vom schon zuvor dürftig vorhandenen Sauerstoff war nun noch weniger übrig, als Dupin das *Quatre Vents* wieder betrat.

Auch das kam ihm jetzt vollkommen irreal vor: An dem Ort, wo er vorhin noch beinahe in Ferienstimmung den besten Hummer seines Lebens gegessen hatte, war höchstwahrscheinlich ein kapitaler Mord begangen worden. Das war einer der Gedanken gewesen, die ihm eben durch den Kopf geschossen waren. Natürlich konnte es sein, dass Konan und Lefort, ohne es zu ahnen, das Beruhigungsmittel nach ihrem Besuch im *Quatre Vents* zu sich genommen hatten, vielleicht hatte es der Täter in Wasserflaschen auf dem Boot gemischt, aber Dupin hielt das für eher unwahrscheinlich. Es wäre für den Mörder sehr schwer vorherzusagen gewesen, ob sie es zu sich nehmen würden – und ob zum »richtigen« Zeitpunkt. Unkalkulierbar. Am wahrscheinlichsten schien es, dass ihnen jemand das Mittel unbemerkt im *Quatre Vents* ins Essen oder in die Getränke gemischt hatte. Das hieße jedoch: Der Mörder musste sich gestern Abend hier aufgehalten haben.

Riwal und Kadeg waren noch nicht eingetroffen. Solenn Nuz, die zugleich mit der linken Hand an der Kaffeemaschine hantierte und mit der rechten Wein nachfüllte – eine imposante Formation von Gläsern stand vor ihr auf dem Tresen –, hob kurz den Kopf und lächelte ihm mit einem freundlich-verständnisvollen Blick zu, als wollte sie sagen: »Die Arbeit …« Dupin fiel erst jetzt wieder ein, dass sie mitten im Gespräch gewesen waren, als Savoirs Anruf kam. So unpassend es im Moment für sie sein mochte, er musste sie sprechen. Sie zuallererst. Sie und ihre Töchter würden am ehesten wissen, wer sich gestern Abend im *Quatre Vents* überhaupt aufgehalten hatte. Inzwischen ging es tatsächlich um *alle* Gäste. Sie brauchten schnellstmöglich die vollständige Aufstellung.

Dupin schlängelte sich zwischen den Tischen hindurch und erreichte die Bar.

»Etwas Dringendes?«

»Leider ja.«

Solenn Nuz hatte ein gutes Gespür, was Dupin kein bisschen überraschte.

»Kommen Sie.«

Mit derselben reduzierten Kopfbewegung wie eben deutete sie Richtung Küche und drehte sich um. Dupin folgte ihr. Die ältere Tochter räumte gerade die Spülmaschine aus. In der entgegengesetzten Ecke des Raums war sogar Platz für einen kleinen Tisch und vier Stühle, die gleichen wie auf der Terrasse, allerdings in einem tiefen atlantischen Blau gestrichen. Es war eng, anheimelnd dabei, gemütlich, auf dem Tisch standen zwei offene Flaschen Wein, ein paar halb volle Gläser, daneben lag ein halbes Baguette, zwei Kerzen standen in leeren Weinflaschen. Solenn Nuz blieb vor dem Tisch stehen.

»Sie und ihre Töchter könnten – müssten uns behilflich sein. Wir brauchen eine exakte, vollständige Auflistung aller Gäste, die sich gestern Abend im *Quatre Vents* aufgehalten haben. Zwischen sieben und neun Uhr. Es darf keiner fehlen. Und wir brauchen sie, so rasch es geht.«

Dupin hatte nach wie vor versucht, unaufgeregt zu klingen, es als Routine zu formulieren, aber Solenn Nuz hatte bereits realisiert, dass sich etwas verändert hatte. Jetzt erst recht. Was sollte er sagen? Er konnte ja die Dringlichkeit nicht mindern, nur damit ihr sein Ansinnen nicht suspekt vorkam.

»Wenn Sie sich mit Ihren Töchtern besprechen könnten?«

Es war Solenn Nuz anzusehen, dass ihr die Frage auf der Zunge lag, was das alles bedeutete. Doch sie fragte nicht. Wofür Dupin sehr dankbar war. Nach einer kleinen Pause antwortete sie in bedachtem Tonfall.

»Einen Teil der Gäste, die hierherkommen, kennen wir wie gesagt nicht. Die Teilnehmer der Segel- und Tauchkurse zum Beispiel. Ein paar davon sieht man an mehreren Tagen hintereinander, manche nur ein einziges Mal. Oder die Besucher mit ihren eigenen Booten, Tagestouristen und so weiter.«

»Wir werden auch bei der Segelschule und im Tauchzentrum nachforschen.«

»Es ist wichtig, ja?«

»Ja.«

»Meine Töchter und ich müssten schon eine aussagekräftige Liste zusammenbekommen. Es waren ja auch viele Stammgäste da. Einige der Leute habe ich Ihnen schon genannt.«

»Das wäre sehr freundlich, Madame Nuz. – Und noch eine andere Sache drängt: Erinnern Sie oder Ihre Töchter sich, was Konan und Lefort gestern Abend gegessen und getrunken haben?«

»Was sie gegessen und getrunken haben?«

Sie zog die Augenbrauen hoch. Dupin war sich darüber im Klaren, dass diese Frage – deutlicher noch als die Bitte nach der Liste – dazu angetan war, zu verraten, dass hier etwas ganz und gar nicht stimmte.

»Genau.«

»Wir werden versuchen, uns zu erinnern. Ich glaube, Konan hatte den Hummer. Aber ich bin mir nicht sicher.«

»Und wer hat Zugang zu den Getränken und dem Essen?«

»Sie meinen außer uns?«

»Ja.«

»Wir machen die Getränke hinter dem Tresen fertig und stellen sie dann auf die Tabletts auf dem Tresen. Das Essen holen wir aus der Küche. Die Tabletts stehen manchmal einen Moment, bevor die Gäste sie holen oder wir sie an den Tisch bringen. Das machen wir, wenn es etwas länger dauert. An der Bar ist immer die Hölle los. Da ballen sich die Leute. Sie haben es gerade gesehen. Da haben wir keinen Überblick.«

»Ich verstehe. Wir …«

Die jüngere Nuz-Tochter stand plötzlich vor ihnen.

»Da ist ein Polizist, ein Inspektor Kadeg. Er sucht Sie.«

»Ich komme.«

Dupin wandte sich wieder an Solenn Nuz.

»Ich wäre Ihnen dankbar, wenn Sie sofort beginnen würden.«

Jetzt schaute sie doch einen Moment resigniert. Dupin verstand es gut. Vorn saßen dreißig gut gelaunte und fröhlich konsumierende Gäste, es war Abendessenszeit.

»Ich fange gleich damit an«, in Richtung ihrer jüngeren Tochter fügte sie hinzu, »ihr müsst das vorn ein paar Minuten allein machen. Und dann brauche ich euch kurz hier hinten. Beide.«

»Ich danke Ihnen vielmals, Madame Nuz.«

Dupin wandte sich um und ging zurück in die Bar. Kadeg stand direkt am Tresen, mit dem für ihn typisch dringlichen Gesichtsausdruck.

»Es gibt einiges zu besprechen, Monsieur le Commissaire.«

Dupin hätte fast gelacht, so absurd nahm sich Kadegs Satz angesichts der neuen Lage aus.

Kadeg folgte Dupin, der schnurstracks an ihm vorbeilief und auf die Tür zusteuerte. Draußen schritt Dupin in demselben Tempo noch ein paar Meter weiter und blieb erst vor dem naiv-surrealen Großgemälde stehen, genau vor dem Pinguin. Er hatte sich nicht mal vollständig umgedreht, da platzte es aus Kadeg heraus.

»Wir wissen höchstwahrscheinlich, wer der dritte Mann ist«, Kadeg machte eine kleine dramaturgische Pause, um dann fast feierlich zu intonieren: »Grégoire Pajot! Ein Bauunternehmer, Bretone, aus Quimper, hat mittlerweile den Hauptsitz seiner Firma in Paris, wo er wohl überwiegend lebt. Er besitzt ein Haus in Bénodet. Die bretonische Niederlassung der Firma ist in Quimper. Das gesunkene Boot, die *Conquerer,* ist auf ihn gemeldet, wenn auch erst seit drei Monaten. Es ist ein ganz neues Boot.«

Alles in beflissenem Stakkato vorgetragen, das Kadeg so liebte.

»Woher wissen wir das?«

»Goulch und seine Leute sind zum Boot runter und haben die Registrierung gefunden. Pajot hatte einen Liegeplatz im Port de Plaisance von Bénodet und einen gegenüber in Sainte-Marine.«

»Ist Savoir informiert? Er wird für eine erste Identifizierung Fotos brauchen.«

»Goulch hat ihn umgehend informiert.«

»Hat er eine Frau, Familie?«

»Unverheiratet. Mehr wissen wir noch nicht.«

»Und woher wissen wir das wiederum?«

»Im Bureau du Port muss man die Zulassung für das Boot und eine Kopie des Bootsführerscheins hinterlegen. Ich habe mit dem Hafenmeister von Bénodet telefoniert. Er hat mir erzählt, was er wusste, viel war es nicht. Er kennt Monsieur Pajot kaum, hat er gesagt, da er seinen Platz ja erst seit Kurzem habe. Einen der besten, der teuersten Plätze übrigens. Der Hafenmeister von Sainte-Marine wusste noch weniger. Eigentlich gar nichts. Ich habe auch mit ihm persönlich telefoniert.«

»Hat sich seine Firma nicht gemeldet, wurde er nicht vermisst?«

»Das wissen wir noch nicht. Bei wem hätten sie sich melden sollen? Bei der Polizei? Damit warten die meisten erst mal. Ich habe Bellec gebeten, in Pajots Firma erste Dinge über ihn in Erfahrung zu bringen – er wird sicher eine Sekretärin haben.«

So unlieb es ihm war, er musste Kadeg recht geben. Und Bellec war ein noch unerfahrener, aber kluger Polizist, der Dupin schon ein paarmal beeindruckt hatte. Er war irre schnell, direkt, athletisch, mit imposanten Armmuskeln und einer langen Narbe auf der rechten Wange, über deren Herkunft er sich in Schweigen hüllte.

»Warum hatte Pajot zwei Liegeplätze für ein Boot, und das so nahe beieinander?«

Sainte-Marine lag wie Bénodet in der Mündung des Odet, dort, wo der Fluss längst ein dreihundert, vierhundert Meter breiter Fjord war und dann langsam zum offenen Meer wurde. Die beiden Orte lagen sich genau gegenüber. Sainte-Marine war – mit Port Manech, seinerseits an der Mündung des Aven – der schönste Ort der ganzen Küste, fand Dupin. Er liebte ihn, einschließlich der beiden Restaurants direkt am Quai, die er gut kannte. Bénodet war ebenfalls hübsch, deutlich größer, hatte mehr Geschäfte, Hotels, Restaurants, aber Dupin bevorzugte Sainte-Marine.

»Manche der ›besseren Leute‹ hier haben Plätze auf beiden Seiten, so müssen sie nicht immer bis zur großen Brücke fahren, wenn sie etwas auf der anderen Seite erledigen wollen.«

»Besaß Pajot davor kein Boot?«

»Anscheinend nicht. Jedenfalls nicht in diesen beiden Häfen.«

»Zuerst hat er kein Boot, dann plötzlich ein richtig teures und gleich zwei Liegeplätze?«

»Er muss sehr vermögend sein. Seine Baufirma gehört zu den zwei größten in der Bretagne und ist auch national bekannt. Den Bootsführerschein hat er schon länger, seit 1978. Das Boot, die *Conquerer,* ist übrigens eine Gran Turismo 49. Bénéteau.«

Der Tonfall der letzten Bemerkung machte klar, dass sie etwas Wichtiges aussagen sollte. Jeder hier an der Küste kannte sich mit Booten aus – eines der Lieblingsthemen. Dupin hatte kein Problem, sich damit nicht auszukennen, aber er war es zuweilen leid, wenn daraus ein esoterisches Geheimwissen gemacht wurde.

»Und das heißt?«

»15,60 Meter Länge, 4,30 Meter Breite, rund 12000 Kilogramm Verdrängung. Zwei Mal 435 PS. Rund eine halbe Million Euro.«

Kadeg formulierte so großspurig, als wäre es sein Boot. Es klang wie früher beim Quartettspielen.

»Eine halbe Million?«

Alle anderen Zahlen sagten Dupin nichts.

»Boote sind teuer. Und wie gesagt: Pajot wird richtig reich gewesen sein.«

»Wann haben Sie mit Savoir telefoniert?«

»Vom Boot aus. Vor wenigen Minuten.«

»Hat er was gesagt?«

»Was meinen Sie?«

Savoir hatte anscheinend wirklich noch nichts von den Morden durchblicken lassen.

»Nichts. Rufen Sie ihn noch einmal an. Ich will wissen, ob dieser Mann ohne alle Zweifel der dritte Tote ist.«

»Die Gran Turismo ist auf ihn zugelassen, es ist definitiv sein Boot.«

»Ich will einen absolut sicheren Sachverhalt.«

Bei diesem Fall war schon zu viel evident und dann doch ganz anders gewesen.

Betont missmutig holte Kadeg sein Telefon hervor. Plötzlich war der infernalische Lärm der Rotoren zu hören – und wieder stand der Hubschrauber bereits direkt über der Insel. Riwal war zurück. Das war gut.

Kadeg musste seine Stimme deutlich heben.

»Ja, Docteur, genau, Inspektor Kadeg. Genau. Ich …«

Man sah, wie Kadeg angestrengt zu verstehen versuchte. Der Lärm wurde immer ohrenbetäubender, der Hubschrauber war im Begriff zu landen.

»Sie müssen lauter sprechen, Docteur. Ich …«

Wieder brach Kadeg ab. Verzweifelt presste er das Telefon an sein Ohr, dabei versuchte er es auf akrobatische Weise mit der anderen Hand abzuschirmen –

was auch nichts half. Es sah einigermaßen komisch aus. Er lief dabei ein paar Schritte hin und her, als suchte er – auch das zwangsläufig vergeblich – eine Stelle, wo der Lärm geringer wäre. Auf einmal blieb er stehen, nahm wütend das Telefon vom Ohr. Dann trat er ganz dicht an Dupin heran, beugte sich zu ihm vor und schrie:

»Er ist es! Es ist Pajot! Sie haben …«

Der Hubschrauber war gelandet, aber der Motor lief noch.

Dupin wartete, er kannte die Prozedur. Es dauerte keine halbe Minute, und jäh war die große Stille des Archipels zurück. Dupin war schneller bereit als Kadeg.

»Und es besteht kein Zweifel?«

»Nein. Docteur Savoir ist sich sicher. Sie haben eine Reihe brauchbarer Fotos im Internet gefunden.«

»Gut. Dann haben wir unseren dritten Toten. Voilà. Komplett.«

Kadeg sah den Kommissar verdutzt an.

Dupin war schlicht froh, etwas mehr Boden unter den Füßen zu haben. Zumindest einmal die Ausgangslage des Falles zu kennen.

»Es gibt Neuigkeiten, Kadeg. Wir müssen uns besprechen. Zusammen mit Riwal. Jetzt sofort.«

»Wir sollten uns einen anderen Ort suchen. Das *Quatre Vents* ist gänzlich ungeeignet für unsere Besprechungen. Es ist ein öffentlicher Ort.«

»Ausgeschlossen. Wir bleiben hier. «

Dupins spontane Reaktion war einer tiefen Entrüstung entsprungen.

Abgesehen von Dupins Manier, sofort, überall und immer Rituale zu entwickeln – dem eigentlichen Grund dafür, keinen anderen Ort suchen zu wollen –, gab es de facto auch gar keine Alternative. Wo sollten sie denn hin? Sich auf den Quai setzen, an den Strand, in eine Düne? Auf ein Boot? Einen Raum der Segelschule oder des Tauchzentrums in Beschlag nehmen? Dupin hätte, musste man ehrlicherweise sagen, dies sofort ohne zu zögern getan, wenn das seine Präferenz gewesen wäre – aber, und das war sicher der zweite wichtige Grund: Dort würde es keinen *café* geben.

»Wir setzen uns hier draußen hin, genau da, wo wir eben saßen.«

Dupin steuerte auf den Tisch zu, der noch so stand wie zuvor. Kadeg folgte sichtlich widerwillig, blieb aber stumm.

»Wir machen es kurz«, sagte Dupin nachdrücklich.

Inspektor Riwal, Inspektor Kadeg und Kommissar Dupin hatten tatsächlich nicht lange zusammengesessen. Nicht, weil es mittlerweile wirklich »frisch« geworden war – »richtig frisch«! –, sondern weil Dupin unruhig war. Seine drängende Rastlosigkeit, wenn er sich in einem Fall befand, war allgemein bekannt.

Er hatte Kadeg und Riwal die alles verändernde Nachricht in wenigen Worten kundgetan. Aus beiden Gesichtern war deutlich die Farbe gewichen. Sie hatten zunächst ein paar Fragen gestellt und dann wiederum – nur mit Mühe und Not – aus Dupin herausbekommen, wie genau Savoirs Bericht gelautet hatte und wie die Gespräche mit Solenn Nuz verlaufen waren. Dupin wollte an die Arbeit.

Kadeg und Riwal hielten es im Augenblick ebenfalls für das Wahrscheinlichste, dass Lefort und Konan die Benzodiazepine im *Quatre Vents* zugeführt bekommen hatten. Dass der Täter sich folglich gestern Abend dort aufgehalten hatte, wie kurz oder lang auch immer. Dass man rasch wissen musste, wer sich alles im *Quatre Vents* aufgehalten hatte, was Konan und Lefort getrunken und gegessen hatten und ob irgendjemand irgendetwas Verdächtiges gesehen hatte. Dupin wollte eine Liste, die die Personen nach »stetigen und/oder bekannten Personen auf dem Archipel« und »fremden Personen« differenzierte. Die zweite Differenzierung war natürlich: Welche der Personen standen zu welchem der drei Toten in einer Beziehung? Und in welcher? Eine weitere Priorität war: so schnell wie möglich so viel wie möglich über die drei Opfer, ihr Leben, ihre Arbeit und die Verbindungen zwischen ihnen zu erfahren und so auf irgendetwas Stichhaltiges zu stoßen. Auf mögliche Hinweise, mögliche Konflikte, ein mögliches Motiv, auf Personen, die irgendein Interesse am Tod der drei gehabt haben könnten.

Dupin hatte Kadeg auf Pajot angesetzt, Riwal auf Konan, er selbst hatte Lefort übernommen, allerdings Riwal gebeten, sich schnellstmöglich mit dessen Freundin in Verbindung zu setzen. Die Häuser der drei auf dem Festland waren zu durchsuchen, auch Pajots Wohnsitz in Paris. Die ganzen »Routinen« mussten beginnen, das Einholen von Auskünften über Testaments- und Erbschaftsverhältnisse, die Einblicknahme in die Vermögens- und Besitzverhältnisse, die Kontobewegungen, Telefonverbindungsnachweise … Sie würden ein paar Leute über die Mannschaft des eigenen Commissariats hinaus brauchen.

Kadeg hatte das *Quatre Vents* als Tatort deklarieren lassen wollen. Dupin, der ansonsten dafür bekannt war, Tatorte beliebig weiträumig und für einen beliebig langen Zeitraum abzuriegeln, war strikt dagegen gewesen – obgleich Kadeg kriminalistisch nicht irrelevante Argumente vorgebracht hatte, so den Punkt, ob man nicht Tresen, Gläser und Küche nach Spuren der Beruhigungsmittel untersuchen lassen müsste. Nicht nur, weil Dupin um die sichere Versorgung mit *café* fürchtete (das tat er!), hatte er sich dagegen ausgesprochen. Nein: Würden sie das *Quatre Vents* schließen, würden sie selbst den Ort ihrer Ermittlungen boykottieren: Sie würden alle zwingen, sich zu zerstreuen. *Hier* kamen sie nun mal zusammen: Diejenigen, die etwas erzählen konnten über die Welt hier draußen, die etwas wissen konnten – vielleicht ja auch der Täter. Es war kein langer Wortwechsel gewesen, Dupin hatte seine Position kategorisch formuliert, dann war er ins *Quatre Vents* marschiert.

Für einige Augenblicke war die Aufmerksamkeit der Gäste beim Eintreten ganz auf die kleine Gruppe der Polizisten gerichtet gewesen, die Gespräche an den Tischen hatten kurz gestockt. Natürlich wussten die Leute, wer sie waren. Dupin, Kadeg und Riwal hatten sich in betont ruhigem Tempo durch den Raum bewegt und links vom Tresen an die Wand gestellt. Rasch hatten die Gespräche an den Tischen wieder zu ihrer vorigen Munterkeit zurückgefunden.

Sie standen sehr eng beieinander, fast gedrängt. Dupin hasste es. Riwal und Kadeg führten eine abstruse Konversation, über die schlechte Luft, den erstaunlichen Betrieb hier, es war ihnen anzumerken, dass sie sich unbehaglich fühlten.

Dupin dagegen war zufrieden. Von hier aus ließ sich genau beobachten, wie es an der Bar zuging. Wie die Tabletts auf dem Tresen standen. Wie die Getränke hinzukamen, das Essen. Die Tabletts standen mitunter über mehrere Minuten vollkommen »unbeaufsichtigt«. Überhaupt hielten sich an genau diesem Teil des Tresens die meisten Gäste auf. Es war alles genau so, wie Solenn Nuz gesagt hatte: ein dicht gedrängtes, chaotisches Gewimmel. Jeder, das war mit einem Blick klar, hätte sich jederzeit völlig unverdächtig und unbemerkt hierhinbewegen können, hätte nahe genug an die Tabletts herankommen können.

Oder es war am Tisch von Konan und Lefort passiert. Natürlich würden sie versuchen, diese entscheidende halbe Stunde vor dem Aufbruch penibel zu rekonstruieren – würden sie alle befragen, ob jemand in dieser Zeit etwas Ungewöhnliches bemerkt hatte – aber die Wahrscheinlichkeit, auf diese Weise mehr herauszufinden, war nicht sehr hoch, so Dupins Gefühl. Sie hatten es, das stand fest, mit einem sehr klugen Täter zu tun.

Dupins Stirn lag in tiefen Falten. Das schmeckte ihm alles nicht. Und die Erstellung der Liste dauerte ihm auch zu lange.

»Monsieur le Commissaire, wir sollten …«

Kadeg hob laut und in seinem wichtigtuerischen Ton an, doch Dupin fiel ihm heftig ins Wort.

»Riwal, Kadeg, beobachten Sie in den nächsten Minuten genauestens die Gäste.«

Dupin war sich nicht ganz sicher, ob das, was er jetzt tun würde, richtig war. Es war ihm mit einem Mal in den Sinn gekommen, auch wenn es theatralisch wirken mochte und er Theatralik nicht ausstehen konnte. Es wäre theoretisch – so hatte er noch draußen am Tisch gedacht – ein vielleicht taktischer Vorteil gewesen, wenn der Mörder so lange wie möglich nicht gewusst hätte, dass seine Tat als Mord entdeckt worden war. Aber das war vollkommen illusorisch. Es würde sowieso die Runde machen. Wahrscheinlich sogar sehr bald.

Dupin schlängelte sich zur Mitte des Tresens und blieb dort stehen. Ansatzlos begann er mit mächtiger Stimme und in offiziellem Tonfall mitten in den Raum hineinzusprechen:

»Kommissar Dupin vom Commissariat de Police Concarneau. Bonsoir Mesdames, Messieurs.«

Es war augenblicklich mucksmäuschenstill im Raum. Sicher aufgrund der deutlichen Worte, sicher aber auch aufgrund seiner imposanten Körperlichkeit, die seinen Worten, wenn Dupin es darauf anlegte, beachtlichen Nachdruck zu verleihen vermochte. Riwals und Kadegs Köpfe waren in seine Richtung geschnellt, einen Moment lang starrten sie ihn ungläubig an.

»Gestern Abend sind auf den Glénan drei Männer ermordet worden. Die drei Toten, die heute Morgen auf Le Loc'h gefunden wurden, sind keinesfalls Opfer eines Unfalls. Es war ein kaltblütiger dreifacher Mord. Ein Kapitalverbrechen. Und wir haben Grund zu der Annahme, dass man zweien von ihnen genau hier, in dieser Bar, schwere Beruhigungsmittel in die Getränke oder ins Essen gemischt hat, deren Wirkung zu dem tödlichen Schiffsunglück führte«, er setzte kunstvoll ab, »wir ermitteln nun in einem Mordfall und möchten Sie bitten, unsere Arbeit nach Kräften zu unterstützen.«

Wieder machte er eine Pause.

Das Weitere sprach er nun im unmissverständlichen Tonfall polizeilicher Instruktionen:

»Wir möchten als Erstes wissen, wer von Ihnen sich gestern Abend im *Quatre Vents* aufgehalten hat, wo Sie gesessen haben und ob Ihnen etwas Verdächtiges aufgefallen ist. Vor allem hier am Tresen, bei den Tabletts. Egal, wie nebensächlich oder irrelevant es Ihnen scheinen mag. Wir bitten Sie, es zu äußern. Der geringste Umstand könnte von Bedeutung sein. Die beiden Männer, um die es geht, Monsieur Lucas Lefort und Monsieur Yannig Konan, saßen an diesem Tisch.«

Dupin zeigte auf einen Tisch in der Ecke.

»Ich möchte zudem wissen, ob gestern Abend jemand hier war, der heute nicht da ist. Außerdem, ob Sie die Opfer kannten und woher jeder Einzelne von Ihnen kommt, ob er an einem Tauch- oder Segelkurs teilnimmt oder auf einem Segeltörn ist. Von großer Dringlichkeit ist ebenso die Frage, ob Sie beide oder eins der beiden Opfer mit dem dritten Toten zusammen gesehen haben, einem gewissen Grégoire Pajot? – – – Danke für Ihre Mitarbeit. Wir werden Ihre Personalien festhalten. Das ist polizeiliche Routine.« Dupin machte eine längere Pause und ließ den Blick unverhohlen über die Gäste wandern. Die meisten wirkten wie versteinert und schienen während seiner Rede nicht geatmet zu haben. Selbst die beiden Nuz-Töchter standen wie angewurzelt.

»Meine Inspektoren werden jetzt von Tisch zu Tisch gehen und mit Ihnen sprechen. Wenn Sie bitte alle bis zum Abschluss dieser Befragung den Raum nicht verlassen würden.«

Dupin hatte das Gefühl, dass die Entscheidung richtig gewesen war. Jetzt hatte der Fall Realität. Es war raus. Nun mussten sie hellwach sein. Genauestens hinschauen. Das Spiel war eröffnet.

Mit entschiedenen Schritten ging Dupin zu Riwal und Kadeg. Immer noch herrschte absolute Stille im *Quatre Vents.* Dupin murmelte: »Riwal, Sie die linke Seite, Kadeg, Sie die rechte.« Die beiden Inspektoren drehten sich um und machten sich ohne Umschweife an die Arbeit. Erst ganz allmählich war ein zaghaftes Tuscheln der Gäste zu hören, das sich langsam steigerte.

Solenn Nuz war, während Dupin gesprochen hatte, in der Küche gewesen, erst jetzt trat sie heraus, blieb aber fast noch im Durchgang stehen, ein Blatt Papier in der Hand. Dupin gestikulierte vage etwas in ihre Richtung und ging dann zu ihr. War ihr eben in Hinblick auf den Unfalltod der drei Männer kaum eine Regung anzumerken gewesen – und sie hatte ja zwei von ihnen gekannt –, so wirkte sie jetzt doch aufgewühlt.

»Das ist schwer zu glauben. Sind Sie sich sicher, Monsieur le Commissaire? Dass es Mord war?«

»Vollkommen sicher. Uns liegen belastbare Blutanalysen vor.«

Sie schwieg einen Augenblick.

»Wem gehörte das Boot, das man gefunden hat?«

»Grégoire Pajot. *Conquerer* heißt es, eine Bénéteau. Gran Turismo. Wohl – sehr groß. Sie waren mit seinem Boot unterwegs, zumindest gestern Abend.«

»Der Name Grégoire Pajot sagt mir nichts.«

»Auch dazu können wir selbst noch gar nichts sagen. Wie die drei zusammengekommen sind, wo sie zuvor waren und so weiter«, Dupin war etwas eingefallen, das hatte er eben vergessen: »Wir werden Ihnen und den Gästen ein Foto von Monsieur Pajot zeigen. Einen Augenblick bitte, Madame Nuz, ich bin gleich zurück.«

Dupin ging zu Kadeg, der an einem der Tische an der rechten Seite der Bar stand.

»Wir brauchen sofort ein Foto von Pajot. Sie haben doch dieses Ding.«

In Kadegs Augen blitzte Genugtuung auf – jetzt brauchte man sein Smartphone plötzlich dringend. Dupin war es ausnahmsweise egal, er wollte das Foto. Kadeg hatte sein Gerät schon gezückt und tippte mit seinen ganz und gar nicht grazilen Fingern auf dem winzigen Bildschirm herum. Dupin erhob noch einmal kräftig die Stimme:

»Mesdames, Messieurs, eine Sache noch. Wir werden Ihnen ein Foto von Monsieur Pajot zeigen – wir wüssten gern, ob ihn jemand kennt oder zumindest in den letzten Tagen gesehen hat.«

Kadeg stand mit einem stolzen Lächeln vor ihm und hielt ihm das Telefon unter die Nase.

»Ein Foto auf der Website eines seiner Unternehmen.«

Bevor Kadeg noch etwas sagen konnte, hatte Dupin ihm das Telefon aus der Hand genommen und sich umgedreht. Er ging zu Madame Nuz zurück.

»Könnten wir uns wohl wie eben bei Ihnen hinten in die Küche setzen? Das wäre gut.«

»Aber natürlich. Kommen Sie«.

Sie setzten sich an den kleinen Tisch.

»Das hier ist Monsieur Pajot.«

Madame Nuz studierte das Foto eingehend, bevor sie etwas sagte.

»Nein. Ich habe ihn hier tatsächlich noch nie gesehen. Vielleicht kam er zum Segeln oder Tauchen. Aber nicht ins *Quatre Vents.* Sie sollten bei der Segelschule fragen. Auch bei Anjela Barrault, der Leiterin der Tauchschule. Sie ist eine Freundin von mir.«

»Das werden wir.«

»Meine Töchter und ich haben uns zusammengesetzt, um die Liste mit den Leuten von gestern Abend anzufertigen«, sie hatte sie immer noch in der Hand gehalten und legte sie jetzt vor Dupin auf den Tisch.

»Ist Ihren Töchtern denn noch jemand eingefallen, an den Sie nicht gedacht hatten?«

»Nur Muriel Lefort. Sie war anscheinend kurz da

und hat auch mit ihrem Bruder gesprochen. Da war ich wohl hier hinten in der Küche. Das muss so gegen halb neun gewesen sein. Ungefähr.«

Das wusste Dupin schon. Nur die Uhrzeit noch nicht. Dupin holte sein Clairefontaine hervor und machte sich eine Notiz.

»Meine Töchter haben sich auch erinnert, was Konan und Lefort gegessen und getrunken haben. Sie sind sich fast sicher. Zuerst einige Pressions, nach dem Bier dann Rotwein. Sie haben sich mehrere Male eine Flasche geholt, über den Abend verteilt. Wasser kann sich vorn jeder nehmen, die Karaffen stehen ja da. Gegessen haben sie beide Fischsuppe, Konan dann Hummer und Lefort Entrecôte.«

Dupin notierte alles.

»Und Ihnen oder Ihren Töchern ist an diesem Abend nichts Ungewöhnliches aufgefallen? Irgendetwas vorn am Tresen, eine Person, die sich auffällig verhalten hat?«

»Nein. Aber ich werde noch einmal mit meinen Töchtern sprechen.«

»War außer Ihnen jemand in der Küche?«

Solenn Nuz zögerte.

»Nein.«

Dupin wechselte in einen grundsätzlichen Tonfall.

»Jetzt, da wir wissen, dass es Mord war und wir es mit einer ganz neuen Situation zu tun haben – fällt Ihnen allgemein etwas ein, das Sie für relevant halten,

Madame Nuz? Haben Sie eine Ahnung, was hier geschehen sein könnte? Ich …«

»Ähm.«

Ein demonstratives Räuspern war zu vernehmen. Kadeg baute sich direkt vor ihnen auf.

»Mein Smartphone. Wir bräuchten das Foto.«

Mechanisch streckte Dupin es ihm entgegen.

»Madame Nuz hat eine erste Liste mit den Personen erstellt. Ich will außerdem eine minutiöse Skizze des Raumes mit jedem Tisch, jedem Stuhl und der Bar – zeichnen Sie alle Personen ein. Wer wann wie lange wo stand oder saß, mitsamt Uhrzeiten.«

Kadeg und Riwal kannten diese unmöglichen Aufträge. Erstaunlich war – das hatten sie in den Jahren mit Dupin gelernt –, wie häufig dann doch zu schaffen war, was zunächst vollkommen ausgeschlossen schien. Und wozu es gut sein konnte. Kadeg kommentierte den Auftrag dann auch mit keinem Wort und machte sogar ein erstaunlich neutrales Gesicht. Er drehte sich um und ging.

Dupin wandte sich wieder an Madame Nuz.

»Ich hatte gefragt, ob Ihnen ganz allgemein etwas einfällt zu diesem Mord.«

»Sie werden eine ganze Reihe von Menschen mit einem Motiv finden. Über Konan erzählt man sich üble Geschichten. Ich kann nicht sagen, was da dran ist. Und Lefort – er wird gehasst. Ich kenne nur sehr wenige Ausnahmen.«

Sie hatte diese Sätze in ihrem eigenen ruhigen Ton gesprochen. Es war aber erkennbar, dass auch sie so empfand.

Das war immerhin etwas Neues. Für gewöhnlich hatten die Toten nur Freunde gehabt, nie Feinde, von allen waren sie bewundert, geschätzt und geliebt worden.

»Und aus welchem Grund? Warum wurde er gehasst und von wem? – Von wem im Besonderen?«

»Da gäbe es viel zu erzählen.«

»Fangen Sie an.«

Solenn Nuz schaute ernst.

»Es sind wirklich viele unschöne Geschichten.«

»Ich will sie alle hören.«

Sie atmete tief ein.

»Seit über zehn Jahren versucht Lucas Lefort mit allen Mitteln, aus den Glénan ein großes ›Tourismusprojekt‹ zu machen. Mit Hotels, Sportanlagen, Brücken zwischen den Inseln. Vier der Inseln gehören ohnehin ihm. Ihm und seiner Schwester. Er ist mit seinem Vorhaben immer gescheitert, wenn auch nur knapp. Der ehemalige Bürgermeister von Fouesnant hat sich dagegen aufgelehnt. Er war einer seiner Erzfeinde. Lefort hat seine Pläne dann zwei-, dreimal verändert. Rein taktisch. Er hat es über einen geplanten gigantischen Ausbau der Segelschule versucht. Er wollte mir auch die ganze Zeit das Tauchzentrum abkaufen und es ausbauen. Seine letzte Idee hieß: ›gehobener Ökotourismus‹. Er ist«, sie hielt kurz inne, »er war sich für keine dreiste Lüge zu schade.«

Dupin schrieb mit. So gut er konnte. Das war eine große Sache, die sich da auftat. Das waren die Geschichten, auf die er gewartet hatte.

»Der ehemalige Bürgermeister hat ihm häufig den Tod gewünscht. Er ist von Lefort übel angegangen worden, Lefort hat ihn infam verleumdet, ihm Korruption vorgeworfen. Er hat versucht, ihn lächerlich zu machen. Dabei war der Bürgermeister ein integerer Mann.«

»Und wie ist der Stand jetzt?«

Das war unspezifisch, aber Dupin musste sich in das Sujet erst einmal einarbeiten.

»Es war ein paar Jahre ruhig geworden um Leforts Pläne, bis er dann eben mit dem Ökotourismus kam. Es heißt, er war im Begriff, das überarbeitete Konzept offiziell vorzulegen. Es wird schon seit ein paar Monaten überall darüber geredet. Der neue Bürgermeister hat sich noch nicht geäußert. Wir gehen alle davon aus, dass er dieselbe entschiedene Position vertreten wird wie sein Vorgänger. Der Gemeinderat ist größtenteils noch derselbe wie vor ein paar Jahren. Er hatte ebenfalls dagegengestimmt, wenn auch nur mit knapper Mehrheit. Gleichermaßen der Bezirksrat. Die neuen Gesetze zum Küstenschutz machen es eigentlich unmöglich. Was Lefort in keiner Weise davon abgehalten hätte, es dennoch zu versuchen.«

»Er war doch gestern Abend auch da, oder? Der Bürgermeister, meine ich. Monsieur …«

»Du Marhallac'h. Genau.«

»Er hat sich doch auch mit Lefort unterhalten, haben Sie gesagt.«

»Ja.«

Solenn Nuz wandte den Blick von Dupin ab und betrachtete ihre Hände.

»Es würde die Glénan zerstören. Alles hier. Es gibt Tourismus, ja, aber er berührt den Archipel nur oberflächlich.«

Dupin verstand einigermaßen, was sie damit sagen wollte.

»Und seine Schwester? Muriel Lefort?«

»Sie ist immer strikt gegen all diese Pläne gewesen.«

»Dann haben die beiden schwere Konflikte gehabt?«

Solenn Nuz zögerte einen kleinen Moment.

»Unentwegt. Sie haben sich erbittert gestritten, es war ein einziger Kampf zwischen den beiden.«

»Die Leforts müssen sehr wohlhabend sein.«

»Das sind sie.«

Wieder machte Dupin sich eine Notiz.

»Gab es außer diesen Plänen Gründe für Auseinandersetzungen zwischen den beiden?«

»Man kann sich keine Geschwister vorstellen, die unterschiedlicher sein könnten. In jeder Hinsicht.

Muriel verkörpert den ›ursprünglichen Geist‹ der Segelschule. Ihr Bruder hat genau das mit Füßen getreten. Ihn interessierte nur, wie mehr Geld zu machen war, er …«

»Können Sie das genauer erklären: den ›ursprünglichen Geist‹?«

»Eine Haltung. Bestimmte Werte. Ehrenamtlichkeit, das Leben im Kollektiv, Solidarität, Selbständigkeit. Die Segelschule ist weltweit eine Institution. Sie wurde Ende des Zweiten Weltkrieges gegründet, aus dem Geist der Résistance. Lucas' und Muriels Eltern waren führende Mitglieder des Widerstandes im Finistère. Die Segelschule war zunächst eine Art Kommune idealistischer junger Männer und Frauen.«

»Und dann?«

»Im Laufe der Jahre wurde sie von Muriels und Lucas' Eltern immer weiter ausgebaut. Behutsam. Sehr klug. Und immer im Sinne der alten Ideale. Es ging um große Ideen. Noch heute ist sie das Gegenteil eines ›noblen Jachtklubs‹, der üblichen Segelschulen. Noch immer leben die Kursteilnehmer hier unter einfachsten Bedingungen. Hier sind alle gleich. Egal, wie viel Geld sie haben. Sie schlafen auf Pritschen in Gemeinschaftsräumen, benutzen Gemeinschaftsduschen wie beim Camping, sie essen gemeinsam im Freien. Sie lernen nicht nur segeln, es geht um viel mehr. – Dafür steht Muriel Lefort. Und Maela Menez.«

»Das ist die Assistentin.«

»Ja.«

»Welche Funktion hat sie genau?«

»Sie ist Muriels rechte Hand. Sie macht alles. Ein paar Dinge leitet sie auch selbstständig. Den Bootspark zum Beispiel. Sie verkörpert den Geist der Segelschule sehr, wie soll ich sagen, rigoros. Rabiat. Sie ist sehr – idealistisch.«

»Dann befand auch sie sich in einem angespannten Verhältnis zu Lucas Lefort.«

»Oh ja.«

»Haben sich die beiden nicht auch gestern Abend unterhalten?«

»Sie haben beieinandergestanden. An der Bar. Ich weiß nicht genau, wie lange.«

»Immerhin hat man noch miteinander gesprochen.«

»Sie dürfen sich keine falschen Vorstellungen machen. Auch Muriel und ihr Bruder haben sich nicht die ganze Zeit angeschrien«, sie schien nachzudenken, »die Konflikte gingen viel tiefer. Und vergessen Sie nie, das hier ist eine sehr eigene Welt. Und eine sehr kleine.«

Solenn Nuz erinnerte Dupin in manchem an Nolwenn, das hatte er sich eben schon gedacht. Dabei war es nicht der ähnliche Klang ihrer Namen, nicht ihr umfassendes Wissen über die Menschen, das sie beide sammelten, sondern vor allem die Art und Weise, wie und was sie beobachteten.

»Ist Ihnen bekannt, ob es in letzter Zeit zu irgendeiner Eskalation zwischen den Geschwistern gekommen ist?«

»Muriel hat immer versucht, den Konflikt nicht nach außen zu tragen. Das wäre ihrem Naturell ganz zuwider. Sie ist eine höchst diskrete Person. Ich weiß nicht genau, was da vor sich gegangen ist. Das weiß nur sie.«

Dupin runzelte die Stirn.

»Wer noch? Wer gehörte noch zu Lucas Leforts Feinden?«

»Wie gesagt, das waren einige. Und sicherlich waren es mehr, als ich weiß. – Marc. Marc Leussot. Ein Meeresbiologe. Und Journalist. Er war gestern Abend auch da. Ein radikaler Gegner aller Tourismuspläne. Er hat kritische Artikel über die möglichen Folgen eines weiter zunehmenden Tourismus auf den Glénan geschrieben.«

Dupin notierte sich alles. Er hatte eine so miserable Klaue, dass er sich beim Schreiben außerordentlich disziplinieren und im Tempo mäßigen musste, da er ansonsten später wichtige Dinge selbst nicht mehr richtig lesen konnte. Damit hatte er leidvolle Erfahrungen gemacht.

»Er sitzt drüben.« Sie machte eine knappe Kopfbewegung in Richtung Bar. Er ist sehr häufig hier. – – – Und all die Frauen Leforts. Die dürfen sie nicht vergessen. Viele gebrochene Herzen. Es würde niemanden wundern, wenn sich eine von ihnen gerächt hätte. Vor allem seine letzte Freundin. Er hat sie permanent betrogen, direkt vor ihrer Nase.«

»Kennen Sie den Namen seiner aktuellen Freundin?«

»Nein.«

»Was fällt Ihnen noch ein?«

»Sie sollten ebenso an seine Segelei denken. Es heißt, dass er sich den Platz im *Admiral's-Cup*-Boot mit rücksichtslosen Methoden verschafft hat. Er war vollkommen kalt. Skrupellos.«

Das hatte wie ein Resümee geklungen.

»Sie kennen diese Welt hier wie niemand sonst.«

»Zwangsläufig.«

Für einen Moment war das warme, offene Lächeln, das Dupin schon kannte, zurück auf Solenn Nuz' Gesicht.

»Aber ich kann Ihnen eigentlich nur wenig sagen. Ich habe keine Vorstellung davon, wie Lucas Leforts Leben genau aussah. Er war ja immer tagelang weg, auf dem Festland. Mit welchen Geschäften er aktuell zu tun hatte und mit wem er sich dort überworfen haben könnte, keine Ahnung.«

»Sie sagten, dass Sie persönlich nicht viel Kontakt zu Lefort hatten?«

»Wenn er auf den Inseln war. Dann haben wir uns begrüßt und verabschiedet. Ein paar belanglose Sätze gewechselt vielleicht. Gestern nicht mal das.«

Dieser Fall war von Beginn an seltsam gewesen und entwickelte sich auch weiterhin so. Am Ende seines ersten richtigen Ermittlungsgespräches würde Dupin eine Liste von fünf bis sieben akut Verdächtigen haben. Und das allein im Zusammenhang mit Lefort.

»Und Konan? Was wissen Sie über ihn?«

»Begonnen hat er mit Matratzen, innerhalb weniger Jahre hat er ein Imperium aufgebaut. Er hat seine Geschäfte dann ausgeweitet und ist eine große Nummer im Export bretonischer Produkte geworden. Er hat ein paar Vereine gegründet. Und er hat eine Firma zur Tiefseeexploration, zur Erkundung von Ölvorkommen in der Tiefsee. Er hat ein enges Verhältnis zur Politik, heißt es. Das hat ihm bei all seinen Erfolgen wohl sehr ›geholfen‹.«

»Woher wissen Sie all das?«

»Er ist hier extrem unbeliebt. Ein Machtmensch. Großkotzig. Er wollte einmal einen exklusiven privaten Liegeplatz am Quai kaufen. So was gibt es hier gar nicht. Er hat zwei Anwälte darauf angesetzt.«

»Aber er kam dennoch weiterhin hierher?«

»Ja, mit Lucas.«

Es war tatsächlich eine sehr eigentümliche Welt, fand Dupin. Man hasste sich, aber der Ort verband sie alle, irgendwie.

»Und privat? Wissen Sie etwas über sein Privatleben?«

»Wir haben uns gegrüßt, das war's. Er ist verheiratet. Seine Frau war aber noch nie bei einer Tour dabei. Über sie weiß ich kaum etwas. Sie ist wohl Grundschullehrerin. Eine korpulente Person offensichtlich.«

»Was ist eigentlich mit dem ehemaligen Bürgermeister passiert?«

Solenn Nuz zögerte einen kleinen Moment, Dupin wunderte sich darüber.

»Er ist vor zwei Jahren gestorben. Sein Herz. Zusammengebrochen bei einem Fest-Noz.«

Zu den vielfältigen Aufgaben der bretonischen Bürgermeister zählte natürlich auch diese: die Teilnahme an dem im Sommer endlosen Reigen von regionalen, lokalen und sehr lokalen Festen. Trinkfesten.

Dupin wartete, ob sie noch etwas hinzufügen wollte. Es entstand eine längere Pause.

»Mir ist klar, dass ich ebenso zu den Verdächtigen gehöre. Meine Meinung zu Lucas Lefort kennen Sie. Für mich und meine Töchter wäre es ja ein Leichtes gewesen, gezielt etwas in das Essen oder die Getränke der beiden zu geben. Einfacher als für die anderen.«

»Ich habe mir eben ein Bild davon gemacht, wie einfach das für jeden gewesen wäre.«

»Maman?«

Die jüngere Tochter war nach hinten gekommen.

»Ja?«

»Einige Gäste wollen gehen. Sie wollen heute noch aufs Festland zurück. Die beiden Inspektoren haben gesagt, keiner dürfe die Bar verlassen, bis sie fertig seien mit der Befragung.«

Es war keine Frage gewesen, und sie hatte zu ihrer Mutter gesprochen, als wäre Dupin gar nicht anwesend. Dupin antwortete direkt.

»Ja, richtig, das habe ich angeordnet. Leider müssen wir das so halten. Wir klären einen Mord auf.«

»Gut.«

Das »Gut« hatte keinerlei Spur von Resignation oder Ironie enthalten. Sie drehte sich um und verschwand so geräuschlos, wie sie gekommen war.

Sie war gerade weg, als Riwal im Türrahmen erschien. Er kam eilig auf Dupin zu, blieb neben ihm stehen und beugte sich zu ihm herunter.

»Monsieur le Commissaire, Madame Lefort wird jeden Moment landen.«

Riwal flüsterte, dennoch konnte Solenn Nuz natürlich jedes Wort verstehen (was die Situation in Dupins Augen unnötig lächerlich machte).

»Quimper hat angerufen. Muriel Lefort hat die Identität ihres Bruders bestätigt. Die Kollegen kümmern sich auch um die formalen Identifizierungen der anderen beiden. Sie haben Madame Lefort noch nichts von dem Mord gesagt – wie Sie es angeordnet haben. Wenn Sie wollen, dass sie es nicht nach ihrer Landung von irgendjemandem erfährt, sollten Sie sie in Empfang nehmen.«

Dupin dachte nach. Das hatte er vollkommen vergessen. Es kam ihm gerade äußerst ungelegen. Aber er musste das machen. Und er wollte das machen. Aus mehreren Gründen. Er schaute auf die Uhr, er hatte jedes Gefühl dafür verloren, wie spät es sein mochte. Zwanzig Uhr dreißig.

»Gut, ich bin schon unterwegs.«

Er stand auf und verabschiedete sich von Solenn Nuz.

Sie lächelte sehr freundlich. Dupin verstand es als eine herzliche Geste.

Er verließ den Raum, Riwal ging neben ihm.

»Sie und Kadeg beenden die Befragungen hier und wenden sich dann an die Segelschule und das Tauchzentrum. Reden Sie mit Madame Barrault, der Leiterin des Tauchzentrums, und Madame Menez, der Assistentin von Muriel Lefort. Priorität hat immer noch die Skizze mit allen Gästen von gestern Abend. Vergessen Sie keine der Fragen.«

»Werden wir nicht, Chef.«

»Ein Monsieur Leussot gehört ebenso zu den Stammgästen, die gestern Abend da waren.«

»Haben wir bereits.«

»Sehr gut.«

»Werden Sie erreichbar sein, Monsieur le Commissaire?«

»Natürlich. Ja.«

Dupin fingerte sein Handy aus der Tasche. Es war immer noch auf Vibration gestellt.

»Alles okay.«

Er würde, wenn es klingelte, auf die Nummer schauen müssen. Was er schon länger nicht getan hatte: Es waren neun Anrufe eingegangen. Einmal Riwal, einmal Nolwenn, eine Nummer kannte er nicht, zwei unterdrückte Nummern – und vier Mal der Präfekt. Dupin brummte leise. Grimmig.

Der Hubschrauber war gerade gelandet. Der Pilot hatte den Motor in dem Augenblick ausgeschaltet, als Kommissar Dupin ein bisschen außer Atem die Wiese hinter dem alten Farmhaus erreicht hatte. Madame Lefort war im Begriff, aus der Kabine zu klettern, Madame Menez war bereits ausgestiegen und half ihr. Muriel Lefort wirkte stark mitgenommen.

»Es ist freundlich von Ihnen, dass Sie mich in Empfang nehmen, Monsieur le Commissaire. Es war – sehr schwer.«

»Ich müsste Sie in der Tat noch einmal sprechen, Madame Lefort.«

In Muriel Leforts Blick war eine unbestimmte, aber heftige Angst zu sehen, ihre Augen verengten sich. Dupin überlegte kurz, ob er es ihr unter vier Augen sagen sollte.

Er entschied sich, es im Beisein von Madame Menez zu tun.

»Ihr Bruder ist ermordet worden. Es war kein Unfall. Es tut mir leid.«

Dupin wusste, dass er eine solche Nachricht schon einmal mit mehr Empathie formuliert hatte.

Muriel Lefort schaute ihn wie versteinert an. Sie sagte kein Wort. Die Angst war aus ihrem Blick gewichen, er schien jetzt vollkommen leer. Auch Madame Menez schwieg. Nach einigen Momenten wandte Muriel Lefort ihren Blick ab. Ziellos begann sie ein paar Schritte umherzulaufen. Madame Menez war offenkundig unschlüssig, ob sie ihr folgen sollte, sie ließ es.

Dupin beobachtete Madame Menez, die ihm ein paar Male direkt in die Augen sah und sich trotz ihres Schweigens keinerlei Mühe gab, den Anschein zu erwecken, schockiert zu sein.

»Wirklich überrascht bin ich nicht«, sagte Muriel Lefort gedämpft.

Langsam war sie zu Dupin und Madame Menez zurückgekommen.

»Aber es ist trotzdem unvorstellbar«, fügte sie in eher formellem Tonfall an. Als hätte sie sich verpflichtet gefühlt, dies nachzutragen.

»Ihr Bruder hatte einige Feinde.«

»Ja.«

»Wie hat man ihn ermordet?«

Dupin hatte die Frage früher erwartet. Und nicht von Madame Menez.

»Man hat ihm und Yannig Konan starke Beruhigungsmittel verabreicht. Zusammen mit dem Alkohol hatten sie keine Chance …«

Muriel Lefort legte ihre Hände vors Gesicht. Wieder entstand ein längeres Schweigen. Wieder zeigte Madame Menez nicht die kleinste Regung.

»Wir haben mittlerweile auch das Boot gefunden, mit dem sie gekentert sind. Es gehört einem Grégoire Pajot. Eine Gran Turismo. Ein sehr teures Boot. Sie sind am Ausgang der Kammer auf Felsen gefahren. – – – Sagt Ihnen der Name Grégoire Pajot etwas, Madame Lefort?«

Muriel Lefort antwortete nicht sofort.

»Ja. Ich habe ihn schon gehört. Einer der ›Freunde‹ meines Bruders. Ich glaube, ein Investor.«

»Wahrscheinlich waren sie das Wochenende über zu dritt auf seinem Boot unterwegs.«

Muriel Lefort schloss die Augen, atmete einmal tief ein und aus.

»Könnten wir bei mir zu Hause weiterreden? Ich würde gern etwas trinken. Und mich setzen.«

»Natürlich. Es gibt ein paar wichtige Fragen.«

»Selbstverständlich.«

Madame Menez ging in zügigem Tempo voraus. Madame Lefort folgte, schloss fast zu ihr auf, aber nicht ganz. Dupin ließ sich ein paar Schritte zurückfallen. Auf einem schwach ausgetretenen Pfad nahmen sie den Weg über das karge Grün, auf die hässlichen dreieckigen Häuser zu, die in vielleicht hundertfünfzig Meter Entfernung vor ihnen lagen. Sie schwiegen alle drei. Dupin war froh darüber.

Die Sonne hatte sich bereits weit zum Meer hinuntergesenkt, das Farbenspiel hatte längst begonnen. Ein Zauber der sanften Art, ganz ohne knallige Effekte. In das helle, klare Blau hatte sich zunächst fast unmerklich ein feines, zartes Orange gemischt, mit wenig Rot, das nun zu einem wässerigen orangefarbenen Glimmen geworden war und die gesamte westliche Sphäre einnahm: den Himmel, das Meer – und auch die Sonne selbst. Noch ein paar Minuten und der klar umrissene Ball würde ruhig im Meer verschwinden, leise, friedlich – zumindest am heutigen Abend. Es war, fand Dupin, als wäre die Sonne manchmal ganz damit einverstanden, unterzugehen, ein anderes Mal dann wieder gar nicht. Dann schien es ihr im Innersten zu widerstreben und zu dramatischen kosmischen Kämpfen zu kommen, zu apokalytischen Farben, Szenen und Stimmungen, an deren Ende sie im Meer wie in einer finalen Weltenkatastrophe ertrank. Innerhalb der nächsten halben Stunde würde das zarte Orange langsam vergehen und schließlich übergangslos von einem tiefen Schwarz verschluckt werden. Dupin kannte das gut. Ein fast stoffliches Schwarz, das viel mehr war als nur das Fehlen von Licht.

Als sie sich dem ersten Haus näherten, übernahm Muriel Lefort die Führung. Noch im Gehen begann sie in ihrer Handtasche zu kramen und holte mit einer entschlossenen Bewegung einen kleinen Schlüsselbund hervor.

Sie stiegen über die flache Mauer und blieben kurz vor der Tür stehen, bis Madame Lefort aufgesperrt hatte. Immer noch hatte keiner gesprochen. Sie traten ein.

»Wenn Sie mich einen Augenblick entschuldigen würden, ich möchte mich kurz frisch machen. Ich bin gleich wieder bei Ihnen. Madame Menez wird sich um Sie kümmern.«

Muriel Lefort stieg die Treppe hoch. Das Haus war vollkommen identisch geschnitten und aufgeteilt wie das ihres Bruders – wie wohl alle diese Häuser –, aber ungleich einfacher eingerichtet. Alte Holzmöbel, ein schönes, deutlich bewohntes Eichenparkett, eine offene Küche, der man ansah, dass sie genutzt wurde. Ein kleiner schlichter Tisch stand darin, ein größerer befand sich vor dem Panoramafenster, das nach Osten ging. Dupin schritt auf das Fenster zu. Hier war es schon geschehen. Der Unterschied zwischen den Hemisphären war am Ende der Welt zum Zeitpunkt des Sonnenuntergangs gewaltig: Hier war schon eindeutig Nacht, im Westen glimmte noch das letzte Orange.

»Dass es ein Mord war, wundert mich gar nicht.«

In dem eher gestoßenen als gesprochenen Satz von Maela Menez lag ein tiefer Affekt, den sie, so wirkte es, zunächst mit Mühe zurückgehalten hatte und der sich nun Bahn brach.

»Wenn ich des Mordes fähig wäre und Madame Lefort nicht seine Schwester – ich hätte ihn unter

Umständen auch umgebracht. Er war ein schändlicher Charakter. Es ist pietätlos, das zu sagen, ich weiß. Aber das ist mir egal.«

Dupin drehte sich um und musterte Madame Menez interessiert. Es war eine eigenartige Mischung: die etwas gespreizte, irgendwie altmodische Ausdrucksweise auf der einen, die eher kecke, unbestreitbar hübsche Erscheinung auf der anderen Seite. Dupin schätzte sie auf Anfang dreißig. In ihren dunklen Augen – im tiefen Braun der Iris blitzten nur ein paar verlorene helle Stellen – und ihrem Gesichtsausdruck lag etwas höchst Entschiedenes. In ihren Augen war eine beeindruckende wendige Intelligenz zu sehen.

»Ich habe schon gehört, dass Monsieur Lefort offenbar sehr unbeliebt war.«

»Wofür es eine Vielzahl berechtigter Gründe gab.«

»Und aus welchem dieser Gründe hätten Sie ihn ermorden wollen? Zum Beispiel.«

Auch bei dieser zugespitzten Formulierung Dupins schreckte sie nicht einen Moment zusammen.

»Ich habe miterlebt, wie er mit Madame Lefort umgegangen ist. Die ganzen Jahre über. Es war schwer zu ertragen. Ich hätte gern eingegriffen, aber Madame Lefort war das nicht recht. Das Schlimmste«, sie hielt kurz inne, und es schien ihr jetzt zum ersten Mal bewusst zu werden, was sie sagte, »ich meine, verabscheuenswert war, dass er alles, was die Glénan im Kern ausmachte, die ursprüngliche Idee, den Geist korrumpiert hat. Er hätte alles bedenkenlos zerstört, er hat sich nicht im Geringsten darum geschert. Er war selbstsüchtig, und sein einziges Interesse galt dem großen Geld.«

Ihre Stimme hatte sich nach dem kurzen Innehalten wieder in eine eindrucksvolle Klimax begeben.

»Er wollte das Jetsetleben. Er hatte …«

»Maela, Sie sollen nicht so reden. Das wissen Sie. Vor allem jetzt – er ist tot. Ermordet.«

Auch wenn es sich wie eine Zurechtweisung anhörte, Muriel Lefort war keinesfalls barsch gewesen. Sie stand auf einer der oberen Treppenstufen.

»Ich weiß. Aber es ist die Wahrheit. Und die Polizei sollte alles wissen.«

»Wir haben doch keine Ahnung, ob der Mordanschlag meinem Bruder galt. Er könnte genauso einem der anderen Männer gegolten haben. Vielleicht ja auch zweien oder allen dreien – eigentlich müsste es ja so sein. Sonst hätte der Mörder den Tod Unschuldiger in Kauf genommen.«

Muriel Lefort schien sich wieder einigermaßen gefasst zu haben. Und ihr Einwurf war berechtigt. Und wichtig. Hier auf der Insel kaprizierte sich jeder und alles automatisch auf Lucas Lefort. Jeder nahm an, dass das Mordmotiv in seinem Leben zu finden war. Was natürlich schon allein daran lag, dass fast niemand Yannig Konan und Grégoire Pajot kannte. Lefort dagegen war hier eine Größe, eine echte Berühmtheit.

»Ich lasse Sie nun allein, Muriel, Monsieur le Commissaire. Sie wollen reden.«

Madame Lefort warf Dupin einen fragenden Bick zu, und erst, als er leicht zustimmend nickte, antwortete sie.

»Danke. Ja, Monsieur le Commissaire und ich haben zu reden. Und danach werde ich zu Bett gehen. Oder noch einen kleinen Spaziergang machen. Wir haben Vollmond. – Wir sehen uns morgen, Maela.«

Muriel Lefort war mittlerweile die Treppe ganz heruntergekommen, nun war deutlich zu sehen, dass sie immer noch mitgenommen aussah, so gefasst sie auch klang.

»Wenn der Mond aufgeht, wird es hier auf dem Archipel fast taghell, so haben Sie das noch nicht gesehen, Monsieur le Commissaire. Es ist wie in einem Traum.«

Madame Menez schaute kurz auf die Uhr, nickte Dupin flüchtig zu und wandte sich zum Gehen.

»Ich hoffe, Sie finden Schlaf in dieser Nacht, Muriel. Sie müssen sich erholen, Sie werden viel Kraft brauchen.«

»Danke, Maela. Haben Sie Dank für alles. Sie waren mir eine große Unterstützung am heutigen Abend.«

Maela Menez war schon fast an der Tür.

»Madame Menez – warten Sie. Wir müssten auch Ihnen einige dringende Fragen stellen«, Dupin sprach ganz sachlich, »wenn Sie bitte bei einem der Inspektoren vorbeigehen würden? Sie sind im *Quatre Vents.*«

Für einen Augenblick schien sie verwirrt. Aber sie hatte sich sofort wieder gefangen.

»Oh ja, natürlich. Die Ermittlungen.«

»Ich danke Ihnen«, Dupin fixierte Madame Menez, »eine Frage habe ich selbst.«

»Sehr gern.«

Maela Menez war jetzt wieder vollkommen souverän.

»Gestern Abend im *Quatre Vents,* da haben Sie kurz mit Lucas Lefort gesprochen. Worum ging es?«

Sie antwortete ohne Zögern.

»Ich verwalte den Bootspark. Er wollte das Transportboot für ein paar Tage leihen. In der nächsten Woche.«

»Das Transportboot?«

»Wir haben ein altes Motorboot, das wir zum Transport von anderen, kleineren Booten, sperriger Ausrüstung oder Baumaterial benutzen.«

»Und wozu brauchte er das?«

»Ich habe ihn nicht gefragt.«

»Und was haben Sie gesagt?«

»Dass er in der nächsten Woche keine Chance haben würde, da wir das Boot brauchen.«

»Wie hat er reagiert?«

»Er sagte ›das werden wir sehen‹. Das war's.«

Madame Menez' Worte machten klar, dass sie ihre Auskunftspflicht erfüllt sah, sie wandte sich wieder zum Gehen. Dupin ließ sie.

»Vielen Dank, Madame Menez. Bis morgen.«

Er holte sein Notizbuch heraus und schrieb ein paar Dinge auf, immer noch im Stehen.

»Oh, entschuldigen Sie, Monsieur le Commissaire. Wir setzen uns. Kommen Sie. Direkt hier an den Küchentisch.«

»Danke.«

»Ich brauche etwas zu trinken. Trinken Sie etwas mit? Einen alten Cognac?«

»Ich … ja.«

Das war eine gute Idee.

»Und einen *café?*«

Das war noch nötiger. Sein Koffeinspiegel war bedenklich niedrig.

»Sehr gerne.«

Vor Dupin auf dem alten Holztisch standen eine – bereits leere – antik aussehende Espressotasse und ein dickbauchiges, mutig gefülltes Cognacglas, dazwischen lagen sein Notizheft, sein Bic und, gefährlich nahe an der Tischkante, sein Handy. Muriel Lefort saß ihm gegenüber, ihr Glas in der Hand, aus dem sie schon einige Schlucke getrunken hatte.

Sie hatte alles genau wissen wollen, den möglichen Hergang des Unfalls – alles, was die Polizei zu diesem

Zeitpunkt bereits sagen konnte. Dupin hatte berichtet, was er wusste. Aber das war nicht viel.

»Wir wissen tatsächlich nicht mehr, als ich Ihnen eben gesagt habe. Das Boot gehörte dem dritten Mann, Grégoire Pajot.«

»Warum waren sie auf seinem Boot?«

»Wir tappen noch vollständig im Dunkeln.«

Muriel Lefort runzelte die Stirn.

»Vielleicht weil sie dachten, mit dem Schnellboot meines Bruders bei höherem Wellengang nicht weit zu kommen. Bei agitierter See taugt so ein Boot zu nichts. Vielleicht waren sie deswegen auf Monsieur Pajots Boot.«

»Wir haben Monsieur Konans Boot in Bénodet gefunden. Ihr Bruder muss hier auf den Glénan an Bord gegangen sein. Wir haben keine Kenntnis davon, wo die drei sich mit dem Boot anschließend aufgehalten haben und wie lange. Ich hatte gehofft, Sie würden vielleicht etwas mehr wissen.«

»Nein. Nicht das Geringste. Ich habe auch schon mit Madame Menez gesprochen, sie hat ihn nur gestern Abend gesehen. Sie sollten mit seiner Freundin sprechen.«

»Das tun wir. Gibt es weitere Familie? Müssen wir noch jemanden verständigen?«

»Oh nein. Es gibt nur einen entfernten Onkel, zu dem wir seit über zehn Jahren keinen Kontakt mehr haben. Was wissen Sie noch, Monsieur le Commissaire? Für mich ist es wichtig, alles zu erfahren. Das macht es realer.«

»Wir gehen davon aus, dass man ihnen die Beruhigungsmittel im *Quatre Vents* ins Essen oder in die Getränke gemischt hat.«

»Im *Quatre Vents?* Unglaublich.«

Plötzlich war ein seltsames Brummen zu hören, das Handy bewegte sich über den Tisch. Der Präfekt. Dupin sprach unbeeindruckt weiter.

»Sie selbst waren ja zur mutmaßlichen Tatzeit im *Quatre Vents,* gegen halb neun?«

Dupins Tonfall entsprach nicht der Schärfe seiner Frage. Muriel Lefort richtete ihren Oberkörper auf und rückte ein Stück auf ihrem Stuhl nach hinten. Sie reagierte nicht.

»Ist Ihnen etwas Ungewöhnliches aufgefallen?«

»Mir? Nein. Ich bin nur kurz im *Quatre Vents* gewesen. Ich habe mir etwas zu essen geholt. Ein Entrecôte. Sie packen einem auch alles ein. Das mache ich manchmal, wenn viel zu tun ist. Ich habe den ganzen Abend mit Papierkram zugebracht. Im Büro. Vorher habe ich ein paar Worte mit Leussot gewechselt. Banalitäten. Armelle Nuz hat mich bedient. Solenn habe ich gar nicht gesehen.«

Das Wort »Entrecôte« hatte keine gute Wirkung auf Dupin. Er spürte, dass er entsetzlichen Hunger hatte, ihm war fast schwindelig. Und Entrecôte – Entrecôte frites – war mit großem Abstand sein Lieblingsessen. Er versuchte, sich auf das Gespräch zu konzentrieren.

»Wo stand oder saß Ihr Bruder, als Sie ins *Quatre Vents* kamen?«

»In der Nähe der Getränkeausgabe, am Tresen, aber später auch auf der anderen Seite des Durchgangs. Rechts. Mit dieser Blondine.«

»Dann waren Sie nur zwei, drei Meter entfernt voneinander. Sie und Ihr Bruder.«

»Ja.«

»Aber Sie haben nicht mit ihm gesprochen, sagen Sie?«

»Ich glaube, er hat mich gar nicht wahrgenommen. Er war sehr vertieft in sein – Gespräch. Es war gestern Abend wirklich viel los im *Quatre Vents.*«

»Das wissen wir. Wer stand noch in der Nähe? An der Bar? Wer wartete auf sein Essen oder kam Getränke holen?«

Dupin wusste, dass die Frage zu nichts führen würde.

»Da verlangen Sie zu viel.«

Sie hielt kurz inne, es war ihr anzusehen, dass sie angestrengt nachzudenken versuchte.

»Leussot kam mir mit einer Flasche Wein entgegen, als ich zum Tresen ging, da haben wir kurz gesprochen. Maela saß direkt an einem der beiden Tische links vor der Bar. Zusammen mit zweien unserer Mitarbeiter«, sie stockte und fühlte sich offenbar gezwungen hinzuzufügen, »sehr zuverlässige junge Männer, über jeden Zweifel erhaben, – dann – es waren bestimmt fünf, sechs Leute vor mir dran, auch wenn es schnell ging. Leute, die ich nicht kannte, sicher vom Tauchzentrum oder auch von uns, ich kenne ja nicht alle Kursteilnehmer. Ach ja, und Kilian – Kilian Tanguy war gerade dran, als ich kam, er hatte ein großes Tablett in der Hand, Armelle hatte ihm gerade noch etwas draufgestellt.«

Dupin hatte ein paar Dinge mitgeschrieben. Muriel Lefort schien seit einigen Minuten auf eine unbestimmte Weise nervös. Ihre Stimme klang deutlich wackliger als zuvor. Vielleicht war es nur die Erschöpfung.

»Es tut mir ungemein leid, Sie in dieser Situation mit all diesen Fragen zu strapazieren.«

»Ich will ja selbst, dass alles so schnell wie möglich aufgeklärt wird. Sie wissen, dass wir fürwahr kein harmonisches Verhältnis hatten, mein Bruder und ich. Wir standen für gegensätzliche Ideen. Aber – er war mein Bruder.«

Es klang nach mehr als einer Floskel.

»Haben Sie denn eine Idee, wer Ihren Bruder ermordet haben könnte, eine Vorstellung, worum es eventuell gegangen sein könnte?«

»Es ist lange her, dass wir über persönliche Dinge miteinander gesprochen haben. Viele Jahre. Wie gesagt, theoretisch gab es eine Reihe von Menschen, mit denen er im Streit lag, aber ich weiß von keinem konkreten in den letzten Wochen oder Monaten. Ich kann Ihnen eigentlich gar nichts über das Leben meines Bruders sagen.«

»Wie genau sah Ihr Kontakt in den letzten Monaten aus?«

»Im Februar und März haben wir uns jeweils vielleicht eine Stunde getroffen, darüber hinaus haben wir einige Male telefoniert, ungefähr alle drei Wochen. Über Privates haben wir dabei nie gesprochen, nur über Dinge, die die Segelschule betreffen. Und das führte immer zu Auseinandersetzungen. Meistens legte er einfach auf. Und Ende letzten Jahres fing er auch wieder von seinen Plänen an.«

»Die neuen Tourismuspläne?«

»Ja. Er hatte immer schon größenwahnsinnige Vorstellungen. Er wollte aus dem Archipel ein modernes Zentrum für Wassersport und Erlebnistourismus machen. Er hatte schon vor zehn Jahren ein erstes Mal seine Pläne eingereicht. Dieses Mal dann unter dem Deckmantel des ›grünen Tourismus‹. Nach dem Tod des ehemaligen Bürgermeisters von Fouesnant, mit dem er sich all die Jahre bekämpft hatte, dachte er, es gebe noch einmal eine Chance mit Du Marhallac'h, dem neuen Bürgermeister. Der war wohl gewillt, sich noch einmal alles vorlegen zu lassen.«

»War er das?«

Madame Lefort blickte den Kommissar erstaunt an.

»Ja.«

»Ich habe gehört, er hätte sich noch nicht dazu geäußert.«

Das Erstaunen auf ihrem Gesicht wuchs.

»Lucas hat es mir gesagt, schon im Februar, glaube ich.«

Dupin machte sich eine Notiz.

»Was hat er genau gesagt?«

»Dass der Bürgermeister ihm auf seine erneute Anfrage hin, die er Anfang des Jahres eingereicht hatte, mitgeteilt hätte, dass es ›interessant‹ klinge, was er da präsentiert habe, und dass man sich die Pläne genau ansehen wolle.«

Muriel Lefort hatte in merklich höherem Tempo gesprochen.

»Es tut mir leid, dass ich so insistiere – eine Unart von mir, bitte verzeihen Sie.«

Madame Lefort lächelte erleichtert.

»Es hätte natürlich auch für die neuen, die ›ökologischen‹ Pläne nicht nur der Zustimmung der Gemeinde und der Region bedurft, sondern aufgrund der strengen Küstenschutzgesetze auch der aus Paris. Lucas war sich seltsamerweise immer sicher, sie zu bekommen. Ich glaube, da spielte Konan eine Rolle, er hatte wohl gute Beziehungen zur Politik in der Hauptstadt. Er lebte ja größtenteils dort.«

»Steckte Konan in diesen Plänen mit drin, ich meine, betrieben sie das zusammen?«

»Das kann ich Ihnen nicht sagen. Mir schien es so. Am Anfang auf alle Fälle. Vor zehn, zwölf Jahren, als mein Bruder damit begann.«

»Da war auch Konans Geld im Spiel?«

»Ich denke ja.«

Wieder notierte sich Dupin etwas in sein Heft – es waren seit heute früh schon viele Notizen, was nie ein gutes Zeichen war.

»Mein Bruder wollte darüber hinaus auch die Segelschule ausbauen. ›International‹ – er wollte noch mehr Standorte eröffnen. Weitere fünf Dépendancen innerhalb der nächsten Jahre. Ich war kategorisch dagegen. Ich glaube, seine Idee war es, im Falle eines erneuten Scheiterns seiner Pläne hier auf den Inseln der Manager des internationalen Segelgeschäfts zu werden und, wie man so sagt, ›global zu expandieren‹.«

»Wird die Segelschule nun ganz Ihnen gehören?«

Dupin hatte die Frage – ein bevorzugtes Vorgehen von ihm – ganz abrupt gestellt.

»Eine reine Routinefrage«, schob er nach und nahm einen Schluck Cognac, der außerordentlich war, das hatte er eben schon gedacht.

Wieder war für einen Moment ein unkontrollierter, gestresster Zug auf Muriel Leforts Gesicht zu sehen.

»Ich weiß nicht, ob er ein Testament gemacht hat. Und wenn ja, was es beinhaltet. Ich habe meinerseits schon vor Langem ein Testament aufgesetzt, das im Falle meines Todes die Überführung meines Anteils in eine gemeinnützige Stiftung vorsieht. Die Stiftung soll dann die Segelschule tragen. Ein befreundeter Notar hat das ausgearbeitet – ich habe meinen Bruder immer davon überzeugen wollen, sich dem anzuschließen. Er hatte kein Interesse daran.«

»Dann wird die Segelschule ja wahrscheinlich ganz Ihnen gehören.«

»Ich weiß es wirklich nicht«, sie runzelte die Stirn, »ich – vermutlich, ja.«

Die simple Frage, wer nach einem Mordfall einen materiellen Nutzen hatte – davon wollten selbstverständlich immer alle ablenken –, mochte vielleicht altmodisch scheinen, war jedoch immer noch elementar. Wer hatte etwas davon? Und was genau? »Traditionelle« Mordmotive regierten immer noch die Welt: Eifersucht, Demütigungen und Verletzungen, Rache, Neid und Gier dominierten bei Weitem alle Statistiken. Auch wenn die Mörder in Filmen, Fernsehserien und Büchern heutzutage immer nur Psychopathen waren.

»Auf welchen Wert schätzen Sie Ihr Unternehmen?«

Muriel Leforts Blick machte deutlich, dass sie das Wort »Unternehmen« als inadäquat empfand.

»Das ist schwer zu sagen.«

»Sie werden ja einen bestimmten Umsatz machen

jährlich, alles zusammengenommen. Und das Unternehmen wird ein Mehrfaches davon wert sein.«

»Ich werde Ihnen die Zahlen nachliefern. Ich spreche mit meinem Hauptbuchhalter.«

»Was wissen Sie von der Beziehung Konans zu Ihrem Bruder?«

»Fast gar nichts. Sie waren vielleicht einmal im Monat zusammen hier, am Wochenende. Ich dachte immer, Sie seien mit Konans Boot unterwegs. Konan hat ein ziemlich schickes Boot. Sie tauchten gern im *Quatre Vents* oder auf den Partys der Segelschule auf.«

»Waren die beiden nicht zusammen segeln?«

»Nicht an den Wochenenden. Ich glaube, mein Bruder hat in den letzten Jahren eher längere Touren gemacht, wenn er gesegelt ist. Mit seinen ehemaligen Mannschaftskollegen. Ich habe seine Segeljacht ewig nicht gesehen. Sie liegt in Concarneau.«

»Das haben wir bereits gehört.«

Es war doch ein langes Gespräch geworden. Er würde Madame Lefort jetzt ihre Ruhe lassen.

»Vielleicht gab es auch eine neue Schatzsuche. Ich weiß es einfach nicht.«

Muriel Lefort hatte das ernst gesagt, aber auch ein bisschen beiläufig. Dupin wusste nicht genau, wie er reagieren sollte.

»Schatzsuche?«

»Ja.«

»Sie meinen die Suche nach echten Schätzen? Gold, Silber und so?«

»Das ist hier auf dem Archipel eine Art Sport. Auch, wenn keiner darüber spricht. Es ist ernster zu nehmen, als es sich anhören mag. Im Tauchklub gibt es eine Gruppe von Unterwasserarchäologen. Wissenschaftler und Hobbyarchäologen. Sie arbeiten mit den offiziellen Abteilungen der Universitäten Brest und Rennes zusammen. Es sieht alles sehr provisorisch aus, davon sollten Sie sich nicht täuschen lassen. Hier draußen geben wir nicht viel auf Äußerlichkeiten.«

»Was soll das heißen?«

Dupin fuhr sich durch die Haare. Schatzsucher. Das klang skurril.

»Ich meine, um welche Art Schätze handelt es sich?«

»Um die Glénan herum liegen Dutzende gekenterte Boote. Einige berühmte Schiffe. Vor allem natürlich aus den letzten Jahrhunderten. Die Gewässer hier sind sehr gefährlich. Viele Schiffswracks sind schon entdeckt worden, es gibt spezielle Seekarten, auf denen sie verzeichnet sind. Von anderen weiß man ungefähr, wo sie liegen müssten, hat sie aber noch nicht gefunden. Und es ist klar, dass es noch viel mehr geben muss.«

»Und was suchen die Leute in den Wracks?«

»Letztes Jahr hat ein Taucher eine Truhe aus dem

17. Jahrhundert gefunden, in der sich eine halbe Tonne gut erhaltene Silbermünzen befanden. Es geht um alles, was wertvoll ist. Schmuck, Edelsteine, Münzen aus Gold, Silber, Bronze. Alte Waffen, sogar Kanonen. Kunsthandwerk. – Der archäologischen Abteilung geht es natürlich um wissenschaftliche Aspekte.«

Dupin wusste immer noch nicht, wie er mit dieser Information umgehen sollte; das klang nach Seemannsgarn.

»Sie sagten, niemand spricht darüber?«

»Niemand würde eine heiße Spur preisgeben.«

»Aber die Schätze – ich meine, eventuell entdeckte und geborgene Gegenstände von gesunkenen Schiffen gehören doch dem Staat, nicht einem privaten Finder.«

»Zehn Prozent des Wertes stehen dem Finder zu, allein das kann attraktiv sein. – Was meinen Sie, wie viele wertvolle Dinge hier im Geheimen geborgen worden sind. Das kriegt niemand mit.«

»Und Ihr Bruder war auch ein Schatzsucher?«

»Oh ja.«

Sie sagte das, als wäre es das Natürlichste der Welt.

»Schon als Kind hat ihn das fasziniert. Ein paar Schiffe hat er bereits entdeckt. Aber nichts von Wert. Soweit man weiß. – Wie gesagt, hier auf dem Archipel und in den umliegenden Gewässern ist das sehr populär. Sie sollten mal mit Anjela Barrault, der Leiterin des Tauchzentrums, sprechen. Und mit Monsieur Tanguy, der ist selbst Hobbyarchäologe.«

Dupin war immer noch geneigt, das Thema als fantastisch abzutun.

»Welchen Wert hatte diese Truhe? Die mit dem Silber?«

»Über eine halbe Million.«

Das war eine signifikante Summe. Und sehr real.

»Vor einigen Jahren hat sich auch Konan einmal mit dem ehemaligen Bürgermeister angelegt, es ging um irgendwelche Bergungsrechte.«

»Bitte?«

Muriel Lefort hatte wieder diesen beiläufigen Ton angeschlagen.

»Ich erinnere mich nur vage. Kilian Tanguy hat das erzählt.«

»Mehr wissen Sie nicht?«

»Nein.«

»Und das ist Ihnen gerade wieder eingefallen?«

Madame Lefort, der ihre Erschöpfung nun wieder anzumerken war, schaute ihn fragend an.

»Ich habe Sie in dieser Situation über Gebühr beansprucht. Sie sollten sich ausruhen.«

»Ja, das wäre gut. Ich bin wirklich erschöpft.«

»Ich melde mich morgen im Laufe des Vormittags. Ein paar Fragen habe ich noch.«

»Natürlich. Melden Sie sich, ich werde im Büro sein.«

Muriel Lefort stand noch vor dem Kommissar auf, Dupin folgte ihr.

»Bonne nuit, Madame Lefort.«
»Bonne nuit.«
Geräuschlos schloss sie die Tür hinter ihm.

Es war tatsächlich wie in einem wunderlichen Traum. Madame Lefort hatte mit der Vollmondnacht nicht übertrieben. Es *war* eine ganz neue Welt, die dieses andersartige Licht mit seinen fremden Farben hervorbrachte. Eine Welt in einem fernen Universum, mit anderen Gesetzen und Gegebenheiten. Der Mond schien mit einer silberweißlichen Kraft, die Dupin, da war er sich sicher, noch nie erlebt hatte. Wie am Tag das Sonnenlicht wurde jetzt das Mondlicht vom Meer reflektiert. Es war hell, richtig hell. Aber es war nicht die Helligkeit des Tages. Die ganze Welt sah verändert aus: die Felsen, der Strand, die kleine Steinmauer vor Muriel Leforts Garten. Das Licht warf diffuse Schatten, die sich an den Rändern verbanden. Die Mondwelt und die Dinge in ihr glänzten matt, ein Glänzen zwischen Geheimnis, Schönheit und Unheimlichem. Das Verrückteste war das Meer: eine vollkommen bewegungslose, wie eingefrorene quecksilbrige Fläche, in die hinein sich die bizarren schwarzen Formen der Insel schoben. Es war eine perfekte mystische Szenerie. Wenn man Groac'h, die Hexe der Schiffsuntergänge hier und jetzt über das Wasser hin zu ihrem sagenhaften Palast schweben sähe, es würde ganz natürlich wirken.

Dupin war ein paar Meter gegangen, hatte bereits das Handy am Ohr gehabt und war dann unwillkürlich stehen geblieben. Alles schien unendlich – auch die Stille, die jetzt noch mächtiger war als am Tag. Selbst das Meer war nur ein stetiges, gleichförmiges und harmonisches Rauschen.

Dupin schüttelte sich. Jetzt war es übermäßig »frisch«. Auch wenn es spät war und er deutlich merkte, dass er seit dem Hummer nichts gegessen und dafür eine, für einen fast nüchternen Magen, beträchtliche Menge Cognac getrunken hatte und es überhaupt ein ausgesprochen anstrengender Tag gewesen war – er musste sich noch einmal aufraffen und konzentrieren.

Er versuchte, Riwal und Kadeg zu erreichen.

Bei Riwal war besetzt.

»Kadeg?«

»Monsieur le Commissaire.«

»Wo sind Sie?«

»Wir sind eben fertig geworden mit den Befragungen und Listen hier im *Quatre Vents.*«

»Das hat so lange gedauert?«

»Es waren dreißig Menschen und eine Vielzahl an Fragen und Nachfragen. Wir haben der Gründlichkeit hohe Priorität eingeräumt. Ich denke, das war in Ihrem Sinne. Was man am Anfang versäumt, holt man nicht mehr auf. Nun haben wir eine ernst zu nehmende Liste.«

Kadeg wirkte immer noch vollkommen wach und tatendurstig.

»Und das Tauchzentrum und die Segelschule?«

»Ich habe gerade mit der Leiterin des Tauchzentrums gesprochen, Madame Barrault. Ich habe sie nachdrücklich gebeten, uns eine vollständige Liste aller Teilnehmer der aktuellen Kurse zu erstellen und zu erfragen, wer davon gestern Abend im *Quatre Vents* war. Wir werden sie morgen früh haben. Madame Barrault war übrigens gestern selbst auch im *Quatre Vents«,* Kadeg machte eine unmotiviert wirkende Kunstpause, »sie ist erst später gekommen, nach der Arbeit.«

»Die Tauchlehrerin war auch da?«

Weder Solenn Nuz noch Muriel Lefort hatten sie erwähnt. Muriel Lefort konnte sie natürlich knapp verfehlt haben.

»Wir haben etwas ungenaue, widersprüchliche Angaben zum Zeitpunkt. Sie selbst meint, sie sei gegen Viertel vor neun gekommen. Die Töchter von Solenn Nuz haben Viertel nach acht ausgesagt. Auf alle Fälle ist sie während des Gewitters geblieben, bis Mitternacht. Bis das Schlimmste vorüber war. – Riwal wird die Liste der Segelschüler von Madame Menez bekommen, der Assistentin von …«

»Ich bin im Bilde. Wo ist eigentlich Goulch?«

»Er hat vergeblich versucht, Sie zu erreichen. Sie sind nicht ans Telefon …«

»Sehr richtig, Kadeg.«

»Goulch und seine Leute haben das Boot ein weiteres Mal in Augenschein genommen. Sie sind dann hierher nach Saint-Nicolas gekommen und müssten jetzt am Hafen liegen. Er wollte noch alles für die sofortige Bergung morgen früh organisieren. Die *Luc'hed* ist nach vergeblichen Tauchgängen an den Méaban zurück ans Festland, sie haben nichts gefunden, abgesehen von ein paar weiteren Kanistern. Goulch hatte das eigenmächtig entschieden, nachdem er Sie nicht …«

»Ich verstehe. Gut.«

Kadeg würde das noch mehrere Male auf die eine oder andere Weise ansprechen.

»Wie viele der Gäste von heute Abend waren auch gestern Abend da?«

»Wir haben zwölf ermittelt.«

Das waren einige.

»Wir haben die Leute vor einer Viertelstunde gehen lassen, bei vielen herrschte bereits starker Unmut.«

»Sie haben was?«

Das war nicht abgesprochen gewesen. Dupin lagen heftige Worte auf der Zunge.

»Wir hatten objektiv keinerlei Grund und ebenso keine polizeiliche Handhabe, sie weiter hier festzuhalten. Natürlich haben wir sämtliche Personalien aufgenommen.«

Dupin musste nachgeben, so wenig es ihm passte – und so gern er noch selbst mit einigen Gästen gesprochen und sich bei solchen Dingen um keinerlei polizeiliche Bestimmungen geschert hätte. Aber Kadeg hatte richtig gehandelt.

»Hat denn irgendjemand irgendetwas Verdächtiges wahrgenommen?«

»Fehlanzeige bisher. Der Bürgermeister von Fouesnant, Monsieur Du Marhallac'h, wollte Sie übrigens unbedingt sprechen. Er war gestern und heute Abend da.«

»Was wollte er?«

»Er wollte wissen, wie der Stand der Ermittlungen ist.«

Dupin war nicht mehr weit vom *Quatre Vents* entfernt.

»Wir werden uns noch einmal zusammensetzen, Riwal, Sie und ich. Ich bin gleich da.«

»Ich denke, das sollten wir.«

»Wer ist noch im *Quatre Vents?*«

»Madame Nuz, Riwal und ich.«

»Gut. Eine Sache nur: Konan ist vor ein paar Jahren mit dem ehemaligen Bürgermeister aneinandergeraten, es ging um Bergungsrechte. An einem Schiff, vermute ich. Sprechen Sie«, Dupin blätterte in seinem Notizbuch und fand, was er suchte, »mal mit diesem Taucher, Monsieur Tanguy. Und mit jemandem in der Mairie. Ich will wissen, worum es dabei ging.«

»Im Übrigen hat der Präfekt versucht, Sie zu erreichen. Er war erneut höchst ungehalten.«

»Lassen Sie das meine Sorge sein. Es ist vollkommen unangemessen, sich in die – völlig intakte Kommunikation zwischen dem Präfekten und dem leitenden Kommissar einzumischen.«

»Er hat mir …«

Dupin hatte keine Nerven mehr. Er legte auf. Und seufzte tief.

Er wusste, er würde um ein baldiges Gespräch mit dem Präfekten nicht herumkommen. Sosehr er sich auch dagegen sträubte. Er blieb kurz stehen und wählte Nolwenns Handynummer. Es dauerte keine Sekunde, und Nolwenn war am Apparat.

»Monsieur le Commissaire?«

»Alles in Ordnung, Nolwenn. Die Ermittlungen laufen.«

Er hatte resigniert geklungen.

»Die Ermittlungen laufen auf Hochtouren.«

Dieses Mal hatte er bewusst Energie in den Satz gelegt.

»*Abred ne goll gwech ebet* – Rasch verliert nie!«

Die Antwort war eines von Nolwenns Lieblingssprichwörtern und wohl als Aufmunterung gemeint.

»Haben Sie die Fährte schon aufgenommen?«

Dupin stutzte kurz und überlegte. Er setzte sich wieder in Bewegung. Langsam.

»Ich weiß nicht.«

Er konnte es wirklich nicht sagen. Nolwenn wusste, dass es in jedem Fall des Kommissars einen Punkt gab, an dem er Witterung aufnahm – diffus zeitweilig und ihm selbst nicht immer deutlich bewusst. Doch er kannte dann nur noch eines: der Fährte zu folgen, wie fantastisch sie auch immer schien. Alles andere wurde ihm – in hartnäckiger und bisweilen dickschädeliger Weise – gänzlich egal. Dupin wehrte sich jedes Mal heftig grummelnd, wenn jemand von seiner »Methode« sprach. Unbedingt agierte er sehr systematisch, ja, aber, das musste man sofort hinzufügen: unsystematisch systematisch. Besessen übte er das genaue Beobachten und Hinsehen (eine Leidenschaft schon seit seiner Kindheit), die logische Analyse, dann wieder verfuhr er jedoch scheinbar vollends intuitiv, plötzlich und ungeduldig einer Idee folgend, einem Gefühl, einem Impuls, mitunter in Komplizenschaft mit dem Zufall. Durchaus eigenwillig. Und immer entschlossen.

»Was sagt eigentlich Solenn Nuz zu dem Fall?«

»Sie«, Dupin wusste nicht genau, was er antworten sollte. Nolwenns Frage hatte ein bisschen so geklungen, als ob er Solenn Nuz nur zu fragen brauchte, wenn er wissen wollte, wer der Mörder war.

»Sie ist eine große Hilfe.«

»Da bin ich mir sicher. Der Präfekt hat übrigens mit Monsieur Konans Frau gesprochen. Es war ein schwieriges Gespräch, die Ehe war wohl in – keinem guten Zustand.«

»Das heißt?«

»Sie haben offenbar schon länger über eine Scheidung nachgedacht.«

»Und warum?«

»Das weiß ich nicht.«

Ein rarer Satz aus Nolwenns Mund.

»Der Präfekt wird seinen Aufenthalt auf Guernsey abbrechen, er wird morgen Mittag zurück in Quimper sein. Ich denke«, Nolwenns Stimme wurde verdächtig sanft, verlor aber dennoch nicht ihre Bestimmtheit, »ich denke, dass Sie den Präfekten anrufen sollten. Es ist sicherlich der größte Fall seiner Amtszeit, und er ist, wie gesagt, persönlich sehr involviert.«

»Ich weiß.«

Er wusste es ja wirklich.

»Das ist ein gewaltiger Fall für die Bretagne.«

»Ich weiß.«

»Der Präsident des bretonischen Nationalrats hat es zwei Mal auf der offiziellen Kommissariatsnummer versucht. Und Journalisten vom *Ouest France* und *Télégramme* und einer von *L'Equipe*, vom Regionalbüro in Rennes.«

Es wunderte Dupin nicht, natürlich würde sich die größte Sportzeitung der Nation für den Tod eines *Admiral's-Cup*-Siegers interessieren. Wie fast jedes Blatt in Frankreich. Es würden zweifellos ein paar nationale Zeitungen groß über den Fall berichten. Ein ausgeklügelter dreifacher Mord! Schon wegen der Verbindungen von Konan und Pajot in die Hauptstadt.

»Vier Anrufer haben aufgelegt. Unterdrückte Nummern.«

»Nolwenn?«

»Ja, Monsieur le Commissaire?«

»Haben Sie schon einmal etwas über diese Schatzsuchen gehört – hier an der Küste, auf den Glénan?«

»Die bretonischen Gewässer sind eine einzige historische Schatztruhe, Monsieur le Commissaire.«

Das war das richtige Thema für Nolwenn, Dupin kannte den Tonfall aus ihren »bretonischen Lektionen«.

»Myriaden von Schiffen aus allen Epochen liegen auf unserem Meeresboden – prächtige Handelsschiffe, Kriegsschiffe, Expeditionsschiffe, Transportschiffe, Passagierschiffe, private Jachten, alles. Auch römische Galeeren!«

»Ich meine Schätze an Bord alter Schiffe. Wertvolle Dinge – wie in Büchern und Filmen.«

»Immer wieder kommt es zu bedeutenden Bergungen wertvoller Ladungen. Auch von Edelmetallen. Der größte Fund nahe den Glénan wurde in den Sechzigern gemacht. Ein altes Korsarenschiff mit einer halben Tonne Gold.«

Dupin war beeindruckt. Das *war* ein Schatz.

»Auch die ›Tigresse de Bretagne‹ kreuzte die Gewässer der Glénan!«

Dupin verstand nicht genau, was sie damit sagen wollte – vielleicht, dass allein wegen der Tigerin hier schon mit zahlreichen gesunkenen Schiffen zu rechnen sei. Nolwenn ging selbst nicht weiter darauf ein.

»Wenn Sie mögen, recherchiere ich Ihnen die wertvollsten Funde.«

»Das brauchen Sie nicht.«

»Es gibt eine beträchtliche Anzahl von Schatzsuchern, auch einige richtig professionelle. Ein paar Firmen sogar. Die meisten sind aber Amateure. Auf den Glénan gibt es eine Vereinigung von Unterwasserarchäologen, die sich im Tauchklub organisiert hat. Wollen Sie etwas Bestimmtes wissen? Sehen Sie eine Verbindung zu den Morden?«

»Ich weiß es nicht.«

Es klang immer noch absurd.

»Wie würde man herausbekommen, ob irgendjemand eine heiße Spur hat? Hier bei den Glénan.«

»Gar nicht, vermute ich. Darüber würde niemand ein Sterbenswörtchen verlieren. Es sei denn, die echten Archäologen des Tauchklubs wären beteiligt, die *Université de Brest* oder so. Aber auch für die würde ich nur bedingt meine Hand ins Feuer legen.«

So war es höchstwahrscheinlich. Wenn es um einen echten Schatz ginge, würde niemand etwas ausplaudern.

»Sie haben recht, Nolwenn.«

Er hatte eigentlich nicht vorgehabt zu fragen, aber nun rutschte es ihm doch heraus.

»Hier liegen römische Galeeren?«

»Sehr viele davon! In diesen Gewässern haben wir uns die entscheidende Seeschlacht gegen Julius Cäser geliefert. Eine unfaire Schlacht! Wir hatten ihn um siebenundfünfzig vor Christus verheerend geschlagen, zu Land, Mann gegen Mann! Dann verkrochen sich die Römer ein Jahr lang und ließen in der Loire-Mündung Hunderte Kriegsschiffe bauen. Eine gigantische Übermacht. Und doch wurde es nur ein knapper Sieg.«

Dupin hatte eine empfindliche Wissenslücke offenbart, und leider war ihm bei der Geschichte eingefallen, dass Nolwenn ihm diese Episode im Zuge der »bretonischen Lektionen« schon einmal erzählt hatte. Er hoffte, sie würde es ihm durchgehen lassen.

»Ich sehe jetzt noch Riwal und Kadeg, dann machen wir Schluss für heute. Ich werde mich morgen früh melden.«

»Wie kommen Sie aufs Festland zurück? Soll ich mich darum kümmern?«

Dupin war erleichtert, dass Nolwenn von den Römern abgelassen hatte.

»Ein Hubschrauber befindet sich noch auf Saint-Nicolas. Denke ich.«

Dupin fiel ein, dass er das nur vermutete. Aber er

hätte gehört, wenn er weggeflogen wäre. Vielleicht nicht, als er bei Muriel Lefort zu Hause war.

»Hoffe ich sehr.«

»Gut. – Und lassen Sie sich nicht beirren, Monsieur le Commissaire.«

»Danke, Nolwenn. Bonne nuit.«

Dupin war längst am *Quatre Vents* angekommen.

Riwal und Kadeg saßen an einem Tisch nahe der Tür, beide drehten Dupin die Köpfe zu und nickten, als er eintrat. Sie sahen erledigt aus, Kadeg noch mehr als Riwal, obgleich er gerade eben noch so eifrig geklungen hatte. Solenn Nuz war nicht zu sehen.

Dupin setzte sich wortlos zu ihnen. Riwal schob ihm eine aus vier DIN-A4-Blättern zusammengeklebte Skizze des Raums zu, mit dem Tresen, sauber gezeichneten Tischen und durch Kreise markierten Personen.

»Wir haben neunzehn Gäste von gestern Abend ermittelt. Darunter sieben Gäste, die häufig kommen und hier bekannt sind. Der Rest sind Segler und Taucher.«

Dupin beugte sich über die Skizze. Dann holte er sein Notizbuch heraus.

»Die Stammgäste?«

»Madame Menez, die Assistentin der Segelschule; Marc Leussot, ein freier Journalist vom *Ouest France,* er war eben auch da, wir haben mit ihm gesprochen; Kilian Tanguy, der Taucher, und seine Frau – wir haben bei allen die Zeiten notiert, wann sie gekommen sind und wann sie gegangen sind«, Riwal zeigte auf winzige, penibel notierte Zahlen in den Kreisen, »dann Du Marhallac'h, der Bürgermeister, mit dem wir ebenso bereits gesprochen haben; Madame Barrault, die Tauchlehrerin und Chefin der Tauchschule.«

Dupin ächzte leise. Es erging ihm manchmal so, dass er sich – aus verschiedenen Gründen – eigentlich für seinen Beruf ungeeignet fand. Dass er immer schon beträchtliche Schwierigkeiten gehabt hatte, sich Namen zu merken, war einer davon, ein gravierender. Personen und Gesichter hingegen konnte er sich problemlos merken.

»Das sind doch einige.«

»Hinzu kommen zwei Personen, die nur kurz da waren, Madame Lefort und ein Arzt, Docteur Devan Le Menn, ein Allgemeinmediziner.«

»Von dem hat noch niemand erzählt.«

»Ja, das ist ein wenig merkwürdig. Nur die beiden Nuz-Töchter erinnern sich an ihn. Niemand sonst. Sie sagen, dass er auch mit Lefort gesprochen hat. Die beiden denken, dass er nur kurz da war, zehn Minuten vielleicht. Gegen Viertel nach acht.«

»Docteur Le Menn ist der Name?«

»Ja. Er hat seine Praxis in Sainte-Marine.«

»Und er war heute Abend nicht da?«

»Nein.«

»Sonst irgendwelche Anhaltspunkte?«

»Noch nicht.«

Das war mager. Die Ausbeute war wirklich bescheiden.

»Wir sind mit der Liste weiter, als ich vermutet hätte, Chef.«

Riwal hatte den Satz wohl gegen die eigene Müdigkeit gesagt und um die Stimmung nicht schlecht werden zu lassen.

»Ist Madame Nuz in der Küche?«

»Sie ist vor etwa zehn Minuten gegangen. Sie wollte lieber morgen früh aufräumen.«

»Hat Sie Ihnen die Schlüssel gegeben?«

»Wir sollen einfach das Licht ausmachen und die Tür hinter uns schließen, hat sie gesagt. Und sie lässt Sie herzlich grüßen.«

Dupin musste unwillkürlich lächeln.

»Machen wir es kurz, es ist schon spät.«

Er hatte den Satz noch nicht beendet, als ihm eine Idee kam.

»Riwal, der Hubschrauber ist doch hier auf Saint-Nicolas, oder?«

»Ja, Monsieur le Commissaire. Ich hatte Anweisung gegeben, hier zu warten. Ich nahm an, das sei Ihnen recht. Goulch ist mit dem Boot bereits los.«

»Sehr gut.«

Dupin überlegte, dass es besser wäre, kurz rauszugehen.

»Ich bin sofort wieder da.«

Er verließ die Bar und schloss die Tür sorgfältig hinter sich. Dann fingerte er sein Handy hervor.

»*Amiral*, Bonsoir.«

»Bonsoir, ist Paul da?«

»Einen Augenblick.«

Es dauerte wirklich nur einen Augenblick, und Paul Girard, der Eigentümer des *Amiral*, war am Apparat. Dupin mochte ihn sehr, es war über die Jahre fast so etwas wie eine Freundschaft zwischen ihnen entstanden, da er jeden Tag mit einem *café* im *Amiral* begann und ihn zumeist auch abends dort beendete. Sie redeten nicht viel, aber es hatte sich ein stilles Einvernehmen zwischen ihnen aufgebaut.

»Georges hier.«

»Wir haben von den Ereignissen gehört. Mon Dieu.«

Dupin wusste, dass er über den Fall kein Wort mehr verlieren musste. Das war großartig.

»Ich komme noch vorbei, aber es wird spät.«

Eigentlich schloss das *Amiral* spätestens gegen halb eins. Aber Girard kannte das: Während eines Falles wurde es gelegentlich sehr spät.

»Ich sag dem Koch Bescheid. Wie immer.«

»Wie immer« bedeutete: ein großes Entrecôte, Pommes frites, ein schwerer roter Languedoc, Château Les Fenals.

»Wunderbar.«

»Bis gleich.«

Dupin fühlte sich schon ein ganzes Stück besser. Psychisch. Er hatte wieder Halt.

Er kehrte ins *Quatre Vents* zurück. Riwal und Kadeg starrten ihn fragend an.

»Sehr gut, meine Herren. Wir werden morgen früh zeitig beginnen. Sagen wir: Treffen um acht hier. Wir werden die nächsten Tage beide Boote brauchen, Goulch und seine Truppe – und die *Luc'hed.* Zudem sollten die Hubschrauber permanent zur Verfügung stehen. – Wir müssen auf alles schnell reagieren können, es darf keine Rolle spielen, dass wir uns hier mitten im Nichts befinden.«

Dupins Ton hatte nun fast etwas Heiteres, was ihn selbst amüsierte.

»Dann treffen wir uns morgen früh um halb acht am Flughafen in Quimper?«

»Korrekt, Kadeg.«

Die Aussicht, gleich zusammen mit einem Entrecôte im *Amiral* zu sitzen, gab Dupin neue Energie.

»Haben wir schon mehr über Konan oder Pajot erfahren? Wir dürfen keinesfalls den Fehler machen, uns übermäßig auf Lefort zu kaprizieren, das wäre fahrlässig.«

Er war nicht sicher, ob er selbst glaubte, was er sagte.

»Wir müssen uns auch auf die Frage konzentrieren, welche Verbindungen es zwischen den dreien gab –

was sie gemeinsam unternommen, geplant haben, was auch immer. Ob es jemand auf alle drei zusammen abgesehen hatte. Dasselbe gilt für alle Zweierkombinationen: Lefort – Pajot, Pajot – Konan, Lefort – Konan. Dass der Mordanschlag nur einer Person gegolten haben könnte, ist«, Dupin brach kurz ab und runzelte die Stirn, »am unwahrscheinlichsten. Aber natürlich nicht auszuschließen.«

»Von den Gästen, mit denen wir heute Abend gesprochen haben, kannte niemand Monsieur Pajot persönlich, auch von den Stammgästen niemand. Monsieur Du Marhallac'h kannte den Namen, die anderen nicht einmal das – selbst Madame Nuz nicht«, berichtete Riwal. Auch er sprach von Solenn Nuz wie von der letzten Instanz aller Dinge.

Jetzt mischte sich auch Kadeg noch einmal mit eifrigem Gesicht ein.

»Wir haben das Foto von Pajot gezeigt, aber keiner hat ihn auf den Inseln gesehen, nirgendwo. Ein wenig mysteriös.«

»Er wird vielleicht auf seinem Boot gewesen sein. Das wäre doch nicht ungewöhnlich. Das Boot war groß genug, um darauf komfortable Abende verbringen zu können.«

Kadeg blickte auf seine typisch kindische Art beleidigt. Dupin hatte das eigentlich nur gesagt, um Kadeg etwas entgegenzuhalten, aber plötzlich schien es ihm selbst sehr schlüssig.

Riwal übernahm wieder:

»Alle Stammgäste kannten Konan, er war wohl regelmäßig mit Lefort hier. Aber keiner weiß Näheres über ihn, nur ein paar allgemeine Dinge, die wir auch schon wissen. Alle wussten, dass er ein passionierter Angler ist. Madame Barrault, die Tauchlehrerin, kennt sein Boot und sagt, sie sei Lefort und ihm auch ein paarmal auf See begegnet. In der Nähe der Moutons. An den Stellen, wo die Makrelen sind. Niemand kannte ihn gut genug, um von eventuellen Konflikten gehört zu haben. Er war für alle ausschließlich ›Leforts Freund‹.«

»Kadeg, ich will, dass Sie morgen früh als Erstes Konans Frau besuchen. Der Präfekt hat persönlich mit ihr telefoniert. Ihre Ehe war wohl am Ende.«

Kadeg empfand das offensichtlich als einen angemessenen Auftrag.

»Mache ich. Ich habe gegen zweiundzwanzig Uhr mit Pajots Sekretärin in Paris telefoniert. Sie war entgeistert. Wir werden morgen früh noch einmal miteinander sprechen. Er hatte keine Geschwister, und die Eltern leben beide nicht mehr. Sie wollte sich aber noch einmal umhören, ob jemand anderes etwas weiß. Sie sagte, er sei ein eher ›distanzierter Mensch‹ gewesen. Sie wusste nicht viel über sein Privatleben.«

»Die sensationellen Nachrichten sind in der Welt, wir werden bald wissen, ob es weitere Familie gibt.

Wenn ja, werden Sie anrufen und sich beklagen, dass man sie nicht informiert hat.«

Es klang zynischer, als Dupin beabsichtigt hatte.

»Wir machen Schluss für heute.«

Riwal blickte deutlich erleichert. Und sogar Kadeg schien nicht unfroh.

»Hat irgendjemand bei Ihnen etwas von einer Schatzsuche erwähnt?«

Die beiden blickten Dupin verdutzt an.

»Irgendetwas von einem versunkenen Schiff, einer Entdeckung, Bergung?«

»Ich – nein.«

»Bei mir auch nicht.«

Beide Inspektoren schienen zu einer Nachfrage zu müde. Und Dupin hatte auch keine Lust auf weitere Erläuterungen.

»Wir brechen auf.«

Das war ein Befehl gewesen.

Um Punkt 23 Uhr 25 hatte der Hubschrauber abgehoben.

Die drei Polizisten vom Commissariat de Concarneau saßen eng angeschnallt in ihren Sitzen – Dupin besonders eng –, jeder ganz für sich, in Gedanken den Ereignissen dieses seltsam dramatischen Tages nachhängend. Dupin fiel etwas ein, was man an der Küste über die Glénan sagte: Die Zeit dehnte sich auf den Inseln aus. Sobald man dort war, im Bann dieser

Welt. Hier konnte mehr geschehen als überall sonst; in einer Minute, einer Stunde, an einem Tag. So fantastisch es auch klang, er empfand es genau so.

Der Hubschrauber warf einen bizarren Schatten auf das silberne Meer, es sah aus wie in einem surrealistischen Film. Einige Male meinte Dupin, den Schatten eines Raubvogels im Sturzflug zu sehen, so deutlich plötzlich, dass ihm unheimlich zumute wurde.

Gleich würden sie das Festland erreichen, die Lichter Sainte-Marines und Bénodets glitzerten bereits vor ihnen. Es war merkwürdig, es schien, als würden sie flirrend eine elementare Grenze markieren: hier das eigentümliche Reich der Glénan und des Atlantiks, dort die gewöhnliche Welt, die Wirklichkeit. Dupin war froh, aber auch ein wenig melancholisch. Und er verstand bei beiden Gefühlen nicht genau, warum. Er war, ausgelöst durch die monotonen Geräusche der Rotoren, die von den Kopfhörern verblüffend gut gedämpft wurden, ein paarmal fast eingenickt. Der Versuch, doch noch einige Gedanken voranzutreiben, hatte ihn allerdings wach gehalten. Außerdem wäre er nie vor seinen Inspektoren eingenickt! Höchstens vor Riwal.

Gleich würden sie festen Boden unter den Füßen haben. Er würde in seinen Citroën steigen, viel zu schnell fahren und dreißig Minuten später in Concarneau sein. In seinem *Amiral.* Er würde auf dem großen Platz direkt am Quai parken – und alles wäre erst einmal gut. Für einen kurzen Moment. Es würde nach dem Betreten der Bar keine fünf Minuten dauern und das Entrecôte würde vor ihm stehen, da hätte er sein erstes Glas Languedoc schon getrunken.

Der zweite Tag

Es war halb sieben. Immer noch dunkel, der Mond war längst untergegangen. Ganz im Westen der »vereinheitlichten« europäischen Standardzeitzone – die Bretonen sahen auch das als eine kleine Okkupation an – wurde es Anfang Mai erst um sieben Uhr hell. Kommissar Georges Dupin saß im *Le Bulgare* und trank seinen zweiten *café*, einen dritten hatte er eben bei der energisch agierenden Kellnerin bestellt. Vor ihm lag aufgeschlagen sein kleines Notizbuch. Es ging laut und solide zu. Der Tag war längst in vollem, unsentimentalem Gange, hier gab es nichts Gemächliches am frühen Morgen. Das ganz und gar unidyllische Café lag direkt an der Route Nationale, unmittelbar am vierten der dicht aufeinanderfolgenden *rond-points* der Zufahrt nach Quimper. Von hier aus waren es fünf Minuten zum kleinen Flughafen. Dupin kam nicht häufig hierher, aber er mochte es gern, und heute war es seine Rettung gewesen.

So früh es auch war, Dupin hatte bereits einiges hinter sich. Er war um zwanzig nach fünf aufgestanden – nachdem er erst um kurz nach halb zwei im Bett gewesen war und dann ohnehin fast die ganze Nacht wach gelegen und sich alle paar Minuten von der einen auf die andere Seite gewälzt hatte. Irgendwann hatte er das Gefühl gehabt, er hätte Fieber, wieder und wieder hatte er die Ereignisse des Tages überdacht, die Fakten, das wenige, was sie wussten. Ob es nicht Hinweise gab, die sie nur nicht gesehen hatten. Eine Spur. Er war sich dabei sehr wohl darüber im Klaren gewesen, dass es besser gewesen wäre, zur Ruhe zu kommen, zu schlafen. Dass es vollkommen unsinnig war, sich in einer solchen Verfassung den Kopf zu zermartern.

Er wäre auch schon früher aufgestanden, wenn er gewusst hätte, wie er an Koffein hätte kommen können, das *Amiral* machte erst um Viertel vor sieben auf, darüber hatte er schon einige Male mit Girard sehr ernst diskutiert. Dupins infam teure Espressomaschine aus Paris hatte von jetzt auf gleich den Geist aufgegeben, wie er beim letzten Notfall – denn das *Amiral* war jedes Jahr am 2. Januar geschlossen – hatte feststellen müssen.

Um Viertel vor sechs hatte Dupin Riwal angerufen, er wollte die Nummer des Bürgermeisters von Fouesnant haben. Ganz genau konnte Dupin sich nicht mehr an seine Gedankengänge erinnern, aber irgendwann in der Nacht hatte er entschieden gedacht, ihn sprechen zu wollen.

Und dann, letztendlich, hatte Dupin doch den Präfekten angerufen, um fünf nach sechs. Er würde sich ab jetzt einigermaßen regelmäßig melden müssen. Außerdem war ihm klar geworden, dass der Präfekt selbst eine relevante Person in diesem Fall war, wenn auch nur am Rande: Er war mit Konan befreundet gewesen. Die ersten fünf Minuten hatte Dupin die übliche Tirade über sich ergehen lassen – warum er sich nicht gemeldet habe am Vortag und dann jetzt plötzlich mitten in der Nacht, dass das keine seriöse Arbeitsweise sei … Dupin hatte nicht einen Moment lang wirklich zugehört. Er hatte gänzlich unbeteiligt zugesagt, der Präfektur sämtliche Verlautbarungen an die Presse zu überlassen und vor allem mindestens drei Mal am Tag Rapport zu erstatten bei diesem »vollkommen exzeptionell wichtigen Fall, der dringend einer schnellst-, schnellstmöglichen Aufklärung bedarf«. Der Präfekt hatte alle möglichen »desaströsen Szenarien« entworfen, was Dupin, ihm selbst, der Polizei des Finistère, dem kompletten Département blühte, wenn ihnen nicht eine rasche und vollständige Lösung des Falles gelänge. Dupin hatte gewartet, bis sich der cholerische Furor legte, und dann begonnen, seine eigenen Fragen zu stellen. Immer »im Interesse der schnellen Aufklärung«. Zunächst hatte Locmariaquer mit einigem Erstaunen, bei dem Dupin nicht wusste, ob es gespielt oder echt war, die Frage gestellt, inwiefern es von Bedeutung sei, was Konans

Geschäfte waren und ob er Feinde gehabt hatte. Der Präfekt hatte dann aber erkennbar eingelenkt, und so war das Telefonat passagenweise zu einem waschechten Ermittlungsgespräch mit einem »Zeugen« geworden. Dupin hatte seinen Vorgesetzten zuletzt mit einem überaus freundlichen und formellen »Dank für die Unterstützung« perplex zurückgelassen und aufgelegt. Der Präfekt hatte sich bei dem Gespräch anscheinend zunehmend unbehaglich gefühlt. Es war ihm nämlich ab einem gewissen Punkt sehr daran gelegen gewesen, deutlich zu machen, dass Konan kein enger persönlicher Freund im strengen Sinne gewesen war, sondern ein ›Bekannter – eine gewichtige Figur in der Bretagne und darüber hinaus‹, mit der er aus gebotenen professionellen wie sozialen Gründen in einer guten Verbindung gestanden hatte. Dupin glaubte ihm, erstaunlicherweise. Ein paarmal hatte der Präfekt dann gar eine kritische Distanz zu Konan aufblitzen lassen. Er hatte erwähnt, dass Konan ab und zu mit dem Finanzamt »Probleme« gehabt hatte und dass das Geflecht seiner Investitionen ein wenig unübersichtlich schien. Von einem konkreten akuten oder schwelenden Konkflikt mit jemand Bestimmtem hatte er nichts gewusst. Das letzte Mal gesehen hatte er Yannig Konan vor drei Wochen, bei einer Feier des *Klubs der Freunde bretonischer Bierbrauer*, von denen es in den letzten Jahren mehr und mehr gab – von beiden: sowohl von den regionalen Bierproduzenten als auch von ihren Freunden (zu denen, auch wenn er es nicht zugeben würde und stets Plädoyers für sein geliebtes *1664* hielt, Dupin mittlerweile selbst gehörte). Der Präfekt war sich sicher, dass Konans Frau wenig über das aktuelle Leben ihres Mannes wusste. Bis vor ein paar Jahren hatten die Locmariaquers die Konans einmal jährlich zum Abendessen eingeladen. Bis die Ehekrise offiziell geworden war. Was der Präfekt ebenfalls bestätigt hatte: Pajot war anscheinend wirklich ein enger Freund Konans, Locmariaquer wusste von regelmäßigen gemeinsamen Abenden der beiden in Paris. Er selbst hatte Pajot nur ein paarmal auf irgendwelchen Empfängen gesehen.

Immerhin, ein paar Dinge hatte Dupin an diesem Morgen bereits erfahren.

An den beiden Enden des Tresens des *Bulgare* – fünf, sechs Meter war er lang – liefen gleichzeitig zwei Fernseher mit jeweils unterschiedlichen Sendern, auf dem einen *TV Breizh,* ein bretonischer Kanal. Natürlich ging es um die Morde. Für ein paar Sekunden wurde sogar ein Foto Dupins gezeigt, »der junge, aber doch schon erfahrene Pariser Kommissar vom Commissariat de Police Concarneau, der in den vergangenen Jahren bereits eine Reihe aufsehenerregender Fälle aufklärte, führt die Ermittlungen«. Gott sei Dank waren die Menschen im Café zu beschäftigt mit ihrem Tagesbeginn, um dem Kommissar Aufmerksamkeit zu schenken. In den Zeitungen musste heute noch von einem »tragischen Unfall« zu lesen sein – die Nachricht vom Mord war nach Redaktionsschluss gekommen. *Ouest France* und *Télégramme* lagen in mehreren Exemplaren auf dem Tresen, gar nicht weit von ihm. Dupin hatte keine Lust, die Artikel zu lesen.

Dupin trank den dritten *café* aus und erwog, einen vierten zu bestellen, so richtig, hatte er das Gefühl, funktionierte sein Gehirn noch immer nicht. Und er brauchte ein Croissant für seinen Magen. Er hatte eben Blickkontakt mit der Kellnerin aufgenommen, als sein Handy losschrillte.

»Wer ist da?«

Er hatte ungewollt grob geklungen.

Einen Augenblick lang passierte gar nichts.

»Hallo?«, Dupin war genervt.

»Überprüfen Sie die Aktivitäten von Pajots und Konans Firma *Medimare* und dem *Institut Marine de Concarneau.*«

Die Stimme klang künstlich verstellt, dumpf und tief, weit weg. Erzwungen monoton.

»Wer ist dort? Hallo? Hallo, wer spricht da?«

»Es geht um *Medimare.* Die Firma von Yannig Konan und Grégoire Pajot.«

Das war kein Scherz.

»Worum geht es genau? Sprechen Sie mit mir.«

Keine Antwort. Dupin wartete. Nichts mehr, der Anrufer hatte aufgelegt. Ruckartig war Dupin hellwach. Einen Moment verharrte er regungslos.

Noch bevor er Zeit hatte, weiter nachzudenken, klingelte sein Handy erneut.

»Wo sind Sie, Monsieur le Commissaire?«

»Ich – – – Nolwenn?«

»Ja?«

Dupin brauchte einen Moment, um sich zu fangen.

»Was sagt Ihnen *Medimare?*«

»Hm – gar nichts.«

Bekannt konnte die Firma somit nicht sein.

»Ich habe gerade einen anonymen Anruf erhalten.«

»Aha?«

Dupin war froh, Nolwenn davon erzählen zu können, so gewann es an Realität.

»Ich habe vor einer Minute einen Anruf erhalten, in dem ich aufgefordert wurde, die Aktivitäten von Pajots und Konans Firma *Medimare* und dem *Institut Marine* in Concarneau unter die Lupe zu nehmen. Er …«, Dupin fiel etwas ein, »woher hatte er meine Nummer?«

»Ich habe gestern, bevor ich gegangen bin, Ihren persönlichen Anschluss hier auf Ihr Handy umgestellt, so machen wir es doch nachts während eines Falles immer. Er hat wahrscheinlich auf Ihrer Nummer im Commissariat angerufen. Die ist leicht zu bekommen.«

»Prüfen Sie das nach, Nolwenn.«

Dupin stand immer noch unter dem Eindruck dieses merkwürdigen Anrufes.

»Das werden wir gleich wissen. Aber ganz sicher war es eine verborgene Nummer.«

Das stimmte, so dumm wäre niemand.

»Ich kenne den Namen *Medimare* nicht, aber das ist bestimmt eine der Firmen, von denen ich gestern sprach. Ich werde mir das sofort ansehen. Was halten Sie von diesem Anruf, Monsieur le Commissaire? Das klingt extrem vage.«

»Keine Ahnung. Aber wir müssen auf der Stelle alles über diese Firma in Erfahrung bringen.«

Es war tatsächlich verdammt wenig, was der Anrufer ihm mitgeteilt hatte. Dennoch. Es war ein Hinweis. Wenn bei den Geschäften der beiden etwas nicht mit rechten Dingen zugegangen war und sie sich damit Feinde gemacht hatten, hätte man womöglich ein Motiv – und Personen, die eines besäßen. Und es kam eben vor, dass jemand anonym einen Hinweis gab. Aber es kam auch vor, dass solche Anrufe gar nichts bedeuteten, dass sie üble Scherze Unbeteiligter waren. Oder sich als gezielte Ablenkungen entpuppten.

»Und die Stimme kam Ihnen nicht bekannt vor?«

»Nein. Sie war verstellt. Wenn auch nicht sehr professionell.«

»War es eine Männerstimme?«

»Ja.«

»Das *Institut Marine* kennen Sie, oder nicht?«

»Ja, schon. Ich meine, ich weiß, was man so weiß.«

Dupins – ihm von der Stadt überlassenes – Appartement lag ungefähr hundert Meter vom Institut entfernt. Wenn er auf seinem schmalen Balkon stand und auf das Meer blickte, war es direkt rechts zu sehen. Das Institut hatte mittlerweile eine Dépendance auf der anderen Seite des Hafens, der »rive gauche«. Ein Institut für Meeresbiologie – Dupin wusste ehrlich gesagt nicht mehr als das.

»Es ist die älteste Forschungsstelle der Welt für Meeresbiologie. Was natürlich kein Zufall ist. – Bretonisch!«

Natürlich.

»Genießt hohes Ansehen, eine große Anzahl renommierter Wissenschaftler arbeitet hier. Der Leiter ist Professor Yves Le Berre-Ryckeboerec.«

»Berk-Rib…?«

»Professor Yves Le Berre-Ryckeboerec.«

Das war für Dupin die ultimative Steigerung: komplizierte bretonische Namen, die sich zu Doppelnamen zusammenfanden. Er notierte »Direktor, Institut« in sein Notizheft.

»Sitzt er im Hauptgebäude? Wo das *Marinarium* ist?«

Es gab ein nicht großes, aber liebevoll ausgestattetes *Marinarium,* kein Vergleich zum *Océanopolis* in Brest, aber Dupin mochte es, auch wenn es keine Pinguine beherbergte. Erst vor drei, vier Wochen hatte er es besucht. Er war in einer Ausstellung gewesen, deren Sinn ihm unmittelbar eingeleuchtet hatte, die ganze Stadt war mit großen Plakaten beklebt gewesen: »Fisch auf meinem Teller – wie ist dein Name?«. Es ging um die zahlreichen lokalen Fischarten, die man bei den örtlichen Fischhändlern und auf den Menüs der Restaurants fand. Es wurde gezeigt, wie sie aussahen, bevor sie auf dem Teller landeten – lebendig, in ihrem angestammten maritimen Habitat. Es war eine unglaublich bunte Vielfalt gewesen, Dupin war aus dem Staunen nicht herausgekommen.

»Ich vermute, dass er im Hauptgebäude sitzt. Ich verifiziere das.«

»Ja. Melden Sie sich.«

»Was werden Sie jetzt tun?«

»Ich werde sehen.«

Dupin legte auf.

Sollte er den anonymen Anruf ernst nehmen? Sein Instinkt sagte ihm: ja.

Immerhin fühlte er sich etwas besser, das Koffein tat seine Wirkung. Riwal und Kadeg waren sicherlich schon auf dem Weg zum Flugplatz. Er hatte ja eigentlich vorgehabt, mit auf die Inseln zu fliegen, sich zuallererst noch einmal mit Solenn Nuz zu unterhalten. Dann mit der Tauchlehrerin. Andererseits wollte er den Bürgermeister von Fouesnant sprechen. Und den Arzt aus Sainte Marine, der wohl einer der Letzten war, die mit Konan geredet hatten. Dupin hatte eine Reihe dringlicher Fragen.

Er griff nach seinem Handy.

»Riwal?«

»Ja, Chef?«

»Fliegen Sie ohne mich los. Ich komme nach. Ich statte dem *Institut Marine* einen kurzen Besuch ab. Sie und Kadeg nehmen in Angriff, was wir gestern Abend besprochen haben. Ich möchte sofort wissen, wenn es irgendetwas Interessantes gibt. Egal was. Sie wissen, es geht um jede Kleinigkeit, jeden noch so unbedeutsam scheinenden Umstand.«

»Ist klar.«

Riwal kannte diese Sätze wahrscheinlich schon in- und auswendig. Aber er hatte nicht resigniert geklungen.

»Die Untersuchung und Bergung des Bootes von Pajot, wer wird das überwachen? Goulch?«

»Sicherlich. – Wie werden Sie auf die Glénan kommen, Chef?«

»Das wird sich zeigen. Ich melde mich.«

Dupin hatte fast schon aufgelegt.

»Riwal, warten Sie.«

»Ja, Chef?«

»Folgendes noch, ich möchte so schnell wie möglich wissen, wie es um das Erbe von Lucas Lefort bestellt ist. Ob Madame Lefort alles erben wird. Und reden Sie noch einmal mit Madame Menez, der Assistentin.«

»Etwas Bestimmtes?«

»Lucas Lefort wollte für die nächste Woche irgendein Lastboot haben. Gucken Sie sich das an. Und fragen Sie, wozu man das Boot verwenden kann. – Und lassen Sie sich erzählen, warum es Madame Menez auf die Glénan verschlagen hat. Ihre Geschichte.«

»Ihre Geschichte?«

»Genau.«

Das waren zwei Dinge, die ihm gestern noch durch den Kopf gegangen waren. Zwei von sehr vielen.

Nachdem sie das Gespräch beendet hatten, nahm Dupin Notizbuch und Stift, stand auf, legte zehn Euro auf das rote Plastiktellerchen und verließ das *Bulgare*.

Sein Wagen, ein alter, von ihm heiß geliebter kantig-klobiger Citroën XM, den er gegen alle Anweisungen der Präfektur bisher nicht durch einen neuen Dienstwagen ersetzt hatte, stand buchstäblich vor der Tür. Die Sonne war jetzt aufgegangen, und die hier heftig befahrene Route Nationale, die zehn, fünfzehn Meter vor ihm lag, lief im Osten, Richtung Concarneau, in einen grell orangerosa Himmel hinein.

Es war Punkt acht Uhr. Der Direktor war quasi zeitgleich mit Dupin eingetroffen. Der Arbeitstag der Wissenschaft begann früh.

Es war ein imposantes Büro, in dem der Direktor saß, imposant schon aufgrund seiner Größe, sicherlich vierzig Quadratmeter, schätzte Dupin, imposant vor allem aber durch seine Aussicht: Durch Panoramafenster sah man weit auf den offenen Atlantik hinaus. Die fünfte Etage des ehrwürdigen dunkelgrauen Steingebäudes, dem man seine hundertzehn Jahre ansah, die es, mit der Rückseite direkt ins Meer hineingebaut, der tosenden Brandung widerstanden hatte, protzte mit einem Blick wie von einem Leuchtturm.

Direktor Le Berre-Ryckeboerec, ein nicht gerade großer, hagerer Mann Ende fünfzig mit einem eingefallenen, fahlen Gesicht und spärlichem Haar, dessen blasser Erscheinung lediglich durch seine höchst vitalen hellgrünen Augen Lebendigkeit verliehen wurde, saß hinter einem bedrohlich scharfkantigen Holzschreibtisch. Er trug einen einst sicherlich eleganten, mittlerweile abgetragenen dunkelgrauen Anzug.

Der Sekretärin des Direktors war anzumerken gewesen, dass sie ein wenig erschrocken war über das unangekündigte Auftauchen des Kommissars. Mit Sicherheit hatte sie von dem dreifachen Mord gehört. Ohne Vorankündigung hatte sie Dupin nach einem kurzen, hastigen Anklopfen in das Zimmer des Direktors geleitet. Der hatte sich, so schien es, gerade in diesem Augenblick erst hingesetzt und hielt ihr Vorgehen offenkundig für unangemessen.

»Ich hätte doch gern erst ein Telefonat getätigt, Madame Sabathier. Und seit wann empfangen wir Besuch, der sich nicht anmeldet?«

Er tat demonstrativ so, als ob Dupin noch gar nicht im Raum wäre. Seine Stimme war – im Gegensatz zu seiner äußeren Erscheinung – kräftig und herrisch.

»Ich bedauere es zutiefst, Monsieur le Directeur, es

wird nicht wieder vorkommen. Ich dachte nur – Monsieur le Commissaire Dupin ermittelt doch in diesem schrecklichen Mordfall an …«

»Ich habe sehr wohl Kenntnis von diesem Mordfall.«

Immer noch fand die Konversation in souveräner Ignoranz der Anwesenheit Dupins statt.

»Aber das ist kein Grund, Etikette und Form außer Kraft zu setzen. Oder meinen Arbeitstag durcheinanderzubringen.«

Dupin spürte ein wütendes Vibrieren im Solarplexus. Seine Rage stieg von Sekunde zu Sekunde. »Ich denke schon, Monsieur. Ein dreifacher Mord bringt alles gehörig durcheinander.« Direktor Le Berre-Ryckeboerec taxierte ihn kalt.

»Und die Ermittlungen in diesem Mordfall führen Sie an das illustre *Institut Marine?* Nun, das Institut mit seinen hundertfünfzig internationalen Wissenschaftlern begrüßt Sie herzlich. Wie können wir Ihnen behilflich sein?«

Schon auf der Fahrt hierher war Dupin der anonyme Anruf fast wie ein sonderbarer Traum vorgekommen. Er musste zugeben, dass der unbestimmte Hinweis auf irgendwelche »Aktivitäten« eine wacklige Position für eine Befragung war, zumal unter diesen unfreundlichen Bedingungen. Und außer den spärlichen im Internet erhältlichen Informationen zu Pajots und Konans Firma, die Nolwenn ihm noch kurz vor seinem Eintreffen durchgegeben hatte, wusste Dupin rein gar nichts. Alles in allem eine äußerst schwache Ausgangsposition. Es bliebe also nur die Flucht nach vorn, eine Option, die Dupins Wesen ohnehin sehr entsprach.

»Es geht um die illegalen geschäftlichen Transaktionen zwischen dem Institut und *Medimare* – der Firma, die zweien der drei Männer gehörte, die gerade Opfer eines Mordes geworden sind.«

Dupins Unterstellung war durch nichts gedeckt. Aber er musste wissen, ob er auf der richtigen Spur war, und Vorsicht würde ihn hier kaum weiterbringen. Der Direktor setzte sich gerade hin, das Gesicht wurde noch spitzer, der Mund noch schmallippiger, die Augen, nun scharf auf Dupin fixiert, hatten sich zu Schlitzen verengt.

»Ich habe, denke ich, nicht richtig verstanden, was Sie gerade gesagt haben.«

»Ich wiederhole es gern.«

Jetzt musste Dupin durchhalten. Was ihm nicht schwerfiel, die Antipathie war spontan und gewaltig gewesen. Dupin kannte solche Charaktere.

»Ich verstehe – Ihre Drolligkeit hat Methode.«

Nun war auch Le Berre-Ryckeboerec Erregung anzuhören. Dupin war kurz davor, in die Luft zu gehen. Er versuchte seine Atmung zu regulieren (er war stolz, dass er das gelernt hatte, zumindest ansatzweise: tief in den Bauch atmen, fünf Sekunden warten bis zum langsamen Ausatmen, dann wieder fünf Sekunden bis zum Einatmen – auf diese Verzögerung kam es an!). Aus dem Gesicht der wie angewurzelt stehen gebliebenen Sekretärin war in der letzten halben Minute alles Leben gewichen.

»Ich denke, ich werde dieses Gespräch nicht führen, Monsieur le Commissaire.«

Le Berre-Ryckeboerec wusste, dass er jetzt, hier, kein Wort sagen musste.

»Ich werde mich umgehend mit unseren Anwälten über Ihre infamen Unterstellungen beraten. Wir unterhalten seit vielen Jahren exzellente geschäftliche Beziehungen zu der Firma der Herren Konan und Pajot. Sie haben wie andere Firmen Patente und Lizenzen von uns erworben. Wenn Sie an diesen Themen Interesse haben, bitte sehr, das wird Gegenstand der Kommunikation mit unseren Anwälten. Ich schlage vor, dass wir beide uns jetzt verabschieden.«

»Ja, das wird das Beste für uns alle sein.«

Le Berre-Ryckeboerec wandte sich an Madame Sabathier, als wäre Dupin bereits nicht mehr im Raum:

»Ich werde jetzt wie geplant meinen Anruf tätigen. Und wenn Sie Monsieur Daeron informieren würden, dass ich ihn zu sprechen wünsche, hier im Institut.«

Dupins Gedanken überschlugen sich, aber ihm fiel keine Finte ein, nichts, was er jetzt noch ins Feld führen konnte.

»Wir werden«, Dupin sprach leise, fast flüsternd,

dabei scharf und ätzend, »wir werden uns jedes kleinste Detail dieser Zusammenarbeit mit *Medimare* ansehen, alles, was es gab und gibt«, ein leichtes Lächeln zeigte sich in seinen Mundwinkeln, »bei der Gelegenheit werden wir Ihre gesamten geschäftlichen Aktivitäten unter die Lupe nehmen. Ich freue mich darauf, Monsieur le Directeur.«

Dupin wartete keine Reaktion ab, sondern drehte sich auf dem Fuße um und verließ das Büro. Er nahm den Fahrstuhl, der unerträglich langsam war.

Schon beim Verlassen des Gebäudes hatte er das Handy am Ohr.

»Nolwenn?«

»Ich wollte gerade …«

»Ich brauche einen Durchsuchungsbefehl. Für das Institut. Egal wie. Vollkommen egal. Und zwar umgehend. Wir müssen die geschäftlichen Beziehungen des Instituts zu *Medimare* überprüfen, vor allem den Verkauf von Lizenzen und Patenten, der ganzen Forschungsergebnisse.«

»Sind Sie bereits im Institut?«

Nolwenn klang leicht verwirrt.

»Ich – bin schon wieder draußen.«

»Sie sind schon wieder draußen?«

»Es war ein sehr kurzes Gespräch. Wie gesagt: Wir brauchen einen Durchsuchungsbefehl.«

»Haben sich in dem – sehr kurzen Gespräch mit dem Direktor neue Verdachtsmomente ergeben?«

»Ich denke schon.«

»Wir sollten etwas mehr haben als den vagen Hinweis eines anonymen Anrufers.«

»Der Direktor des Instituts hat sich gänzlich unkooperativ verhalten. Ich habe *den begründeten Verdacht, dass er falsche Aussagen gemacht hat und die Wahrheit verschleiert – dass nun Gefahr im Verzug ist. Dass er unverzüglich belastende Dokumente beiseiteschaffen wird.* – Das muss reichen.«

Dupin hatte in seinen letzten Formulierungen – unzusammenhängend – die allgemeinen formalen Anforderungen zur Erlangung eines Durchsuchungsbefehls montiert.

»Rufen Sie den Präfekten an, Nolwenn. Sagen Sie, es gehe um einen akuten Verdacht und es bestehe ausdrücklich akute Verdunklungsgefahr«, Dupin war vollkommen entschieden, »ich will diese Untersuchung. Sagen Sie ihm, sie sei unabdingbar für die Aufklärung des Mordes an seinem Freund. Die erste heiße Spur. Er soll persönlich den zuständigen Ermittlungsrichter anrufen oder es über die Staatsanwaltschaft versuchen. Wir brauchen eine Mannschaft aus Quimper. Wir werden uns außerdem die Geschäftsräume von *Medimare* in Paris ansehen müssen.«

»Gut.«

Das war das »Gut«, das Dupin an Nolwenn liebte. Je schwieriger es wurde, je hektischer es zuging, je größer der Druck wurde, desto lieber war es Nolwenn.

»Wunderbar. Bis später, Nolwenn.«

Dupin legte auf.

Er war bei seinem Wagen angekommen, auf dem unteren Teil des großen Parkplatzes vor dem Port de Plaisance, ganz in der Nähe seiner Wohnung.

Er wählte Kadegs Nummer.

»Wo sind Sie, Kadeg?«

»Ich bin am Tauchzentrum, Riwal bei der Segelschule. Ich ...«

»Rufen Sie Nolwenn an. Wir haben einen anonymen Hinweis auf illegale Geschäftsaktivitäten zwischen dem *Institut Marine* in Concarneau und einer gemeinsamen Firma von Pajot und Konan. Sie heißt *Medimare.* Viel mehr wissen wir noch nicht. Sie kauft und verkauft Patente und Lizenzen für pharmazeutische und kosmetische Produkte, die auf Erkenntnissen der Meeresbiologie beruhen. Der Sitz ist in Paris. Nolwenn recherchiert noch. Wir versuchen gerade, einen Durchsuchungsbefehl zu bekommen. Für das Institut und für *Medimare.*«

»Welchen konkreten Verdacht hegen Sie?«

»Ich hege keinen konkreten Verdacht«, Dupin war klar, dass das nicht sehr stark klang, seine Stimme klang dafür umso resoluter, »doch ich möchte, dass alles durchleuchtet wird, alle geschäftlichen Beziehungen. Ich habe keine Ahnung, was dort nicht mit rechten Dingen zugehen könnte – aber finden Sie es! Ich möchte, dass Sie sich dieser Sache annehmen. Rigoros. Ich meine *wirklich* rigoros.«

»Ich verstehe.«

Der Tonfall Kadegs, mehr noch als seine Worte, machten Dupin klar, dass er wirklich verstanden hatte. Der unsympathische Teil von Kadegs Charakter, der Großteil also – es gab auch einen kleinen anderen Teil –, war prädestiniert für Aufträge dieser Art. Kadeg gab dann den Terrier.

»Wie gesagt: Stimmen Sie sich mit Nolwenn ab. Sie versucht auch zu organisieren, dass wir eine Mannschaft aus der Zentrale für die Aktion kriegen. Sie werden die Sache leiten, Kadeg.«

»Mit Vergnügen.«

»Wir sprechen später.«

Dupin blieb noch einen Moment still sitzen, bevor er den Motor startete. Fünf Sekunden warten vor dem Einatmen, fünf Sekunden vor dem Ausatmen. Tief in den Bauch.

Dupin wusste nicht, ob sie den Durchsuchungsbefehl wirklich bekommen würden, das würde nicht einfach, so energisch er es eben auch formuliert hatte und sosehr Nolwenn sich auch engagieren würde. Was sie hatten, war alles andere als zwingend. Er wusste auch, dass sein Verhalten eben im Institut möglicherweise nicht sehr klug gewesen war. Erreicht hatte er erst einmal nichts. Aber hätte er von diesem

Mann mehr erfahren, wenn er diplomatischer gewesen wäre? Er hatte ohnehin nicht die geringste Ahnung, ob diese Spur überhaupt irgendwohin führte und ob sie bei einer Durchsuchung auch nur irgendetwas Relevantes finden würden. Vielleicht sollte der unbestimmte Hinweis auf die Geschäftsbeziehungen nur Verwirrung stiften, ablenken. Zeit kosten. Der Anrufer hatte keinerlei Beleg dafür geliefert, dass er sich auskannte und wirklich etwas wusste. Aber – es hatte ihn gegeben. Und fest stand: Der Direktor war ein extrem unerfreulicher Zeitgenosse. Dupin freute sich auf das Gesicht des Direktors, wenn Kadeg mit dem Durchsuchungsbefehl vor ihm stehen würde. Und eine weitere Vorstellung gefiel ihm bei dieser Sache – auch deswegen würde sein Vorgehen nicht ganz verkehrt gewesen sein: Eine Durchsuchung würde gehörig Wellen schlagen. Auch in den Medien. Es wäre eine deutliche Demonstration, dass die Polizei zu allem entschlossen war und mit massiven Mitteln vorging, und je deutlicher dies wäre, desto nervöser würde der Täter werden. Nervöse Täter bewegten sich unbedachter. Und machten letztlich Fehler. Dupin musste allerdings einräumen, dass schon der Plan des Mordes, wie er ihn beim jetzigen Stand der Ermittlungen erahnen konnte, nicht auf einen nervösen Charakter hinwies.

Dupin drehte den Zündschlüssel. Er fuhr los und nestelte im nächsten Moment an den winzigen Tasten des Autotelefons herum. Wenn er ehrlich war, hatte er immer noch keine richtige Idee davon, was *Medimare* konkret machte. Was Nolwenn berichtet hatte, war sehr abstrakt. Patente und Lizenzen für Forschungsergebnisse.

»Nolwenn?«

»Monsieur le Commissaire, ich habe bereits mit dem Präfekten gesprochen. Er ist sich sehr unsicher, aber er versucht es. Persönlich. Ich soll Ihnen sagen, dass Sie hoffentlich wissen, was Sie tun – und dass Sie sich regelmäßig bei ihm melden, er …«

»Erklären Sie mir so genau wie möglich, was *Medimare* macht.«

»Sie kaufen Instituten Forschungsergebnisse ab, die aus der biologischen und biochemischen Erforschung von Lebewesen der Ozeane pharmazeutisch und kommerziell verwertbare Produkte werden lassen könnten. Die Forschungsinstitutionen finanzieren sich teilweise über solche Mittel, sie …«

»Das haben Sie jetzt abgelesen.«

»Bitte?«

Nolwenn hatte ein nahezu fotografisches Gedächtnis.

»Nichts – was bedeutet das, was wären das für Produkte?«

»Biologisch abbaubare Kunststoffe beispielsweise, eine ganz große Sache, oder vollkommen neuartige Antibiotika, innovative Kosmetik, alternative Energiequellen, potenzielle Medikamente gegen Krebs. All so etwas«, sie hob pathetisch an, »die maritime Natur der Bretagne wimmelt von Lebewesen, die äußerst wertvolle Ressourcen darstellen. Das ist extrem im Kommen, Monsieur le Commissaire. Das nennt man *blaue Biotechnologien.* In der Bretagne …«

»Ich verstehe. Das war es, was ich wissen wollte. Ich nehme an, da geht es um große Geschäfte.«

»Sehr große Geschäfte, ja. Denken Sie allein an die Kosmetikindustrie«, sie setzte kurz ab, »ich habe Ihnen letztes Jahr im November einmal die Probe einer Handcreme mitgebracht. Von *Fluidum?* Erinnern Sie sich?«

Dupin erinnerte sich. Es war ihm peinlich, er hatte sie nie benutzt, schon allein deshalb, weil er überhaupt nie Cremes benutzte und insbesondere den Sinn einer Creme speziell für die Hände bisher nicht verstanden hatte. Noch peinlicher aber war die Erinnerung, weil es ein dezenter Hinweis Nolwenns auf ein Weihnachtsgeschenk für sie selbst gewesen war. Das hatte er erst viel zu spät verstanden, nachdem er schon einen weiteren der maritimen Keramik-Bols aus einer Manufaktur in Quimper gekauft hatte, die er ihr seit drei Weihnachten enthusiastisch schenkte (Nolwenn hatte unvorsichtigerweise einmal angedeutet, dass sie sie mochte).

Dupin reagierte nicht.

»Diese hervorragende Pflegeserie, die auf vollkommen naturreinen Braunalgen basiert. Diese kleine hellblaue Tube, erinnern Sie sich?«

Nolwenn verfiel zumindest nicht in ihren strengen Tonfall. Dupin war erleichtert.

»Ich erinnere mich. Sie macht ganz zarte Hände.«

Nolwenn seufzte sanftmütig.

»Einzigartig auf der Welt! Ein Naturereignis für die Haut. Mit allen wichtigen Mineralien. Ein Konzentrat des ganzen Atlantiks!«

Dupin wollte antworten, dass er sich unsicher sei, ob es überhaupt zu einer Aufnahme von Mineralien über die Haut kommen könne, aber er wusste, darum ging es hier nicht.

»Kadeg wird sich in den nächsten Minuten melden, wegen der *Medimare*-Sache. Ich will, dass er die Durchsuchung leitet. – Wenn wir sie durchbekommen.«

»Gut. Ich erwarte seinen Anruf. Was haben Sie jetzt vor, Monsieur le Commissaire? Soll der Hubschrauber Sie abholen?«

Nolwenn war sofort wieder bei der Sache.

»Ich denke, ich würde gern mit dem Bürgermeister von Fouesnant sprechen.«

»Ich werde Sie ankündigen.«

»Ich bin gerade am letzten *rond-point,* Richtung Route Nationale.«

Nolwenn legte auf.

La Forêt-Fouesnant war ein Idyll. Und dabei nicht zu pittoresk, fand Dupin, es schrammte knapp daran vorbei. Ein breiter Meeresarm zog sich bis in den Ort und bescherte ihm einen kleinen Quai. Die hübschen atlantisch bunten Holzboote der lokalen Fischer ruhten jetzt bei Ebbe friedlich auf der Seite. Sanft geschwungene, flache Hügel hoben vom Hafen an, auf denen sich der kleine Ort, der zum größeren Fouesnant gehörte, großzügig verteilte. Liebevoll restaurierte Steinhäuser in typisch bretonischer Art, gemütliche Cafés, ein großartiger Zeitungsladen, ein weithin bekannter Bäcker. Außerdem: ein kleines Stück des einst charakteristischen bretonischen Urwalds mit großen Eichen, Efeu, Misteln, ein druidischer Sagenwald, durch den man auf einer malerischen Straße fuhr. Nach Concarneau waren es zehn Minuten, die gleiche Entfernung nach Quimper. Hier wohnte der Bürgermeister der kleinen Zehntausend-Seelen-Gemeinde – Fouesnant und La Forêt-Fouesnant zusammengezählt –, zu der die Glénan offiziell gehörten.

Die Sonne hatte auch am heutigen Morgen erstaunliche Kraft, abgesehen von ein paar verstreuten typischen Schönwetterwolken von makellosem Weiß, war der Himmel majestätisch blau. Es würde schön bleiben. Dupins aufrichtige Bewunderung für die erstaunlichen Fähigkeiten der Bretonen, das Wetter zu lesen und vorherzusagen, hatte ihn dazu gebracht, sich selbst in dieser Kunst zu versuchen. Er hatte ein Hobby daraus gemacht – und: Er hielt sich für nicht unbegabt. Seine Kenntnisse hatten sich von Jahr zu Jahr vermehrt: das entscheidende Wissen darüber, worin die Zeichen bestanden und wie sie zu deuten waren.

Monsieur du Marhallac'h – Nolwenn hatte ihn sofort erreicht – hatte Dupin gebeten, bei ihm zu Hause vorbeizukommen, wo er ein kleines Büro hatte. Es war ein unauffälliges Haus, eines der wenigen neuen. Ein vernünftiges Haus, nicht zu groß, nicht zu klein, nicht auffällig oder protzig, aber es machte schon etwas her. Es passte perfekt zu Du Marhallac'h, fand Dupin, es entsprach ihm auf kuriose Weise. Er war ebenfalls weder groß noch klein, weder dick noch dünn, besaß keine wirklich hervorstechenden Merkmale, war aber auch kein graues Phantom – ein ausgeprägter Durchschnitt.

Das Büro befand sich in einem eckigen Anbau aus Holz, in den Garten hineingebaut. Die Einrichtung des Büros tendierte weit über das Unauffällige hinaus ins eindeutig Hässliche. Die tapezierten Wände waren in einer öden Pastellfarbe gestrichen und, vollkommen unmotiviert, am oberen Rand mit einer Art hellblauem Muster verziert. Es wimmelte von in bunte Plastikrahmen gesteckten Laienfotografien, die Motive aus Fouesnant und Umgebung zeigten.

»Ich nehme an, es ist noch zu früh, Sie nach ersten Vermutungen darüber zu fragen, was auf den Inseln geschehen ist, Monsieur le Commissaire?«

»Das ist es.«

Dupin musste sich jetzt konzentrieren. Natürlich war er in Gedanken noch mit *Medimare* befasst. Aber er hatte schon gestern Abend das unbedingte Gefühl gehabt, dass er sich mit allen ständigen Gästen und Bewohnern dieser »wundersamen Welt da draußen« eingehend unterhalten sollte. Und der Bürgermeister war eine zentrale Figur in dieser Welt. Dupin hatte einige dringliche Fragen an ihn.

»Unsere Aufgabe ist es *zu wissen* – nicht Vermutungen anzustellen.«

Der Bürgermeister brauchte einen Moment, um darauf etwas zu erwidern.

»Es ist vollkommen unvorstellbar. Alles, der ganze Fall! Vor allem die Idee, dass der Mörder die Tat vor unser aller Augen im *Quatre Vents* begangen hat. Ich war ja selbst da, vorgestern Abend, meine ich.«

Der Bürgermeister unterbrach sich kurz und suchte den Blick des Kommissars, der mit einer Augenbewegung klarmachte, dass ihm das nichts Neues war.

»Ich saß genau am Tisch neben den beiden. Mein Stammtisch. Es war ein ausgelassener Abend, wie immer im *Quatre Vents* – und in dieser fröhlichen Gesellschaft war ein Mörder unter uns. Eine Person mit solch böser Energie. Das übersteigt mein Vorstellungsvermögen.«

Dupin hatte beim letzten Satz nicht richtig zugehört. Ihm war etwas eingefallen. Er suchte sein Notizbuch in der Jackentasche. Er hatte es sich aufgeschrieben, glaubte er. Er blätterte die Seiten seines Clairefontaine durch. Du Marhallac'h redete weiter, blickte aber immer irritierter zum Kommissar. »Marc Leussot, Meeresbiologe, auch Journalist«, das war es. *Meeresbiologe.* Vielleicht hieß es gar nichts. Aber das Wort »Meeresbiologie« hatte jetzt – am heutigen Morgen – eine neue Bedeutung erhalten.

»Wenn Sie mich bitte einen Moment entschuldigen würden, Monsieur Du Mar... Monsieur le Maire.«

Dupin stand auf und ging, ohne eine Antwort oder ein Zeichen des Bürgermeisters abzuwarten, zu der schmalen Tür des Anbaus und trat in den Garten hinaus.

Er wählte die Auskunft.

»Würden Sie mich bitte mit dem *Institut Marine de Concarneau* verbinden? Danke.«

Es dauerte nur einen kurzen Augenblick.

»Bonjour. Ich würde gern mit Monsieur Leussot sprechen.«

Die helle Frauenstimme am anderen Ende der Leitung klang ausgesprochen freundlich.

»Docteur Leussot befindet sich die meiste Zeit in Feldstudien auf dem Atlantik, er ist auch momentan nicht in seinem Büro.«

»Wir sprechen doch von Marc Leussot, dem Forscher, Journalisten und – festen Angestellten des Instituts?«

Die Antwort kam diesmal verzögert, die Frage war ungewöhnlich.

»Oh ja. Docteur Marc Leussot.«

»Dann danke ich Ihnen.«

Dupin legte auf. Er hatte sich richtig erinnert. Und er hatte Interessantes erfahren. Leussot war ein fester Angestellter des Instituts.

Der eigentlich doch nicht so kleine, offensichtlich penibel gepflegte Garten, den Dupin eben gar nicht näher beachtet hatte, wirkte trotz aller arrangierter Pracht kleinlich und unpersönlich, die Pflanzen wie abgezählt: zwei Kamelienbüsche, einmal in Weiß, einmal in zartem Rosa, ein Rhododendron, ein paar Mimosen, eine hochgeschossene Heckenrose, vereinzelte Schlüsselblumen, Narzissen, Azaleen, ein mickriger Wacholder. Ein prototypischer bretonischer Garten. Langsamen Schrittes ging er zurück in das Büro des Bürgermeisters.

»Ermittlungsarbeiten. Entschuldigen Sie mich noch einmal.«

Dupin machte eine vage, aber konziliante Geste und setzte sich wieder.

»Sie waren also vorgestern Abend selbst im *Quatre Vents.* – Sie haben direkt am Tisch neben Konan und Lefort gesessen, und Ihnen ist nichts Ungewöhnliches aufgefallen?«

In Du Marhallac'hs Augen war ein Flackern zu sehen, vielleicht Angst, Dupin konnte es nicht sagen.

»Nein. Ich habe natürlich bereits nachgedacht. Es war wie immer. Ich erinnere mich, dass Konan einmal zu Monsieur Tanguy an den Tisch gegangen ist. Monsieur Tanguy vom Tauchklub. Der Hobbyarchäologe. Lefort saß nicht häufig am Tisch, Konan die meiste Zeit. Lefort hat mit einer jungen Frau gesprochen, die wie eine Segelschülerin aussah.«

»Haben Sie ihn mit Madame Menez, Madame Leforts Assistentin, sprechen sehen?«

»Nein.«

Das »Nein« war schnell und kategorisch gekommen.

»Monsieur Konan saß außerdem eine Weile allein.«

»Und Ihnen ist generell nichts Verdächtiges aufgefallen? Am Tisch? Überhaupt?«

»Nein.«

»Sie waren den beiden so nah wie niemand anders an diesem Abend.«

Der Bürgermeister blickte Dupin etwas unsicher an.

»Uns geht es vor allem um diese halbe, Dreiviertelstunde. Zwischen Viertel nach acht und neun.«

»Wenn ich mich richtig erinnere, haben sie am Ende noch einmal ein paar Minuten zusammen am Tisch gesessen, Konan und Lefort. Und noch etwas gegessen. Aber ich muss zugeben, dass ich mir nicht ganz sicher bin.«

»Die beiden haben kein bisschen anders auf Sie gewirkt als sonst?«

»Nicht im Geringsten.«

Dupin blätterte in seinem Notizheft.

»Haben Sie einen Docteur Le Menn gesehen? Wie er mit Lucas Lefort gesprochen hat?«

»Nein.«

»Devan Le Menn, ein Allgemeinmediziner, mit einer Praxis in Sainte Marine.«

»Oh, ich kenne ihn. Alle hier kennen ihn. Die meisten sind seine Patienten. Ein sehr guter Arzt. Aber ich habe ihn nicht gesehen. Nein. Ich glaube nicht, dass er da war.«

»Die beiden Nuz-Töchter haben ihn gesehen. Nur kurz. Wie er mit Lefort gesprochen hat. An der Bar.«

»Komisch, ich habe ihn nicht gesehen. Aber es ist abends ein einziges Kommen und Gehen. Manche holen sich auch nur rasch was zum Essen. Man kann ja alles mitnehmen.«

»Le Menn ist Stammgast?«

»Oh ja. Ein Freund von Monsieur Lefort. Und auch sein Arzt.«

»Ein Freund?«

Das war Dupin überrascht rausgerutscht.

Du Marhallac'h wirkte einen Moment lang konfus, dann lächelte er:

»Natürlich, Sie haben bereits viel über Lucas Lefort gehört.«

»Denken Sie, er war anders als das, was über ihn erzählt wird?«

»Ich«, der Bürgermeister zögerte kurz, »zunächst

muss ich sagen: Ich kannte ihn erst seit zwei Jahren etwas näher. Aber wirklich nicht gut. Ich versuche, die Dinge ausgeglichen zu sehen, keine Vorurteile zu haben, objektiv zu sein, zu vermitteln, das ist mein Naturell – und so verstehe ich mein Amt. Das da draußen ist eine eigentümliche Welt – eine eigentümliche Gemeinschaft eigentümlicher Menschen. Da ist es schwer, etwas von außen zu beurteilen. Es geht oft um alte Geschichten. Ich versuche, mich da herauszuhalten. – Lucas Lefort war ein prominenter Mann. Vermögend. Ein eingefleischter Junggeselle, denke ich. Sicher ist: Er war ganz anders als seine Schwester. Als alle da draußen. Das ist gewiss wahr. Aber, wie gesagt, ich kannte ihn auch nicht gut.«

Dupin machte sich ein paar krakelige Notizen.

»Es heißt, Sie hätten verlautbart, seine neuen Pläne für eine größere touristische Erschließung der Glénan noch einmal wohlwollend zu prüfen – alle bisherigen Pläne waren von Ihrem Vorgänger ja vehement abgelehnt worden.«

Dupins Stimme hatte sich bei diesem Satz verändert, ohne dass er es beabsichtigt hätte. Sie war hart geworden.

»*Wohlwollend prüfen* ist zu viel gesagt. Ich habe nur deutlich gemacht, dass die Gemeinde und ich uns die neuen Ideen und Pläne gewissenhaft ansehen wollen und sie nicht pauschal vorab verwerfen werden. Das, was uns jetzt vorliegt, ist ein sehr ambitioniertes Projekt eines nachhaltigen, ökologischen Tourismus, das, ja, auch die Segelschule und die Tauchschule betrifft, aber ein ganzes Stück darüber hinausgeht.«

»Ich dachte, die Pläne liegen noch gar nicht vor.«

»Offiziell noch nicht. Bisher wurden sie nicht eingereicht. Aber Lucas Lefort hat uns in einer Sitzung vor einigen Wochen das Projekt ein erstes Mal vorgestellt, informell. – Was durchaus üblich ist«, Monsieur Du Marhallac'h war in eine bürgermeisterliche Diktion gewechselt, »wie gesagt: Wir haben keinen offiziellen Antrag vorliegen – und es ist ohnehin klar, dass eine Realisierung eher unwahrscheinlich ist. Die Küstenschutzgesetze sind äußerst strikt, an allen französischen Küsten. Und die Glénan sind darüber hinaus ein ausgewiesenes Naturschutzgebiet, das bedeutet: Eigentlich ist nichts erlaubt.«

»Wenn ich richtig verstehe, übernachten dort, wo gar nichts erlaubt ist, im Augenblick Hunderte Segel- und Tauchschüler pro Nacht, wenn auch unter einfachsten Bedingungen. Auf mehreren der Inseln.«

»Sie kennen Frankreich. Wir haben unsere strengen Gesetze – und wir haben unsere Praxis.«

Dupin konnte nicht sagen, ob da Kritik oder Stolz anklang.

»Handelte Monsieur Lefort in dieser Sache allein? Ich meine, hat er dieses Projekt auf eigene Faust betrieben?«

»Das vermag ich nicht zu sagen.«

Der Bürgermeister blickte Dupin ernst an.

»Sie überlegen, ob Monsieur Konan und Monsieur Pajot möglicherweise daran beteiligt waren? Finanziell?«

»Zum Beispiel. Monsieur Pajot war Bauunternehmer, das wäre doch gar nicht so abwegig. Und Monsieur Konan war unter anderem Investor.«

»Das ist durchaus möglich, Monsieur le Commissaire, aber das ist reine Spekulation. Lucas Lefort sprach immer von ›Ich‹ und einem anonymen ›Wir‹, das aber auch nicht unbedingt einen Plural meinte.«

»Kannten Sie Yannig Konan besser?«

»Nein, nur von den Glénan, von Abenden im *Quatre Vents* und den Gesprächen dort.«

»Und Pajot? Kannten Sie ihn?«

»Nein, gar nicht. Ich kenne nur seinen Namen. Und weiß, dass er eines der beiden großen Bauunternehmen der Bretagne besitzt.«

Der Bürgermeister legte die Stirn in tiefe Falten, ein wenig theatralisch, fand Dupin.

»Sie überlegen, ob hinter dieser Sache eine Geschichte stecken könnte, die ein Motiv für den Mord gewesen ist?«

»Es geht bei diesem Projekt um eine große Sache und um viel Geld, wenn ich das richtig verstehe?«

Du Marhallac'h schwieg.

»Wie sahen Leforts Pläne für die Inseln denn konkret aus?«

»Er hatte viel vor. Sie müssen wissen, die Segelschule ist jetzt schon eine der größten Europas. Es ging um ein touristisches und sportliches Gesamtkonzept. Er plante neue Bebauungen auf Penfret, Cigogne und Le Loc'h. Hotelanlagen, Sportanlagen. Ökologisch, nachhaltig und exklusiv. Mit einem kleinen Jachthafen. Er hatte einen bekannten Architekten aus Paris an der Hand, er verfügte über reichlich Beziehungen. Alles wäre über Wind- und Sonnenenergie betrieben worden, so ist es ja jetzt schon auf Saint-Nicolas, wenn auch auf niedrigem Niveau. Ein Teil der Einnahmen wäre in den noch wirksameren ökologischen Schutz des Archipels geflossen.«

Du Marhallac'h war ein perfekter Politiker – und Dupin konnte sich Schlimmeres kaum vorstellen. Aalglatt, skrupellos elastisch, eine rhetorische Show, um anderes, zumeist eigenes Interesse zu kaschieren und es zugleich knallhart zu verfolgen.

»Der Gemeinderat ist gegen dieses Projekt.«

»Der *alte* Gemeinderat. Es gab ganz irrationale Verhärtungen.«

»Ich verstehe. ›Irrationale Verhärtungen‹.«

»Ein solches Projekt müsste zunächst einmal durch alle Instanzen.«

»Wann hat Lefort zum ersten Mal Pläne zum Ausbau der Glénan vorgelegt?«

»Vor zehn Jahren. Ungefähr.«

Dupin machte sich eine Notiz und unterstrich sie

mit Verve. Doppelt. Du Marhallac'h lugte neugierig auf das Notizheft.

»Hat er sie in den vergangenen Jahren ein zweites Mal vorgelegt?«

»Nein, er hatte sie für einige Jahre ruhen lassen.«

»Wer gehörte zu den Gegnern seiner Pläne?«

»Fast alle. Auch wenn die meisten die Pläne wahrscheinlich gar nicht genau gekannt haben.«

»Die schärfsten Gegner?«

»Seine Schwester. Das wissen Sie ohne Zweifel bereits. Madame Menez sicherlich auch, die Assistentin. Die ganze Segelschule. Die Leiterin der Tauchschule, Madame Barrault. Sie hat sehr große Vorurteile«, der Bürgermeister schaute Dupin plötzlich etwas unsicher an, »ich meine: eine sehr dezidierte Meinung. Natürlich auch Solenn Nuz. Sie ist – sie ist ja die andere Besitzerin Saint-Nicolas', auch Bananec und Quignénec gehören ihr. Sie – sie hat selbstredend eigene Interessen …«

»Was meinen Sie damit?«

»Nichts Bestimmtes.«

Dupin war bewusst, dass es perfide war, wie Du Marhallac'h verfuhr. Und Du Marhallac'h musste sich gewahr sein, dass Dupin es bemerkte.

»Ich denke, dass eine Mehrheit der Bevölkerung an der Küste gegen die Pläne war. In der Vergangenheit auch das Gros der Politiker. Ganz sicher die Presse, sowohl der *Ouest France* wie der *Télégramme*. Monsieur Leussot zum Beispiel«, der Bürgermeister zögerte, »ein Meeresbiologe, der das Bedürfnis hat, sich auch journalistisch zu betätigen, ist in der Opposition gegen Leforts Pläne leidenschaftlich engagiert gewesen. Nach meinem Empfinden war das ein rein ideologischer Streit, das interessiert mich nicht. Mein Interesse ist, das Ganze zu versachlichen.«

Da war sie wieder. Die unsägliche Politikerart. Dupin blickte finster.

»Monsieur Leussot hat Artikel gegen Leforts Pläne geschrieben?«

»Tendenziöse, drastische Artikel.«

»Auch gegen die neuen Pläne?«

»Wie gesagt: Lefort hatte sie der Öffentlichkeit noch nicht vorgelegt, nur uns, mündlich. Ein vollkommen reguläres Vorgehen. Davon haben die Medien natürlich Wind bekommen, es war schließlich keine klandestine Veranstaltung. Da aber noch nicht viel bekannt ist, gab es in den Zeitungen bisher nur kurze Meldungen. Sie dürfen nicht vergessen, dass Lefort in der Bretagne immer noch eine berühmte Person ist – der große Segler. So unbeliebt er bei einigen auch gewesen sein mag.«

»An diesen kurzen Meldungen war der Meeresbiologe nicht beteiligt?«

»Nein. Soviel ich weiß, nicht.«

Das schrille Klingeln von Dupins Handy ließ beide Männer kurz aufschrecken.

Es war Nolwenn.

»Wenn Sie mich noch einmal entschuldigen würden, Monsieur le Maire.«

Es war keine Frage gewesen, Dupin war bereits aufgestanden und abermals zur Tür in den Garten geeilt. Dort nahm er ab.

»Das war kompliziert, Monsieur le Commissaire«, Nolwenns Stimme war, für ihre Verhältnisse, ein wenig aufgeregt, »der Präfekt hat beide angerufen: den Staatsanwalt und den zuständigen Ermittlungsrichter. Er hat sich dabei höchst unwohl gefühlt, soll ich Ihnen ausrichten. Er musste behaupten, dass akute Verdunklungsgefahr besteht. Er geht davon aus, dass der Direktor unmittelbar Einspruch einlegen wird. Er kennt Le Berre-Ryckeboerec. Eigentlich schätzt er ihn, er …«

»Wir haben den Durchsuchungsbefehl?«

Dupin empfand eine fast kindliche Freude.

»Wir organisisieren bereits die Aktion.«

Dupin war erleichtert, obwohl ihn das alles immer noch etwas nervös machte, da es weiterhin keinerlei wirklich belastende Hinweise gab, die die Durchsuchung rechtfertigten. Er würde rasch etwas Hieb- und Stichfestes brauchen.

»Das ist sehr gut, Nolwenn. Perfekt. Ich bin noch im Gespräch mit DuMall … Mit dem Bürgermeister.«

Dupin legte auf. Er dachte kurz nach und wählte Kadegs Nummer.

»Es geht los. Wir können mit der Durchsuchung beginnen.«

»Ich weiß.«

»Wie gesagt: Ich will alles zu den Geschäften mit *Medimare* wissen. Da muss es Unterlagen geben, Dokumente, Dateien, finden Sie alles raus. Und: Seien Sie nicht zimperlich.«

»Das bin ich doch nie, Commissaire.«

»Warten Sie, eine Sache noch, Kadeg: Ich möchte, dass wir sämtliche geschäftlichen Aktivitäten der drei Toten penibel durchleuchten. Über *Medimare* hinaus. Jede Firma, auch jede Beteiligung, jedes Investment. So weit wir sie zurückverfolgen können. Setzen Sie jemanden auf diese Sache an.«

»Wird gemacht.«

Dieses Mal ging Dupin sehr langsam zurück durch den Garten, öffnete die Tür zum Büro und setzte sich wieder auf einen der vier einfachen Stühle, die um den eckigen Resopaltisch standen. Alles betont ohne Hast. Du Marhallac'h sah aus, als erwartete er zumindest eine kurze Erklärung. Zu der sich Dupin nicht genötigt sah.

»Was sagt Ihnen *Medimare?*«

Der Bürgermeister blickte Dupin fragend an.

»Das sagt mir überhaupt nichts.«

»Eine Firma von Pajot und Konan, die Forschungsergebnisse aus der Meeresbiologie ankauft und verkauft. Patente und Lizenzen.«

»Oh, davon habe ich gehört. Nicht von dieser Firma, nur dass das Institut Forschungsergebnisse an Firmen verkauft.«

»Sie wissen nichts davon, dass die beiden eine solche Firma besaßen?«

»Nein.«

Dupin hatte den Eindruck, dass er zum jetzigen Zeitpunkt nichts Interessantes mehr erfahren würde. Nicht, dass er Du Marhallac'h in allem traute und glaubte – das tat er ganz und gar nicht –, aber mehr war im Moment nicht zu machen.

»Ich danke Ihnen.«

Der Bürgermeister war offenkundig ein wenig ratlos über das abrupte Ende des Gesprächs.

Dupin stand auf. Sein Gegenüber tat es ihm gleich.

»Ich begleite Sie zum Tor, Monsieur le Commissaire.«

»Diese Pläne, die Unterlagen der Präsentation von Lucas Lefort – Sie haben keine Kopie davon?«

»Nein. Monsieur Lefort hatte alles auf seinem Notebook.«

»Sie denken, dass bisher niemand im Besitz dieser Pläne ist und nur Sie und der Gemeinderat sie kennen?«

»Ja.«

»Wann genau war die Sitzung?«

»Ende März. Ich glaube, am sechsundzwanzigsten.«

Sie waren bereits im Garten angelangt.

»Sie werden sicher noch einmal von uns hören.«

Sie gaben sich die Hand.

»Ich stehe Ihnen zur Verfügung. Ich habe persönlich ein besonderes Interesse an der raschen Aufklärung dieses Falles. Ich meine als Bürgermeister der betroffenen Gemeinde.«

»Das verstehe ich vollkommen.«

»Au revoir.«

Du Marhallac'h hatte Dupin bereits den Rücken zugekehrt.

»Ich habe doch noch eine letzte Frage.«

Der Bürgermeister drehte sich wieder um, immer noch einen betont freundlichen Ausdruck im Gesicht.

»Worum ging es in Ihren Gesprächen mit Lucas Lefort und Yannig Konan an besagtem Abend?«

Dupins Frage hatte einen unbestimmten, etwas komischen Unterton.

»Ich? Oh – wir haben immer wieder mal ein paar Worte gewechselt. Als Tischnachbarn. Das Übliche. Sehr banal.«

»Das wäre?«

»Über die Makrelen haben wir gesprochen. Über das Muschelfischen, jetzt bei der Springtide. Das Wetter, den aufziehenden Sturm. Solche Dinge. Ach, und über die Wahlen. Natürlich. Die Wahlen! Und die Langustinenpreise. Zuletzt über die Pousse-pieds.«

»Die was?«

»Das sind die seltensten aller Meeresfrüchte, man sagt: der König der Meeresfrüchte. Sie wachsen an äußerst schwer zugänglichen Stellen während drei Monaten im Jahr. Die Japaner kaufen sie uns für dreihundert Euro das Kilo ab, eine Sushi-Delikatesse. Sie werden davon noch nicht gehört haben, in Paris …«

»Dreihundert Euro das Kilo?«

»Dreihundert und mehr. Sehr köstlich, sehr jodhaltig. Die der Glénan gelten als die größte Delikatesse.«

»Pousse-pieds.« Dupin hatte die Worte fast mit Ehrfucht wiederholt.

»Hat einer der beiden davon gesprochen, was sie am Wochenende gemacht haben? Oder hat einer der beiden Pajot erwähnt?«

»Nein, weder-noch. Aber es gab auch keinerlei Anlass dazu.«

»Was soll das heißen?«

»Es war ein ganz normaler Abend, wie immer.«

»Gut. Dann danke ich Ihnen noch einmal. Au revoir.«

Es hatte den Anschein, als hätte Du Marhallac'h noch etwas sagen wollen, aber Dupin hatte sich schon abgewandt.

Er brauchte dringend einen *café*. Den hätte er schon eben vor dem Gespräch gebraucht. Es hatte ein wenig sonderbar gerochen im Büro des Bürgermeisters, ein wenig wie im Kommissariat, vielleicht war es das gleiche Putzmittel. Dupin war froh über die frische Luft, die hier in Forêt-Fouesnant Anfang Mai von den blühenden Hortensienbüschen parfümiert war.

Er ging ohne Umwege zu seinem Wagen, stieg ein, fummelte an den aberwitzig kleinen Tasten des Autotelefons herum und fuhr los.

»Nolwenn? Ich will Docteur Le Menn sprechen. Devan Le Menn. Er hat seine Praxis in Sainte-Marine. Dort wohnt er auch.«

»Ich sende Ihnen die Nummer besser als SMS, Monsieur le Commissaire, dann können Sie sie direkt anwählen. Die der Praxis und die private.«

»Sehr gut. Und ich will einen Monsieur Marc Leussot sehen, einen Forscher vom *Institut Marine,* egal, wo er ist. Die Sekretärin des Instituts sagte mir, er befinde sich in ›Feldstudien‹ auf dem Meer.«

»Ich melde mich umgehend. Wir haben auch alles mit den Pariser Kollegen geklärt, sie sehen sich dort die Geschäftsräume von *Medimare* an. Die Firma hat ihren Sitz direkt im Sechsten, nicht weit vom Luxembourg.«

Dupin musste zugeben, dass er immer ein bisschen sehnsüchtig und sentimental wurde, wenn er vom Jardin du Luxembourg hörte. Er hatte zuletzt drei Minuten vom Park entfernt gewohnt, am Place Saint Sulpice – und war zwei Minuten vom Park entfernt aufgewachsen, am Place de l'Odéon. Der Park war voller wunderbarer Erinnerungen.

»Sehr gut.«

»Ihre Mutter hat es eben noch einmal versucht.«

»Mist.«

Er hatte schon wieder seine Mutter vergessen.

»Ich habe ihr gesagt, dass Sie sich in einem komplizierten Fall befinden. Sie geht – ich zitiere nur – dennoch dringend davon aus, dass Sie zumindest einmal kurz anrufen werden.«

Es war unfasslich. Aber nicht überraschend.

»Sie fragte, ob es im *Hotel des Sables Blancs* wohl Bademäntel gebe. Und einen ›Aufenthaltsraum‹. Und ›ein gutes Restaurant‹?«

Der Tonfall machte deutlich, dass Nolwenn dies nicht lustig fand.

»Sie wollte sich dort ›mit einer alten Freundin‹ verabreden. In zwei Tagen komme sie immerhin bereits an – und es seien noch ein paar wichtige Fragen zu klären.«

»Ich werde sie anrufen. Bestimmt.«

»Gut.«

Er musste sie wirklich anrufen. Sonst würde sich alles nur unnötig zuspitzen. Eigentlich musste er ihr ehrlicherweise sagen, dass er im Augenblick nicht mal wusste, ob er übermorgen Zeit haben würde. Er hatte keine Ahnung, wie lange er in diesem Fall stecken würde, aber er konnte sich keinen größeren Albtraum vorstellen, als seine Mutter währenddessen zu Besuch zu haben.

Dupin war an seinem Ziel angekommen: einer großen Total-Tankstelle am letzten *rond-point* von La Forêt-Fouesnant. Sie war groß genug, um *café* zum Mitnehmen anzubieten, was in der Bretagne nicht besonders angesehen war und außer an Tankstellen niemand tat.

Dupin hielt unmittelbar vor dem Eingang. Als er wenig später mit zwei kleinen Pappbechern, einem Croissant und dem *Petit Indicateur des Marées Bretagne-Sud* wieder im Auto saß, rief Nolwenn bereits zurück. Der »Petit Indicateur« war eine legendäre Institution: ein signalrotes Heft im Brieftaschenformat, das für ein ganzes Jahr alle Ebben und Fluten mit Koeffizienten genau auswies. Er würde sicher nützlich sein.

»Monsieur Leussot ist tatsächlich auf seinem Boot. Zwischen den Moutons und den Glénan. Er hat dort allerdings keinen Empfang. Er ist aber über Funk zu erreichen. Wenn Sie wollen, funke ich ihn an.«

»Tun Sie das«, Dupin zögerte, »nein, lassen Sie es.«

Er kam lieber unangekündigt.

»Gut. Soll ich dafür sorgen, dass Sie ein Boot abholt?«

»Ein Boot?«

Dupin hatte natürlich an den Hubschrauber gedacht. Was absurd war, wenn Leussot mit seinem Boot mitten auf dem Meer lag.

»Gut – es soll in Concarneau warten. Da, wo wir gestern früh abgelegt haben.«

»Ich soll Ihnen von Riwal ausrichten, dass er mit der Liste fertig ist. Er will Sie noch wegen ein paar Dingen sprechen.«

»Ich werde versuchen, den Arzt zu erreichen. Bis später.«

Dupin legte auf. Er nahm einen tollkühnen Schluck Espresso – er schmeckte vollkommen ungenießbar.

Großartig. Das war alles großartig. Ein toller Morgen. Er brauchte einen richtigen *café,* so ging das nicht. Mit einer für das Material bedenklich energischen Bewegung drehte er den Zündschlüssel und trat aufs Gas. Die Reifen quietschten. Es war nur ein kleiner Umweg. Es war nicht weit. Und er könnte mit Riwal telefonieren …

Vier Minuten später stellte Dupin den Motor bereits wieder ab. Nur wenige Schritte vom *Café du Port* entfernt, das direkt am steinernen Quai von Sainte-Marine lag. Der alte Dorfkern des hübschen Ortes lag in einer sanft geführten Bucht am Ufer des Odets, der hier fast schon Meer war, einen halben Kilometer breit, den Gezeiten unterworfen, ganz nah schon dem offenen Atlantik. Weiden und Kastanien säumten ihn, Kamelien, wilder Jasmin, ein paar buschige Palmen – eine typisch bretonische Szenerie also –, eine alte Kapelle, pittoreske Fischerhäuschen. Der feine Kiesstrand der kleinen Bucht erstreckte sich bei Ebbe fast bis zum *Café du Port*.

Dupin hatte die Bar und das Restaurant schon immer gemocht; alles war einfach, schlicht, aus Holz, alles in den atlantischen Grundfarben gehalten: blau, weiß, rot. Es gab hier – neben dem *Amiral* – den besten *café* der Gegend. Noch mehr mochte er es, seitdem er sich mit Henri angefreundet hatte, dem stolzen Besitzer des *Café du Port*. Sie hatten sich beim großen Citroën-Händler in Quimper getroffen, als sie sich beide nach dem neuen C6 erkundigt hatten, den sie schließlich doch nicht gekauft hatten, weil sie beide an ihrem alten XM hingen – obwohl die Wagen höchst betagt waren und es vermutlich nicht mehr lange machen würden. Die Abstände zwischen den Besuchen der Werkstatt waren im Laufe des vergangenen Jahres immer kürzer geworden, inzwischen lagen sie bei vier Wochen, schätzte Dupin, Nolwenn würde sagen: bei zwei. Sie redete seit Längerem auf ihn ein, er müsse sich endlich einen neuen Wagen kaufen. Manchmal lagen wie zufällig Prospekte auf seinem Schreibtisch, natürlich nur für bretonische Wagen: Citroën, in Rennes gebaut. Dupin war in den folgenden Monaten häufiger ins *Café du Port* gekommen, meistens abends oder wenn er in der Gegend zu tun hatte. Er mochte auch Héloise gern, Henris Frau, die Köchin, die mit ihren buschigen schwarzen Locken neben Henris fast kahlem Schädel lustig aussah. Neben den alten Citroëns verband sie – mehr als alle Sympathien, die sie füreinander hegten –, dass Henri hier ebenfalls »neu« war. Kein Bretone, sondern Pariser wie Dupin, obwohl er seit dreißig Jahren in der Bretagne lebte (was immer noch als »neu« galt).

Henri stand hinter dem Tresen und war akribisch in eine Liste vertieft, er hatte nicht einmal andeutungsweise den Kopf gehoben.

»Ich brauche einen *café*. Doppelt.«

»Verflixt. – Einen Moment, Georges.«

Henri hatte herzlich, aber weiterhin ohne aufzuschauen geantwortet.

»Jeannine, einen doppelten *café* für den Commissaire!«

Er hatte in Richtung des jungen robusten Mädchens gerufen, das häufig in der Mittagszeit aushalf, manchmal auch abends.

»Eben kam die Getränkelieferung. Ich hasse das, diese Listen sind jedes Mal vollkommen unübersichtlich.«

Es herrschte für einen Moment konzentrierte Stille.

»Verdammt! Irgendetwas stimmt nicht.«

Henris Satz hatte in einem Lachen geendet – er war froh, abgelenkt worden zu sein.

»Ich bin gleich wieder weg, Henri.«

»Klar«, natürlich wusste Henri Bescheid. Dupin würde nicht viel sagen müssen.

»Ein Scheißfall.«

»Glaube ich. Miese Typen. Konan, Lefort«, Henri machte ein ernstes Gesicht.

»Ja?«

»Oh ja.«

»Gut. Dann wären die Bösen schon tot. – Vielleicht suche ich die Guten. Wie auch immer. Ich tappe im Dunkeln.«

»Lass dich von den Bretonen nicht irremachen«, lachte Henri.

Dupin war froh, hergekommen zu sein. Die junge Frau hatte den *café* gebracht. Sie sprachen eigentlich nie über die Arbeit, Henri und er. Worüber Dupin sehr glücklich war. Er trank den *café* in einem Schluck aus. Er war wunderbar stark und kein bisschen stechend. Aus der Küche strömten köstliche Düfte in das Restaurant. Dupin mochte Héloises Küche, die, natürlich, ganz bretonisch war. Die heilige Konfession lautete: »Wenn du ein echter Bretone bist – dann nimmst du Butter. Morgens, mittags, abends: Butter«. Héloise hielt mit Leidenschaft an der »Olivenöl-Butter-Grenze« fest, mit der es den Bretonen in der Tat ernst war: Die Frage, bis wohin die römische Invasion des Olivenöls als Universalmittel der Küche geglückt war und bis wohin man die keltisch-gallische Linie der Butter hatte verteidigen können, wurde in den beiden großen Regionalzeitungen regelmäßig diskutiert. Beharrlich veröffentlichten sie immer neue Berichte über wissenschaftliche Studien zur eindeutigen medizinischen Überlegenheit der Butter, die vollkommen zu Unrecht in Verruf gebracht worden sei. Dupin war zunächst, wie bei allem, sehr skeptisch gewesen, aber durch die »empirischen Belege« fast selbst zum Rebell geworden.

»Ich muss los.«

»Héloise hat eine herrlich knusprige Keule vom bretonischen Salzlamm im Ofen, mit Thymian, Fleur de Sel und Piment d'Espelette. Mit frischen Butterbohnen. Ein winziger Teller?«

»Ich muss wirklich los.« Dupin seufzte tief.

»Komm mal wieder abends vorbei!«

Das hoffte er. Er genoss es jedes Mal, mit Henri zusammenzusitzen. Sie redeten dann über Gott und die Welt; darüber dass sie sich seit einiger Zeit in sehr verrückten Zuständen befinde, die Welt. Auch in Frankreich. Vor einiger Zeit hatten Chinesen, nachdem sie seit Jahren auf dramatische Weise die Preise französischer Weine hochgetrieben hatten (167 000 Euro hatte ein Chinese vor Kurzem für eine Flasche Lafitte bezahlt), schließlich sogar das erste Weingut im Bordelais gekauft: ein Château mitten im Lalande-de-Pomerol, das nach dreißig Monaten Verhandlungen für fünfzehn Millionen an eine chinesische Firma gegangen war, *Mingu,* die in China den Millionen-Massenmarkt mit einem »Wein« namens *Die Große Mauer* beherrschte. Und es war klar, dass das nur der Anfang gewesen war, weitere Verhandlungen liefen längst, auch mit Konzernen anderer Länder. Und das in einem Land, in dem Weine wie bestimmte kulinarische Köstlichkeiten und Kreationen großer Chefs de Cuisine selbstverständlich den Rang von Kulturgütern wie große Gemälde oder Musikstücke innehatten. Und worauf, fand Dupin, Frankreich unbedingt sehr stolz sein musste. Das war die endgültige Preisgabe an den Kommerz, der Ausverkauf Frankreichs, es war haarsträubend. Beide, Henri und Dupin, konnten sich darüber beeindruckend echauffieren, und es war ein Ritual, dies gemeinsam zu tun.

»Ich komme nächste Woche mal vorbei. Je nachdem, wann ich mit dem Fall durch bin. Und eigentlich kommt meine Mutter ja übermorgen für ein paar Tage.«

»Ach ja. Hatte ich vergessen. Passt doch wunderbar. Dann kommt ihr zusammen.«

»Wahrscheinlich muss ich ihr absagen.«

Henri lachte, sein tiefes, eher leises Lachen, das sein ganzes Gesicht einnahm.

»Du wirst den Fall schnell lösen. Schon allein für deine Mutter.«

Dupin nahm seine Autoschlüssel vom Tresen.

»Salut!«

»Und ruf Claire an.«

Jetzt musste Dupin lachen. Sie hatten darüber gesprochen. Nie lange. Aber ein paarmal.

»Ich habe ihr eine Nachricht hinterlassen.«
»Romantisch!«
»Bis nächste Woche.«
»Ja, bis nächste Woche!«

Sie befanden sich inmitten des tiefen atlantischen Blaus, vor ihnen schimmerten die Glénan, hinter ihnen die Île aux Moutons. Obwohl es bis dort nicht weit war, waren die Moutons nur undeutlich zu sehen. Diffus verschwammen sie mit dem Meer. Es war diesig, auf eine bestimmte Weise. Dupin kannte das mittlerweile: Die Wirkung des Wassers in der Luft war enorm. Das Blau wurde sanft, weich, geschmeidig, es war immer noch ein volles Blau, hatte aber nicht die luzide Leuchtkraft von gestern. Der Dunst veränderte Licht, Sonne, Farben, Geschmack und Geruch der Luft, sie wurde selbst ganz weich – und zugleich kräftiger, intensiver. Er dämpfte die Geräusche, sogar die Stille. Auch sie wurde samtig. Am Horizont im Westen war – weit entfernt – eine dünne, scharf umrandete Schicht dunkler Wolkenmasse zu erkennen, ein feiner, fester Strich, so lang allerdings, dass kein Ende zu sehen war.

Der Kapitän der *Luc'hed* hatte den Motor abgestellt. Die Besatzung war mit dem Beiboot beschäftigt. Das Meer schien in geradezu vollkommener Weise glatt – »wie Öl«, sagten die Bretonen –, nicht mal die leichteste Bewegung war zu sehen, und dennoch schaukelte das Boot wie durch Geisterhand in heftiger, wenn auch seltsam verlangsamter Weise.

Sie lagen ungefähr dreißig Meter vom Boot Marc Leussots entfernt, der *Kavadenn,* die zwar einen gewöhnlichen Rumpf hatte, deren zum Teil unförmige Aufbauten und Installationen aber erkennen ließen, dass das Boot einem besonderen Zweck diente. Es dauerte einen Moment, dann erkannte Dupin es als das Boot wieder, das ihm gestern, als er im *Quatre Vents* gesessen und den köstlichen Hummer gegessen hatte, am Quai aufgefallen war.

Docteur Le Menn war nicht zu erreichen gewesen, nicht in der Praxis, nicht zu Hause, nicht auf seinem Handy. Er hatte erst am Nachmittag Sprechstunde, den Dienstagmorgen verbrachte er mit Hausbesuchen, wenn welche anlagen – was heute, so die Sprechstundenhilfe, nicht der Fall gewesen war. Dupin war zurück nach Concarneau gefahren, wo die *Luc'hed* auf ihn gewartet hatte, Nolwenn hatte alles organisiert. Er hatte noch einmal mit Kadeg telefoniert, der die erste Begegnung mit dem Direktor des Instituts bereits hinter sich hatte, aber einigermaßen unbeeindruckt schien und berichtete, dass zwei Experten aus Quimper bereits die Server des Instituts gesperrt hätten. Der Direktor beriet sich derzeit mit seinen Anwälten.

Nolwenn hatte Leussot dann doch anfunken lassen, um dessen genaue Position zu erfahren. So war es, wie gestern, wieder ein Schnellboot geworden, das seinem Namen alle Ehre gemacht hatte und mit Dupin durch die Dünung geprescht war.

»Kommen Sie, Monsieur le Commissaire.«

Einer der Polizisten befand sich bereits in dem sehr kleinen Beiboot, das stark schaukelte. Das war wirklich nicht Dupins Terrain, nein, und er war äußerst unglücklich, seinen gestern früh ganz zu Recht gefassten Entschluss, das mit den Booten einfach sein zu lassen, nun doch so schnell über Bord geworfen zu haben. Er hätte Leussot einfach nach Saint-Nicolas bestellen sollen. Dupin gab sich einen Ruck. Unter Aufbietung aller psychischen Kräfte und dank seiner Behändigkeit, die ihm aufgrund seiner etwas massiveren Statur meist nicht zugetraut wurde, war er wenig später auf dem winzigen Kahn. Der Außenbordmotor zeigte eindrucksvoll seine PS, und mit beeindruckender Geschwindigkeit näherten sie sich der *Kavadenn.* Leussot stand am Heck seines Bootes, wo breite Holzstufen ins Meer führten.

»Bonjour, Monsieur le Commissaire. Kommen Sie.«

Leussot streckte dem Kommissar die Hand entgegen, doch Dupin hievte sich eigenständig in einer nicht eleganten, aber doch zielgenauen Bewegung an Bord.

»Bonjour, Monsieur Leussot.«

Leussot war ein hochgewachsener, sehr athletischer

Mann mit feinen Gesichtszügen, lebendigen Augen, etwas längeren Haaren – vielleicht Mitte, Ende vierzig. Er trug kurze, verschlissene Shorts und eine schwarze offene Jacke mit einem weißen T-Shirt darunter. Die Aufbauten des Bootes sahen aus der Nähe noch unförmiger aus.

»Ich habe gerade für das Mittagessen gesorgt.«

Leussot sprach mit einer tiefen Ruhe, die präzise zu der souveränen, sanftmütigen Stärke passte, die er insgesamt ausstrahlte. Auf der lang gezogenen Bank unter der Reling lagen zwei Angeln.

»Eine *Vieille,* wunderschön, ein prachtvolles Exemplar, sehen Sie.«

Leussot hob einen ramponierten Plastikeimer hoch, aus dem eine größere Flosse herauslugte.

»Diesen Fisch bekommen Sie in keinem Restaurant, in keinem Fischgeschäft, nicht einmal hier bei uns an der Küste, man muss ihn innerhalb weniger Stunden nach dem Fang essen, er verdirbt sonst umgehend. Er ist einer der besten Speisefische der Welt und hier in vollkommen intakter Population zu finden – noch.«

Auf dem sicher vierzig Zentimeter langen, dickleibigen, grün-orange-rot gefleckten Fisch schimmerten goldene Tupfen und brachen das Sonnenlicht in matten Regenbogenfarben.

»Imposant.«

Mehr fiel Dupin dazu leider nicht ein. Die *Kavadenn* schaukelte genauso wie das Schnellboot, er hatte gehofft, dass es aufgrund der paar Meter zusätzlicher Größe etwas weniger schlimm wäre.

»Ich habe ein paar Fragen, Monsieur Leussot, Sie wissen, dass wir im Mordfall Lefort, Konan und Pajot ermitteln.«

»Ich bin im Bilde. Wenn Sie mögen, gehen wir unter Deck, da ist es nicht sehr geräumig, aber wir haben unsere Ruhe.«

Dupin hatte es als Witz aufgefasst. Doch Leussot schaute auf eine schmale Tür hinter dem Steuer und machte Anstalten, sich in Bewegung zu setzen. Er meinte das ernst.

»Wenn Sie einverstanden sind, würde ich lieber – an Deck bleiben. Hier draußen an der Luft.«

Jetzt noch beengt in einer winzigen Kammer zu sitzen war eine traumatische Vorstellung.

»Gut. Dann kümmere ich mich um den Fisch, während wir uns unterhalten.«

Das Beiboot war schon wieder fast an der *Luc'hed.*

»Was wissen Sie über die Geschäfte des Instituts und *Medimare?* Sind Sie in irgendeiner Weise an diesen Geschäften beteiligt?«

»Sie kommen ja direkt zur Sache.«

Leussot ließ sich nicht aus der Ruhe bringen.

»Wir haben Hinweise, dass es bei diesen Geschäften nicht mit rechten Dingen zugeht.«

Dupins Interesse, dieses Gespräch auf offener See möglichst kurz zu halten, war groß.

Leussot zog die Augenbrauen hoch, sodass sich die tief gebräunte Stirn in Falten legte.

»Gut. Ich sage Ihnen, was ich denke: Konan und Pajot haben das Institut betrogen, systematisch, immer wieder, zusammen mit dem Direktor, sie machten gemeinsame Sache – aber ich bezweifle, dass es sich um wirklich justiziable Dinge handelt. Das spielt sich alles in Grauzonen ab, man wird den dreien juristisch nichts anhaben können. So sehr manche Forscher im Institut sie auch hassen, sie haben das geschickt angestellt. – Das wäre für mich auch schon die Quintessenz.«

»Wie kommen Sie zu dieser *Quintessenz?*«

Leussot hatte ein langes Laguiole-Messer aufgeklappt, im selben Augenblick machte das Boot eine besonders heftige Bewegung, was die Situation – Leussot kippte halb auf Dupin zu – einen Moment bedrohlich erscheinen ließ. Dupin war zu sehr mit dem Halten des Gleichgewichts beschäftigt, um sich darüber Gedanken zu machen. Leussot bemerkte das Eigentümliche des kleinen Vorfalles und lächelte. Er nahm den großen, glänzenden und immer noch heftig zappelnden Fisch in die linke Hand und machte sich mit geschickten Bewegungen an die Arbeit. Schnell und präzise setzte er das Messer auf der Unterseite des Kopfes an.

»Es ging auch schon einmal um meine Forschungen. Ja. Das fragen Sie sich bestimmt. Sie kaufen die

Ergebnisse zu ganz frühen Zeitpunkten, auf die Gefahr hin, dass sie vielleicht doch nicht so tragfähig sind, wie es zunächst erscheint, zu teils viel zu geringen Preisen. Das Geschäftliche haben natürlich nicht die einzelnen Forscher in der Hand, sie sind am Institut angestellt. Le Berre-Ryckeboerec profitiert von den Deals unter anderem dadurch, dass *Medimare* das Institut sponsert – für die legendären Drittmittel sorgt.«

Die Innereien des Fisches fielen in den Eimer. Leussot hatte ihn mit wenigen kunstvollen Handgriffen ausgenommen.

»Pajot und Konan bekamen Patente zu extrem günstigen Preisen. Das war der Deal. Im Zweifelsfall zum Nachteil der Forscher. Natürlich nur, wenn es sich um größere Entdeckungen handelte. Aber wie gesagt: Illegales wird da nicht nachzuweisen sein, ist meine Vermutung«, er verstummte kurz, nahm den Faden aber sofort wieder auf, »ich glaube auch nicht, dass sie den Direktor geschmiert haben, dass er persönlich Geld bekam als Gegenleistung. Auch wenn er ein aalglattes Arschloch ist.«

Leussot stand auf und ging zum Bug, beugte sich gefährlich weit hinunter und hielt den Fisch ins Wasser – auf eine Art, die deutlich machte, dass die Unterhaltung mit Dupin währenddessen selbstverständlich weiterging. Immer noch zuckte der Fischkörper alle paar Sekunden heftig.

»Weshalb sind Sie sich da so sicher?«

»Intuition.«

Dupin hatte kurz nachfragen wollen, was genau Leussot in Hinblick auf den Direktor mit »Arschloch« meinte, aber eigentlich war es bereits offensichtlich. Leussot kam zurück, legte den Fisch in einen zweiten Eimer und setzte sich wieder.

»Worum geht es bei diesen Forschungen eigentlich konkret?«

Dupin hatte sein Heft hervorgeholt. Bereits beim ersten Versuch, etwas zu notieren, wurde ihm klar, dass das hier auf dem Boot keine gute Idee war. Er fuhr dennoch fort, obwohl er schon jetzt wusste, dass er die nächsten Tage rätseln würde, was er hier notiert hatte.

»Die Meere quellen über vor Schätzen, die von immensem Wert für uns Menschen sind. Wir sollten sie nutzen, bevor wir alles verwüstet haben. Nehmen Sie die großartige Chondrus Crispus, eine Rotalge, die wir gerade erforschen. Ein irres Lebewesen. Wenn sie von Mikroben angegriffen wird, verwandelt sich diese Alge buchstäblich in eine Hochleistungsfabrik für Fettsäureoxide, die man für Medikamente verwenden kann. Bis dato hat man fünfzigtausend Substanzen und Organismen aus dem Meer identifiziert, bei denen man ein therapeutisches Potenzial vermutet. Und das ist nur der Anfang. Viele davon durchlaufen schon jetzt klinische Tests, eine Reihe haben diese bereits bestanden.«

»Großartig.«

Dupin war tatsächlich beeindruckt. Er mochte solche Themen, manchmal kaufte er sich naturwissenschaftliche Zeitschriften, die er dann begeistert las, auch wenn er streng genommen fast kein Wort verstand.

»Das Leben stammt aus dem Meer – die Evolution hatte hier über drei Milliarden Jahre Zeit. Sie hat in den Ozeanen ungleich mehr Formen und Funktionen hervorgebracht als an Land. Die biologische Vielfalt ist immens«, Leussot war ganz in seinem Element, dabei wirkte es kein bisschen wie eine Show, »man schätzt sie auf drei Millionen verschiedene Arten.«

Leussot machte eine längere Pause.

»Und gerade in dem Moment, in dem die Menschen beginnen zu begreifen, welch schier unendliche Potenziale die Ozeane bergen, sind sie es selbst, die das alles zerstören. Alles.«

»Sie meinen die Glénan?«

»Ich meine das große Ganze. Die Ozeane sind krank.«

»Und Sie tun etwas dagegen?«

Einen Moment war Leussot sichtlich aus dem Konzept gebracht, ihm war nicht klar, wie Dupin das meinte.

»Das tue ich. Ja. Ich handle.«

Er verstummte noch einmal, aber dann erschien auf seinem Gesicht wieder ein offenes Lächeln.

»Ja, ich bin ein doppelt, dreifach Verdächtiger. Ich war mit Lefort verfeindet, habe gegen seine zerstörerichen Pläne opponiert, kritische Artikel geschrieben, und ich gehöre zu denen, die von Pajots und Konans Firma betrogen wurden – und ich war vorgestern Abend im *Quatre Vents.* Sie müssen zugeben, das ist nicht übel.«

Auf einmal wurde sein Gesicht ernst.

»Noch jemanden zu finden, der Motive hätte, alle drei zu töten, wird nicht leicht werden.«

»Wenn Sie jetzt noch zu denen gehörten, die Schatzsuchen betreiben, nach gesunkenen Booten, Münzen, Gold und Silber suchen …«

Dupin war betont prosaisch geblieben. Er hatte sich vorhin plötzlich an einen Traum erinnert, den er in den wenigen Stunden Schlaf der letzten Nacht gehabt hatte. Es war vollkommen bizarr gewesen. So peinlich, dass Dupin es vorgezogen hätte, er wäre ihm nicht mehr eingefallen. Riwal, Kadeg und er waren alte, abgetakelte Freibeuter gewesen. Mit einer lächerlich kleinen Fregatte, die dafür ein wackeres Dauerfeuer abgab, jagten sie drei stattliche Segelschiffe, überquellend vor gestohlenen Schätzen, die von Lefort, Konan und Pajot geführt wurden. Das Tollste an der kleinen Fregatte war aber gewesen: Sie konnte tauchen. Abtauchen und dann im Höllentempo hier oder dort wieder auftauchen. So brachten sie einen nach dem anderen zur Strecke.

»Das sind Kindereien«, erwiderte Leussot ernst.

»Wenn ich das richtig verstehe, kommt es doch immer wieder zu solchen Funden.«

»Das ist nicht meine Sache.«

Der Satz hatte etwas Schroffes gehabt, fand Dupin.

»Sie wissen also von keiner ›Schatzsuche‹, um die es gerade geht – hier in der Gegend?«

»Nein.«

»Hatten Sie persönlich direkten Kontakt zu Pajot und Konan?«

»Konan kannte ich vom Sehen, aus dem *Quatre Vents.* Er kam immer mit Lefort. Ich habe nie ein Wort mit ihm gesprochen. Warum auch? Pajot habe ich noch nie gesehen. Ich kenne den Namen nur über *Medimare.* Ich will mit alldem nichts zu tun haben.«

»Und Lefort, wie war Ihr Kontakt zu ihm?«

»Es gab keinen. Ich wäre auch nicht auf die Idee gekommen. Er war ein mieser Typ. Ende. Das wäre mein Resümee.«

Dupin hatte ein wenig Schwierigkeiten, den festen Stand zu wahren, das Boot hatte ein paarmal abenteuerlich geschaukelt.

»Und haben Sie eine Theorie zu den Morden? Irgendeine Idee, was hier passiert sein könnte?«

»Eine der Sauereien, die sie begangen haben, wird jemanden wütend gemacht haben. Richtig wütend.«

»Kennen Sie Docteur Le Menn? Haben Sie ihn vorgestern Abend im *Quatre Vents* gesehen?«

»Le Menn? Nein. Soweit ich weiß, war er nicht da.«

Leussots Mimik hatte sich verfinstert, er versuchte gar nicht erst, das zu überspielen.

»Ein Freund Leforts?«

»Ja.«

»Kannten Sie ihn persönlich?«

»Nein.«

»Sie wissen, dass er Arzt ist.«

»Ja.«

Auch das war verlorene Liebesmüh. Leussot wollte nicht.

»Ein anderer Freund Leforts scheint der neue Bürgermeister zu sein, er …«

»In seinem Fall würde es mich nicht wundern, wenn er mit Geld zu seiner wohlwollenden Haltung gegenüber Leforts Plänen motiviert worden wäre«, das schien Leussot stark zu beschäftigen, »oder es reichte ihm, dass er als Bürgermeister von den riesigen Investitionen profitieren würde. Prosperität, Wachstum, Image, vervielfachte Steuereinnahmen. Das sind die Währungen der Realität. Die Natur – die Tiere, die Menschen, alles scheißegal. Schrecklich, dass es so billig klingt, nach Schwarz-Weiß-Malerei. Aber genau so ist es. Da gibt es nichts zu differenzieren.«

»Die alten Ausbaupläne – kannten Sie sie gut?«, setzte Dupin nach.

»Ja. Sie waren öffentlich gemacht worden. Ich habe ausführlich über sie geschrieben, wiederholt im *Ouest*

France, einmal sogar für die *Libération.* Die Pläne sind dann interessanterweise nie offiziell eingereicht worden. Also auch nie offiziell abgelehnt worden. Es war nach einer heftigen Diskussion wahrscheinlich klar, dass sie nicht den Hauch einer Chance hätten, und ich glaube, Lefort wollte sich keine Blöße geben.«

»Seit wann arbeiten Sie für das Institut?«

Dupin war sich darüber im Klaren, dass seine Gesprächsführung zuweilen genauso hin- und herschwankte wie das Boot – es musste am Meer liegen, die ganze Zeit war ihm schwindelig und ein wenig übel. Und noch etwas anderes hatte ihn abgelenkt, seit er auf dem Boot war: ein unregelmäßiges, lautes Platschen, das alle paar Minuten wiederkehrte, jeweils begleitet von schwer einzuordnenden Geräuschen. Am Anfang hatte Dupin sich umgesehen, nichts entdeckt und angenommen, dass es Möwen gewesen waren. Sie hielten über den Booten riskante Flugmanöver ab in der Hoffnung, dass es etwas für sie zu holen gäbe. Jetzt waren die Geräusche lauter als zuvor. Dupin blickte sich doch noch einmal um. Eine Gruppe von Delphinen schwamm in nicht einmal zehn Metern Entfernung an ihnen vorbei, in atemberaubendem Tempo, tauchte kurz ab, um dann wieder pfeilschnell an die Oberfläche zurückzukommen. Es war vollkommen irreal. Dupin war fassungslos. Mit Mühe nur schaffte er es, den Ausruf »Echte Delphine!« zu unterdrücken. Er hatte noch nie welche in der Natur gesehen. Sie sahen tatsächlich aus wie in all den Filmen.

Leussot hatte Dupins Staunen – es war nicht annähernd der richtige Ausdruck – bemerkt.

»Sie begleiten mich seit letzter Woche immer wieder. Diese hier sind sehr verspielt.«

Mit größerer Beiläufigkeit hätte man diesen Satz kaum äußern können. Leussot hatte dabei routiniert gelächelt.

»Ich …« Dupin wusste wirklich nicht, was er sagen sollte.

»Die Touristen geraten immer aus dem Häuschen. – Es sind ja auch tolle Tiere.«

Der zweite Satz hatte versöhnlich geklungen.

»Aber das Meer ist voller wunderlicher Wesen, die genauso faszinierend sind. Noch faszinierender als Delphine. Nehmen Sie zum Beispiel das Tychoplankton.«

Die Delphingruppe war in einem großen Halbkreis um das Heck des Schiffes geschwommen und dann nach einem, so schien es, finalen Sprung abgetaucht und verschwunden. Das Ganze hatte vielleicht fünfzehn Sekunden gedauert. Dupin versuchte sich mit aller Kraft wieder zu fassen.

»Ja, kommen wir zurück. Ich meine. Kommen wir zurück zu unserem Gespräch, Monsieur Leussot. Ich hatte Sie gefragt, seit wann Sie am Institut arbeiten?«

Leussot schaute etwas spitzbübisch, antwortete aber dann ganz sachlich.

»Ich bin als junger Mann hierhergekommen, vor fünfzehn Jahren. Nach dem Studium in Paris habe ich hier mit meinen Forschungen begonnen, promoviert, bin anschließend für ein paar Jahre nach Brest für größere Projekte und nun seit vier Jahren zurück. Als Lefort das erste Mal versuchte, seine Pläne durchzusetzen, war ich noch in Brest, kam aber häufig hierher. Leforts Pläne waren der Anstoß für mich, auch als Wissenschaftsjournalist zu arbeiten. Die Menschen müssen wissen, was vor sich geht.«

Es war evident, dass Leussot nicht einen Moment mehr an die Delphine gedacht hatte. Dupin hatte sich einigermaßen erfolgreich gezwungen, nicht noch einmal mit den Augen das Meer abzusuchen. Er kam sich schon jetzt lächerlich vor.

»Fünfzehn Jahre. – Dann auch Journalist. Nach Brest.«

Leussot blickte ernsthaft irritiert. Dupin musste sich disziplinieren.

»Muriel Lefort, Madame Menez, Madame Barrault, Monsieur – der Bürgermeister, Solenn Nuz und ihre Töchter, Monsieur Tanguy. Sie kennen sie alle persönlich?«

Jetzt blickte Leussot den Kommissar einen Augenblick lang an wie einen jungen, unbedarften Schüler.

»Wissen Sie – die Glénan. Das ist eine Welt für sich. Das ist schwer zu erklären, man muss es selbst erleben. Und im *Quatre Vents* kommen sie zusammen:

die Bewohner dieser Welt und ihre stetigen Gäste. Wir kennen uns alle. Nicht als die, die wir außerhalb dieser Welt sind, sondern nur als die, die wir hier sind.«

Dupin verstand den Wortsinn nicht genau, aber er ahnte, was Leussot meinte. Und noch wichtiger: Er fand zurück ins Gespräch.

»Und sehen Sie bei einer Person Motive für eine solche Tat?«

»Der Ort zwingt einen nah zueinander, das Meer, der Atlantik, eng zusammen, viel enger, als man es will«, es war, als hätte Leussot Dupins Nachfrage gar nicht gehört, »sogar gegen den Willen der Einzelnen. Sympathien und Antipathien spielen manchmal gar keine Rolle, Feindschaften nicht, nicht mal Hass. Und noch wichtiger: Der Archipel bringt die Menschen zwar eng zusammen – und doch ist letztlich jeder für sich allein.«

Auch diese Sätze waren kryptisch, aber Dupin hatte das Gefühl, dass sie etwas Wichtiges fassten.

»Hass?«

Leussot zog scharf Luft durch die Nase.

»Ja.«

»Wen meinen Sie?«

»Verstehen Sie mich nicht falsch, ich meine niemand Konkreten.«

»Muriel und Lucas Lefort? Sie meinen die Geschwister? Oder Madame Menez und Lucas Lefort? – Sie selbst und Lucas Lefort?«

»Ich meine nichts Konkretes.«

»Sie würden uns sehr helfen.«

Leussot schwieg. Kein unfreundliches Schweigen. Aber eines, das deutlich machte, dass er nicht antworten würde.

»Und Sie haben vorgestern Abend natürlich nicht mit Pajot oder Konan gesprochen, nehme ich an.«

Leussot schaute fast amüsiert.

»Ich hätte mir nicht so viel Mühe mit dem Mord gegeben, glauben Sie mir. Sicher nicht.«

Er lachte. Leussot machte das sehr gut. Wäre er es gewesen – geschickter konnte man sich nicht verhalten.

»Das ist schon ein Ding! Eigentlich ein genialer Plan«, Leussot besann sich jetzt auf Dupins Frage, »nein. Ich saß so weit wie möglich von ihnen entfernt, das tue ich immer. Und ich habe den ganzen Abend über auch nichts Verdächtiges bemerkt. Gar nichts.«

Natürlich nicht, wäre Dupin fast herausgerutscht.

»Je nachdem, bei wem ich etwas Verdächtiges bemerkt hätte, würde ich es vielleicht auch vergessen haben, muss ich zugeben.«

Er lächelte wieder. Dupin ahnte, dass es Leussot mit diesem Satz ernst war.

»Gut, dann will ich Sie Ihren Fisch zubereiten lassen. Es ist ja wirklich Mittagszeit. Und ich weiß, was ich wissen wollte.«

Das stimmte. Er hatte viel erfahren.

Dupin hob die Hand und blickte zur *Luc'hed* hinüber. Die aufmerksamen jungen Polizisten hatten die Geste sofort verstanden und kletterten ohne Verzögerung ins Beiboot.

»Ja, ich werde jetzt essen. Und wieder an die Arbeit gehen. Rotalgen sind ungeduldige Wesen.«

»Werden Sie den ganzen Tag auf dem Meer sein, Monsieur Leussot?«

»Wir werden sehen.«

Er deutete mit einer minimalen Kopfbewegung Richtung Westen, wo der Wolkenstreifen unleugbar dicker geworden war, auch wenn er noch weit weg war.

»Eigentlich ja. Im Moment bin ich mehr oder weniger die ganze Woche auf dem Meer«, er lächelte, »Sie wissen also, wo Sie mich finden.«

Das Beiboot hatte am Heck angelegt.

»Bon appétit, Monsieur Leussot.«

»Au revoir, Monsieur le Commissaire.«

Wieder kletterte Dupin mit behänden Bewegungen in das kleine Boot, das im nächsten Moment bereits abdrehte und zurück zur *Luc'hed* fuhr. Er begutachtete währenddessen mit hochgezogenen Augenbrauen den Himmel, der – abgesehen von diesem wachsenden dunklen Streifen im Westen – unverändert blau war. Ein klein bisschen war Dupin hinsichtlich seiner eigenen Wettervoraussage verunsichert. Aber auch nicht übermäßig. Die Zeichen waren zu eindeutig: Grande

Marée, Springflut, Vollmond, dann bliebe das Wetter dreißig Tage, wie es am Abend des Vollmondes war, so hatte er es sich gemerkt …

»Monsieur le Commissaire, Inspektor Riwal hat uns eben angefunkt. Er muss Sie sprechen. Sie waren schon im Beiboot.«

Der Kapitän hatte sich zu Dupin hinuntergebeugt und ihm die Hand angeboten, die Dupin dieses Mal annahm. Er hatte vergessen, dass er hier keinen Empfang hatte.

»Sie sind in nicht mal zehn Minuten bei ihm, bei vollem Speed.«

»Gut. Dann voller Speed.«

Dupin konnte nicht glauben, was er da gesagt hatte.

Die Luft schien völlig stillzustehen, selbst die eigentlich immer vorhandene atlantische Brise war nicht mehr zu spüren. Dafür war es noch heißer als gestern. Ganz spät erst, wie aus dem Nichts, hatten sich die Inseln vor ihnen materialisiert. Und seltsamerweise alle auf einmal. Man hatte den Eindruck: in letzter Sekunde, bevor man an ihnen zerschellte.

Dupin überkam für einen kurzen Moment eine unbestimmte Ahnung, die er rasch beiseiteschob. Er war damit befasst, im Geiste noch einmal die Gespräche durchzugehen, die er heute geführt hatte. Und er musste auch noch einmal an die Delphine denken.

Sie fuhren an der lang gezogenen Sandbank von

Guiriden vorbei. Für Dupin war sie vielleicht das Erstaunlichste an den ganzen Glénan. Bei Flut ein paar Felsen, ein bisschen Land und Grün drum herum, vielleicht zwanzig mal zwanzig Meter und dann – bei Ebbe – plötzlich zweihundert, dreihundert Meter einer grell blendenden Sandbank. Unglaublich weißer Sand, sanft abfallend, auch hier karibische Lagunen bildend. Es war fantastisch. Genau so, wie Henri es ihm letztes Jahr auf seinem bis vorgestern einzigen Trip zu den Glénan erzählt hatte. Dupin hatte sich zu einem Tag auf Henris nagelneuem Boot überreden lassen, einer Antares 7,80 – was er kolossal bereut hatte, so schön es auf Penfret auch gewesen war. Das hier war kein normaler Sand! Es war Korallensand! Es war keine bretonische Übertreibung, wie Dupin zunächst vermutet hatte. Es handelte sich tatsächlich um echten Korallensand. Und das gab es nur einmal in Europa, auf den Glénan. Auch Nolwenn hatte ihm das bereits ein paarmal eindringlich erläutert. Der Sand des Archipels bestand aus im Laufe von Millionen Jahren zerriebenen kalkigen Korallenskeletten. Schneeweiß, fein, aber fest dabei, nicht pulvrig-verwehend. »Das hat mit Sand nichts zu tun – kristallin kleine Korallenstücke«, er erinnerte sich wieder an Nolwenns Sätze. Selbstverständlich war bretonischer Sand allgemein kein ordinärer Sand, nicht irgendein Allerweltssand aus irgendwelchen gewöhnlichen Sandgesteinen; es war zumeist *lupenreiner* Granitsand. Sand, der sich aus dem urgewaltigen Granitrücken gelöst hatte, der die Bretagne geologisch gesehen eben war. Doch mochte das mit den Korallen schon spektakulär klingen, kam der echte Clou an der Sache erst noch: die Erklärung hierfür. Der Sand oder die Korallen nämlich waren nicht irgendwie hierhingeschwemmt worden, nein – genau hier waren sie einst selbst weiträumig gewachsen: große, prächtige Korallen. Genau hier – als sich die Bretagne noch in den Tropen befand. Es war kein Witz, keine Metapher, keine Analogie. Es war Realität. Dupin erinnerte sich an das erste Mal, da Nolwenn dies mit Stolz formuliert hatte: »Über lange Zeit waren wir eine exotische tropische Landschaft – im Herzen der Tropen.« Er hatte es fast zu kurios gefunden, um zu lachen, was Nolwenn mit entrüstetem Blick bemerkt und mit einem umso ernsteren erdgeschichtlichen Vortrag gekontert hatte. Die Stellung der Erdachse, hatte Dupin gelernt, hatte sich dramatisch verschoben und mit ihr die Klimazonen. So waren es also tatsächlich echte tropische Strände hier! Zumindest einmal gewesen. Bretonen hatten, fand Dupin, ein besonderes Verhältnis zur Zeit, zur Vergangenheit, auch zur weit zurückliegenden Vergangenheit. Was vor allem hieß: Es gab sie für Bretonen nicht, die Vergangenheit. Sie war nicht vergangen. Nichts war vergangen. Alles, was gewesen war, war auch gegenwärtig und würde es immer bleiben. Die Gegenwart wurde dadurch kein bisschen in ihrer Bedeutung geschmälert, im Gegenteil: Es machte sie noch größer. Es hatte gedauert, bis Dupin das verstanden hatte. Aber irgendwann hatte er entdeckt, dass darin eine Wahrheit lag, die sehr beruhigend war. Und wenn man am »Ende der Welt« zurechtkommen wollte, durfte man diese Wahrheit nicht vergessen.

In der Kammer fuhr die *Luc'hed* jetzt mit reduzierter Geschwindigkeit, bald kam der Quai von Saint-Nicolas in Sicht, die hässlichen dreieckigen Häuser, das Farmhaus der Segelschule, die Tauchschule, das *Quatre Vents.* Routiniert legte der Kapitän am Quai an, und schon war Dupin auf dem Weg zur »Einsatzzentrale«.

»Was gibt es, Riwal?«

Der Inspektor saß am selben Tisch, an dem sie gestern gesessen hatten. Er hatte Dupin nicht kommen sehen, so vertieft war er in sein Notizheft gewesen, in dem mehrere DIN-A4-Blätter eingelegt waren. Ruckartig richtete er sich auf und blickte ein wenig verlegen zu dem großen Teller vor ihm auf dem Tisch, auf dem die spärlichen Überreste eines Hummers gestapelt waren. Daneben standen zwei Flaschen Wasser und mehrere Gläser. Auch ein leeres Weinglas.

»Man muss viel trinken bei diesem Wetter. – Ich habe mit Madame Nuz und Madame Barrault Gespräche geführt. Und mit Madame Menez.« Etwas leiser fügte er hinzu: »Ich habe eben etwas gegessen.«

»Sehr gut, Riwal. Das werde ich auch gleich tun.«

Der feste Boden unter den Füßen ließ Dupin für seine Verhältnisse fast euphorisch werden.

Riwal platzte nun mit der Neuigkeit heraus.

»Der Arzt aus Sainte-Marine, der vorgestern Nacht anscheinend auch kurz im *Quatre Vents* war, ist vermisst gemeldet worden: Devan Le Menn …«

»Le Menn wird vermisst? Le Menn?«

Dupins leichter Anfall von guter Laune verflüchtigte sich.

»Vor einer halben Stunde hat seine Frau die Polizei verständigt.«

»So ein Scheiß.«

»Er hat heute Morgen gegen halb acht sein Haus verlassen, um ein paar Dinge zu erledigen. Unter anderem wollte er zur Bank in Quimper, das macht er häufig dienstagmorgens, wenn es keine dringlichen Hausbesuche gibt. Um zwölf hätte er sich mit seiner Frau treffen sollen. Und er ist wohl immer pünktlich. Seine Frau machte einen ängstlichen Eindruck.«

»Er ist noch keine zwei Stunden zu spät. Noch gibt es keinen Grund«, Dupin zögerte, »davon auszugehen, dass etwas Schlimmes passiert ist.«

»Ich habe kein gutes Gefühl.«

»Vielleicht gab es einen medizinischen Notfall, einer seiner Patienten. Etwas Akutes – und er hat noch nicht die Zeit gefunden, sich zu melden. Er ist Arzt.«

Dupin glaubte selbst nicht daran. Ihm ging es, wenn er ehrlich war, genau wie Riwal. Auch, wenn es natürlich wirklich einige mögliche Erklärungen gab und Le Menn jederzeit wieder auftauchen konnte. Aber: Das Verschwinden zu diesem Zeitpunkt war ein zu großer Zufall.

»Was ist eigentlich mit dem Vermissten von den Moutons, dem Angler?«

Dupin hatte ihn am Abend zuvor vollkommen vergessen, auch heute Morgen, erst als sie mit dem Boot an den einsamen Moutons vorbeikamen, war er ihm wieder eingefallen.

»Keine Neuigkeiten. Wir haben gecheckt, ob es Verbindungen zu den Glénan gab, ob er manchmal hierherkam und ob es Verbindungen zu den drei Toten gibt – nichts, weder-noch. Er hielt sich anscheinend immer zwischen dem Festland und den Moutons auf. Meistens war er in Küstennähe. Seine Frau erinnert sich nicht, dass er in den letzten Jahren bis hier rausgefahren ist. Und von irgendeiner Beziehung zu Lefort oder einem der beiden anderen wusste sie auch nichts.«

»Das ist seltsam.«

Riwal blickte den Kommissar fragend an.

»Ich meine, diese Koinzidenz ist schon seltsam. Der Zeitpunkt. Die Nähe zum Tatort.«

»Aber bisher kennen wir keinerlei Verbindungen. Und: Wir hatten einen ernsten Sturm. Da kommt es eben nicht selten vor, dass Menschen verschwinden.«

Riwal hatte recht. Dupin war schon seit fast vier

Jahren hier, dennoch war es ihm immer noch unheimlich: Die »Auf See Ertrunkenen oder Vermissten«-Statistik des Finistère übertraf die Mordstatistik bei Weitem. Jeder Küstenbretone kannte solche »Schicksalsgeschichten« selbstverständlich aus seinem unmittelbaren Umfeld.

»Wie groß sind diese Moutons eigentlich genau?«

»Sehr klein, eine Hauptinsel mit vielleicht zweihundert Metern Länge, eine kleine Nebeninsel mit vielleicht dreißig Metern. Und viele Felsen.«

Dupin nahm den Faden nicht weiter auf. Er dachte nach. Riwal deutete die kleine Pause falsch.

»Wenn Sie sich fragen, ob es dort Schafe gibt – nein. Die Seeleute nennen die weißen Kämme der Brandung ›Schafe‹, *moutons* – und die wiederum gibt es dort immer.«

Das war es nicht gewesen, worüber Dupin nachgedacht hatte.

»Zurück zu Le Menn. Ich will eine Großfahndung. Vielleicht finden wir seinen Wagen. Er muss ihn irgendwo abgestellt haben.«

Etwas war im Gange.

Riwal sog tief Luft ein. »Das führt uns direkt in das Herz des Falles.«

Er hatte ganz beiläufig gesprochen, wie abwesend. Nolwenn nannte ihn in solchen Momenten *den Druiden.* Stand Riwals »mystische« Seite grundsätzlich in einem amüsanten Kontrast zu seinem Äußeren, dem spitzbübischen Ausdruck seines Gesichts und seinem fast noch jugendlichen Alter (Anfang dreißig), so passte sie noch weniger zu seiner neuen, ausgesprochen schnittigen Kurzhaarfrisur. Man hatte im Kommissariat gerätselt, ob das bereits die Hochzeitsfrisur war. In zwei Wochen würde Riwal die auffallend hübsche Tochter eines der wunderbaren Fischhändler aus den Markthallen Concarneaus heiraten. Sie arbeitete bei ihrem Vater am Stand. Riwal war verrückt nach Langustinen, den mittelgroßen, aus Guilvinec, den »weltbesten«. Er hatte sie eine Zeitlang in fast jeder Mittagspause gekauft. Man hatte sich die Sache im Büro dann irgendwann zusammengereimt, spätestens als Riwal so viele Langustinen kaufte, dass er sie im Kommissariat großzügig verteilen musste.

»Wir müssen Le Menns Frau sprechen. Ich will alles über seine Verbindungen zu Lefort, Konan und Pajot wissen, haarklein. Wer kann sofort zu ihr fahren?«

»Die beiden Kollegen aus Concarneau, Le Coz und Bellec, sind auch auf den Inseln und sprechen gerade mit den letzten Teilnehmern der Segel- und Tauchkurse, die vorgestern Abend im *Quatre Vents* waren.«

»Ziehen Sie Bellec ab. Das ist jetzt wichtiger.«

Bellec verlor keine Zeit. Er ging geradewegs auf die Dinge zu.

Dupin war zutiefst beunruhigt. Wenn Le Menns Verschwinden im Zusammenhang mit diesem Fall stand – was bedeutete das? Was ging hier vor sich? Hatte es ein weiteres Opfer gegeben – oder war der Täter auf der Flucht? Was auch geschehen war auf diesem winzigen Fleckchen Erde – es hatte, so Dupins Gefühl, mit seinen Bewohnern und stetigen Gästen zu tun. Hier würde er die Lösung finden. Sie mussten ganz genau hinsehen.

»Was ist mit Kadeg und dem Institut?«

»Nichts Auffälliges bisher. Kadeg hat vor einer halben Stunde das letzte Mal angerufen. Sie haben die ersten Dokumente und Dateien gefunden, die mit *Medimare* zu tun haben. Aber daraus brauchbare Informationen zu gewinnen ist wohl nicht so einfach. Die Presse hat übrigens von der Aktion Wind bekommen, *Télégramme* und *Ouest France* berichten auf ihren Websites schon groß. Die Radiosender ebenfalls. Der Direktor führt sich die ganze Zeit auf wie Rumpelstilzchen.«

»Ich möchte, dass Sie sich vor allem die Dokumente der Geschäfte ansehen, bei denen Leussots Forschungen eine Rolle spielen. Sie sollen auch mit den Forschern sprechen, mit denen Leussot zu tun hat.«

»Ich sage Kadeg Bescheid.«

»Was ist mit dem Sitz von *Medimare* in Paris? Gibt es dort schon irgendetwas?«

»Auch dort noch nichts Relevantes. Die Firma hat offiziell neben dem Geschäftsführer nur einen wissenschaftlichen Mitarbeiter und eine Sekretärin, die Kollegen sprechen gerade mit ihnen.«

»Wir müssen alles einsehen, die Kontostände und Kontobewegungen. Auch die des Direktors und seiner privaten Konten. So bald wie möglich.«

»Nolwenn wird das hinkriegen. La tigresse.«

Dupin lächelte. Ja, Nolwenn würde das hinkriegen. Auch wenn es noch mehr Ärger geben würde.

»Ich will außerdem Auskünfte über die Konten des Bürgermeisters von Forêt-Fouesnant.«

»Haben wir hier ein Verdachtsmoment? Ganz ohne Begründung wird selbst Nolwenn das nicht schaffen.«

»Aber wir werden hoffentlich bald die Kontoauszüge sämtlicher Bankverbindungen der drei Toten haben?«

»Nolwenn ist dran.«

»Ich will wissen, ob es Überweisungen von geschäftlichen oder privaten Konten der drei an jemanden hier auf den Inseln gab. Egal an wen. Egal in welcher Höhe.«

Dupin holte das Clairefontaine hervor und sah, dass drei Viertel des Heftes bereits vollgeschrieben waren.

»Also, wir schauen uns genauer an: Leussot, Bürgermeister, Le Menn, Institutsdirektor«, Dupin blätterte wild, »auch Tanguy. Und Madame Menez, Muriel Lefort und Solenn Nuz.«

»Madame Lefort und Madame Nuz?«

»Ja, alle.«

»Dann vergessen Sie die beiden Nuz-Töchter nicht. Und den Schwiegervater.«

»Richtig. – Und ich will wissen, welche Pläne Lefort zum Ausbau der Glénan je wirklich offiziell eingereicht hat – ob er überhaupt welche eingereicht hat? Was gibt es in der Gemeinde an Unterlagen? Stellungnahmen, Einsprüche, wir sollten uns die Akten einmal genau ansehen. Auch, ob in den letzten zehn Jahren noch von anderen Leuten Anträge zu Projekten auf den Glénan eingereicht wurden.«

»Ich könnte das übernehmen, Chef.«

»Ich möchte Sie hierbehalten.«

Dupin wusste, dass das ein wenig komisch klang.

»Ich möchte, dass wir beide noch einmal mit allen hier draußen intensive Gespräche führen. Wie exakt sahen die Beziehungen zu den drei Toten aus? Ich muss noch viel genauer wissen, wer hier wie zu wem steht. Ich möchte ein ganz präzises Bild von dieser Welt hier draußen haben.«

»Mache ich.«

Dupin stand auf.

»Nur noch ein paar Dinge, Monsieur le Commissaire. Wir haben nicht herausfinden können, wo Pajot vorgestern Abend war, niemand hat ihn gesehen, ich vermute, er war tatsächlich auf seinem Boot. – Wir wissen jetzt übrigens, wann die drei vermutlich auf den Glénan angekommen sind. Am Sonntag gegen siebzehn Uhr, die Bénéteau hat neidische Blicke auf sich gezogen, die Besitzer zweier Boote haben sich erinnert. Und: Ich habe heute Morgen endlich Lucas Leforts aktuelle Freundin gesprochen. Es war ein bisschen kompliziert, an sie ranzukommen. Sie arbeitet in Brest in einem Nobel-›Spa‹. Thalasso und so. Funny Daerlen, Holländerin. Sie hatte natürlich schon von allem gehört, sie war erstaunlich gefasst. Sie kannten sich erst seit zwei Monaten. Eigentlich hatte sie das Wochenende mit Lucas Lefort verbringen wollen, aber er hatte abgesagt, als das Wetter so gut wurde. Erst am Tag zuvor, Donnerstag. Die drei scheinen also relativ spontan aufgebrochen zu sein.«

»Funny Daerlen?«

»Ja.«

»Kein Witz?

»Nein.«

Muriel Leforts Einschätzung dieser »Liaison« schien also vollkommen korrekt. Mademoiselle Daerlen hatte im Leben ihres Bruders keine große Rolle gespielt. Dennoch. Es ging auch um Zufälle.

»Sie wusste nichts von irgendwelchen Konflikten, die Lucas Lefort in der letzten Zeit hatte. Aber wahrscheinlich war es einfach nicht die Art von Beziehung, in der man sich so etwas erzählen würde. Sie haben sich zuletzt am Dienstagabend gesehen, in seinem Haus an den Sables Blancs. Da wirkte er bester Laune, hat sie ausgesagt. Er hat ihr von dem Kauf eines Lofts in London erzählt.«

»London?«

»In South Kensington, Chelsea. Da, wo die Reichen sich aus Angst vor der Krise Immobilien kaufen. Jetzt auch die Franzosen. – – – Pervers.«

Das war ein hartes Wort für Riwals Begriffe. Irgendwie passte das planvolle »Auswandern« nicht zu dem Bild, das Dupin von Lucas Lefort gewonnen hatte. Er schien ihm nicht besonders systematisch gewesen zu sein. Nicht allzu rational in seinem Vorgehen.

»Die Frau des Bürgermeisters kommt aus London. Sie hat ein Haus in South Kensington.«

»Wie bitte?«

»Das haben wir zufällig bei der Befragung Du Marhallac'hs gestern Abend erfahren.« Hatte er dies noch beiläufig gesagt, verhärtete sich Riwals Stimme sofort wieder: »Wenn Sie in England einen Wohnsitz haben, müssen Sie keinen Cent Ihres Einkommens hier in Frankreich versteuern. Vierhunderttausend Franzosen ›leben‹ mittlerweile in London. Die sechstgrößte Stadt Frankreichs! Viele davon machen ihr Geld hier und schaffen es dann so beiseite. Wirklich pervers.«

Auch wenn Dupin Riwals Wut verstehen konnte, zwang er sich, zum Thema zurückzukommen.

»Welchen Zusammenhang könnte es geben?«

»Noch keinen.«

»Bisher nicht. Noch mehr Interessantes von – Funny, Riwal?«

»Nein.«

»Ich denke, ich sollte mit Madame Barrault sprechen.«

»Sie wollten doch etwas essen, Monsieur le Commissaire.«

Richtig. Er musste dringend etwas essen. Und er brauchte einen *café*.

»Ich hole mir nur ein Sandwich. – Riwal?«

»Ja, Monsieur le Commissaire?«

»Wissen Sie, dass es hier von Delphinen nur so wimmelt? Wir haben eben welche gesehen.«

Dupin hatte nicht vorgehabt, davon zu erzählen. Und vor allem nicht so aufgeregt.

»Ja, sie mögen die Glénan. Soll ich Ihnen das Sandwich holen, Chef?«

»Nicht nötig. Ich gehe selbst. Vielleicht sehe ich Solenn Nuz.«

Dupin ging ein paar Schritte Richtung Bar, drehte sich um und kam noch einmal zurück. Riwal war bereits aufgestanden.

»Riwal, Le Menns Verschwinden behalten wir erst einmal für uns, solange es geht.«

»Gut. Wenn ich etwas Neues habe, melde ich mich sofort.«

Die Bar war leer. Alle Gäste saßen draußen in der prächtigen Sonne. Die ältere Tochter, Louann, war hinter der Theke mit ein paar Gläsern beschäftigt und lächelte, als Dupin eintrat.

»Meine Mutter ist nicht da.«

Dupin war jedes Mal aufs Neue verblüfft – und fast erschrocken –, wie groß die Ähnlichkeit der drei Frauen war.

»Einen *café* und ein Sandwich, bitte.«

»Käse, Schinken? Oder Rillettes? Wir haben: Makrelen-, Krebs-, Seespinnen- und Jakobsmuschel-Rillettes.«

»Jakobsmuschel.«

»Gern.«

»Den *café* zuerst.«

Sie lächelte wieder und machte sich an die Arbeit. In das wundervolle Zischen der Kaffeemaschine hinein klingelte Dupins Handy. Es war Goulch.

»Wir haben das Boot geborgen, Monsieur le Commissaire. Es war einfacher als gedacht. Es liegt jetzt in einem der Trockendocks in Concarneau«, Goulchs Stimme schraubte sich ein wenig in die Höhe: »Der Bénéteau wurden eine Reihe teurer Spezialtechnologien eingebaut, ein kleines Hightecharsenal – ein Sonar, das weit über gewöhnliche Sonare hinausgeht, ein Detektor für Metalle im Meeresboden und eine Laser-Unterwasserkamera.«

Dupin fuhr zusammen.

»Was?«

Er war sich sicher, zu wissen, was das bedeutete, aber es erwischte ihn jetzt irgendwie auf dem falschen Fuß.

»Einen Augenblick.«

Dupin verließ die Bar und ging zu dem Tisch zurück, an dem sie eben noch gesessen hatten. Riwal war bereits verschwunden.

»Sie denken, es war für eine Schatzsuche ausgerüstet?«

»Es sind zweifellos Spezialausrüstungen für die Untersuchung des Meeresbodens – nicht nur der unmittelbaren Oberfläche des Bodens, die Schallwellen dieses Sonars durchdringen sogar zwei, drei Meter dicke Sandschichten. Es sind teure Geräte. Professionelle Qualität.«

»Sonst noch was?«

»Was meinen Sie?«

»Auf dem Boot. Sonstige Hinweise, Auffälligkeiten?«

»Bisher nicht. Natürlich ist alles nass, auch in den Stauräumen.«

»Karten, Kartenmaterial?«

»Das funktioniert alles mit digitalen Karten. Das Navigieren«, Goulch unterbrach sich, »Sie meinen Karten, auf denen bestimmte Stellen im Meer markiert sein könnten?«

»Ja.«

»Haben wir bisher nicht gefunden. Es sind sicher auch viele Dinge verloren gegangen, beim Unfall aus dem Boot herausgespült worden. Während des heftigen Sturms und der Stunden auf dem Meeresboden.«

»Verfügen solche Boote eigentlich über eine Blackbox? Haben wir eine Chance zu sehen, wo sie am Wochenende unterwegs waren? Bevor sie auf die Glénan kamen?«

»Nur größere Schiffe. – Was wir tun können, obwohl das keine große Aussicht auf Erfolg hat: Wir funken über Notfallfrequenzen alle an, die hier in der Gegend auf See sind, und fragen, ob jemand am Wochenende die Bénéteau gesehen hat. Die Anfrage geben wir außerdem an alle Zeitungen und Radiostationen.«

»Tun Sie das, Goulch.«

Louann Nuz erschien in der Tür des *Quatre Vents,* kam mit dem Sandwich und dem *café* auf ihn zu, stellte alles zügig vor ihm ab und verschwand wieder.

»Wir melden uns, wenn es etwas Neues gibt.«

»Gut.«

Dupin legte auf.

Er war sich noch nicht sicher, was er mit dieser neuen Information anfangen sollte. Er fühlte sich wie in einem Abenteuerroman. Wie in einem *Tim-und-Struppi*-Comic, die er immer las, wenn er nicht einschlafen konnte, er liebte *Tim und Struppi.* Ging es bei diesem kaltblütigen Dreifachmord eventuell wirklich um einen Schatz? Ein altes gesunkenes Schiff mit Gold, Silber und Edelsteinen an Bord? Waren die drei einem Schatz auf der Spur gewesen, und jemand hatte davon erfahren? Oder umgekehrt: Hatten die drei jemandem einen Schatz abspenstig machen wollen? So fantastisch es klang – was eben in der Bretagne ohnehin nicht viel hieß –, so realistisch schien es Dupin in diesem Moment.

Er stand abrupt auf, fuhr sich mit der rechten Hand durch die Haare und legte die Hand in den Nacken, die Stirn in tiefen Falten, den Kopf gesenkt. Wenn er diese Körperhaltung einnahm, pflegten seine Inspektoren möglichst unauffällig sicheren Abstand zu halten.

Er musste sich bewegen. Nachdenken. Dupin nahm mit der linken Hand die Tasse, leerte den *café* in einem Zug, griff das Sandwich und steuerte den Strand auf der anderen Seite der Insel an.

Das gefiel ihm alles nicht. Drei Opfer, die, wie es schien, gleich mindestens ein halbes Dutzend Feinde gehabt hatten und gleich vier imposant große Motive, die zwar vielleicht teilweise etwas exotisch anmuteten, doch allesamt hinreichend dramatisches Potenzial für einen Mord enthielten. Der Ausbau der Segelschule und der Streit um ihren »Geist«, eine Sache, bei der es um viel Geld und ideelle Werte ging. Der touristische Ausbau der Glénan, bei dem ebenso viel Geld wie hohe Ideale im Spiel waren. Die Lizenzgeschäfte von

Medimare, bei denen es sich höchstwahrscheinlich ebenfalls um riesige Summen drehte. – Und Schätze auf dem Meeresgrund, die womöglich Millionen wert waren.

Lächerlich. Dabei hatten sie in keiner Richtung bisher etwas wirklich Brauchbares herausgefunden. Und der Fall wurde immer größer: jetzt auch noch zwei Vermisste. Und ein anonymer Anrufer, der sich ja möglicherweise noch einmal melden würde – irgendwie wartete Dupin insgeheim schon darauf. Noch nie hatte er einen Mordfall zu lösen gehabt, bei dem es so viele mögliche Motive gab.

Dupin war, ohne darüber nachzudenken, die Holzbohlen zum Strand hinuntergegangen und bis zur westlichen Spitze der Insel gelaufen, die jetzt bei Flut nicht mehr als hundert Meter entfernt war. Er blieb stehen. Exakt vor einem provisorisch aussehenden Schild, das man an einem einfachen Holzpfahl befestigt in den Sand gerammt hatte. Mitten im Nichts. Darauf war eine Hand abgebildet, die eine Weinflasche in eine stilisierte Landschaft warf, gebrandmarkt mit einem übergroßen roten Kreuz. Dupin brauchte einen Augenblick, bis er verstand. Es war eine »Werfen Sie Ihren Abfall nicht in die Landschaft«-Ermahnung, symbolisiert durch den am häufigsten vorkommenden Abfall der Inseln: leere Weinflaschen.

Linker Hand lag eines der berühmten Narzissenfelder, von denen alle redeten, auch Nolwenn sehr gern und sehr ausführlich. Sie gehörten zum Kern des regionalen Stolzes der Cornouaille (wie mehrere Hundert andere Dinge ebenso). Anfang des 19. Jahrhunderts hatte man die nicht mal zwanzig Zentimeter hohe blassgelbe oder cremeweiße – Dupin hatte schon letztes Jahr auf Penfret gedacht: sehr unauffällige – Narzisse das erste Mal kategorisiert und in den folgenden hundertfünfzig Jahren hitzig die botanischen Fakten und Geneaologien diskutiert, bis feststand: ja, sie war einzigartig, natürlich! Es gab sie nur hier auf den Glénan, es war eine eigene Narzissenart: die Glénan-Narzisse! Nachdem sie über ein paar Jahrzehnte vom Aussterben bedroht gewesen war, hatte man nun auf mehreren Inseln geschützte Wiesen als strenge Naturschutzgebiete angelegt, wo sie prächtig florierte. Zweihunderttausend einzelne Blumen, geschützt von einem eigenen Verein: der *Assoziation zur Prosperität der Glénan-Narzisse.* Stolz war man vor allem auf die »mysteriöse Herkunft«. Denn angeblich wusste niemand genau, woher sie kam. Dabei stand fest, dass die Phönizier sie als Heilpflanze hierhergebracht hatten. Freilich war eine »mysteriöse Herkunft« interessanter. Und bretonischer. Ende April, Anfang Mai blühten sie für drei, vier Wochen und bildeten gelb-weiße Felder – die in ihrer Fülle dann doch beeindruckten, musste Dupin zugeben. Anders als die unscheinbaren einzelnen Pflänzchen.

Dupin biss in sein Sandwich. Beinahe hätte er es

schon wieder vergessen. Und das Baguette wie gestern die ganze Zeit herumgetragen, bis er sich blöd vorgekommen war und es diskret in die Wellen hatte fallen lassen. Was sich als äußerst unvorsichtig erwiesen hatte: Denn aus der einen Möwe (einer großen Mantelmöwe zudem), die im nächsten Moment zur Stelle gewesen war und sich auf das Sandwich gestürzt hatte, war nach wenigen Sekunden ein regelrechter Schwarm geworden, aufgeregt flatternd, kreischend, aggressiv – bis Dupin schnell das Weite gesucht hatte.

Anjela Barraults Anzug war opalblau, hauteng und glänzte metallisch. Dupin hatte noch nie einen solchen Taucheranzug gesehen, die langen Neoprenarme schienen nahtlos in die Handschuhe überzugehen, nur der Kopf war nicht umschlossen, die heruntergezogene Kopfhaube schmiegte sich wie ein Rollkragen um den Hals. Um die Hüfte trug sie einen breiten schwarzen Gurt mit mehreren großen und kleinen Karabinerhaken. Anjela Barrault war nicht groß, trotz des Anzuges deutlich filigran, ihre halblangen, wild verwuschelten Haare waren blond in den verschiedensten Tönen und Schattierungen, jede Strähne anders, von dunklem Honigblond bis hin zu einem kühl aschigen skandinavischen Blond.

Dupin war etwas peinlich berührt, er hatte ihr, so sein Gefühl, zu lange und zu tief in die Augen geschaut, als sie sich begrüßt hatten. Ihre Augen besaßen, so schien es, exakt dieselbe Farbe und denselben strahlenden Glanz wie der Taucheranzug. Sie war braun gebrannt. Ein verschmitztes, dabei ganz aufrichtiges Lachen lag auf ihrem Gesicht. Sie war etwa Anfang vierzig und wahnsinnig attraktiv. Dupin hatte sich darauf verlegt, seinen Blick auf ihre Haare seitlich am Kopf zu fixieren. So war er nicht unhöflich, schaute nicht an ihr vorbei, lief aber auch nicht Gefahr, wieder in den Bann ihrer Augen zu geraten.

»Wie gesagt. Kommen Sie einfach mit.«

Dupin fiel keine passende Erwiderung ein. Er war fest entschlossen gewesen, dass es genug der Boote für heute gewesen waren – eigentlich für den ganzen Fall. Für das ganze Jahr.

»Ich …«

»Reichen Sie mir doch mal die Flasche.«

Die *Bakounine,* ein altes Fischerboot, lag, provisorisch vertäut, am Ende des langen Quais, die untere Hälfte war in einem leuchtenden Orangerot gestrichen, der obere Teil in ebenso leuchtendem Hellblau. Das waren die bretonischen Farbwelten, die Dupin so liebte: gelb, grün, rot, blau, alles in satten, warmen Tönen.

Anjela Barrault stand auf dem Boot, das sich hier in der Kammer nur dezent wiegte. Jetzt bei Flut befand sich das Deck fast auf gleicher Höhe wie der Quai, auf dem Dupin stand. Neben ihm lag ein Haufen Ausrüstung. Anzüge, Bleigurte, Flossen, Masken.

Und eine blaue Flasche, die zwar nicht ganz dem Ton des Anzugs entsprach, aber daran erstaunlich nahe herankam. Dupin bückte sich und reichte sie ihr, beeindruckt von dem Gewicht, vorsichtig hinunter, nur ein schmaler Spalt war zwischen dem Quai und der *Bakounine*, zwischen ihm und der Leiterin des Tauchzentrums. Der aber führte zwei Meter in die Tiefe, unten plätscherte der Atlantik.

»Und die anderen Sachen?«

»Die sind für das zweite Boot«, sie deutete auf ein Boot, das an einer der Bojen in der Nähe des Quais lag.

»Wir haben mehrere.«

Dupin hatte immer noch keine Ahnung, was er sagen und tun sollte.

»Ich muss die Runde machen. Die Leute einsammeln und nach Penfret bringen. Nun kommen Sie doch.«

Ohne nachzudenken machte Dupin einen Satz. Anjela Barrault hatte gar nicht abgewartet, sondern mit ein paar schnellen Bewegungen die beiden Taue gelöst und sich in den schmalen Fahrstand mit einem überdimensionalen Steuer begeben.

»Sie müssen schon näher kommen, sonst werden wir kein Wort des anderen verstehen.«

Ehe Dupin reagieren konnte, war ein heftiges Vibrieren zu spüren, und der dröhendende Lärm eines schweren Dieselmotors setzte ein. Wasserfontänen spritzten am Heck aus den beiden Auswurfrohren hervor. Dupin bereute den leichtfertigen Sprung aufs Boot bereits. Im Rückwärtsgang verließ die *Bakounine* stotternd den Quai. Dupin näherte sich unsicher dem Fahrstand, das Vibrieren des Schiffes übertrug sich auf seinen gesamten Körper. Er wurde ein wenig verlegen, als er sich zu Madame Barrault in den engen Fahrstand zwängte. Ein Anzug, wie sie ihn trug, hatte nach seinem Gefühl wenig mit Kleidung zu tun.

»Sie haben jetzt also mit der ganzen Bagage hier zu tun. Mit uns sonderbaren Wesen dieses magischen Archipels.«

Sie hatte das »magisch« spitz ironisch gesprochen. Dupin hatte es nur mit Mühe verstanden, obwohl er sehr nahe bei ihr stand, genau in dem schmalen Türrahmen, zwischen den er sich mit den Ellenbogen geklemmt hatte.

»Ich möchte nicht in Ihrer Haut stecken, Monsieur le Commissaire.«

Er musste lächeln. Was ihm guttat.

Anjela Barrault war damit beschäftigt, den Vorwärtsgang einzulegen, was anscheinend einige Mühe machte. Sie schlug heftig auf das Steuerrad.

»Ich liebe dieses Boot wirklich, aber langsam kommt es in die Jahre.«

Dupin ermahnte sich zur Konzentration.

»Und was meinen Sie mit ›sonderbar‹, Madame Barrault?«

»Oh, damit meine ich vieles. Das ist ein verrückter Fleck Erde. Der schönste, den ich kenne. Aber hart. Extrem hart. Hier sind Sie weit weg von der Welt. Weitab der Zivilisation. Die achtzehn Kilometer Entfernung zum Festland, das glatte Meer heute, der Handyempfang bei diesem Wetter, dass Sie hier einen *café* kriegen, Wein, etwas zu essen – all das täuscht. Das ist kein richtiges Land – wenn Sie hier sind, sind Sie auf See.«

Anjela Barrault klang wie Leussot vorhin, dachte Dupin. Er hatte ganz ähnliche Wendungen benutzt. Aber alle hier taten das, wenn es um die Inseln und sie selbst ging.

»Und das lässt die Menschen sonderbar werden?«

»Ohne Frage. Aber – man muss schon etwas sonderbar sein, um überhaupt herzukommen. Hierher kommt man nicht ohne Grund.«

»Was meinen Sie damit?«

Anjela Barrault hob kurz die Schultern.

»Jeder hier hat seine Geschichten. Seine Erfahrungen. Seine Aufgaben. Einen Grund, warum er hier ist und nicht an einem bequemeren Ort.«

»Und – könnte all dies in einen Mord münden?«

»Eigentlich eben nicht. Die Dinge müssten wirklich völlig schieflaufen. Eigentlich treffen sich die Lebenswege der Menschen hier kaum, selbst wenn es oberflächlich so aussieht. Jeder lebt hier im Prinzip sein eigenes Leben, einer neben dem anderen. Wir wissen nicht viel voneinander. Von den entscheidenden Dingen oft gar nichts. Verstehen Sie?«

Das nun verstand Dupin erstaunlich genau, auch wenn es nicht weniger eigenwillig formuliert war. Es entsprach ganz seiner Wahrnehmung.

»Spielen Sie auf etwas Bestimmtes an, das hier passiert ist? Auf etwas, das Sie wissen? Vermuten?«

»Nein.«

Das »Nein« war klar und bestimmt gewesen.

»Kannten Sie alle drei Toten persönlich?«

»Pajot habe ich nie getroffen. Konan kenne ich nur vom Sehen, er kam mit Lefort.«

»Und Lefort?«

»Ein Idiot. Hat mich nie interessiert.«

Aus irgendeinem Grund hatte sich das Boot für einen Moment bedenklich stark nach Backbord geneigt. Dupin verlor kurz den Halt, Anjela Barrault hielt ihn an der Schulter fest. Er fing sich wieder.

»Sie hatten keinen Kontakt zu ihm?«

»Nie. Wir haben nicht mal miteinander gesprochen. Uns nur gegrüßt.«

Dupin klemmte sich nachdrücklicher als vorher im Türrahmen fest, es musste kurios aussehen.

»Wissen Sie, welcher Entdeckung die drei auf der Spur waren?«

Das war unvermittelter gewesen, als Dupin es beabsichtigt hatte. Anjela Barrault runzelte die Stirn. Sie hatte sofort verstanden.

»Bei manchen dieser Funde geht es um viel Geld. Sie sollten das ernst nehmen. Viele Menschen hier nehmen es ernst.«

»Wissen Sie von etwas Konkretem?«

Jetzt lachte sie laut.

»Dann wäre ich selbst dabei.«

Dupin hätte zu gern gewusst, was die gerunzelte Stirn eben bedeutet hatte.

»Sie – sind Sie Schatzsucherin?«

»Ich bin Freediverin. Und Tauchlehrerin. Leiterin des Tauchzentrums. Wir haben fünfzehn Angestellte, im Sommer noch zwölf weitere, das ist ein richtig großer Betrieb.«

»Und nicht auf der Suche nach Schätzen?«

»Vielleicht finde ich ja zufällig mal etwas.« Wieder lachte sie laut auf.

Dupin hatte sich sehr auf das Gespräch und seinen stabilen Stand konzentriert und bemerkte erst jetzt, dass sie nur noch knapp fünfzig Meter von einer Insel entfernt waren. Er schaute sich um.

»Drénec. Wir werden hier eine Gruppe Tauchschüler an Bord nehmen, dann auf Cigogne. Sehen Sie die alte restaurierte Farm aus Stein?« Sie deutete mit dem Kopf Richtung Insel.

»Gehört ebenfalls zur Segelschule. Drénec war sogar mal besiedelt, und die Insel ist echt nicht groß. Die Menschen haben es immer wieder versucht, aber nie sind sie lange geblieben.«

Anjela Barrault drosselte die Geschwindigkeit. Jetzt sah Dupin eine kleine Gruppe, vielleicht sechs, acht Menschen, die sie erwarteten.

»Bei den wirklich starken Springtiden kann man von Saint-Nicolas zu Fuß hierherspazieren.«

Dupin blickte verdutzt auf das Wasser. Und nach Saint-Nicolas. Er hatte sich noch immer nicht daran gewöhnt, dass das mit dem Wasser und dem Land hier draußen sehr instabil und uneindeutig war. Im Moment sah alles zwischen hier und Saint-Nicolas ausschließlich nach Atlantik aus.

»Bei enorm großen Koeffizienten von über 115 können Sie fast durch die ganze Kammer wandern.«

Das war eine verrückte Vorstellung. Dupin fischte den *Petit Indicateur des Marées* aus der Tasche, um nachzusehen, wann es das nächste Mal der Fall wäre. Er sah nur einen Haufen Zahlen und verstand nichts.

»In den letzten vier Jahrzehnten kam das nur zwölf Mal vor. Die Springflut gestern ist nur auf 107 gekommen.«

»Ich verstehe.«

»Da vorn liegt übrigens auch ein Schiffswrack, nicht tief, man kann es vom Boot aus sehen. Ein stolzes Schiff. Eine große griechische Brigg, die *Pangolas Siosif.* Alle ertrunken. 1883.«

Dupin hätte fast laut »wo?« gerufen.

»Sie wollten sich in einem Sturm hierherretten. Genau das wurde ihnen zum Verhängnis. Das sind die Glénan. Das ist so vielen passiert. Wussten Sie, dass sich die Seelen und Geister der Ertrunkenen seit ewigen Zeiten in der Baie de Trépassés versammeln, der »Bucht der Verblichenen«? Und einmal im Jahr, an Allerseelen, huschen sie als flüchtige Gischt über die Wellenkämme. Weiße Tupfer. Noch weit entfernt von der Bucht sind schauerliche Rufe zu hören.«

Das hatte Dupin noch nicht gewusst. Aber es war eine gute Geschichte.

Während sie sprach, hatte Anjela Barrault beharrlich einen bestimmten Punkt vor sich fixiert. Jetzt begann sie das Boot zu drehen. Sie waren nur noch fünfzehn Meter von dem auch hier karibisch anmutenden Strand entfernt.

»Wir können unser Gespräch gleich weiterführen. Das hier dauert nicht lange.«

Vorsichtig lockerte Dupin seine Haltung im Türrahmen und tastete sich zur Reling.

»Ich muss ein paar Telefonate führen.«

»Gehen Sie nach vorn, da ist es nicht ganz so laut.«

Der Motor befand sich im Leerlauf, durch die Auswurfrohre plätscherte das Wasser unaufgeregt dahin.

Anjela Barrault ging zum Heck und klappte mit routinierten Bewegungen eine Art Tür in der Reling auf. Die Gruppe der Taucher war bereits nahe herangekommen.

Dupin stellte sich in die eng zulaufende Spitze des Bugs. Hinter ihm lagen das öde, bei Flut nicht sehr große Quignénec und die beiden angrenzenden kleinen Inseln, die die Kammer Richtung Südosten abschlossen, vor ihm ein atemberaubendes Panorama des ganzen Archipels. Er holte sein Handy heraus.

»Riwal?«

»Ich hatte es eben versucht, Chef, Sie hatten wieder keinen Empfang. Wo sind Sie?«

»Ist Le Menn aufgetaucht?«

»Nein.«

»Was ist mit der Großfahndung?«

»Die Personenbeschreibung ist bereits über alle Radiosender gegangen. Alle Hebel sind in Bewegung gesetzt. Und wir haben schon mit seiner Frau gesprochen und uns alles erzählen lassen. Jedes Ritual. Wo er für gewöhnlich tankt, einen *café* trinkt, seine Zeitungen kauft, alles … Bellec und ein Kollege fahren gerade diese Orte ab.«

»Und seine Kontakte zu den drei Toten?«

»Seine Frau bestätigte, dass er Leforts Arzt war. Und dass sie sich an zwei, drei Male erinnert, die er vergangenes Jahr mit Lefort unterwegs war. Zuletzt bei der *Transat Concarneau.* Am Tag des Regattastarts. Im April.«

Dupin erinnerte sich – vor allem auch, weil er wieder tagelang keinen Parkplatz gefunden hatte –, es war eines der großen Feste der Stadt. Nicht so groß und bedeutend wie das *Festival des Filets Bleus,* aber doch richtig groß. In den Tagen vor dem Regattastart war die Stadt ein einziger Festplatz mit bunten Ständen und Buden. An den Quais lagen alle teilnehmenden Boote, auf Schildern wurden die Mannschaften vorgestellt – große Helden. Wimpel schmückten die Straßen der Innenstadt. Man spürte die Stimmung. Es war eine der härtesten Regatten der Welt – von Concarneau einmal quer über den ganzen Atlantik bis nach Saint-Barth; das Besondere war, dass alle Teilnehmer exakt das gleiche Boot fuhren, es keinen Vorteil beim Material gab, Riwal erläuterte es jedes Mal aufs Neue im Detail und ausführlich: eine Figaro Bénéteau.

»Aber seine Frau glaubt nicht, dass sie richtig befreundet waren. Manchmal hat er sich wohl auch von Lefort distanziert.«

»In welcher Hinsicht?«

»Er billigte Leforts Verhalten gegenüber Frauen nicht. Und kürzlich waren sie sich wohl auch uneinig, als es um Leforts neue Glénan-Pläne ging, erinnert sich seine Frau.«

Interessant. Angeblich kannte keiner die neuen Pläne, abgesehen vom Stadtrat, aber alle sprachen darüber.

»Hatte er Kenntnis von diesen Plänen?«

»Seine Frau meinte, ja, Lefort hätte ihm vor ein paar Monaten davon erzählt.«

»Und was genau hat er ihm erzählt?«

»Das wusste sie nicht.«

»Und weswegen war ihr Mann dagegen?«

»Sie weiß nur, dass er es ökologisch für bedenklich hielt.«

»Und seine Beziehungen zu Konan und Pajot?«

»Sie konnte nicht sagen, ob er Konan und Pajot kannte. Wenn, dann auf alle Fälle nicht gut. Sie sagte, ihr Mann sei seit gestern sehr unruhig gewesen. Sie nahm an, dass das an der Nachricht von Leforts Tod lag.«

»Inwiefern unruhig?«

»Er hat wenig gesprochen, sagt sie, und ist ständig aufgestanden und herumgelaufen. Gestern Abend hat er wohl mehrfach versucht, jemanden anzurufen, aber es ist ihm nicht gelungen. Seine Frau wusste nicht, wen. Heute war er anscheinend ganz früh auf den Beinen. Um sechs. Eine Stunde früher als sonst.«

»Hm.«

»Noch was?«

»Nein.«

»Ich will wissen, mit wem Le Menn in den letzten Tagen und Wochen telefoniert hat, wir brauchen die Verbindungsnachweise für all seine Anschlüsse.«

»Wir werden auch hier behaupten müssen, dass Gefahr im Verzug ist. Sonst kriegen wir das zum jetzigen Zeitpunkt nicht.«

»Gefahr im Verzug, Riwal. Absolut.«

»Gut. Ich habe eben zudem den Bericht über die Durchsuchung der Häuser der drei erhalten. Auch der Boote übrigens. Bisher wurde nichts Besonderes entdeckt. Aber es wurden die Festplatten aller Computer mitgenommen, wir werten sie nun aus.«

»Und nichts auf den Booten? Karten, Seekarten? Nichts Auffälliges?«

»Nein. Suchen wir etwas Bestimmtes?«

»Sagen Sie, dass ich alle Seekarten sehen will, wenn sie welche finden. Ich will wissen, ob einer, zwei oder alle drei in letzter Zeit wiederholt zu bestimmten Koordinaten auf dem Meer gefahren sind. Keine Ahnung, wie wir das rauskriegen sollen. Wir müssen Glück haben.«

»Heute navigieren alle elektronisch …«

»Ich bin im Bilde.«

»Sie denken wirklich an eine Schatzsuche?«

»Ich denke an alles, was möglich oder unmöglich scheint.«

»Wenn es um ein gesunkenes Schiff geht, das die drei entdeckt haben, und wenn niemand etwas davon wissen sollte, dann werden sie extrem vorsichtig gewesen sein.«

Ein lauter Knall ließ Dupin zusammenfahren. Anjela Barrault hatte die Klappe in der Reling zugeworfen und war schon wieder auf dem Weg in den Fahrstand. Am Heck herrschte ein beachtliches Gewimmel, die Taucher waren dabei, ihre Sachen unter den schmalen hölzernen Sitzflächen zu verstauen.

»Ich melde mich gleich wieder, Riwal. Ich bin auf Drénec.«

»Was machen Sie auf Drénec? Wollten Sie nicht Anjela Barrault sprechen?«

»Ich bin auf ihrem Boot.«

»Sie sind schon wieder auf einem Boot?«

»Ich melde mich, Riwal.«

Dupin hatte fast aufgelegt.

»Warten Sie.«

»Chef?«

»Hat Kadeg etwas über diesen Streit zwischen dem ehemaligen Bürgermeister und Konan rausgefunden, über diese Sache mit irgendwelchen Bergungsrechten?«

»Bellec hat bei der Mairie nachgefragt. Da hat man keinerlei Dokumente über irgendeinen Vorgang gefunden. Und auch Monsieur Tanguy wusste nicht, was Muriel Lefort mit dieser Geschichte gemeint haben könnte.«

Dupin seufzte tief.

»Bis später, Riwal.«

Der Dieselmotor fuhr wieder hoch, das tiefe Vibrieren begann von Neuem, Anjela Barrault legte den Gang ein, und das Boot nahm langsam, dann immer deutlicher Fahrt auf.

Dupin tastete sich zurück zum Fahrstand.

»Hatten Sie Empfang?«

»Ja.«

»Das ist hier draußen immer Glückssache.«

»Was wissen Sie über die Geschäftsbeziehungen zwischen *Medimare* und dem *Institut Marine,* Madame

Barrault? Über Konflikte, die Leussot und andere Forscher mit dem Institut haben?«

»Eigentlich nichts. Nur dass Leussot und Lefort sich mal geprügelt haben und es unter anderem darum ging. Und dass der Direktor des Instituts ein widerlicher Typ ist.«

»Geprügelt? Leussot hat sich mit Lefort geprügelt? Eine richtige tätliche Auseinandersetzung?«

»Vor dem *Quatre Vents.* Vor einem Jahr ungefähr. Es war wohl Alkohol im Spiel. Aber ich weiß auch nicht mehr darüber.«

Ihr Blick wirkte auf Dupin noch verschmitzter als bisher.

»Fragen Sie Solenn Nuz.«

»Warum sie?«

»Sie weiß – das meiste.«

»Und das ist allgemein bekannt? Das mit der Prügelei?«

Das hatte noch niemand erwähnt. Jeder hier schien nur das zu erzählen, was ihm in der jeweiligen Situation passte.

»Ich denke schon.«

Dupin überlegte erneut, wie er es fertigbringen könnte, sich in dieser Position Notizen zu machen, er brauchte beide Arme für einen stabilen Halt. Er ließ davon ab.

»Welche Beziehung haben Sie zu Monsieur Leussot?«

Die Frage schien ihr nicht im Geringsten unangenehm zu sein.

»Sagen wir mal so: Sie war mal – eindeutiger, aber das ist sie schon länger nicht mehr. Wir sind Freunde. Die meiste Zeit jedenfalls.«

»Ich verstehe. Ist Leussot ebenfalls Schatzsucher?«

»Bestimmt schaut auch er hin, wenn etwas auf dem Meeresboden liegt. Er ist die ganze Zeit auf dem Atlantik unterwegs. Er hat von allen die beste Ausrüstung. Neueste Technologien. Auch wenn sie anderen Zwecken dient. Niemand kann den Meeresboden so genau erfassen wie er.«

Dupin hatte nicht daran gedacht. Aber es war logisch.

»Ist das sein Boot, mit dem er unterwegs ist?«

»Nein, das gehört dem Institut. Aber er nutzt es in letzter Zeit immer.«

»Kennen Sie es?«

»Ich war noch nie darauf. Aber Tanguy, die beiden kennen sich gut.«

Dupins Handy klingelte, er zog es mit der linken Hand hervor und sah auf die Nummer. Penibel darauf bedacht, die eingeklemmten Ellenbogen nicht zu lockern. Er kannte die Nummer von gestern oder heute, konnte sie aber nicht zuordnen.

»Entschuldigen Sie mich.«

Er löste sich nun doch aus seiner Sicherheitshaltung und ging vorsichtig zum Bug.

»Hallo?«

»Muriel Lefort hier. Hören Sie mich, Monsieur le Commissaire?«

»Ich höre Sie, Madame Lefort.«

»Wo sind Sie? Es ist schrecklich laut bei Ihnen, Sie sind kaum zu verstehen.«

»Ich befinde mich mitten in den Untersuchungen.«

Das Boot wippte eigenartig hin und her, in schnellen, kurzen Bewegungen. Auch jetzt scheinbar unmotiviert, auf dem Meer war nichts zu erkennen, was dies erklären würde. Es war höchst erstaunlich, wie vielfältig und vollkommen unterschiedlich die unangenehmen Bewegungen eines Bootes sein konnten; Dupin fühlte sich mittlerweile imstande, eine kleine Typologie dieser Bewegungen zu formulieren: Es gab ein Schaukeln, ein Schwanken, ein Wippen, Schlenkern, Schunkeln, Torkeln, Wiegen …

»Es gibt ein paar – Dinge, die ich gern mit Ihnen persönlich besprechen würde.«

»Das geht mir auch so. Am besten komme ich später bei Ihnen vorbei. Ich rufe wieder an.«

Er brauchte unbedingt einen *café*. Vor allem nach diesem zweiten Seeabenteuer.

»Sehr gern. Dann erwarte ich Ihren Anruf.«

Dupin zögerte einen Moment.

»Madame Lefort. Eine Frage habe ich rasch. Wissen Sie eventuell, ob Ihr Bruder in letzter Zeit besonders häufig auf dem Meer war?«

»Er war immer viel auf dem Meer.«

»Ich meine …«

»Sie meinen, ob er auf Schatzsuche war?«

»Ja, genau das.«

»Man erzählt sich, dass Sie das für eine Möglichkeit halten.«

Dupin wollte nachfragen, wer was erzählte, ließ es aber.

»Wir gehen allen Möglichkeiten nach.«

»Wie gesagt: Lucas träumte seit unserer Kindheit von Schätzen. Ach Gott. Aber ich vermag Ihnen das nicht zu beantworten. Ich wäre sicherlich die Letzte, der er davon erzählt hätte.«

»Ich verstehe. Dann sehen wir uns später.«

Sie hatte aufgelegt.

Im selben Augenblick klingelte Dupins Handy erneut. Er nahm es vom Ohr und warf einen kurzen Blick auf die Nummer. Nolwenn.

»Ja?«

»Der Präfekt wollte von Ihnen persönlich bestätigt haben, dass die große Fahndungsaktion nach Le Menn von ›außerordentlicher Relevanz‹ ist. Ich habe alles ausdrücklich bestätigt. Sie sollten nur wissen, dass ich Sie deswegen angerufen habe. Vor einer Stunde.«

»Ich … gut.«

»Kommen Sie voran?«

»Ich weiß nicht. Es sind viele Figuren im Spiel.«

»Sie werden auch in diesem Fall nicht das Meer austrinken müssen.«

Nolwenns unentwegt verwendeten bretonischen Redensarten beruhigten ihn immer – und er war überhaupt sehr froh, Nolwenns Stimme zu hören (und natürlich zu wissen, dass er das Meer nicht austrinken musste).

»Haben wir Zugriff auf die Konten der drei? Das ist wichtig.«

»Ich denke recht bald. Sie sind ziemlich schwer zu verstehen, Monsieur le Commissaire, wo sind Sie gerade?«

»Auf einem Boot, bei Anjela Barrault.«

»Sie Ärmster, schon wieder auf einem Boot?«

»Genau.«

Dupin bedauerte es mittlerweile zutiefst, dass alle von seiner kleinen Boot-Phobie wussten.

»Letzte Woche gab es im *Télégramme* einen großen Artikel über Anjela Barrault. Sie plant, im Sommer den Weltmeistertitel zurückzugewinnen.«

»Den Weltmeistertitel?«

Das Handy saß wieder fest am Ohr.

»Sie ist Freediverin. Sie ist bereits zwei Mal am tiefsten getaucht. Keine Frau hat bislang eine größere Tiefe erreicht«, Nolwenn setzte kurz ab, »Sie wissen, was eine Freediverin ist?«

»Eventuell. Eine Art – Taucherin.«

Anjela Barrault hatte es eben ja selbst erwähnt,

aber mehr hätte Dupin ehrlicherweise nicht sagen können.

»Tauchen ohne Sauerstoffflaschen, so tief es geht. Ein harter Sport.«

Dupin hatte vage davon gehört.

»Und sie ist Weltmeisterin? Anjela Barrault?«

»Eine Bretonin. Eigentlich war sie Yogalehrerin. Eine sehr attraktive Frau. Geradezu umwerfend. Sie will im Sommer die Hundert-Meter-Marke schaffen.«

»Hundert Meter?«

»Eine Bretonin. Sie wird es schaffen.«

»Ich verstehe. Nolwenn?«

»Ja, Monsieur le Commissaire?«

»Auf dem Boot heute Mittag … Wir haben Delphine gesehen.«

Dupin wusste nicht, wie er jetzt auf das Thema kam, das hier gar nichts zu suchen hatte. Durch das Tauchen wahrscheinlich.

»Interessante Tiere. Aber seien Sie vorsichtig.«

»Wie bitte?«

»Erinnern Sie sich nicht an Jean Floch? Den Delphin, der mutwillig Fischernetze zerrissen und Ruderboote angegriffen und versenkt hat, sodass die Angler ins Meer stürzten? Vor vier Jahren, da waren Sie noch in der Hauptstadt, es ging aber landesweit durch alle Medien. Ein aggressiver Einzelgänger, der die bretonischen Küsten in Angst und Schrecken versetzt hat.

Wie ein tollwütiger Hund. Dreihundert Kilogramm schwer!«

Das klang ja brutal. Dupin hatte bei Delphinen immer an anderes gedacht.

»Ein Wunder, dass er keine Witwen und Waisen hinterlassen hat. Es wurden überall im südlichen Finistère Schwimmverbote verhängt. Man hat ihn dann mit Lärm vertrieben. – Ja, sexuell reife Männchen zeigen zuweilen ein extremes Dominanzverhalten und werden aus der Gruppe ausgeschlossen.«

»Sie waren alle ganz eindeutig in der Gruppe. Ich meine: Es war hundertprozentig eine Gruppe, kein einzelnes Tier.«

Dupin hatte noch sagen wollen, dass die aggressiven Männchen ja sicherlich die absolute Ausnahme seien und es sich insgesamt doch um friedliebende Wesen handele, genau dafür waren sie schließlich unter anderem berühmt – es dann aber gelassen. Es war ohnehin ein absurdes Gespräch.

»Gut. Dann sprechen wir uns später, Monsieur le Commissaire.«

Nolwenn klang vollkommen aufgeräumt.

»Das tun wir.«

Sie legte auf.

Dupin blieb regungslos stehen. Das war ein verrückter Fall. Nicht bloß der Fall selbst. Alles.

Die *Bakounine* hatte sich Cigogne – der Insel mitten in der Kammer – bereits bis auf fünfzig Meter genähert. Die im Prinzip kreisrunde Festung war schon deutlich zu sehen. Das legendäre Fort Cigogne hatte, danach war es benannt, an sieben Stellen einen eckigen Knick (»seiz kogn«, sieben Ecken auf Bretonisch). Heute wurde es von der Segelschule genutzt. Früher waren von hier aus Korsaren gejagt worden, die auf den Glénan perfekten Unterschlupf gefunden hatten, die schlimmsten unter ihnen kamen von der englischen Insel Guernsey, natürlich. Es galt als Tatsache, dass es im und unter dem Fort verborgene Kammern und Gewölbe gab. Gänge endeten plötzlich im Nichts. Man sprach von weitverzweigten Geheimtunneln unter dem Meeresboden, durch die man alle Inseln erreichte. Beim Anblick der dunklen auratischen Festung glaubte man es sofort.

Dupin fiel ein, dass er vorhin gar nicht nachgefragt hatte, was »die Runde machen« bedeutete. Es waren doch ziemlich viele Inseln.

Das dunkle Wolkenband hatte sich näher herangeschoben, es war inzwischen tiefschwarz und deutlich breiter geworden. Das hatte hier in der Bretagne gar nichts zu bedeuten. Allerdings musste Dupin zugeben, dass er vor ein paar Stunden nicht vermutet hätte, dass es sich überhaupt in ihre Richtung bewegen würde. Von echtem Wind konnte man immer noch nicht sprechen, aber der schwache Windzug, der jetzt am Nachmittag wieder zu spüren war, kam eindeutig aus der entgegengesetzten Richtung, aus Osten. Dupin entspannte sich. Einen Moment später stand er wieder im Fahrstand. Anjela Barrault empfing ihn mit ihrem betörenden Lachen.

»Das sind amüsante Ermittlungen. Ich meine, die Art, wie Sie arbeiten.«

»Ich … Sie und Solenn Nuz sind Freundinnen, hat man mir gesagt.«

»Sehr alte Freundinnen. Wir sind zusammen in die Grundschule gegangen. Loctudy.«

»Und wie sind Sie auf die Inseln und zu diesem Job gekommen?«

»Sie wollen *meine* Geschichte hören?«

Sie schien das erste Mal wirklich erstaunt zu sein.

»Will ich.«

»Nach dem Tod ihres Mannes hat Solenn Nuz überlegt, die Tauchschule zu verkaufen. Lefort wollte sie übernehmen. Er hat ihr ein imposantes Angebot gemacht. Muriel Lefort ebenso. Sie hat ihren Bruder sogar noch überboten. Ich war damals Hobbytaucherin, eigentlich Yogalehrerin, und davor bin ich zwei Jahre in Katmandu gewesen. Als ich zurückkam, habe ich Solenn zufällig wiedergesehen. Wir haben uns verabredet. Dann hat sie mir von ihrer Situation erzählt, mir ein Angebot gemacht, und in einer Kneipe, nachts um zwei, habe ich gesagt, ich mache das. Mein damaliger Freund hatte, während ich weg war, eine andere gefunden, und kurz zuvor waren meine Eltern gestorben. So wie das immer ist: Alles passiert auf einmal. Das Leben ist ein Wirrwarr, verworrener als ein Wollknäuel.«

Dupin mochte das Bild mit dem Wollknäuel. Und es war sehr wahr, fand er.

»Das ist *meine* Geschichte in einer Minute.«

Das war ohne Gram formuliert, ohne Koketterie.

»Und dann wurden Sie eine Weltklasse-Freediverin?«

»Glauben Sie mir. Streng genommen ist das nur eine andere Form von Yoga.«

Sie drosselte den Motor. Sie waren an ihrer nächsten Station angekommen. Wieder wartete eine kleine Gruppe am Strand, dieses Mal waren es nur drei Taucher.

»Nur noch diese und dann nach Penfret. Haben Sie mal Yoga gemacht?«

Dupin hatte nichts gegen Yoga, gar nichts, aber er war sich sicher, dass er auf der ganzen weiten Welt der denkbar ungeeignetste Mensch war, wenn es um so etwas ging. Yoga, Meditation, autogenes Training, sämtliche Entspannungstechniken. Er wurde nervös, wenn er die Worte nur hörte. Untalentierter in Sachen bewusster Entspannung konnte niemand sein. Er überhörte die Frage bewusst.

»Madame Lefort hatte Solenn Nuz also ein sehr hohes Angebot für die Tauchschule gemacht?«

Muriel Lefort war geschäftstüchtiger, als er gedacht hatte.

»Ja. Sie meinte es wirklich ernst. – Übrigens, da Sie sich ja so für gesunkene Schiffe interessieren: Allein auf dieser Seite von Cigogne liegen vier, alles Piratenschiffe. Im Wrack der *Double Revanche* hat man in den Dreißigern immense Schätze gefunden, tief im Sand vergraben zwischen Dutzenden Hummern. Die Hummer lieben die Wracks der alten Holzschiffe. Wussten Sie, dass die Glénan ein Maskottchen haben? Einen Hummer, Charlie, mindestens achtzig Jahre alt. Er lebt in einem Wrack nicht weit vom Quai auf Saint-Nicolas, alle kennen ihn. Dort, wo er am liebsten sitzt, hat der Klub unter Wasser Hinweisschilder angebracht. Jeder Tauchneuling muss ihm einmal die Ehre erweisen.«

Sie lachte.

»Charlie. Es gibt einige Videos im Netz«, in eher wissenschaftlichem Tonfall ergänzte sie: »Hummer sind vollkommen sesshaft. Neulich wurde ein hundertvierzig Jahre alter Hummer im letzten Moment vor dem Kochtopf bewahrt – fast einen Meter lang.«

Mit einem prononcierten Schwung drehte Anjela Barrault das Steuerrad einmal ganz herum und legte den Leerlauf ein. Erwartungsvoll schaute sie Dupin an, der einen Moment brauchte, bis er verstand. Er war im Weg. Sie wollte zum Heck des Bootes.

»Die gleiche Prozedur wie eben.«

Dupin trat beiseite und steuerte erneut auf den Bug zu. Er war noch mit der Vorstellung des ein Meter großen und hundertvierzig Jahre alten Hummers beschäftigt: Der war also um 1870 geboren worden, Charlie immerhin in den 1930ern, und war älter als seine Mutter. Dupin war bemüht, das alles abstrakt zu halten. Er mochte den Geschmack von Hummer zu sehr.

Wieder war das Handy tief in die Hosentasche gerutscht. Er wählte Goulchs Nummer. Sofort war der junge Polizist am Apparat.

»Monsieur le Commissaire?«

»Wo sind Sie?«

»Noch in den Docks, bei der Untersuchung der Bénéteau. Aber wir sind gleich fertig. Wir haben auch Kartenmaterial sichern können. Konventionelle Seekarten, laminiertes Papier. Wir werden sie uns genau ansehen. Bisher haben wir keine Markierungen entdecken können.«

»Ich brauche Sie. Fahren Sie zu Monsieur Leussots Boot. Wahrscheinlich ist er noch irgendwo bei den Moutons, oder schon auf Saint-Nicolas. Schauen Sie sich sein Schiff an, prüfen Sie, was er an Technik und Technologien besitzt, die für Schatzsuchen geeignet wären. Und ob Sie etwas sehen, das konkret darauf hindeutet, dass er sich aktiv – wie würde man sagen – auf einer Suche befindet?«

»Eine richtige Durchsuchung, verstehe ich Sie richtig?«

»Wenn es sein muss.«

Obwohl diese Vorgehensweise – so Dupins Gefühl – wie alle anderen Aktionen heute etwas Stocherndes an sich hatte – er wollte jetzt Bescheid wissen. Und: Auch das Stochern konnte eine sehr wirkungsvolle Methode sein. Wenn er nicht in die völlig falsche Richtung stocherte.

»Und danach schauen Sie sich die Boote von Kilian Tanguy, Muriel Lefort und Du Marhallac'h an. Und das des verschwundenen Arztes, Devan Le Menn. Habe ich jemanden vergessen?«

»Den Direktor des Instituts? Anjela Barrault?«

»Anjela Barrault?«

»Die Leiterin des …«

»Ich weiß, wer das ist.«

»Sie hat auch ein eigenes Boot. Sie benutzt es häufig für die Tauchschule.«

»Woher wissen Sie das?«

»Alle, die hier ständig auf dem Wasser sind, kennen sich, ein wenig zumindest. Man weiß voneinander.«

»Das übernehme ich, das mit dem Boot von Anjela Barrault. Ich bin gerade im Gespräch mit ihr.«

»Sie sind gerade auf ihrem Boot?«

Wenn er ehrlich war, wusste er ja gar nicht, ob es ihr Boot war.

»Was für ein Boot hat sie? Wie sieht es aus?«

»Ein Jeanneau, Cap Camarat, offen, vielleicht sieben Meter lang, ein altes Modell, aber gut in Schuss, weiß, kürzlich frisch gestrichen.«

»Dann bin ich nicht auf ihrem Boot. – Also auch ihr Boot inspizieren.«

»Gut. Ich breche sofort auf.«

»Und ja – das Boot des Direktors sollte unbedingt auch durchsucht werden. Und hören Sie sich um, ob jemand von einer – Schatzsucheraktivität hier an der Küste weiß.«

»Das wüsste sicher Madame Barrault am besten. Oder einer der Archäologen. Oder Solenn Nuz.«

»Melden Sie sich, wenn Sie was haben.«

»Mach ich, Monsieur le Commissaire.«

Dupin legte auf. Und atmete einige Male tief durch. Es war erstaunlich, die Luft roch und schmeckte heute noch »meeriger«: Salz, Jod, Magnesium, Eisen, Calcium – und Algen. Dupin schmunzelte, er musste an Nolwenn denken: Die gesundheitliche, oh nein, die medizinische Qualität der Atlantikluft gehörte zu ihren vielen Lieblingsthemen. »Wie ein permanentes Solebad. Das Nervensystem und die Muskulatur entspannen sich, Blockaden und innere Fixierungen lösen sich«, erzählte sie gern. Dupin mochte besonders das mit den inneren Fixierungen, auch wenn er keine klare Vorstellung davon hatte, was das bedeutete. Außerdem sprach man der Atlantikluft natürlich noch »banalere« Wirkungen wie die Entschlackung des Organismus, die Harmonisierung des Stoffwechsels und diverse Heileffekte überhaupt zu. In der ersten Zeit seiner »Versetzung« war ihm das alles wie Esoterik oder druidische Heilriten vorgekommen, er hatte dann jedoch recherchiert und war sehr beeindruckt gewesen. Das Mengenverhältnis der einzelnen Bestandteile des Meeres entsprach tatsächlich ungefähr dem, wie es im Blut und in der Gewebsflüssigkeit im menschlichen Körper vorlag.

Als Dupin sich umdrehte, sah er, dass Anjela Barrault bereits dabei war, die Klappe zu schließen. Der laute Knall folgte, wieder überließ sie die Taucher sich selbst und war schon auf dem Weg zurück in den Fahrstand.

»Jetzt setzen wir sie alle auf Penfret ab. Dort sind unsere spartanischen Unterkünfte.«

Einen Moment später stand sie wieder am Steuer. Und Dupin erneut in der Öffnung des Fahrstandes.

»Danach fahren wir nach Saint-Nicolas zurück?«

Anjela Barrault warf einen kurzen Blick auf ihre imposante Taucheruhr, die sie über dem Ärmel des Anzugs trug.

»Wir sollten gegen siebzehn Uhr am Quai sein. Und vielleicht wollen Sie dann ja noch mit mir rausfahren?«

»Sie fahren noch mal raus?«

»Die Sonne geht erst um neun unter. Das sind *meine* Stunden.«

Sie lächelte herzlich.

»Werden Sie mit *Ihrem* Boot unterwegs sein?«

Sie war über Dupins Frage nicht im Geringsten irritiert.

»Nein, ich bleibe auf der *Bakounine.* Ich würde nur Zeit verlieren. Ich lasse Sie einfach am Quai raus und fahre weiter.« Ohne den Ton zu verändern, fügte sie hinzu:

»Sie sind gut informiert.«

»Das ist mein Job.«

»Sie wollen sicher wissen, ob mein Boot zur Schatzsuche taugt?«

»Will ich.«

»Ich habe ein stinknormales Sonar, aber eine höllisch teure Unterwasserkamera der neuen Generation. Die ist Wahnsinn. Die ist fünfmal besser als gewöhnliche Kameras. Damit filmen mich meine Assistenten, wenn ich trainiere. Mit der Kamera sieht man aber nur, was sich sehen lässt. Dinge auf dem Sand. Auf dem Meeresboden. Wollen Sie sie sehen?«

»Ich denke, das reicht fürs Erste. Unter Umständen wird sich ein Polizist das Boot noch einmal anschauen.«

»Sie glauben wirklich, dass es bei den Morden um einen Schatz geht?«

»Wir werden sehen.«

»Wollten Sie immer Polizist werden?«

Auch diese Frage hatte Anjela Barrault im selben leichten Tonfall formuliert, in dem sie die ganze Zeit sprach.

»Ich denke schon, obwohl ich früher nie darüber nachgedacht habe. Mein Vater war Polizist. Er ist gestorben, als ich sechs war.«

Dupin hatte geantwortet, ohne nachzudenken, und war überrascht, dass er es getan hatte. Es war nicht seine Art, von sich zu erzählen. Vor allem nicht während eines Falles.

»Was denken Sie, ist hier auf den Inseln passiert, Madame Barrault?«

Dupin war um einen grundsätzlichen Tonfall bemüht.

»Vielleicht ist es gar nicht auf den Inseln passiert.«

»Was meinen Sie?«

»Möglicherweise ging es um Dinge von außerhalb, die mit den Menschen hier nichts zu tun haben. Möglicherweise hat es sich nur zufällig an diesem Ort zugetragen.«

Für Dupin war auch diese Antwort nur wenig verständlicher als die erste.

»Konkret?«

»Ich weiß es nicht. Das müssen schlimme Dinge sein. So viel Zerstörung.«

Dupin hatte das Bedürfnis, das Gespräch ein wenig zu erden.

»Und Leforts touristische Pläne?«

Anjela Barrault lachte spöttisch. So boshaft spöttisch, wie Dupin es ihr nicht zugetraut hätte.

»Oh ja. Seine großen Pläne. Sein großer Spielplatz.«

»Kennen Sie die neuen Pläne?«

»Bisher kennt sie niemand. Bis auf den amorphen Bürokraten aus Fouesnant. Ich glaube auch an keine *neuen* Pläne. Es sind doch immer dieselben.«

»Der Bürgermeister?«

»Der Bürgermeister.«

»Und was denken Sie?«

»Worüber genau?«

»Wie sehen Sie die Idee eines Ausbaus der Segelschule, des Tauchzentrums – des Tourismus auf den Glénan?«

»Das ist ein großer Witz. Und zugleich ein schrecklicher Witz. Mir wäre lieber, die Inseln würden vom Atlantik verschluckt. Was ohnehin sehr bald passieren wird, wenn der Meeresspiegel weiter steigt. Das bisschen Steine und Sand.«

»Sie denken nicht, dass sich das auf eine ökologische Art und Weise bewerkstelligen ließe?«

»Bullshit.«

Anjela Barrault machte keine Anstalten, ausführlicher zu antworten. Sie drehte ihren Kopf und blickte Dupin entschieden, fast streng in die Augen. Im nächsten Moment schaute sie wieder aufmerksam nach vorn. Sie waren am Ziel angekommen. Penfret. Sie lagen direkt am »Walskelett«, dem riesigen, noch vollkommen intakten Holzgerippe eines alten, hier gestrandeten mächtigen Segelbootes, dessen Planken nach und nach verrottet waren, dessen solides hölzernes Grundgerüst aber noch hoch aus dem Sand emporragte. Dupin kannte es vom letzten Jahr.

Während die Taucher ausstiegen, ließ er den Blick über die Insel schweifen. Man konnte die schlichten Unterkünfte sehen, weit verteilt, flache Holzbaracken. Jeweils vier standen in einem Viereck eng beieinander, insgesamt waren es vielleicht zwanzig. Sie zogen sich vom Strand bis zur Mitte der Insel, wo die Ruinen der alten Farmhäuser aus dem 19. Jahrhundert standen, die Henri ihm im letzten Jahr gezeigt hatte. Eigentlich waren es ganz gewöhnliche Häuser, hatte Dupin gefunden. Rechts von den Farmhäusern standen zwei höhere, zweistöckige Holzbaracken, hier waren provisorische Kantinen und Bars sowie Aufenthaltsräume untergebracht. Jugendherbergen waren im Vergleich luxuriös, Dupin war beeindruckt gewesen. Überragt wurde die Insel von dem berühmten weiß gestrichenen Leuchtturm mit dem leuchtend roten Glas, dessen 175. Geburtstag man im vergangenen Jahr mit einer feierlichen Wimpelbeschmückung gefeiert hatte. Er ragte aus dem Dach eines großen steinernen Hauses, das in vergangenen Zeiten die Leuchtturmwärter mit ihren Familien bewohnt hatten. Nolwenn hatte ihm ein paar der tragischen Geschichten erzählt, die sich um den Leuchtturm rankten. Dupin hatte nur eine behalten. Die ihm immer noch einen leisen Schauer versetzte. Eines Tages war in einem tosenden Sturm das rote Glas des Leuchtturms zersprungen, und man hatte, um Unfälle zu vermeiden, in aller Eile ein neues eingesetzt, jedoch nur weißes Glas zur Verfügung gehabt. In den folgenden Wochen waren nacheinander vier voll besetzte Schiffe auf dem Archipel gekentert. Man hatte das weiße Licht für den Leuchtturm von Penmarc'h gehalten und bei Nacht oder schlechtem Wetter vollkommen falsch navigiert. Hunderte Menschen hatten den Tod gefunden. Eine schreckliche Geschichte.

Vom Heck waren Stimmen zu hören. Viele Male hörte er Anjela Barrault »Bis morgen« sagen. Es klang gleichbleibend herzlich.

Dupin war schwindelig. Wahrscheinlich schon seit einer Weile, aber während der Fahrt war er abgelenkt gewesen. Für einen Moment sogar derart schwindelig, dass er fürchtete, den Halt zu verlieren. Zu taumeln, zu stürzen. Das Boot schaukelte zwar, aber Dupins Empfinden ging weit darüber hinaus. Das Meer selbst schien zu wanken. Ein großes, ausladendes Wanken. Reflexartig hatte er mit beiden Händen die Reling umgriffen und hielt sich mit aller Kraft fest. Er versuchte, einen festen Punkt auf der Insel zu fixieren.

Was ihn abermals völlig unvorbereitet traf: der Knall, als Anjela Barrault die Tür in der Reling zuwarf, offensichtlich mit noch mehr Schwung als zuvor. Es klang fast wie ein Schuss. Dupin fuhr zusammen. Der kleine Schreck half ihm jedoch mehr als tiefes Atmen.

Er musste sich ablenken.

Dupin ging zurück zum Fahrstand. Das Boot nahm Geschwindigkeit auf, die Vibrationen gingen erneut durch Mark und Bein und lösten noch im kleinsten Knochen eine Resonanz aus.

»Was möchten Sie noch wissen? Wir sind gleich auf Saint-Nicolas.«

Wie zum Beweis fuhr sie den Motor auf sein Maximum hoch, den Lärm und das Vibrieren ebenso.

»An dem Sonntagabend im *Quatre Vents* – wissen Sie noch, wann Sie gekommen sind?«

»Das hat mich Ihr Inspektor auch schon gefragt. Viertel vor neun.«

»Und ist Ihnen da etwas Ungewöhnliches aufgefallen? Ungefähr um diese Uhrzeit hat man Lefort und Konan vermutlich die Beruhigungsmittel untergemischt.«

»Ich saß an der Bar. Ich habe sie gar nicht richtig wahrgenommen. Die meiste Zeit habe ich mich mit Solenns älterer Tochter unterhalten. Wir verstehen uns sehr gut. Und mit Solenns Schwiegervater Pascal.«

Dupin hatte ihn ganz vergessen.

»Er redet nicht viel.«

»Nein.«

»Worüber haben Sie gesprochen?«

»Über einige seltsame Strömungen in letzter Zeit.«

»Seltsame Strömungen?«

»Ja, merkwürdig starke Strömungen direkt am westlichen und südlichen Ausgang aus der Kammer, die einen unmittelbar nach Süden ziehen würden, aufs offene Meer. Jetzt bei Springflut. Bei Koeffizienten von 120 kennen wir solche Strömungen, aber immer Richtung Land. Jetzt reißen sie einen plötzlich aufs offene Meer.«

»Sie haben also nichts Besonderes bemerkt an diesem Abend?«

»Nein.«

»Wer war noch an der Bar?«

»Oh Gott, da herrscht immer ein Durcheinander. Maela Menez. Sie ist brutal. Aber wunderbar. Ich mag sie. Ich glaube, noch ein paar Tauchschüler. Louann Nuz eben. Armelle Nuz. Ich bin lange geblieben. Bevor das Unwetter losging, sind die meisten gegangen. Ich bin bei solchen Gewittern nicht gern allein«, es war ganz souverän formuliert, »später habe ich die meiste Zeit für mich allein gesessen.«

»Die beiden Nuz-Töchter sagen aus, sie wären bereits gegen Viertel nach acht gekommen.«

In ihren Augen blitzte für einen kurzen Moment etwas auf.

»Das ist wie in einem alten Krimi. Vergiftete Getränke, eine Gruppe komischer Vögel, gestrandet auf einer Insel.«

Dupin schaute sie durchdringend an.

»Dann irren sich die beiden eben. Mehr kann ich Ihnen dazu nicht sagen.«

»Was meinen Sie mit ›Madame Menez ist brutal‹?«

»Unerbittlich. Eisern. Sie hat die alten Werte der Segelschule vollständig verinnerlicht. Sie zieht dafür unerschrocken in jeden Kampf. Aber mit offenem Visier. Sie arbeitet Tag und Nacht.«

»In welche Kämpfe?«

»Die mit Lefort zum Beispiel.«

Das klang in Dupins Ohren alles etwas unkonkret, er war nicht sicher, ob das Absicht war.

»Sie zeigt die Gefühle, die Muriel Lefort zurückhält. Muriel hat sich immer im Griff.«

»Welche Gefühle sind das?«

»Hass. – Sie kennen das.«

»Sie meinen, sie hat Lucas Lefort richtiggehend gehasst?«

»Das war kein Geheimnis.«

»Wie nahe stehen Sie Muriel Lefort?«

»Wir kommen gut miteinander aus. Auch, wenn man nicht sagen kann, dass wir befreundet sind. Wir Frauen müssen hier draußen zusammenhalten. Solenn, Muriel und ich. Muriel steht für eine große Sache. Sie meint es ernst.«

»Und Muriel hat ihren Bruder auch *gehasst?*«

»Zutiefst. Sie wollte ihn immer auszahlen – und er wollte sie auszahlen. Beide haben gedacht: Irgendwann wird der andere nachgeben. Gelitten hat nur Muriel. Er hatte seinen Spaß. Und hat alles mit Füßen getreten, was ihr heilig war.«

»Wissen Sie von einem Mann in ihrem Leben?«

Dupin wusste selbst nicht, wie er jetzt auf das Thema kam.

»Nein. Die Frauen hier leben ohne Männer. Ohne feste Männer. – Wir sind übrigens gleich da.«

Er blickte nach vorn. In der Tat war der Quai nicht mehr weit entfernt.

»Ich wollte …«

Dupin hörte im lauten Motorengeräusch wie von fern sein Handy. Er traute sich, seine Verkeilung in der Tür zu lösen. Es war Riwal.

»Chef, sie haben Le Menns Wagen gefunden.«

»Wo?«

»Auf dem großen Parkplatz in Sainte-Marine, beim Hafen, gar nicht weit von seinem Haus. Sein Boot fehlt. Er besitzt eine Merry Fisher von Jeanneau, neun Meter fünfundzwanzig, ein beliebtes Boot hier an der Küste.«

Auch Inspektor Riwal war – natürlich – Spezialist für Boote. Neben seiner »druidischen« Ader besaß er zugleich ein praktisches und sehr ausgeprägtes technisches Interesse.

»Er ist also mit seinem Boot unterwegs?«

»Sieht so aus. Dann brechen wir die Großfahndung ab?«

»Nein. Wir haben Le Menn noch nicht.«

»Aber er ist auf See.«

»Warten wir es ab, Riwal. Es könnte auch anders

sein. Vielleicht will er uns täuschen. Vielleicht ist er an anderer Stelle wieder an Land gegangen. In Fouesnant oder Concarneau. Oder er ist den Odet hochgefahren und hat sein Boot dort zurückgelassen. Wäre er auf der Flucht, wäre das nicht unplausibel.«

»Sie haben recht«, man hörte geradezu, wie Riwal nachdachte, »verdächtigen Sie Le Menn denn so konkret?«

»Ich verdächtige im Moment jeden. Besonders, wenn jemand zum Zeitpunkt der Tat am Tatort war und am nächsten Morgen verschwindet.«

»Oder er ist ein weiteres Opfer.«

Dupin antwortete erst mit einiger Verzögerung.

»Oder er ist ein weiteres Opfer.«

»Ich verständige die Küstenwache.«

»Tun Sie das. Und – Riwal?«

»Ja?«

»Eine Sache hatte ich eben noch vergessen: Bringen Sie in Erfahrung, wann unser Biologe Leussot wieder an Land gehen wird. Ob er nach Saint-Nicolas kommt. Ich würde gern von ihm persönlich wissen, was es mit der Prügelei zwischen ihm und Lefort auf sich hatte und warum er davon nichts erzählt hat.«

»Mach ich.«

Dupin legte auf und nahm jetzt erst wahr, dass die *Bakounine* bereits am Quai angelegt hatte. Dreißig Meter von Riwal entfernt. Anjela Barrault stand an der Reling und blickte in seine Richtung. Hatte er vorhin noch einfach so auf das Boot springen können, so würde er nun schon einige Sprossen der rostigen Eisenleiter hinaufklettern müssen.

»Ich danke Ihnen für Ihre Hilfe, Madame Barrault. Das waren wichtige Informationen.«

»Das können nur Sie beurteilen.«

Das Lächeln, das bei diesem Satz auf ihr Gesicht trat, war noch berückender als zuvor. Sie war sich ihrer Wirkung durchaus bewusst.

»Viel Spaß beim Tauchen, tief unter Wasser.«

»So tief werde ich heute nicht gehen.«

»Wir sprechen uns sicher bald wieder.«

Das klang konkreter, als Dupin es beabsichtigt hatte.

»Sehr gern.«

Dupin überlegte, ob er Madame Barrault die Hand geben sollte, kletterte dann aber einfach die Leiter hinauf.

Schon von Weitem sah Dupin, dass Kadeg neben Riwal am »Einsatztisch« saß. Dupin steuerte geradewegs auf die Bar zu und ließ die beiden Inspektoren buchstäblich links liegen. Was zu verdutzten Blicken führte. Er brauchte überaus dringend einen *café*. Und ein großes Glas Wasser. Nach dem Verlassen der *Bakounine* hatte mit einem Schlag das heftige Gefühl eingesetzt, dass die Welt, obwohl er jetzt festen Boden unter den Füßen hatte, noch schlimmer schwankte als auf dem Boot. Der Schwindel war noch heftiger gewesen als bei dem Anfall zuvor. Die ältere der beiden Nuz-Töchter bediente ihn sehr freundlich und begann ein Gespräch, aber Dupin war schlicht nicht in der Verfassung, darauf einzugehen. Er war angestrengt mit dem Wiedererlangen eines festen Standes beschäftigt. Er bestellte zwei *cafés*, trank einen direkt im Stehen und bewegte sich mit dem zweiten und dem Glas Wasser sehr, sehr langsam und vorsichtig durch die Bar und nahm Kurs auf die beiden Inspektoren draußen.

Kadeg schien den Eingang zur Bar fixiert zu haben. Sobald Dupin aus der Tür trat, schnellte er hoch und kam auf ihn zugeschossen.

»Der Hubschrauber hat mich eben abgesetzt. Wir sind bei den Durchsuchungen auf eine Reihe brisanter Informationen gestoßen – entscheidend waren die Festplatten«, Kadeg war zu schnell und zu emsig, als dass Dupin ihn hätte unterbrechen können, »ich hatte versucht, Sie zu erreichen, aber es war immer besetzt. Ich wollte direkt mit Ihnen sprechen. Es gibt noch weitere Firmen, die Pajot gehörten und in die teilweise auch Konan involviert war. Als Investor. Eine ist ein Konsortium der beiden – und raten Sie, wer noch an ihr beteiligt war und welchem Zweck diese dient!«

So war Kadeg, wenn er *etwas aufgespürt* hatte. Dupin war eigentlich nicht in der Laune für diesen Übereifer. Er setzte sich. Natürlich war es ohnehin nur eine rhetorische Rateaufgabe gewesen, nach einer kleinen dramaturgischen Pause kam Kadeg sofort zur Sache.

»Sie haben ein Konsortium zum touristischen Ausbau der Glénan gegründet, das wiederum an Leforts Unternehmen beteiligt ist.«

Das war wirklich eine interessante Nachricht. Dupin trank den zweiten *café*. In kleinen, wenn auch schnellen Schlucken, um sich nicht noch mal den Mund zu verbrennen. Er wusste nicht, ob er ihm in diesem sehr unerquicklichen Zustand wirklich zuträglich wäre, Seekrankheiten hatten ja auch mit dem Magen zu tun – aber grundsätzlich traute Georges Dupin Koffein alles zu. Medizinische Wunder sowieso.

»Wie heißt das Unternehmen?«

»*Les Glénan vertes, die grünen Glénan.* Das war das neue Projekt von Lefort. Und es kommt noch besser.«

Wieder eine dramaturgische Pause.

»Es war reichlich kompliziert herauszufinden. Sie haben sich alle erdenkliche Mühe gegeben, es zu vertuschen. Mit mehreren Konten und Unterkonten. Das musste sich ein Experte aus Rennes ansehen. Ich bin es dann minutiös mit ihm durchgegangen. Er konnte natürlich nicht den versteckten Sinn erkennen.«

»Was, Kadeg?«

»Von einem der Konten Pajots gingen zwei Mal Überweisungen an Du Marhallac'h, jeweils über dreißigtausend Euro, vor einem Dreivierteljahr und vor einem halben Jahr.«

Dupin war augenblicklich ganz da, der Schwindel vollkommen verflogen. Er sagte kein Wort. Weil seine Gedanken rasten – und weil er keine Lust hatte, sich von Kadeg beeindruckt zu zeigen. »Die Überweisungen waren mit ›Architektenleistungen‹ bezeichnet, wir haben bisher aber nichts über irgendwelche erbrachten Leistungen in irgendwelchen Unterlagen oder auf den Computern gefunden.«

»Architektenleistungen?«

Riwal schaltete sich ein:

»Du Marhallac'h ist eigentlich Architekt. Er hat seit zweiundzwanzig Jahren ein eigenes Büro. Seit er Bürgermeister ist, arbeitet er allerdings nur noch selten als Architekt. Aber davor muss er durchaus erfolgreich gewesen sein, er bekam Aufträge an der gesamten Küste.«

Riwals Bruder war Architekt, genau wie Dupins Schwester. Er kannte sich aus.

»Gut.«

Dupin lehnte sich zurück. Er wusste selbst nicht, was er mit »gut« meinte. Kadegs und Riwals Gesichtern war anzusehen: sie auch nicht. Es wurde immer kurioser. Er kannte das natürlich. Es gab zuweilen mehrere substanzielle Spuren in einem Fall, aber normalerweise erkaltete ein Teil im Laufe der Ermittlungen, plötzlich oder allmählich. Hier war das Gegenteil der Fall – es kamen immer mehr hinzu.

»Kadeg, was ist mit dem Direktor – und dem Institut? Den Geschäften zwischen dem Institut und *Medimare?*«

Eigentlich war es Dupin bei den Durchsuchungen ja darum gegangen.

»Daran sitzen die Experten noch. Bisher sieht alles nach regulären Vorgängen aus. Zumindest auf dem Papier. Wir haben auch bis dato keine auffälligen Kontobewegungen oder Ähnliches gefunden.«

»Und die Geschäfte, bei denen Leussots Forschungen eine Rolle spielten?«

»Auch hier bisher nichts Ungewöhnliches. Wir haben zum jetzigen Zeitpunkt vier solcher Fälle identifiziert. Je nachdem, was da unsauber gelaufen ist, wird es schwer bis unmöglich sein, etwas Justiziables nachzuweisen.«

Kadeg genoss es allzu offensichtlich, zu erläutern, wie Dupins Spur bisher ins Leere gelaufen war.

»Kadeg. Sie brechen sofort auf. Ich will, dass Sie zu Du Marhallac'h fahren und ihm noch einmal auf den Zahn fühlen. Aber richtig.«

»Aber ich bin gerade erst angekommen und wollte mit Riwal …«

»Nehmen Sie ihn auseinander, Kadeg.«

Dem freudigen Flackern in Kadegs Augen war zu entnehmen, dass Dupin nun die richtige Wortwahl getroffen hatte.

»In Ordnung.«

»Das ist Korruption. Und ich will handfeste Beweise dafür. Die ganze Geschichte. Die haben ihn gekauft. Von wegen, er wollte *einfach unvoreingenommen prüfen.*«

Wieder würde Dupin mit seinen Vorurteilen im Hinblick auf Politiker recht behalten – jämmerlich, es war traurig.

»Mich würde auch interessieren, wie weit die Pläne für den Ausbau der Inseln nun tatsächlich waren. In welchem Stadium? Sie müssen auf Leforts Notebook sein, Kadeg.«

»Wir haben sie dort bereits gefunden, sie uns aber noch nicht ansehen können.«

»›Architektenleistungen‹. – Wir kriegen ihn dran!«

Sosehr er es versuchte, es gelang Dupin nicht, den Moment auszukosten. Bisher war die Durchsuchung nämlich alles andere als ein Triumph. Was er gewollt hatte, war etwas gegen den Direktor des Instituts in die Hand zu bekommen. Vor allem: Er wollte den Mordfall aufklären. Zudem hatte er verantwortet, auf den vagen Hinweis eines mysteriösen Anrufers hin die Ultima Ratio der Ermittlungsinstrumente anzuwenden.

Kadeg sprang voller Energie auf.

»Der Hubschrauber ist noch hier. Ich beeile mich.«

»Seien Sie grob, Kadeg.«

Kadeg drehte sich bei diesen Worten mit einem siegessicheren Blick zu Dupin um, in dem das unumstößliche Gefühl lag, den Fall in der Hand zu haben.

Dupin und Riwal saßen noch ein paar Minuten zusammen und berieten sich. Dupin machte es kurz, er wollte, so schnell es ging, Muriel Lefort sprechen.

Inzwischen war auch die Presse eingetroffen, natürlich, sie war längst überfällig gewesen. Die Presse, das hieß: die beiden Chefreporter der *Finistère-Sud*-Redaktionen, des *Télégramme* und des *Ouest France*. Der alte, beleibte und dabei nicht gerade große, somit fast runde Drollec, ein echter Gourmand, und die zierliche intellektuelle Mittdreißigerin Donal mit ihrer modisch eckigen schwarzen Brille (Dupin mochte das ungewöhnliche Paar irgendwie). Sie traten gezwungenermaßen häufig zu zweit auf, immer wenn es um eine »große Sache« ging. Beide waren betont wortkarg, wenn sie aufeinandertrafen, waren sich aber offenkundig auch nicht unsympathisch. Als hätten sie sich darauf geeinigt, die Versuche, »der Erste« zu sein, einzustellen und dafür gemeinsam an umso mehr Informationen zu gelangen. Ihr Arrangement funktionierte nicht schlecht, musste Dupin zugeben, was am Ende immer zu einem »Gleichstand« bei beiden Blättern führte. Im Augenblick befanden sie sich beim Leichenfundort auf Le Loc'h.

Dupin näherte sich den hässlichen dreieckigen Häusern über denselben Weg wie am Vortag, blickte dabei auf dasselbe atemberaubende Panorama unter dem überwiegend immer noch tief-atlantisch blauen Himmel. Dennoch war alles anders als gestern.

Dupin fiel auf, dass Muriel Leforts Haus nicht so gut in Schuss war wie das ihres Bruders, das Dach war bemoost, der letzte Anstrich musste eine Weile zurückliegen. Wie bei Lucas Lefort musste man einmal um das Haus herumgehen, um zum Eingang zu gelangen. Auch Muriel Leforts Garten bestand hauptsächlich aus buschigem Rasen. Zwei Kamelienbüsche, die allerdings nie richtig groß und prächtig geworden waren, standen ein wenig trist am Rande.

Bereits nach einem kurzen Klingeln öffnete sie die Tür. Ihre Haare wirkten zerzaust, das Gesicht noch schmaler, streng. Statt des eigenwilligen Tweedrocks mit der engen Bluse trug sie heute Jeans und eine weite hellblaue Tunika, was sonderbarerweise nicht dazu führte, dass ihr Äußeres lässiger wirkte. Das Altmodische, etwas Steife, ging Dupin durch den Kopf, rührte nicht von der Kleidung her.

»Gut, dass Sie da sind, Monsieur le Commissaire.«

Sie schien wirklich erleichtert.

»Selbstverständlich. Wie gesagt, auch ich habe eine Reihe Fragen an Sie.«

Auf ihrer Stirn erschienen tiefe Falten, die sie nicht zu verbergen versuchte.

»Wo fange ich an?«, man merkte, dass ihr das Reden schwerfiel. Es dauerte einen Augenblick, bis es ihr gelang, weiterzusprechen.

»Ich muss Ihnen etwas mitteilen«, sie unterbrach sich noch einmal, »Maela Menez hatte eine Affäre mit meinem Bruder«, sie klang jetzt gleichermaßen dramatisch wie bedrückt, »vor sieben Jahren. Sie hat versucht, sie geheim zu halten, aber natürlich habe ich es bemerkt.«

Muriel Lefort blickte betreten zu Boden. Sie standen immer noch im Eingang, was sie erst jetzt zu realisieren schien.

»Entschuldigen Sie – ich wollte nicht unhöflich sein. Kommen Sie doch bitte herein.«

Dupin hatte zunächst keine Reaktion gezeigt. Jetzt trat er ein.

»Ihre Assistentin hatte eine Liaison mit Ihrem Bruder?«

Darauf wäre er nicht gekommen. Madame Lefort führte Dupin zu der kleinen Sitzgruppe aus vier Sesseln, direkt vor der großen Panoramascheibe, die zur Terrasse führte.

»Es tut mir aufrichtig leid, dass ich es Ihnen nicht früher erzählt habe, es ist mir äußerst unangenehm. Die Affäre ging sogar über einige Monate.«

»Und danach war es einfach so vorbei?«

»Ja. Sie hat es mir geschworen. Und ich hätte es gemerkt, glauben Sie mir. Sie hat es beendet. Sie ist fast zusammengebrochen, als ich sie zur Rede gestellt habe, sie war restlos aufgelöst. Sie hat sich auf diese Beziehung eingelassen, obwohl sie wusste, dass es für sie etwas anderes war als für ihn.«

»Was meinen Sie damit?«

»Sie war wirklich verliebt. Und er hat sich nicht im Geringsten für sie interessiert.«

»Ihr Bruder verkörperte, wenn ich es richtig verstehe, in jeder Hinsicht das Gegenteil von Madame Menez' Überzeugungen, die ja anscheinend sehr klar und streng sind.«

Dupin hatte selbst genug erlebt, um zu wissen, dass diese Tatsache nichts zu bedeuten hatte.

»Es war Verrat. Ja.«

Das harte Wort stand in einem seltsamen Kontrast zu der Art und Weise, wie Madame Lefort es ausgesprochen hatte, fast en passant.

»Gab es seitdem noch irgendeine Form des Kontaktes zwischen den beiden, die über das Geschäftliche hinausging? Ist in letzter Zeit irgendetwas passiert?«

»Nein. Überhaupt nichts. Sie hat mir versichert, dass es seitdem keinerlei Vorkommnisse gab. Keinen Eklat, nichts. Ich glaube ihr.«

»Sie hat ihm nicht geschrieben, nicht versucht, mit ihm zu reden?«

»Nein. Auch wir haben irgendwann nicht mehr darüber gesprochen. Es war, als wäre es nie passiert. Ich glaube, darauf haben sie und ich uns unausgesprochen geeinigt.«

Ihr Ton hatte nichts Unversöhnliches an sich, sondern fast etwas Verständnisvolles.

»Und was denken Sie persönlich über diese Affäre?«

»Ich?«

Sie wirkte überrascht.

»Es hat mich sehr getroffen, wie Sie sich vorstellen können.«

Dupin war nicht klar, ob Muriel Lefort das Ganze so unangenehm war, weil sie Madame Menez mit dieser Mitteilung in den Augen der Polizei möglicherweise verdächtig machte oder weil sie annahm, dass sie dadurch selbst noch verdächtiger wurde, weil sie diese Information bisher zurückgehalten hatte. Eine längere Pause entstand. Dupin wollte sie reden lassen. Muriel Lefort wirkte so, als gäbe es noch etwas anderes, das sie erzählen wollte. Aber es folgte nichts mehr.

»Ich danke Ihnen für diese Mitteilung. Ich weiß selbst nicht, ob diese Geschichte von Relevanz ist, aber mir ist alles daran gelegen, in einem derart verwickelten Fall so viele Informationen wie möglich über jede Person zu erhalten.«

Sie schwieg immer noch.

»Sie sprachen am Telefon von mehreren Punkten.«

»Ja.«

Sie klang nun wieder gefasster, Dupins Hilfestellung schien zu funktionieren.

»Ich wollte Ihnen persönlich sagen, dass ich vom Tod meines Bruders sehr profitieren werde. Man hat mich heute Nachmittag davon in Kenntnis gesetzt, dass Lucas kein Testament gemacht hat und ich daher alles erben werde. Wir haben immer noch denselben

Notar, er und ich. Die Segelschule und der Grundbesitz werden also allein mir gehören.«

Diese Sätze waren fast aus ihr herausgeschossen. Sie hatte Dupin dabei direkt in die Augen geblickt. Er hatte versucht, äußerlich indifferent zu bleiben.

»Ihr Inspektor hatte mich bereits zwei Mal danach gefragt.«

»Wir arbeiten eng zusammen.«

»Ich weiß nicht, ob Sie auch bereits erfahren haben, dass ich meinem Bruder mehrere Male das Angebot gemacht habe, ihm seinen Anteil an den Glénan abzukaufen. Vollkommen unvernünftige Angebote.«

»Auch das weiß ich bereits.«

Sie schaute ihn ängstlich-erwartungsvoll an.

»Ich meine, das wäre doch ein perfektes Motiv: Mein Bruder sticht in grenzenloser Selbstüberschätzung und betrunken bei einem heraufziehenden Sturm in See und erleidet Schiffbruch – es hätte niemanden verwundert. Alle wussten, wie überheblich er war. Und am nächsten Tag gehört die Segelschule mir.«

Dupin schwieg. Ein Schweigen, das Muriel Lefort nicht lange aushielt.

»Was denken Sie, Monsieur le Commissaire?«

»Das wäre beinahe ein perfekter Mord geworden, ja. Der Zufall wollte es anders.«

»Bin ich verdächtig?«

»Das sind Sie.«

Jetzt schwieg Madame Lefort. Es war ein bleiernes Schweigen, ihre Gesichtszüge waren konturlos geworden. Die Stimme ganz brüchig.

»Ich habe meinen Bruder nicht gehasst, glauben Sie mir«, sie sprach jetzt sehr leise, »aber ich habe ihn verachtet. Ja. Und bekämpft. Weil er das Werk meiner Eltern zerstört hätte, wenn er gekonnt hätte, ihre großen Ideen. Meine Eltern waren beide in der Résistance, als junge Menschen. Sie haben im Geist ihrer Gruppe die Glénan für sich und ihr Leben gewählt und wollten mit dem Segeln und der Schule diesen Geist weitertragen. Sie haben an etwas geglaubt, ihr Leben dafür eingesetzt, und das hier ist ihr Vermächtnis. Sie standen mit allem, was sie waren, dafür. Sie wollten daraus nie ein Unternehmen machen. Selbst als immer mehr Menschen von überall her kamen und ihnen bewusst wurde, dass man damit viel Geld verdienen könnte.«

»Sie erben nicht nur den Teil der Segelschule, der Ihrem Bruder gehörte, sondern auch das Land – mehr als die Hälfte von Saint-Nicolas, wenn ich das richtig verstehe, und die Inseln Cigogne und Penfret?«

Dupin hatte seine Frage bewusst nonchalant gestellt.

»Ja.«

Er schaute sie an. So neutral wie möglich.

»Und Sie hätten sich nicht nur Ihres Bruders entledigt. Sie hätten mit einem Streich alle aus der Welt geschafft, die das hier bedrohen.«

»Ja. Meine Motive müssen Ihnen immer gewichtiger erscheinen.«

»Das ist richtig.«

»Wir reden sicher – über insgesamt siebzig, achtzig Millionen Euro.«

»Und, haben Sie es getan, Madame Lefort?«, fragte Dupin unaufgeregt.

Muriel Leforts Augen zuckten kurz, ein Zucken, das sich über das ganze Gesicht ausbreitete.

»Nein.«

»Wussten Sie, dass Ihr Bruder für die neuen Pläne eigens eine Firma gegründet hat? *Les Glénan vertes?* Und dass Pajot und Konan ein Konsortium hatten, das sich an diesem Unternehmen beteiligen wollte?«

Muriel Lefort war sichtlich durcheinander. Auch über den jähen Themenwechsel.

»Nein. Davon wusste ich nichts.«

»Wie viel war denn hier auf dem Archipel von diesen neuen Plänen bekannt?«

»Gar nichts, denke ich. Lucas war bewusst, dass alle hier dagegen gewesen wären – unabhängig davon, wie die Pläne nun genau aussahen. Schon damals, als er sie ein erstes Mal eingereicht hat, waren am Ende alle dagegen. Obwohl er es da noch geschafft hat, dass am Anfang einige auf ihn hereinfielen.«

»Wer ist damals auf ihn hereingefallen?«

»Einige, aber sie haben ihn irgendwann durchschaut. Er hat zuerst so getan, als wollte er die Segelschule und unsere ganze Welt hier draußen retten. Er hat erzählt, dass es Interesse ›von außerhalb‹ gäbe, auf den Glénan zu investieren und den Tourismus auszubauen. Solenn Nuz und ihr Mann waren ganz am Anfang dabei und Kilian Tanguy, sie haben sich aber dann rasch heftig distanziert. Sie dachten ursprünglich, alles würde in einer Art Kollektiv geschehen. So wie in der Segelschule. So hatte Lucas es dargestellt. Bis klar wurde, dass sie lediglich in sein Geschäft investieren sollten und er die Ausbeutung des Archipels plante, die alles zerstört hätte. Konan war auch damals schon dabei. Lucas konnte außerdem noch zwei weitere Investoren vom Festland vorweisen, die er aber ebenso schnell wieder verlor. – Je berühmter er als Segler wurde, desto mehr Kontakte hatte er zu all diesen Leuten.«

»Und Devan Le Menn, der Arzt – war er auch dabei?«

»Ja, er war einer der beiden.«

»Ist er dabeigeblieben, als sich die anderen abwandten?«

»Das kann ich Ihnen nicht sagen.«

»War er denn damals schon ein Freund Ihres Bruders?«

»Er war seit Langem sein Arzt. Lucas hatte ein paar schwere Unfälle, meistens aus Leichtsinn, manchmal ist er nur knapp dem Tod entkommen. Er segelte gern bei schwerem Sturm. Le Menn hat ihn immer wieder zusammengeflickt. Er hat ihn auch als Leistungssportler betreut. Irgendwann sind sie Freunde geworden. Ich weiß aber nicht, wie eng diese Freundschaft war.«

Dupin überlegte, ob er vom Verschwinden Le Menns erzählen sollte.

»Ist Ihnen im Zusammenhang mit Le Menn in letzter Zeit etwas Besonderes aufgefallen?«

Madame Lefort blickte ihn ratlos an.

»Nein. Aber ich sehe ihn auch nicht häufig.«

»Er war Sonntagabend ebenso im *Quatre Vents,* wenn auch nur kurz. Wie Sie.«

Dupin hatte auch das in bewusst neutralem Tonfall gesagt.

»Ich habe ihn nicht gesehen. Da war ich wohl schon weg. Oder er.«

»Wir wissen nicht …«

Dupins Handy, das ungewöhnlich lange still gewesen war, schrillte laut. Es war Riwal.

»Entschuldigen Sie mich einen Augenblick, Madame Lefort.«

Dupin nahm den Anruf an.

»Einer der Hubschrauber hat Le Menns Boot gefunden. Es liegt an der Südseite Brilimecs. An der Seite zum offenen Meer. Das ist eine der kleineren Inseln. Schräg auf dem Strand, er muss also schon vor Stunden dort angekommen sein, noch bei Flut.«

Riwals Stimme überschlug sich fast.

»Hallo? Hallo, Chef?«

Dupin schwieg. Das war eine schwerwiegende Nachricht. Es dauerte einige Sekunden, ehe er sich gesammelt hatte.

»Rufen Sie Goulch. Er kann mit der *Bir* nicht weit sein. Er soll uns sofort abholen. Sie kommen mit. Wir fahren nach Brilimec. Wir treffen uns am Quai.«

»Wann?«

»Jetzt.«

Eine Viertelstunde später befand sich Dupin bereits zum dritten Mal an diesem Tag auf einem Boot und schoss erneut mit vollem Speed über die Wellen. Dieses Mal war er so in Gedanken, dass er kaum Notiz davon nahm. Die Dinge spitzten sich zu – was immer es war, was hier vor sich ging.

Dupin stand im Bug, er spürte die Anspannung im ganzen Körper und hatte eine finster-entschlossene Miene. Riwal befand sich schräg hinter ihm. Sie starrten gebannt auf Brilimec, das jetzt direkt vor ihnen lag. Dass sie immer wieder die Gischt abbekamen, nahm keiner von ihnen richtig wahr.

Sie begannen, die tropfenförmige Insel angestrengt mit den Augen abzusuchen. Brilimec war kaum länger als hundertfünfzig Meter und vollständig mit dichten, struppigen Gräsern bewachsen. An einigen Stellen erhob sie sich auf vielleicht zehn Meter – was schon viel war für den Archipel –, einige mächtige und bizarre Granitsteinformationen ragten steil auf. Am breiteren Ende der Insel lag ein verlassenes Haus, von dem vom Schiff aus nur der obere Teil des Daches zu erkennen war.

»Ich fahre um die Insel herum, zu Le Menns Boot«, rief Goulch.

Plötzlich fiel Dupin etwas ein. Er wandte sich zu Riwal.

»Ich muss etwas wissen.«

Er musste schreien.

»Ja?«

»Wer von uns ist auf Saint-Nicolas?«

»Im Moment nur einer. Philippe Le Coz.«

»Ich muss ihn sofort sprechen.«

Dupin bewegte sich ins Heck und wartete, bis Goulch die Motoren etwas gedrosselt hatte, weil sie die Insel nun fast umrundet hatten. Von hier aus konnten sie Le Menns Boot deutlich sehen.

»Le Coz?«

»Monsieur le Commissaire, sind Sie es?«

»Ja.«

»Ich höre Sie wahnsinnig schlecht.«

Dupin schrie noch lauter ins Telefon.

»Ich will wissen, wo sich alle gerade aufhalten. Hören Sie? Muriel Lefort, Madame Menez, der Bürgermeister, Leussot, Tanguy. Auch Madame Barrault und Solenn Nuz. Rufen Sie alle sofort an. Verifizieren Sie, was sie sagen. Wie immer Sie das machen. Lassen Sie sofort Bellec kommen, um Ihnen zu helfen.«

»Ich …«

»Sofort. Und auch die Nuz-Töchter. Ich muss es von allen wissen.«

»Jawohl, Monsieur le Commissaire.«

»Melden Sie sich.«

Dupin legte auf. Er war schon dabei, das Handy zurück in die Jacke zu stecken, hielt inne und drückte die Wahlwiederholung.

»Noch etwas, Monsieur le Commissaire?«

»Ich will außerdem wissen, wo sie heute den Tag verbracht haben. Ganz detailliert. Alle. Die letzten Stunden. Was sie gemacht haben. Auf den Inseln oder wo auch immer sie waren.«

Goulch hatte die Motoren heruntergefahren, Dupin hatte den letzten Satz dennoch aus Versehen geschrien, vollkommen auf Le Menns Boot fixiert, das in absurd aussehender Weise weit oben auf einem kleinen Stück Strand lag.

»Geht es Ihnen um etwas Bestimmtes?«

»Nein. Ich muss es nur von allen wissen.«

»Verstanden.«

Dupin legte wieder auf, und dieses Mal verstaute er sein Handy tief in der Tasche.

Die Motoren erstarben. Bis zum Ufer waren es vielleicht fünfzig Meter, der Anker wurde gesetzt, die beiden jungen Polizisten waren mit perfekt eingespielten

Griffen bereits dabei, das Beiboot hinunterzulassen, und einen Moment später fuhren sie in ansehnlichem Tempo auf den Strand auf. Es gab einen starken Ruck. Die beiden Polizisten sprangen augenblicklich aus dem Beiboot, Dupin kletterte hinterher und mahnte: »Wir haben keine Ahnung, was sich hier abspielt. Seien Sie vorsichtig.«

Er zog seine Waffe aus dem Gürtelhalter, eine 9 mm Sig Sauer, die nationale Polizeiwaffe. Die anderen taten es ihm gleich.

Die kleine Gruppe näherte sich zügig dem Boot.

»Police de Concarneau – hallo? Ist hier jemand? Bitte geben Sie ein Zeichen.«

Keinerlei Reaktion.

Die beiden jungen Polizisten kletterten umgehend auf die Merry Fisher. Riwal, Goulch und Dupin stellten sich, ohne ein Wort zu sagen, daneben. Das strahlend weiße, nur unten am Rumpf dunkelblaue Boot schien in Dupins Augen aus der Nähe überraschend groß. Auf dem Deck war nichts Auffälliges zu sehen.

»Wir gehen rein.«

Den jungen Kollegen war ihre Aufregung anzumerken. Sie öffneten die Tür zur Kajüte und waren einen Augenblick später verschwunden.

Immer noch sprach keiner ein Wort. Dupin fand, dass es ziemlich lange dauerte, bis die beiden Nachricht gaben.

»Hier ist nichts Besonderes zu sehen.«

Die Stimmen waren nur dumpf zu hören.

»Kommen Sie wieder heraus. Wir suchen die Insel ab.«

Dupin hatte fast gebrüllt, deutlich leiser wandte er sich an Riwal und Goulch.

»Riwal, Sie gehen rechtsherum. Goulch, Sie links-. Ich nehme mir das verlassene Haus vor, wir treffen uns dort. Goulch, sagen Sie Ihren beiden Kollegen, sie sollen die Boote bewachen.«

Dupin und Riwal setzten sich unmittelbar in Bewegung. Goulch wartete noch.

Dupin musste zunächst ein paar hohe Granitfelsen erklimmen, die zu einer Art Plateau führten, das nach einigen Schritten sacht zur Mitte der Insel hin abfiel, wo das Gelände relativ eben war. Dort stand das Haus. Vom Plateau aus war es bereits gut zu erkennen. Dupin blieb stehen und schaute sich mit scharfem Blick um. Links des Plateaus bewegte Goulch sich schnell und behände nah am Wasser über die Steine, schon etwas weiter vorn lief Riwal auf der rechten Seite der Insel.

Das Haus lag vollkommen ruhig und unauffällig da. Niemand war zu sehen. Dupin bewegte sich vorsichtig weiter, die Waffe fest in der rechten Hand. Er musste sich vorsehen, der Boden war holprig. Er näherte sich dem Haus von der Rückseite. Ein kleines Fenster war mit Holzlatten grob verschlagen. Das Schieferdach dagegen schien noch in erstaunlich gutem Zustand, auch wenn es vollkommen bemoost war. Das Haus war aus Stein, in der typisch regionalen Art und Weise gebaut. Es sah um einiges ramponierter aus als das Dach, an mehreren Stellen waren kleinere Teile der Mauer herausgebrochen.

Dupin bewegte sich vorsichtig um das Haus herum. Er befand sich jetzt schräg vor der Eingangstür. Hier wartete er, bis Riwal und Goulch eingetroffen waren.

»Nichts Auffälliges zu sehen, keine Spuren, nichts.«

»Bei mir auch nicht.«

Riwal und Goulch sprachen instinktiv leise.

»Schauen wir uns das Haus an!«

Dupin ging auf die Tür zu.

»Monsieur Le Menn?«

Dupin hatte laut gerufen, nachdrücklich.

»Sind Sie da, Docteur Le Menn?«

Und noch einmal:

»Docteur Le Menn – hier ist Commissaire Dupin vom Commissariat de Police Concarneau.«

Einen halben Schritt hinter Dupin folgten Riwal und Goulch und stießen fast gegen ihn, als er abrupt stehen blieb. Die beiden folgten seinem Blick. Auf dem Boden lag ein aufgebrochenes Vorhängeschloss. Die mit zwei großen Holzplatten notdürftig reparierte Tür stand einen kleinen Spalt offen.

Alle drei verharrten regungslos.

»Wir gehen rein.«

Dupin brachte die Pistole in Anschlag und trat

kräftig gegen die Tür, sodass sie mit einem gewaltigen Knall aufschlug. Im nächsten Moment war er drinnen und sprang sofort rechts an die Wand.

»Commissariat de Police – ist hier jemand?«

Es war fast dunkel. Es dauerte eine Weile, bis Dupins Augen sich an das dämmrige Licht gewöhnt hatten und er Einzelheiten erkennen konnte.

Der Raum war leer, auf dem kaputten Holzdielenboden lag zentimeterdicker Staub. Auf der linken Seite war ein Durchgang, in dem einst eine Tür gehangen hatte. Deutlich waren Fußspuren im Staub zu erkennen. Mehrere. Sie führten in den anderen Raum. Riwal und Goulch waren ebenfalls hereingekommen und standen Schulter an Schulter neben ihm, die Waffe im Anschlag. Totenstille, außer ihrem Atmen war nichts zu hören.

»Der andere Raum«, flüsterte Dupin.

Wieder ging er vor, langsam, die Waffe auf den Durchgang gerichtet, hielt einen kurzen Moment inne, als würde er Kräfte sammeln, und machte dann einen beeindruckenden Satz in den Nebenraum. Riwal und Goulch taten es ihm nach.

Auch hier: Nichts. Niemand. Kein Devan Le Menn. Anders als vorn waren hier Möbel aufgetürmt, man konnte die Überreste zweier Tische und eines Schrankes erkennen. Riwal und Goulch hatten plötzlich Taschenlampen in der Hand. Goulch beugte sich zu den verwischten Spuren hinunter, die auch hier in der

Staubschicht zu erkennen waren. Bis jetzt hatten sie kein Wort gesprochen.

»Es waren mindestens zwei Leute, denke ich. Vielleicht drei, schwer zu sagen. Auf jeden Fall mehr als einer. Wir brauchen die Spurensicherung, wir sollten uns jetzt ganz vorsichtig bewegen. – Und hier stand vermutlich jemand«, Goulch zeigte auf eine Stelle neben dem Möbelstapel.

»Ja, rufen Sie die Spurensicherung an. Sagen Sie, sie sollen auf der Stelle herkommen.«

René Reglas, der größte Forensiker der Welt. Dupin grauste beim Gedanken an dessen wichtigtuerische »Tatortarbeit«. Aber es ging nicht anders.

»Ich habe sie schon vorgewarnt.«

Goulch verließ den Raum. Riwal leuchtete mit seiner Taschenlampe systematisch das Zimmer ab, ohne sich von der Stelle zu bewegen.

»Das ist sonderbar. Wo ist Le Menn? Er ist mit seinem Boot auf die Insel gekommen, aber er ist nicht hier. Wie ist er weggekommen? Wer war noch hier? Und warum ist Le Menn überhaupt hierhergekommen?«

Dupin wusste nicht, ob Riwal mit ihm oder mit sich selbst sprach.

»Lassen Sie uns noch einmal die Strände absuchen. Ob wir nicht doch Spuren finden. Irgendwo muss ein zweites Boot angelegt haben. Und wenn sich Le Menn nicht in Luft aufgelöst hat, dann muss er die Insel mit diesem zweiten Boot verlassen haben! Ich will wissen, was hier passiert ist!«

Dupin war wütend. Auch wenn er nicht wusste, auf wen oder was. Auf sich selbst am ehesten.

»So ein Scheiß. Das darf nicht wahr sein.«

Das alles hatte sich genau vor seiner Nase abgespielt. Vielleicht sogar am Nachmittag, als er an Bord der *Bakounine* die Inseln des Archipels abgeklappert hatte. Nicht mal einen Kilometer Luftlinie entfernt.

»Gehen wir.«

Dupin wollte raus aus diesem stickigen Verlies. Raschen Schrittes verließ er das Steinhaus und blieb erst ein paar Meter entfernt stehen. Riwal und Goulch folgten ihm. Vorsichtshalber wortlos.

Vor dem Haus, in vielleicht fünfzig Meter Entfernung, lag der größte Strand der Insel, kurz vor dem Sand befand sich eine Art Mauer aus abgerundeten Granitblöcken. Dupin steuerte auf den Strand zu. Er blieb oberhalb der Granitblöcke stehen, dann zwängte er sich zwischen zweien hindurch und ging mit kleinen Schritten die Linie ab, bis zu der die Flut gekommen war. Nichts. Gar nichts war zu sehen. Nicht der Ansatz einer Spur.

Goulch und Riwal hatten ihn mittlerweile erreicht.

»Wenn ein zweites Boot hier war, hat es sicher auf der anderen Seite der Insel angelegt, nicht hier in der Kammer. Wer immer hier war, er wollte sicher nicht gesehen werden. Gehen wir zurück. Vielleicht haben die anderen doch etwas entdeckt«, presste Dupin hervor.

Goulch und Riwal nickten.

Sie gingen zurück, am Haus vorbei, den sanften Anstieg hinauf, bis sie wieder auf dem Plateau ankamen. Abgesehen von dem Strand direkt vor ihnen, auf dem Le Menns Boot und ihr Beiboot lagen, waren von hier oben aus noch drei weitere kleine Strände auszumachen.

»Kommen Sie Goulch, wir nehmen die Strände links, Riwal, Sie den rechten.«

Vorsichtig kletterten sie die steilen Felsen hinunter.

Goulch und Dupin hatten den ersten der beiden nahe beieinanderliegenden Strände noch nicht erreicht, als sie Riwal rufen hörten.

»Hier! – Hier!«

Sie machten kehrt.

Eine halbe Minute später standen beide schnaufend neben Riwal, der sich an einem schmalen, von flachen Felsen umrahmten Strand befand. Auch die beiden jungen Polizisten waren gekommen.

Riwal war in die Hocke gegangen und inspizierte den Sand vor ihm.

»Hier sind Fußspuren. Hier vorn von einer Person, die in diese Richtung lief«, er zeigte ein wenig nach links, »und dort von zwei Personen, die sich in unsere Richtung bewegten.«

Es war eindeutig. Dupin stand auf und folgte den

Spuren. Sie führten Richtung Wasser und verloren sich dort, wo der Sand von der Flut noch feucht war. Auf der anderen Seite endeten sie an einem Feld aus kleinen Steinen, dahinter begannen die großen Felsen, die hier nicht ganz so steil anstiegen.

Dupin fuhr sich heftig durch die Haare.

»Le Menn ist tatsächlich allein gekommen. Und ebenso eine zweite Person. Sie haben sich, warum auch immer, zusammen in dem verlassenen Haus aufgehalten und haben dann mit dem Boot der zweiten Person die Insel verlassen.«

»Vielleicht waren sie noch an einer anderen Stelle der Insel.«

Dupin und Goulch starrten Riwal an.

»Was meinen Sie damit?«

»Na, vielleicht waren sie nicht nur im Haus. Vielleicht war das Haus gar nicht der Hauptgrund, auf die Insel zu kommen. Vielleicht haben sie – oder einer der beiden – etwas gesucht? Etwas vergraben oder ausgegraben?«

»Wie kommen Sie jetzt darauf?«

Dupin war genervt.

»Ich weiß es nicht«, Riwals Blick schweifte über das Wasser, er murmelte jetzt.

»Was auf den Inseln geschieht, fügt sich nicht immer zu einer Wirklichkeit, wie wir sie kennen. Das ist seit Langem bekannt.«

Dupin seufzte.

»Die Spurensicherung soll sich das Haus ansehen – und die ganze Insel absuchen. Penibel. Ich muss telefonieren.«

Er trat ein paar Meter zur Seite. Er musste Le Coz sprechen. Wissen, was er ohnehin schon zu wissen glaubte. Er wählte die Nummer. Nichts geschah. Er versuchte es wieder. Erneut ging die Verbindung ins Nichts. Er stierte auf das Display. Und ging zur Gruppe zurück.

»Riwal, wir haben keinen Empfang.«

In seiner Stimme lag ein echter Vorwurf, den er nicht unterdrücken konnte.

»Das kommt auf den Inseln vor.«

»Das darf doch nicht wahr sein!«

So konnte man nicht arbeiten.

»Ich wüsste auch leider nicht, wen wir anfunken könnten.«

Es war ohnehin unmöglich, ausführlichere Gespräche über Funk zu führen, fand Dupin. Aber Goulch meinte es gut.

»Wir fahren sofort zurück nach Saint-Nicolas. Und Goulch, funken Sie die Küstenwache an. Ein Hubschrauber soll das Gebiet um die Insel absuchen lassen.«

Mit dezidiertem Schritt marschierte Dupin zum Strand, an dem Le Menns Boot und das Beiboot lagen. Goulch und Riwal folgten ihm. Alle paar Meter schaute er mit steigender Wut nach dem Empfangssymbol. Vergeblich. Und auch auf dem Wasser änderte sich daran nichts, nicht einmal an der Stelle, an der er auf der Hinfahrt noch telefoniert hatte. Zum Haareraufen.

Kurz bevor sie am Quai angelegt hatten, war der erste Balken auf dem Display erschienen, im nächsten Moment alle auf einmal. Dupin war auf den Einsatztisch im *Quatre Vents* zugestürmt, als wollte er eine Verhaftung vornehmen.

»Was haben wir?«

Vor Le Coz lag eine Liste. Dupin setzte sich neben ihn. Le Coz war die Ruhe selbst, egal wie hektisch es zuging, ohne langsam zu sein, er war mit Abstand der Älteste, der Erfahrenste im Kommissariat, er hatte noch zwei Jahre bis zu seiner Pensionierung. Sein Wissen, seine Genauigkeit und vor allem seine besonnene Art hatten Dupin von Beginn an für ihn eingenommen.

»Ich habe mich gerade noch einmal mit Bellec beraten. Leussot, der Biologe, war ab neun Uhr auf dem Meer, an Bord seines Schiffes, er ist vor einer halben Stunde hier angekommen.«

»Es geht mir«, Dupin dachte nach, versuchte die letzte Flut zu errechnen, »es geht um die Zeit von zwölf Uhr dreißig bis sechzehn Uhr. Was hat Leussot gemacht, nachdem ich bei ihm war? Er hätte ohne Weiteres genug Zeit gehabt, nach Brilimec zu fahren.«

»Er sagt, er habe den ganzen Tag an der Stelle gelegen, wo Sie ihn besucht haben. Wir werden das nicht überprüfen können.«

»Na wunderbar!«

Dupin griff sich an den Hinterkopf. Le Coz hatte recht.

Riwal war nun ebenfalls am Einsatztisch angekommen und setzte sich.

»Weiter, Le Coz.«

»Dieser Taucher, Monsieur Tanguy, hat Gäste aus Brest zu Besuch, eine Delegation Meeresarchäologen. Sie sitzen gerade hier im *Quatre Vents*. Da vorn auf der Terrasse. Er hat sie um fünfzehn Uhr in Concarneau abgeholt.«

»Und davor?«

»Davor war er hier, sagt er. Wegen der Vorbereitungen. Er war auch über Nacht hier. Auf seinem Boot.«

»Wann ist er aufgebrochen?«

»Gegen dreizehn Uhr dreißig, hat er gesagt.«

»Allein?«

»Allein.«

Großartig. Wie sollten sie herausfinden, ob er nicht einen Abstecher nach Brilimec gemacht hatte? Er hätte genug Zeit dafür gehabt. Sogar noch, um Le Menn irgendwo hinzubringen. Als Opfer, Täter oder Mittäter. Während Le Coz sprach, hatte Dupin begonnen, sich Notizen zu machen.

»Der Bürgermeister?«

»Er hat fast den ganzen Tag zu Hause in seinem Büro gearbeitet, in …«

»Weiß ich.«

»Genau, Sie haben ihn ja heute Morgen besucht, hat er erzählt. Nur zwischen sechzehn und siebzehn Uhr hatte er einen Amtstermin. Im örtlichen Kindergarten. Monsieur Du Marhallac'h war sehr kooperativ.«

»Zeugen?«

»Die Kindergärtnerinnen natürlich. Für die Zeit im Büro wird es schwer. Er behauptet, mehrere Male mit seiner Frau telefoniert zu haben, sie ist wohl in London. Über das Festnetz. Das ließe sich nachweisen.«

»Klasse.«

Zynischer hätte Dupin dieses Wort nicht betonen können.

»Die jüngere Nuz-Tochter ist bei ihrem Freund gewesen, sie waren in Quimper, die ältere hat den ganzen Tag hier im *Quatre Vents* gearbeitet. Solenn Nuz war auf dem Festland. Sie macht offenbar jeden Dienstag und Freitag Erledigungen. Sie ist um zehn Uhr dreißig aufgebrochen und erst vor einer Stunde zurückgekehrt. Sie war in Fouesnant, in der Mairie und anschließend in Concarneau. Sie ist mit mehreren großen Einkaufstaschen zurückgekommen. Mittags hat sie im *Amiral* gegessen, das konnten wir überprüfen.«

Bei der Erwähnung des *Amiral* durchfuhr Dupin ein kurzes Glücksgefühl.

»Und Madame Lefort?«

»Bellec spricht gerade noch mit ihr.«

»Madame Barrault – die Tauchlehrerin?«

Le Coz schaute auf seine Notizen.

»Sie hat heute Morgen einen Kurs geleitet, bis dreizehn Uhr, dann hat sie zu Hause gegessen. Nachmittags waren Sie ja mit ihr unterwegs, danach war sie selbst tauchen. Sie ist auch eben erst zurückgekommen. Ungefähr zeitgleich mit Leussot.«

»Wo wohnt Madame Barrault?«

»Im zweiten der Häuser dort drüben, mit den dreieckigen Dächern ...«

»Kenne ich ...«

»Und über Mittag war sie allein zu Hause?«

»Sagt sie. Sie meinte, es gebe bestimmt keine Zeugen.«

Dupin musste schmunzeln. Das klang sehr nach Madame Barrault.

»Und was ist mit dem alten Monsieur Nuz, dem Schwiegervater von Solenn Nuz?«

»Pascal Nuz hatten Sie nicht genannt. Aber ich habe eben mit ihm gesprochen. Er ist – ein wenig verschlossen. Er war morgens im *Quatre Vents,* an der Bar, und hat Zeitung gelesen, dann zu Hause. Um sechzehn Uhr ist er mit seinem Boot rausgefahren, das macht er anscheinend jeden Tag, das hat seine

Enkelin bezeugt, Richtung Moutons. Zu den Makrelenschwärmen, er ist um sechs mit einem Haufen Fische zurückgekommen.«

»Gut.«

Eine Art hohe Fanfare ertönte plötzlich. Le Coz nahm den Anruf sofort an.

»Ja?«

Er wandte sich zu Dupin.

»Bellec. Er hat die weiteren Informationen. Soll ich laut stellen?«

Le Coz nahm Dupins Zögern als Zustimmung, drückte eine Taste und legte das Handy vor sich auf den Tisch.

»Bellec. Wir hören dich jetzt alle.«

»Bonjour, Monsieur le Commissaire. Ich …«

Es war immer eine groteske Situation, fand Dupin, er hasste dieses Freisprechen.

»Schießen Sie los, Bellec.«

Sie mussten vorankommen.

»Muriel Lefort war den ganzen Tag über auf Saint-Nicolas, sie hat viele Telefonate geführt, unter anderem mit ihrem Notar. Die meiste Zeit war sie in ihrem Büro in der Segelschule, ist aber wohl auch immer wieder zu ihrem Haus hinübergelaufen. Ein paarmal war sie spazieren. Mittags war Madame Menez ungefähr eine halbe Stunde bei ihr. Nach ihrem Gespräch ist sie nach Penfret zur Segelschule gefahren, um noch einmal Madame Menez zu treffen, gegen Viertel nach sechs.«

Auch das war teils vage und, wenn überhaupt, nur mit großem Aufwand genauer von Zeugen zu bestätigen. Fest stand: Für jemanden, der ohnehin auf den Inseln war, hätte eine Dreiviertelstunde für die Brilimec-Episode gereicht, je nachdem natürlich, was mit Le Menn geschehen war …

»Madame Lefort zeigte sich sehr besorgt, dass sie nun die Hauptverdächtige sei, auch, weil sie kurz nach dem längeren Gespräch mit Ihnen schon wieder befragt wurde. Ich habe ihr versichert, dass dies alles routinemäßige Ermittlungen seien.«

Ehrlich gesagt störte Dupin das im Moment am wenigsten. Sie sollte unruhig sein.

»Und die Assistentin, Madame Menez?«

»Madame Menez machte einen zerknirschten Eindruck, obwohl sie resolut aufgetreten ist. Sie hatte heute mehrere Treffen mit verschiedenen Segellehrern, im Büro. Am Mittag war sie wie gesagt bei Madame Lefort zu Hause. Dann hat sie im *Quatre Vents* gegessen und hatte anschließend längere Teambesprechungen mit den Leitern der Unterkünfte auf Cigogne und Penfret.«

»Wann haben diese Teambesprechungen begonnen?«

»Eine ging von halb drei bis vier und eine von fünf bis halb sieben. Madame Menez befindet sich immer noch auf Penfret.«

Dupin schrieb ausführlich mit.

»Wann ist sie losgefahren nach Cigogne, ich meine, wann genau nach dem Mittagessen?«

»Nach ihrer Aussage war sie nach dem Essen noch kurz in ihrer Wohnung. Und ist so gegen Viertel nach zwei los.«

»Kann das jemand bestätigen?«

»Noch nicht. Das müssten wir prüfen.«

Es machte Dupin wahnsinnig, dass all diese Informationen ihn bisher kein Stück weiterbrachten.

»Machen Sie das, Bellec.«

Le Coz legte auf.

»Sollen wir noch andere Aussagen überprüfen, Commissaire?«

Dupin überlegte. Le Coz und Bellec hatten gute Arbeit geleistet in so kurzer Zeit, so mager die Ausbeute dieser Aktion momentan auch schien.

»Nicht nötig. Danke.«

Sie waren so schlau wie zuvor. Jeder hätte die Gelegenheit gehabt, den Ausflug nach Brilimec zu unternehmen. Nur sehr, sehr zufällig würde es Zeugen geben. Und es würde wahrscheinlich unmöglich sein, die betreffende Zeit weiter einzugrenzen.

»Ich habe eben noch mal mit Le Menns Frau gesprochen. Nachdem wir wussten, dass er auf die Glénan gefahren ist. Ob sie etwas mit Brilimec in Verbindung bringt.«

Le Coz hatte Dupin aus seinen Gedanken gerissen. Das war ein guter Einfall gewesen.

»Aber nichts. Gar nichts.«

Dupin stand abrupt auf.

»Das geht mir alles gegen den Strich.«

Riwal schaltete sich zum ersten Mal ein.

»Goulch hat die Spurensicherung auf Brilimec in die Hand genommen. Er ist noch einmal mit auf die Insel. Vielleicht finden sie doch Spuren im Haus.«

»Vielleicht.«

Dupin merkte, dass seine Gedanken sich verselbständigten. Er trat ein paar Meter zur Seite. Er hatte mittlerweile durchaus ein paar Vermutungen, darunter einige konkretere, aber insgesamt war das Bild, das sich ergab, noch viel zu verschwommen. Er fand kein richtiges Zentrum.

Dupin blickte auf die Uhr. Es war jetzt kurz vor acht. Er war seit fünf auf den Beinen. Und der Tag würde noch lange nicht zu Ende sein.

Von dieser Seite des *Quatre Vents* hatte man einen freien Blick nach Westen, was eigentlich hieß: Man konnte die Sonne untergehen sehen. Aber nicht heute Abend. Das Wolkenband war jetzt bedrohlich nahe gekommen, es hatte sich zu einer gigantischen Wolkenfront aufgetürmt, ein Ungetüm, vermutlich nicht einmal mehr als zehn Kilometer entfernt. Pechschwarz. Erst jetzt bemerkte Dupin, dass der Wind nicht nur aufgefrischt hatte, sondern inzwischen immer wieder heftige Böen über die Inseln fegten. Aber er wusste: Selbst das hieß in der Bretagne noch nichts, das hatte er alles schon erlebt, er war kein Anfänger mehr. Dupin blickte auf das Meer. Es waren bereits weiße Schaumkronen zu sehen. Und veritable Wellen. Das war schnell gegangen. Auf dem Weg von Brilimec zurück nach Saint-Nicolas war ihm noch nichts aufgefallen. Aber da waren sie bis auf das erste kleine Stück nur durch die Kammer gefahren, und er hatte ununterbrochen auf sein Handy gestarrt.

Er atmete ein paarmal tief durch.

»Sie sagten, Kilian Tanguy hält sich immer noch hier im *Quatre Vents* auf?«

»Ja. Vorn auf der Terrasse.«

»Ich werde ein paar Worte mit ihm wechseln.«

»Wie gesagt: Er hat Gäste. Unterwasserarchäologen.«

»Umso besser.«

Dupin hätte Kilian Tanguy beinahe nicht erkannt, in Jeans und buntem Sweatshirt statt im Neoprenanzug, mit trockenem Gesicht und trockenem Kopf. Es war am ehesten die Form des Kopfes, an der er ihn wiedererkannte: wie ein Ei. Er hatte eine Glatze bis auf einen schmalen, kurz geschnittenen Haaransatz über den Ohren, der noch unangegriffen schwarz war; eine fleischige Nase, lebenslustige Augen. Er saß mit sechs Männern zusammen, alle ungefähr in seinem Alter.

»Bonjour Messieurs, Commissaire Georges Dupin vom Commissariat de Police Concarneau. Ich würde gern Monsieur Tanguy sprechen, aber da ich gehört habe, dass Sie alle Unterwasserarchäologen sind, würde ich einige Fragen an Sie alle richten.«

Dupin sprach tief und resolut, was seine Wirkung selten verfehlte.

»Sie sind der Polizist aus Paris, nicht wahr?«

Ein stattlich gebauter Mann mit einem kindlichen Gesicht schaute ihn neugierig an. Mit ihm die ganze Runde.

Dupin war es leid, diese Frage zu beantworten.

»Wussten Sie, dass Paris nach der legendären versunkenen Stadt Ys benannt wurde?«, fuhr der Mann auch schon eifrig fort. »Par-Ys! Nach dem bretonischen Atlantis, das unendlich prächtig und reich war und den Ozean in aufwendigen Zeremonien als einzige Gottheit verehrte. Das Königreich von Gradlon, seiner Tochter Dahut, der Verlobten des Meeres, und seinem Zauberpferd Morvark ist bis heute das Symbol für die freie Bretagne. Ys lag vor Douarnenez! Es gibt eine Reihe von ersten ernst zu nehmenden archäologischen Hinweisen.«

Dupin hatte davon noch nie gehört, genauso wenig davon, dass auch Paris am Ende nur bretonisch sein sollte. Kilian Tanguy schaltete sich glücklicherweise in diesem Moment ein.

»Ich denke, damit sind wir alle einverstanden, Monsieur le Commissaire. Sie haben hier in der Tat eine Reihe illustrer Unterwasserarchäologen der Universität von Brest vor sich, die unserer kleinen Gruppe im Klub freundschaftlich assoziiert ist. Wie können wir der Polizei helfen?«

In seiner Stimme lag etwas Schelmisches. Etwas sympathisch Schelmisches.

»Wissen Sie etwas über Schatzsuchen, die hier an der Küste zurzeit im Gange sind? Haben Sie etwas munkeln gehört?«

Die Taucher schauten sich gegenseitig an, unaufgeregt. Wieder antwortete Kilian Tanguy.

»Sie vermuten, hinter den drei Morden steckt die Geschichte einer Schatzsuche?«

Er klang dabei eindeutig stolz.

»Wir ermitteln in verschiedene Richtungen. Und das ist eine davon. Mehr nicht.«

»Ich habe nichts von einem spektakulären Fund gehört. Nicht mal gerüchteweise.«

Tanguy fügte deutlich ernster hinzu:

»Aber Sie müssen wissen, Monsieur le Commissaire, dass wir, wie wir sagen, *nach Holz tauchen,* nicht nach Edelmetallen! Die Unterwasserarchäologie hat ganz andere Ziele. Wissenschaftliche Ziele. Wir suchen zum Beispiel nach Siedlungsplätzen der mesolithischen Epoche. Bereits viertausend vor Christus wurde hier auf Brunec ein Dolmen errichtet, auch auf Saint-Nicolas und Bananec hat man Gräber angelegt. Wir wissen fast nichts über diese Kultur. So vieles liegt nun seit Langem unter der Wasserlinie.«

Seine Gesichtszüge zeigten mittlerweile fast eine Art Empörung.

»Hundert Meter ist das Meer in den letzten zehntausend Jahren gestiegen! Hundert Meter! Vor ein paar Tausend Jahren kamen die Briten noch, Gott behüte, trockenen Fußes nach Frankreich! – Und wenn wir uns für versunkene Schiffe interessieren, was wir durchaus tun, dann nur, um die historischen Bootsarchitekturen und Techniken der jeweiligen nautischen Epoche studieren zu können.«

Übergangslos erschien ein mildes, augenzwinkerndes Lächeln auf seinem Gesicht.

»Letztes Jahr sind zwei versunkene Schiffe gefunden worden, eines aus dem 17. Jahrhundert, eines aus dem 20. In dem aus dem 17. Jahrhundert befanden sich Silbermünzen. Das andere war unspektakulär. Vielleicht dreißig Kilometer südlich von hier.«

Tanguy hatte die letzten Sätze betont jovial gesprochen.

»Und es gibt kein Schiff, von dem man anhand irgendwelcher Dokumente theoretisch weiß, dass es in der Nähe liegen muss, aber bisher nicht gefunden wurde?«

Alle Blicke richteten sich erstaunt auf Dupin. Wieder übernahm Tanguy das Antworten.

»Davon gibt es rund zwei Dutzend – und das in einem Radius von lediglich fünfzig Seemeilen. Und bei mindestens einem Dutzend weisen die Dokumente auf Ladungen von erheblichem Wert hin. Zwei der Schiffe hatten höchstwahrscheinlich größere Mengen Gold an Bord.«

»Sie wissen ziemlich sicher von zwei Schiffen mit Goldladungen, die hier in der Nähe liegen?«

Dupin war fassungslos.

»Machen Sie sich keine falschen Vorstellungen, das ist komplizierter, als Sie denken. Wie die Nadel im Heuhaufen. – In einem wilden, gefährlichen Heuhaufen.«

»Niemand von Ihnen hat also gehört, dass einer der drei Toten auf einer konkreten Schatzsuche war? Das ist es, was ich wissen will.«

»Nein. Nichts.«

Dupin hätte interessiert, ob vielleicht einer der anderen Taucher noch etwas zu sagen gehabt hätte. Anscheinend nicht.

»Danke, Monsieur Tanguy.«

Dupin hatte jetzt genug von den Geschichten (so spannend sie auch waren). Und wenn er ehrlich war: Sämtliche Gespräche zu diesem Thema endeten ergebnislos. Den ganzen Tag schon. Aber es war klar: Wenn die drei einer großen Sache auf der Spur gewesen wären, hätten sie alles darangesetzt, dass niemand auch nur das Geringste davon erfahren würde. Und wenn jemand etwas mitbekommen hätte und dies bei dem ganzen Fall das Motiv war, dann wäre es der Täter. Und der würde erst recht nichts sagen.

Zudem war Dupin unkonzentriert, er war unablässig mit der Frage beschäftigt, was mit Le Menn auf der Insel passiert war. Er hatte kein gutes Gefühl.

»Ich würde gern …«

Dupin wurde jäh von Lärm unterbrochen. Eine plötzliche und heftige Böe hatte einige Tische und Stühle des *Quatre Vents* erwischt und umgeworfen. Der Windstoß hatte einzelne dicke Regentropfen mit sich gebracht. Augenblicklich brach eine beachtliche Aktivität los. Die bisher eher ruhigen Unterwasserarchäologen schnellten hoch. Einer war dabei, einem jungen Paar zu Hilfe zu eilen, dessen Tisch mit allem, was sich darauf befunden hatte, umgefallen war. Tanguy und ein anderer sicherten die Dinge, die auf ihrem eigenen Tisch standen, und eilten damit in die Bar. Alle bewegten sich schnell, präzise, doch ohne Hektik.

»Es geht los.«

Dupin drehte sich um. Solenn Nuz stand in der Tür zur Bar.

Vollkommen unbeeindruckt sah sie sich um. Hinter ihr erschien Louann Nuz, huschte katzenhaft an ihr vorbei und kümmerte sich um die Tische.

»Darauf warte ich schon den ganzen Tag. Das Unwetter hat sich ganz schön Zeit gelassen.«

Solenn Nuz sprach die Sätze in aller Seelenruhe.

Dupin stand immer noch wie angewurzelt, als säße die Gruppe der Archäologen unverändert vor ihm. Solenn Nuz schaute zum Himmel:

»Das wird heftig werden.«

Sie ging zurück in die Bar.

Der apokalyptisch anmutende Wolkenblock raste über die Inseln hinweg. Im Süden und Westen war es bereits stockfinster, nur weit im Osten sah man noch einen Streifen Licht. Alles hatte sich vollkommen übergangslos ereignet. Wie ein Überfall. Es schüttete nun regelrecht, und die Temperaturen waren innerhalb der letzten Minuten deutlich gefallen.

Jetzt löste sich auch Dupin aus seiner Starre. Louann Nuz war die Letzte hier draußen, alle anderen hatten sich bereits ins *Quatre Vents* geflüchtet. Dupin folgte ihr ohne zu zögern in die Bar. Fest schloss er die Tür hinter sich.

»Es gibt eine große Cotriade.«

Dupin stand an der Bar. Auf der anderen Seite des Tresens befand sich Solenn Nuz, die in imponierendem Tempo verschiedene Weine in eine regelrechte Batterie vor ihr stehender Gläser schenkte. Sehr eng neben ihm, auf der rechten Seite, stand einer der Unterwasserarchäologen, der älteste aus Tanguys Gruppe, der auf die Bestellung wartete. Links neben ihm Riwal und Le Coz. Am Ende der Bar saß Solenns Schwiegervater.

Dupin war immer noch benommen, eben gerade hatten sie sich in einer Sommerabend-Terrassen-Atmosphäre befunden, jetzt kam er sich vor wie in einer abgelegenen Forschungsstation, die von der Außenwelt abgeschnitten war. In dem großen steinernen Kamin brannte ein Feuer – bei seinen letzten Besuchen hatte Dupin nicht einmal bemerkt, dass es ihn gab, obwohl er eine ganze Ecke des Raums einnahm. Der tobende Sturm und der prasselnde Regen draußen waren zwar deutlich zu hören, aber auf eine wundersame Weise nur als dumpfes Hintergrundgeräusch, das sogar beinahe angenehm war. Es wirkte urgemütlich – auch wenn Dupin alles andere als in gemütlicher Stimmung war –, zugleich aber empfand er es hier als bedrohlich eng, eine sonderbare Mischung.

»Wenn Stürme kommen, gibt es traditionell eine Cotriade, Monsieur le Commissaire. Das hebt die Laune. Mögen Sie?«

Dupin beschäftigte etwas völlig anderes – er musste dringend ein paar Anrufe machen. Es gab einige Dinge, die er unbedingt verfolgen wollte. Er konnte überdies nicht verhehlen, dass ihm im Hinterkopf die Frage zu schaffen machte, wie Solenn Nuz sich so sicher gewesen sein konnte, dass ein Unwetter kam, sodass sie sich bereits vor Stunden an die zweifellos aufwendige Zubereitung der Cotriade gemacht hatte – schon, als er selbst noch geschworen hätte, untrüglich die Zeichen eines soliden Hochs ausmachen zu können. Was aber viel schlimmer war: Sie würden bei Sturm die Suche nach Le Menn auf See einstellen müssen. Und noch schlimmer: Was war mit der Spurensicherung? Mit Reglas und seinem Team? Auch sie würden jetzt nicht arbeiten können. Dupin fragte sich, wo sie sich wohl aufhielten – auch Goulch und seine Mannschaft. Hatten sie auf Brilimec einen provisorischen Unterschlupf gefunden? Was war mit dem Hubschrauber? War Le Menn auf der Flucht, wäre er morgen über alle Berge – war er in Gefahr, wäre nun wahrscheinlich alles zu spät.

Solenn Nuz deutete Dupins Schweigen vollkommen falsch.

»Ach ja. Natürlich.«

Sie lächelte sanft.

»Sie sind ja neu – Cotriade ist unser klassischer bretonischer Fischtopf.«

Dupin kannte die Cotriade, er aß sie, grob überschlagen, einmal im Monat, seit fast vier Jahren, das waren um die fünfunddreißig, vierzig Cotriades gewesen, schätzte er. Sie gehörte zu seinen Lieblingsgerichten. Aber er war zu abwesend, um zu protestieren.

»Die im Süden haben das als Bouillabaisse kopiert! Etwas Rouille dazu und flugs erheben sie es zum Nationalgericht!«

Der Unterwasserarchäologe, den Dupin auf Ende fünfzig schätzte und der ein schmales Männchen war, hatte eine fast schon lustig quäkende Stimme, was nicht zu der Empörung passte, die sein Gesicht ausdrückte, als er sich einmischte.

»Dabei ist die Cotriade das Original! Mindestens

acht Fischsorten, dazu Krustentiere *und* Muscheln! Lauch, bretonische Kartoffeln, bretonische Butter. Frische Kräuter! Lorbeer! Fleur de Sel! – In Marseille nehmen sie lediglich sechs Fischsorten.«

Es klang nach echter Verachtung.

»Sie wurde von den Frauen der Fischer erfunden, sie nahmen dafür abends die Fische und Fischstücke, die ihre Männer morgens auf dem Markt nicht hatten verkaufen können. Man legt ein paar in Butter gebratene Baguettestücke in einen Teller, gießt den Fond darüber, gibt die Fischstücke, Krustentiere und Muscheln dazu – und dann, das Entscheidende, krönt das Ganze mit einer kräftigen Sauce. Ein Geheimrezept in jedem Haus! Sie …«

Dupin unterbrach ihn.

»Ich muss mich dringend mit meinen Kollegen besprechen – entschuldigen Sie mich.«

Solenn Nuz blinzelte Dupin zu und lächelte verständnisvoll.

Dupin machte Riwal und Le Coz ein Zeichen, sie folgten ihm. Dupin war ein paar Schritte Richtung Tür gegangen, als ihm einfiel, dass es keine gute Idee war, rauszugehen. Sie würden drinnen bleiben müssen. Aber obwohl nur knapp die Hälfte der Tische besetzt war, war es viel zu laut zum Telefonieren, von der Diskretion ganz zu schweigen. Selbst in der Küche wären sie nicht unter sich.

»Gehen wir doch in den Anbau, Madame Nuz wird

sicher nichts dagegen haben. Ich werde sie kurz fragen.«

Das war eine gute Idee von Riwal. Dupin steuerte sofort auf den Durchgang zu, Riwal zurück an den Tresen, zu Solenn Nuz.

Bevor er die Tür öffnete, sah er sich kurz zu Riwal um, der ihm zunickte. Dupin musste die eiserne Türklinke kräftig drücken, dann trat er ein.

Fast wäre er erschrocken zurückgewichen. Im hölzernen Anbau herrschte ein ohrenbetäubender Lärm. Riwal und Le Coz standen wenig später hinter ihm. Die Beleuchtung des Raums war noch deutlich schummriger als nebenan.

»Madame Nuz sagt, wir könnten den Raum gern nutzen, aber sie empfiehlt es uns nicht. Wir würden unser eigenes Wort nicht verstehen.«

»Das ist vollkommen absurd. Wir werden einige Anrufe machen *müssen.*«

Dupins Laune verschlechterte sich mit jeder verstrichenen Sekunde. Sie hatten in der Tat keine Zeit zu verlieren.

Er steuerte auf die hinterste Ecke des Anbaus zu, in der Hoffnung, dass es dort besser wäre. Er presste sich gegen die massive Steinwand des alten Gebäudes. Die Hoffnung war vergebens. Im ganzen Anbau waren der wütend tobende Sturm und der peitschende Regen nicht bloß zu hören, als stünde man im Freien – es schien, als wirkte die Holzkonstruktion des Anbaus wie ein Resonanzkasten, der den Lärm noch verstärkte. Trotzig holte er sein Handy hervor. Er wählte Nolwenns Nummer. Vergeblich. Nochmals. Wieder vergeblich. Er hielt das Handy nah an die Augen. Nichts. Kein Balken. Gar nichts. Nicht mal der kleinste. Es gab keinen Empfang. Wegen des Sturms.

Daran hatte er nicht gedacht. Das war ganz und gar untragbar.

»Dann werden wir das Festnetz von Solenn Nuz benutzen müssen.«

Ein paar Sekunden sagte niemand ein Wort. Riwal übernahm es.

»Hier draußen gibt es kein Festnetz, Commissaire.«

»Was?«

Das war so mickrig und leise gekommen, dass niemand Dupins Reaktion gehört hatte. Er war entgeistert.

»Das kann doch nicht sein. Die müssen doch ein Festnetz haben.«

»Das gab es hier noch nie, Chef. Es wäre ein gigantischer Aufwand – für eine Handvoll Menschen.«

Dupin kapitulierte. Das war eine Katastrophe. Aus vielen Gründen. Was wäre, wenn man Le Menn fände, irgendwo an Land, und er Entscheidendes zu sagen hätte. Wenn Kadeg beim Verhör des Bürgermeisters etwas Relevantes herausgefunden hatte. Wichtiger noch: neue Ergebnisse bei der Durchsuchung der sichergestellten Festplatten. Er befand sich an einem kritischen Punkt der Ermittlung, er musste erreichbar sein und in jeder Sekunde selbst die Leute erreichen können, die er erreichen wollte.

»Dann müssen wir aufs Festland zurück. Das geht nicht anders.«

Riwal versuchte, beruhigend auf den Kommissar einzuwirken.

»Wir haben keine Chance. Bei einem derartigen Unwetter können wir die Insel nicht verlassen.«

»Was? Das gibt's doch nicht.«

»Wir können nur eines tun, so schwer es sein mag: warten. Wir müssen warten. Jeder auf seiner Insel. Wir hier, Bellec auf Cigogne, die anderen auf Brilimec.«

»Wie lange?«

Wieder war Riwal anzumerken, dass er überlegte, wie er es möglichst schonend vermitteln könnte.

»Das sieht nicht so aus, als wäre es schnell vorüber«, er war bemüht, Zuversicht in den nächsten Satz zu legen, »aber man weiß nie. Das bretonische Wetter ist schwer vorherzusagen.«

»Wie lange?«

»Bis wir hier gefahrlos aufbrechen können – wahrscheinlich spätnachts. Oder früher Morgen.«

»Morgen früh?«

Dupin hatte Mühe zu sprechen.

Nach und nach erst realisierte er die Situation.

Dass sie noch viel schlimmer war, als er eben im ersten Schock angenommen hatte.

Sie saßen fest. Hier auf dem Archipel. Gefangen. Von der Welt abgeschnitten. Egal was passierte, was auch vorfallen sollte. Selbst bei einem medizinischen Notfall, selbst bei einem weiteren Mord. Sie würden nicht ans Festland kommen. Und niemand vom Festland hierher. Dupin begriff jetzt erst, was die Worte wirklich bedeuteten, die er in den letzten zwei Tagen so häufig gehört hatte: »Die Glénan sind gar kein richtiges Land, ein Nichts mitten im Meer«. Wie um diesen Gedanken zu unterstreichen, hatte die Holzkonstruktion des Anbaus bei den letzten heftigen Böen begonnen, bedenklich laut zu knarzen und zu ächzen.

Dupin setzte an, etwas zu sagen, ließ es dann aber. Sie verloren entscheidende Stunden.

Riwal und Le Coz war die Sorge um den Zustand des Kommissars deutlich anzusehen. Dupin senkte den Kopf und schritt auf die Tür zu. Er öffnete sie sehr langsam und blieb im Rahmen stehen. In den letzten Minuten hatte sich die Anzahl der Gäste deutlich erhöht, alle waren vollkommen durchnässt. Er sah Gesichter, die er nicht kannte, aber auch Madame Menez, Muriel Lefort und Marc Leussot. Alle suchten Schutz. Und hatten Hunger. Leussot kam vermutlich von seinem Boot, und Madame Menez würde es gerade von Penfret zurückgeschafft haben. Keiner der drei hatte ihn bisher bemerkt.

Solenn Nuz warf ihm von der Bar aus einen Blick zu, der nicht leicht zu deuten war, aber vermutlich etwas wie »Machen Sie sich nichts draus« hieß. Dann lächelte sie. Dieses ruhige, zugleich verbindliche Lächeln. Dupin ging zu ihr.

»Wir sitzen fest.«

»Ich weiß. Und Sie können gar nichts tun. Das kann dauern.«

»Was meinen Sie? Wie lange wird das dauern?«

»Eine Nacht lang sicher. Ich denke, nicht länger.«

Dupin war zu niedergeschmettert, um darauf zu reagieren.

»Madame Lefort wird für Sie und Ihre Kollegen eine Möglichkeit zum Übernachten finden. Sie hat ein zweites Haus, direkt neben ihrem eigenen. Darin befinden sich zwei kleinere Wohnungen. In der einen wohnt Madame Menez, in der anderen bringt sie manchmal Gäste unter.«

Dupin wollte zunächst ablehnen. Auch das war grotesk. Auch daran hatte er nicht gedacht. Aber irgendwo würden sie in der Tat schlafen müssen, zumindest für ein paar Stunden.

Riwal und Le Coz hatten sich an einen der letzten freien Tische gesetzt.

»Siehe da, Monsieur le Commissaire gehört auch zu den Gestrandeten.«

Marc Leussot hatte sich neben ihn gestellt, ohne dass Dupin ihn hätte kommen sehen. Er trug immer noch die verwaschenen Shorts von heute Mittag, dasselbe T-Shirt. Dupin kam es vor, als läge das Gespräch auf dem Boot bereits Tage zurück.

Dupin war nicht nach Konversation zumute. Doch genau an den Meeresbiologen hatte er ein paar dringende Fragen. Leussot sprach weiter, bevor Dupin sich sortieren konnte.

»Ist Le Menn wieder aufgetaucht?«

Dupin zuckte zusammen.

»Sie wissen von seinem Verschwinden?«

»Sie lassen seit ein paar Stunden eine Großfahndung nach ihm laufen, in allen Medien. Ich höre viel Radio auf dem Boot.«

Natürlich. Die meisten würden es wissen. Auch wenn Madame Lefort eben anscheinend noch nichts davon gewusst hatte. Und Tanguy ebenfalls nicht.

»Ja. Wir fahnden nach Docteur Le Menn.«

»Ein Scheißfall.«

»Sie haben keine Ahnung, was mit Le Menn passiert sein könnte?«

»Ich hätte es Ihnen schon gesagt, glauben Sie mir. Das ist ernst.«

»Apropos ernst. Sie hatten gar nicht erwähnt, dass Sie Lefort vor nicht allzu langer Zeit verprügelt haben.«

»Das ist kein Geheimnis. Und ich denke, ich habe sehr deutlich gemacht, was ich von ihm halte.«

»Was haben Sie außerdem nicht erzählt, weil Sie dachten, es sei nicht nötig?«

Leussot lachte, ein tiefes, souveränes Lachen.

»Richtig. Und das ich – als mehrfach Verdächtiger.«

Plötzlich war ein dumpfes Krachen zu hören. Jemand hatte die Tür von außen geöffnet, dabei hatte sie ein scharfer Windstoß erwischt und mit Gewalt aufgeschlagen. Anjela Barrault warf sich in den Raum. Es sah gleichzeitig lustig und dramatisch aus. Mit einer kraftvollen Bewegung schloss sie die Tür hinter sich, blieb einen Moment stehen und lächelte in die Runde. Statt des Taucheranzugs trug sie inzwischen Jeans und eine Windjacke darüber. Auch sie war tropfnass.

»Das war knapp.«

Es klang kein bisschen kokett, und so, wie Dupin sie eben kennengelernt hatte, meinte das ohne Übertreibung: Nur um Haaresbreite bin ich dem sicheren Tod auf See entkommen.

Das alles hier entwickelte sich zu einer regelrechten Szene aus einem Roman. Dupin hätte sich amüsiert, wenn es nicht so ernst gewesen wäre. Eine von der Außenwelt abgeschnittene, bedenklich kleine Insel inmitten eines tosenden Sturms in einem alten, knarzenden Haus, das zum Gefängnis geworden war und in dem sie alle zusammen bei Kaminfeuerschein die Sturmnacht durchwachten. In deren Verlauf weitere mysteriöse Dinge geschähen. Es womöglich zu Verbrechen oder gar Morden kommen könnte. Tatsächlich hatte sich der Großteil der Verdächtigen mittlerweile hier versammelt.

Leussot schien von Barraults Auftritt weniger fasziniert zu sein, er schien eher auf den Fortgang des kleinen rhetorischen Gefechtes zu warten. Doch Dupin hatte die Lust an diesem Gespräch verloren.

»Ich muss mich mit meinen Kollegen besprechen, entschuldigen Sie mich, Monsieur Leussot.«

Er verließ den Tresen, ohne eine Reaktion abzuwarten, und schlängelte sich zwischen den Tischen hindurch. Sein Blick streifte Madame Lefort und Madame Menez, die in der hintersten Ecke saßen und ihm etwas verlegen zunickten. Solenn Nuz stand gerade an ihrem Tisch. Dupin vermutete, dass sie darüber sprachen, wie sie seine Kollegen und ihn unterbringen konnten. Es war ihm unangenehm. Auch Anjela Barrault, die sich den Nebentisch ausgesucht hatte, hatte den Kommisar nun gesehen und ihm einen forschen Blick zugeworfen.

Dupin setzte sich zu seinen Kollegen.

»Wir haben – überlegt – etwas zu essen«, meinte Riwal vorsichtig. Als wollte er erst mal vorfühlen.

Auch wenn es Dupin immer noch irgendwie unangebracht vorkam – auch er hatte ehrlich gesagt fürchterlichen Hunger und außerdem: Was sollten sie tun? Sie würden, das stand fest, den Abend und die Nacht sowieso hier verbringen. Und nur hier würde es etwas zu essen geben. Kein *Amiral,* nichts.

»Gut.«

Es war ein brummiges, aber akzeptables »Gut« geworden. Riwal blickte deutlich erleichtert. Le Coz sprang förmlich auf. Riwal einen Moment später ebenso.

Sie sprachen wie im Chor. »Wir holen uns eine Cotriade. Sollen wir Ihnen eine mitbringen, Monsieur le Commissaire?«

Dupin gab (nur noch sehr wenig murrend) nach. Vor allem seinem eigenen Magen.

»Riwal? Auch eine Flasche Rotwein. Den gekühlten Pinot noir.«

Das war der Beste zum Fisch.

Riwals Augen glänzten, obwohl er sich Mühe gab, es zu verbergen.

Die beiden stellten sich in die kleine Schlange, die sich mittlerweile vor dem Tresen gebildet hatte.

Dupin fiel gerade etwas Großartiges ein: Wenn er schon den ganzen Abend und die ganze Nacht nicht erreichbar sein würde, – dann würde er auch niemanden erreichen können – auch den Präfekten nicht! Schlagartig musste er grinsen.

Le Coz und Riwal hatten sich anscheinend geeinigt, dass nur einer anstehen würde. Riwal kam zurück und setzte sich aufrecht hin.

»Was werden wir jetzt tun, Chef?«

»Wir haben einen Großteil der Verdächtigen hier. Das wird eine interessante Nacht, Riwal«, Dupin machte eine Pause, »am besten schauen und hören wir zu. Vielleicht sitzt der Mörder nur ein paar Meter von uns entfernt. Ganz so, wie sie oder er hier vorgestern Nacht saß …«

Riwal schaute sich verstohlen um.

»Haben Sie mittlerweile einen Verdacht?«

Dupin lachte.

»Ich schlage vor, wir setzen uns nach dem Essen mit allen hier Gestrandeten an einen Tisch.«

»Denken Sie, das ist eine gute Idee?«

»Wir werden sehen.«

Dupin war in einer seltsamen Stimmung, was auch, zumindest zum Teil, an seiner bedenklichen Unterzuckerung lag.

Le Coz kehrte mit einem großen Tablett zurück, auf dem eine Flasche Wasser und der Wein standen. Drei Gläser.

»Die Getränke. Madame Nuz bringt die Cotriade.«

»Sehr gut.«

Dupin war schlussendlich ganz damit einverstanden, richtig hungrig zu sein. Er nahm die Flasche Wein, schenkte Riwal und Le Coz ein, dann sich, prostete »Yec'hed mat« (darauf war er immer sehr stolz) – und trank das Glas in einem Zug leer. Auch die anderen konzentrierten sich auf den Wein. Für alle war es ein langer Tag gewesen. Keiner sprach ein Wort.

Es dauerte nicht lange, bis Solenn und Louann Nuz zwei Tabletts brachten, auf denen drei Keramikteller mit Cotriade standen, mehrere Schälchen mit – in gesalzener Butter! – geröstetem Baguette und der ›Geheimsauce‹. Dabei handelte es sich im Prinzip um eine Vinaigrette, deren Rezept je nach Familie, Dorf und Region variierte. Dupin hatte sein zweites Glas Wein genauso schnell wie das erste getrunken, noch bevor er einen ersten Bissen genommen hatte. Ihm fiel ausgerechnet jetzt der Witz von Goulch ein: dass die Flaschen dummerweise auf den Glénan kleiner waren als gewöhnlich.

Dupin fühlte sich deutlich besser. Der Fischtopf – niemals durfte man Fischsuppe sagen – duftete unbeschreiblich. Dupin erkannte all seine Lieblingsfische: Lotte, Seebarsch, Rotbarbe, Dorade, Pollack, Kabeljau, Seehecht und Seezunge, seine Lieblingsmuscheln: Praires, Jakobsmuscheln, Miesmuscheln, Palourdes Grises und besser noch – Palourdes Roses –, dazu Langoustines in verschiedenen Größen sowie Krebse. Es war tatsächlich ein riesengroßer tiefer Teller, auf dem sich ein imposanter Berg türmte. Überstürzter als beabsichtigt goss er die Sauce über den Fisch und die Kartoffeln. Und aß. Er schmeckte das ganze Meer. Unglaublich. Die Fische, aber vor allem der Fond, ein Konzentrat, das über Stunden und Stunden eingekocht worden war.

Unhöflicherweise hatte er gar nicht wahrgenommen, dass Madame Nuz immer noch neben ihnen stand. Schweigend. Sie sah, dass es ihnen schmeckte.

»Entschuldigung, Madame. Es ist unfassbar köstlich. Die beste Cotriade, die ich je gegessen habe. – Und ich habe viele gegessen.«

Wenn er wie jetzt etwas Wein getrunken hatte, konnte es vorkommen, dass Kommissar Dupin in seinen Formulierungen ein wenig pathetisch wurde, ohne es zu merken. Was er merkte, war, dass er jetzt vorsichtig sein sollte mit weiterem Wein.

»Ich habe mit Madame Lefort gesprochen. Sie können das Appartement heute Nacht haben. Sie sollten alles dann direkt mit ihr klären.«

»Ich danke Ihnen sehr, das ist ungemein freundlich.«

Madame Nuz drehte sich um.

»Entschuldigen Sie, Madame Nuz – ich hätte eine Frage.«

Sofort wandte sie sich ihm wieder zu.

»Natürlich.«

»Es mag ungewöhnlich klingen – aber meinen Sie, wir könnten uns gleich alle zusammensetzen? Alle Bewohner der Inseln und die Stammgäste. Wenn alle gegessen haben.«

Madame Nuz lächelte ihr typisches Lächeln. Zustimmend.

»Am besten kommen wir dann an Ihren Tisch, Monsieur le Commissaire.«

»So machen wir es.«

Madame Nuz ging zur Theke zurück. Dupin widmete sich wieder dem Fischtopf. Und dem dritten

Glas Wein, bei dem er schwor, dass es heute Abend sein letztes sein würde.

Sie aßen die Cotriade bis auf den letzten Bissen auf – es waren wirklich große Portionen –, ohne ein einziges Wort miteinander zu wechseln. Andächtig. Trotz der angespannten Lage ein bisschen glückselig.

Alle zwei, drei Minuten gab es einen gewaltigen Schlag. Unregelmäßig zwar, aber nie ohne lange Abstände. Es klang, als würde etwas Großes, Mächtiges auf die Hinterseite des Hauses treffen. Die Schläge waren dumpf, wurden aber begleitet von hellen, metallischen Geräuschen, die unmöglich zu bestimmen waren.

Der Sturm hatte in der letzten halben Stunde weiter zugelegt. Er musste jetzt irrsinnige Geschwindigkeiten erreicht haben. Auch der Lärm im Steinhaus hatte zugenommen, nun war es hier annähernd so laut wie eben im hölzernen Anbau. Dupin war einmal aufgestanden und Richtung Tür gegangen, er hatte, ohne groß nachzudenken, schauen wollen, wie es draußen aussah. »Tun Sie das nicht!«, hatte Solenn Nuz im letzten Moment durch den ganzen Raum gerufen. Sie hatte es immer noch freundlich gerufen, dennoch war es eine peinliche Szene gewesen. Dupin hatte sich daran erinnert, wie Anjela Barrault die Bar betreten hatte – und erst dann realisiert, was passieren würde, wenn eine noch stärkere Böe in die geöffnete Tür wehte. Er war dann rechts zu dem kleinen Fenster gegangen und hatte hinausgeschaut. Und rein gar nichts gesehen. Keine Welt. Nichts. Nur ein tiefschwarzes Loch. Der Blick verlor sich auf den ersten Zentimetern. Wenn man den Blick direkt auf die Scheibe fokussierte, sah es aus, als würde draußen jemand mit einem voll aufgedrehten Gartenschlauch auf das Fenster spritzen, so lief der Regen das Glas herunter. Dupin hatte noch nie einen solchen Sturm erlebt. Sie waren ihm restlos ausgeliefert, es gab nichts als diese paar alten Mauern um sie herum. Die Stimmung hatte sich verändert, der Sturm zerrte an den Nerven. Nur noch wenige Stimmen und Gespräche waren an den Tischen zu hören. Selbst bei den Unterwasserarchäologen war es merklich ruhiger geworden, nachdem sie zunächst mit Abstand die Ausgelassensten gewesen waren. Nur den Einwohnern der Welt hier draußen war keinerlei besondere Gemütsregung anzumerken, allen voran Solenn Nuz.

An den eckigen Tischen, die sie zusammengestellt hatten, um Platz für alle zu schaffen, war es sehr eng geworden. Solenn Nuz saß rechts von Dupin, daneben Leussot; links von ihm Anjela Barrault, daneben Riwal, schräg gegenüber Madame Menez und Louann Nuz, genau gegenüber Muriel Lefort, daneben Tanguy und Le Coz.

»Was ist das? Diese Schläge?«

Riwal war die Anspannung anzumerken.

»Bei großen Stürmen geht es zuweilen nicht mit rechten Dingen zu«, grinste Leussot.

»Groac'hs gierige Hand, sie klopft.«

Kilian Tanguy, der plötzlich einen ungekannt kecken Ton anschlug, hatte ebenso seinen Spaß. »Oder es ist das Klopfen, auf das die uralte gestaltlose Stimme folgt. Wenn sie deinen Namen ruft, hast du keine Wahl. Sie führt dich zur Baie des Trépassés, der Bucht der Verblichenen. Ein Boot wartet auf dich, das tief im Wasser liegt und schwer beladen scheint und doch ganz leer ist. Die Barke der Toten, die auf ihre Überfahrt warten. Ein Segel hisst sich wie von Geisterhand, und es ist dir aufgegeben, sie sicher zur Île de Sein zu steuern. Sobald die Barke die Insel erreicht hat, verlassen die Seelen sie. Dann darfst du zurück, zu deiner Familie. Alles wird bloß ein Schatten sein, aber du bist nie mehr derselbe.«

Tanguy riss die Augen auf, sein Gesicht verzerrte sich zu einer Grimasse.

»Und das ist noch ein glückliches Schicksal. Wenn man Pech hat, ist es der schattenhafte Ankou selbst, der klopft, der Todesbote und Friedhofswächter, ein in einen schwarzen Umhang gehülltes Skelett, das eine Sense hält. In Nächten wie dieser hört man seinen uralten Karren ächzen.«

Leussot und Tanguy inszenierten ein düsteres Duett.

»Oder es sind die Toten selbst, die verlorenen Seelen, die einen arglistig hinters Licht führen. In Sturmnächten mimen sie in Not geratene Seeleute, um die Lebenden aufs Meer zu locken.«

Dupin kannte diese Geschichten mittlerweile, nicht alle – das war unmöglich –, aber viele. Seit Hunderten, Tausenden Jahren erzählte man sie sich hier am sturmumtosten Ende der Welt, und bis heute waren sie »real«. Keine römische Zivilisation, keine Christianisierung, keine Neuzeit, keine Aufklärung oder irgendeine andere flüchtige Neuerung hatten irgendetwas daran ändern können. Die großen »Festivals Paroles«, auf denen Erzähler die alten Epen, Sagen, Mythen und Legenden dramatisch vortrugen, hatten gerade seit ein paar Jahren wieder Konjunktur. Waren diese Legenden typisch für die Bretonen wie wenig anderes, so war, fand Dupin, die wunderbare Art, wie sie den Schrecken dieser Geschichten im Leben dann auch wieder minderten, sogar noch typischer. Wie sie ganz praktische, ganz eigene (und nicht selten: köstliche) Riten fanden, um den Schauder zu mindern und ihn in das Leben einzubinden – für die verlorenen Seelen beispielsweise wurden an Allerheiligen Crêpes gebacken, viele Crêpes.

Riwal war anzusehen, dass er das alles nicht lustig fand. Auch Le Coz' Gesicht zeigte erkennbar Beklemmung – und Dupin musste zugeben, dass diese Geschichten an solchen Orten, in solchen Stimmungen sehr viel stärker wirkten als sonst.

Doch da lenkte Leussot auch schon ein.

»Wir werden bei Tageslicht sehen, was diesen Lärm verursacht hat. Glauben Sie uns, wir sind nicht in Gefahr. Das ist völlig normal.«

Er hatte das ernst und beruhigend gesagt, und Riwals Miene entspannte sich wirklich ein klein wenig, auch wenn nicht klar war, was dieses »völlig normal« meinte.

Dupin hatte sich viel erhofft von der Idee, alle an einen Tisch zu bringen. Allerdings verliefen die Gespräche äußerst schleppend, genauer: Bis auf das Schauerduett war eigentlich keinerlei Gespräch in Gang gekommen, seit sie hier saßen. Vereinzelt sagte jemand einen Satz, auf den aber niemand wirklich reagierte. Die meisten sagten gar nichts, nicht mal diejenigen, die sonst viel redeten. Und Dupin sah sich – physisch wie psychisch – nicht mehr in der Lage, eine Art »Gruppenbefragung« durchzuführen oder das Gespräch ständig neu zu stimulieren. Es war wahrscheinlich ohnehin eine lächerliche Idee gewesen. Ohne Zweifel lag das Schweigen auch daran, dass keiner der Anwesenden wusste, worauf der Kommissar eigentlich hinauswollte. Es war eine künstliche Situation.

»Und hier wollte Lucas ein Touristenparadies errichten!«

Leussot lachte laut auf. Keiner der anderen lachte mit. Es wirkte makaber.

»In so einen Sturm ist mein Bruder hineingefahren«, konstatierte Muriel Lefort plötzlich, unpathetisch.

Auch dieser Satz verhallte zunächst ohne Resonanz.

»Von hier aus sind schon einige in einen Sturm hineingefahren, die es noch aufs Festland schaffen wollten. Dachten, sie beherrschen alles.«

Das war das erste Mal, dass sich Anjela Barrault in dieser Runde überhaupt geäußert hatte.

»Aber die hatten keine Beruhigungsmittel verabreicht bekommen.«

Leussot klang aggressiv. Sein Blick hatte sich einen Moment lang verfinstert. Dupin schöpfte Hoffnung, auf so etwas hatte er gesetzt. Er wartete. Aber nichts passierte. Leussot hatte sich bereits wieder gefangen, und es schien nicht so, als wollte jemand darauf reagieren.

»Wie häufig ist es passiert, dass von hier aus jemand zu spät aufgebrochen ist?«

Dupin wusste, dass es ein ungelenker Satz war. Es war ihm egal. Vielleicht ergab sich ja doch noch etwas.

»Meistens waren es Segler, die hier Station machten und die die Situation unterschätzten. Vor fünf Jahren ein Bäcker aus Trégunc, der sich gut auf dem Meer auskannte«, Tanguy schien betreten, »das war besonders schlimm, er machte weit und breit das beste Baguette.«

»Am tragischsten war das mit der Nichte vom Institutsdirektor, Le Berre-Ryckeboerec. Alice. Vor drei Jahren, mit ihrem Mann. Gerade verheiratet. Und«, Muriel Lefort schaute kurz zu Solenn Nuz, »natürlich Jacques, vor zehn Jahren.«

»Die Nichte von Le Berre-Ryckeboerec?«

Dupin hakte ein.

»Ja. Das war dramatisch. Sie war dabei, Profiseglerin zu werden. Ich habe sie ausgebildet. Ein schlimmer Verlust. Sie wurde nie gefunden.«

»Nie?«

»Nie.«

»Wie ist der Direktor damit zurechtgekommen?«

»Sie war die Tochter seines älteren Bruders, ich glaube nicht, dass sie sich sehr nahestanden. Er und sein Bruder. Aber das weiß nur er selbst.«

Muriel Lefort war erkennbar um Genauigkeit bemüht.

Dupin wartete, ob sich das Gespräch weiterentwickelte.

Vergebens.

»Ich danke Ihnen allen. Das war ein – interessantes Gespräch.«

Es brachte nichts. Dupin konnte nicht mehr. Und er wollte nicht mehr. Es war jetzt halb zwölf. Und es waren doch vier Gläser Wein geworden. Und von dem, das Riwal ihm dann trotz eines klar ablehnenden Blickes noch eingeschüttet hatte und das nun vor ihm stand, hatte er auch bereits die Hälfte getrunken.

Es würde zudem alles noch lange genug dauern, ehe sie im Bett lägen – irgendwo. Die Unterkunft musste bestimmt noch hergerichtet werden. Und vor allem würden sie jetzt durch den Sturm müssen. Sicher hundert Meter.

Den anderen, auch Riwal und Le Coz, war die Auflösung der Runde offenbar sehr abrupt vorgekommen, sie schienen unschlüssig, was sie tun sollten. Nur Anjela Barrault und Solenn Nuz standen ohne Zögern auf.

»Ich wünsche allen eine gute Nacht«, sagte Dupin und wandte sich an Madame Lefort.

»Ich danke Ihnen, dass Sie uns Ihr Appartement zur Verfügung stellen.«

»Kein Problem. Das tue ich gern. Vielleicht wird es etwas eng.«

»Das kriegen wir hin.«

Dupin war mitnichten so entspannt, wie seine Antwort klang. Die Vorstellung, mit Riwal und Le Coz womöglich gemeinsam in einem Zimmer schlafen zu müssen, war ihm ein Grauen.

Muriel Lefort versuchte zu lächeln. Dupin schaffte schon den Versuch nicht mehr.

Kommissar Dupin lag im Bett. Genauer gesagt: Er lag auf einem knapp fünfzig Zentimeter breiten Aluminiumklappbett, das er direkt neben die Eingangstür geschoben hatte. Zugedeckt hatte er sich mit zwei großen Strandhandtüchern. Im einzigen richtigen Bett des winzigen Schlafzimmers unter dem Dach schlief Le Coz, »einsatzbereit und bekleidet«, wie er etwas verschämt hervorgehoben hatte, und zudem triefnass. Riwal hatte sich aufs Sofa zurückgezogen, das direkt vor der Panoramafensterfront stand.

Dupin hatte mit seinem Klappbett soweit es ging Abstand zum Sofa gesucht. Groß war die Distanz nicht. Von Geräuschen, die Riwal gegebenenfalls im Schlaf machte, würde er ohnehin nichts hören, weil Regen und Sturm weiterhin mit großer Heftigkeit gegen die Rollläden vor der Scheibe peitschten und auch hier einen infernalischen Lärm verursachten. Dupin hatte es schon als Kind auf Schullandheimaufenthalten in der Nähe von Chartres gehasst, mit anderen in einem Zimmer schlafen zu müssen. Und immer, wenn sie die Familie seines Vaters im Jura besuchten, die in einem winzigen Kaff lebte, hatte er bei seinen Cousins schlafen müssen. Drei Cousins (im Grunde sehr nett), alle älter, und er, auf zwei Betten aufgeteilt. Da hatte er diesen Knacks abbekommen, so viel war sicher.

Dupin hatte immer noch nasse Haare. Auch sein Polohemd war nass, aber er hatte keine Lust, es auszuziehen, es war ihm unangenehm genug, die Hose ausgezogen und zum Trocknen über einen Stuhl gehängt zu haben. Was ihn allerdings richtig sorgenvoll stimmte, war der Zustand seines roten Notizbüchleins. Er war zwar zu müde gewesen, sich das Ausmaß der Wasserschäden genauer anzusehen. Aber es sah nicht gut aus. Noch übler stand es um den *Petit Indicateur des Marées*, er war vollkommen abgesoffen.

Natürlich waren sie durch und durch nass geworden, sie alle drei wie auch Madame Lefort und Madame Menez, als sie sich aus dem *Quatre Vents* herausgewagt hatten, um sich die hundert Meter zu den Häusern durchzukämpfen. Es war verrückt gewesen. Sie waren im Gänsemarsch gegangen, einer dicht hinter dem anderen, sodass sie sich bei jedem Schritt berührten. Muriel Lefort war vorausgelaufen, weil sie den Weg am besten kannte. Sie hatten bestimmt fünf Minuten für den kurzen Weg gebraucht. Bereits nach wenigen Sekunden war der Regen von den Böen auch durch den dichtesten Stoff gepresst worden. Und es war nicht bloß Regen gewesen, schon nach ein, zwei Metern hatte Dupin bemerkt, dass das Wasser, das sein Gesicht hinab und in seinen Mund lief, salzig schmeckte. Die Gischt verteilte sich wie Sprühnebel und mischte sich mit dem Regen. Die Brandung um sie herum musste meterhoch sein. Dupin war froh gewesen, das nicht sehen zu können.

Es war jetzt halb eins, und obgleich Dupin restlos erschöpft war, machte er sich keine Illusionen, bald einschlafen zu können.

Der Tag ging ihm durch den Kopf, er kam ihm vor wie der längste seines Lebens. Vor allem natürlich die Frage, was mit Le Menn passiert war. Und die restlos missglückte Runde eben im *Quatre Vents.* Einige Male sah er zwischendurch die springenden Delphine, die ihm mittlerweile wie eine unwirkliche Episode vorkamen. Aber ihm war etwas in den Sinn gekommen. Ihm war etwas eingefallen, ein Detail aus dem Gespräch eben, das ihm erst nach und nach bedeutsam vorgekommen war und es zu einem – noch unkonturierten, undeutlichen – Gedanken gebracht hatte. Es war nur eine Idee. Die vollkommen spekulativ war. Aber sie ließ ihm keine Ruhe.

Georges Dupins Gedanken wurden immer verschlungener und unzusammenhängender.

Der dritte Tag

Kommissar Dupin griff instinktiv nach seiner Waffe, die er unter das Kopfkissen gelegt hatte. Er versuchte, sich zu orientieren. Es war halbdunkel. Er wusste nicht einmal, wohin er die Pistole richten sollte. Riwal, der in T-Shirt und Unterhose neben ihm stand und jämmerlich verschlafen aussah, sprang mit einem riesigen Satz zur Seite.

»Ich bin's nur, Chef, ich bin's. Hallo, Chef, ich bin's!«, schrie er. Riwal wollte zuallererst – in ureigenem Interesse – sicherstellen, dass Dupin ohne Zweifel realisiert hatte, wo er war und was hier vor sich ging.

»Ist schon gut, Riwal.«

Dupin war einigermaßen zu sich gekommen.

»Ihr Telefon klingelt.«

Bei dem Wort »Telefon« schnellte er hoch. Im nächsten Moment war er hellwach. Er hatte sich bis eben wieder in einem tiefen, hanebüchenen Karibiktraum befunden, und er war froh, sich nicht genau zu erinnern.

Er war erst in den frühen Morgenstunden eingeschlafen, nachdem er sich stundenlang immer verzweifelter hin- und hergewälzt hatte. Fast panisch schaute er auf die Uhr: sieben Minuten nach sieben.

»Das darf nicht wahr sein.«

Er hatte viel früher auf den Beinen sein wollen. Von Le Coz war nichts zu sehen. Die, so war es Dupin vorgekommen, millimeterdünne Matratze über den restlos ausgeleierten Stahlfedern war klamm, genau wie das grotesk dicke Kopfkissen und die beiden quietschgrünen Strandhandtücher, die nicht im Geringsten gewärmt hatten. Das ganze Zimmer war klamm. Das Schlimmste war: Es roch auch so. Sie hatten kein Fenster öffnen können. Es war, ohne Zweifel, eine der erbärmlichsten Nächte seines Lebens gewesen.

Das Handy schrillte immer noch.

»Ja?«

»Monsieur le Commissaire.«

Dupin erkannte Goulchs Stimme.

»Lefort, Konan und Pajot sind in den letzten Wochen wirklich ein paarmal in demselben Gebiet an derselben Stelle gesehen worden. Circa siebenundzwanzig Seemeilen südsüdwestlich der Glénan.«

Goulch klang, für seine Verhältnisse, aufgeregt.

»Ich war eben in den Fischhallen von Concarneau, dort, wo die lokalen Fischer morgens ab fünf ihren Fang hinbringen. Und habe rumgefragt. Nach der

Bénéteau. Zwei der Fischer sind sich sicher, sie gesehen zu haben. Es ist ein Gebiet, in dem der Meeresboden plötzlich deutlich abfällt. Die Gran Turismo 49 ist ja doch relativ auffällig.«

Dupin war aufgestanden, was zu erheblichen Schmerzen am ganzen Körper führte.

»Gute Arbeit, Goulch.«

»Das würde die Hypothese der Schatzsuche sehr viel wahrscheinlicher machen.«

»Oder sie waren angeln. Weil es dort irgendwelche Fischschwärme gab.«

Dupin hatte es so dahingesagt.

»Die großen Schwärme sind um diese Jahreszeit näher an der Küste, wo sich das Wasser schon erwärmt hat und sich dadurch mehr Nahrung befindet.«

»Gut. Wie kriegen wir raus, ob dort wirklich etwas auf dem Meeresboden liegt?«

»Ich habe schon ein Spezialschiff mit der entsprechenden Ausrüstung geordert; es bricht gerade auf.«

»Gut. Sehr gut, Goulch.«

»Noch etwas: Die Spurensicherung musste ihre Aktion gestern abbrechen, sie sind mit dem Hubschrauber abgedreht, als klar war, dass der Sturm die Inseln trifft. Sie haben sich heute aber schon auf den Weg gemacht. Sie müssten bereits da sein.«

»Ich – wir hatten keinen Empfang. Wir waren vollkommen von der Welt abgeschnitten.«

»Das kommt auf den Glénan nicht selten vor. Hier

auf dem Festland war der Sturm gar nicht so schlimm, aber als ich Sie nicht mehr erreicht habe, habe ich mir schon gedacht, dass es draußen vielleicht ein bisschen heftiger zugeht. – Ich melde mich.«

»Tun Sie das.«

Dupin war nicht richtig bei der Sache gewesen. Aus verschiedenen Gründen. Weil er sich in seiner Haut heute Morgen außerordentlich unbehaglich fühlte. Weil er noch keinen *café* gehabt hatte – verheerend. Weil er seit dem Aufwachen daran dachte, was alles geschehen sein könnte, während sie von der Welt abgeschnitten gewesen waren. Vor allem aber, weil ihm eben wieder eingefallen war, was ihn so beschäftigt hatte, bis er in den völlig unerholsamen Schlaf gefallen war.

Er hatte sich während des kurzen Telefonates mit einer Hand die – immer noch nasse – Hose angezogen. Dann die Socken und Schuhe – ebenso nass.

Aus dem Augenwinkel sah er, wie auch Riwal begann, sich in seine Kleidung zu zwängen.

»Ich brauche einen *café,* Riwal.«

Dupin war schon an der Tür. Er musste raus.

»Wir sehen uns in ein paar Minuten im *Quatre Vents.* Schauen Sie nach Le Coz. Der schläft anscheinend noch.«

Mit diesen Worten hatte Dupin die Tür geöffnet und war hinausgetreten.

Draußen musste er die Augen fest zusammenkneifen. Er hatte nicht damit gerechnet, wie viel Licht ihn empfing. Es war kolossal. Der Himmel war vollkommen leer gefegt, weit und breit keine einzige Wolke zu sehen. Hauchfeine Schwaden von Dunst lagen in der Luft, fast nicht zu erkennen, eher zu fühlen. Es war einer dieser »silbernen Morgen«, wie sie in der Bretagne genannt wurden, wenn Sonne, Himmel, das Meer und die ganze Welt ein schimmernd silbernes Fluidum besaßen.

Er war direkt vor der Haustür stehen geblieben. Er atmete tief durch. Ganz tief. Die Luft war frisch, großartig. Er fröstelte ein wenig. Von dem Unwetter war nichts, gar nichts mehr zu sehen. Als wäre alles nur ein böser Traum gewesen.

Solenn Nuz begrüßte ihn mit einem doppelt warmen, doppelt aufmunternden Lächeln, als würde sie ihm signalisieren wollen, dass sie wisse, welche Tortur die Nacht gewesen war. Sie sah blendend aus, ausgeschlafen, in bester Form, sie war wirklich eine schöne Frau. Sie stand genau dort, wo Dupin sehnsüchtig hinsteuerte, bei der großen Kaffeemaschine.

»*Petit café?*«

»Doppelt.«

Sofort machte sie sich an der Maschine zu schaffen. Der himmlische Klang wurde von Dupins Handy gestört. Unwillig warf er einen Blick auf die Nummer. Kadeg. Natürlich.

»Einen Moment.«

Dupin steuerte zur Tür und trat hinaus.

»Ja?!«

»Sie waren den ganzen Abend nicht zu erreichen, Monsieur le Commissaire. Bis spät in die Nacht nicht.«

In Dupins Ohren klang das vorwurfsvoll.

»Was gibt es, Kadeg?«

»Du Marhallac'h behauptet, er habe tatsächlich Pläne für den Ausbau von Pajots privatem Haus entworfen, also tatsächlich architektonische Leistungen erbracht. Das sei eine reguläre Sache gewesen. Vollkommen normal und legal. Pajot hat sein Haus vor einem halben Jahr aufwendig erweitern lassen, mit neuem Pool, einer Terrassenlandschaft und einem Anbau. Du Marhallac'h hat wirklich zwei Mal eine Rechnung gestellt, genau über die Beträge, die von Pajots Konten überwiesen worden sind. Ich habe ihn gebeten, mir die Pläne zu zeigen, die er angefertigt hat. Er sagte, er habe sie nicht in seinem Büro. Und er sehe auch keinen Grund, sie mir zu zeigen.«

Kadeg war schon am so frühen Morgen in seinen emsigen Rapportstil verfallen.

»Wie hat er sich verhalten?«

»Zuerst tat er wieder sehr vernünftig, am Ende war er cholerisch.«

Manchmal war Dupin von Kadeg doch beeindruckt – das hatte er haargenau auf den Punkt gebracht. Genau so hatte Dupin sich das vorgestellt:

dass von Du Marhallac'h solche Antworten kämen. So ein Verhalten zu erwarten wäre.

»Ich werde gleich mit dem Bauunternehmer sprechen, der die Arbeiten ausgeführt hat. Der weiß, wer welche Pläne angefertigt hat. Mal sehen, ob es diese Arbeiten wirklich gegeben hat.«

»Tun Sie das, Kadeg.«

Das war wichtig.

»Ich war gestern überdies noch in der Mairie und habe geschaut, welche Anträge Lefort je eingereicht hat. Es gibt keinen einzigen. Nichts. Offiziell ist wirklich nie etwas eingereicht worden.«

»Ganz sicher, Kadeg?«

»Ganz sicher.«

Diese Sache interessierte Dupin immer mehr.

»Haben Sie heute Morgen schon Zeitung gelesen? Sie berichten jetzt auch umfassend über das Verschwinden Le Menns.«

»Das kümmert mich nicht. Ich werde mich jetzt ...«

»Nur noch kurz zu *Medimare.* Alle Inhalte aller Festplatten sind mittlerweile erfasst. Es sind doch immens viele Dokumente, auch wenn man es eingrenzt. Sie werden nun eins nach dem anderen begutachtet. Vier Experten sitzen daran. An den Dokumenten zu den Geschäften, die *Medimare* unter anderem mit den Forschungsarbeiten Leussots gemacht hat, ist weiterhin nichts auffällig.«

Dupin musste wirklich zugeben, dass Kadeg in diesem Fall gute Arbeit leistete.

»Und – – – der Präfekt hat gestern Abend versucht, Sie zu erreichen, er hat dann lediglich mit Nolwenn und mir gesprochen. Er war sehr echauffiert, er …«

Dupin legte auf. Das fehlte ihm jetzt noch. Da war es wieder gewesen – Kadeg blieb eben Kadeg.

Dupin besann sich. Es gab Wichtiges zu tun. Er ging zurück in die Bar. Der doppelte *café* stand auf dem Tresen. Daneben ein Teller mit einer kleinen Brioche nature, die er gar nicht bestellt hatte.

»Wunderbar.«

Dupins Gemütslage besserte sich.

Solenn Nuz war nicht mehr zu sehen. Auf dem Tresen, nahe dem Durchgang, lag schon ein Packen Zeitungen. Dupin erkannte den Schriftzug des *Ouest France* zuoberst. Er beschloss, Abstand zu wahren.

Die Brioche war fantastisch. Mürbe, butterweich, und mit der feinen Andeutung von Hefe im Milchgeschmack, der typisch für eine gute Brioche war. Das Wichtigste aber: Der *café* war einfach perfekt.

Dupin nahm sich trotzdem nicht viel Zeit. Zwei Minuten später verließ er die Bar wieder.

Auf der Terrasse sah er von links Riwal und Le Coz auf das *Quatre Vents* zukommen. Er bog nach rechts ab. Wie an den Vortagen steuerte er ohne nachzudenken die Spitze der Insel an. Dieses Mal in voller Ebbe. Er holte sein Handy heraus.

»Nolwenn?«

»Monsieur le Commissaire! Ich hoffe, Sie haben keine allzu schreckliche Nacht verbracht.«

Nolwenns mitfühlende Worte machten fast alles wieder gut. »Nolwenn, Sie müssen etwas für mich recherchieren. Ich will alles über den Tod von Solenn Nuz' Mann Jacques wissen. Alles. Schauen Sie in den Polizeiakten nach. Er ist vor zehn Jahren auf dem Meer verschollen. Er ist von den Glénan aufgebrochen, kurz bevor ein Sturm die Insel erreichte«, Dupin zögerte, seine Stimme veränderte sich, er sprach, schien es, weniger zu Nolwenn als zu sich selbst, »ein Sturm wie gestern Nacht vielleicht«, noch einmal hielt er inne, »ein Sturm wie vor drei Tagen, wie Sonntagnacht.«

»Ich sehe, was ich finden kann. Ich kümmere mich sofort darum. Sie – Sie sollten …«

»Ich weiß. Ich schaffe es wirklich nicht.«

Es dauerte nicht sehr lange, aber doch einen Moment, bis Nolwenn antwortete.

»Ich werde dem Präfekten erklären, dass Sie sich bedauerlicherweise immer noch nicht melden können. Dass Sie selbst es am meisten bedauern. Ich meine, der Präfekt … er hat ja selbst ein Interesse daran, dass rasch Licht in dieses Dunkel kommt.«

Dupin liebte Nolwenn. Er liebte sie.

»Bis später.«

»Nur eine Sache noch, Monsieur le Commissaire. Ihre Mutter. Heute Morgen waren schon wieder vier

Anrufe auf dem Band, allesamt eher ungehalten. Sie wird morgen Abend eintreffen, soll ich Ihnen noch einmal sagen. Und dass sie Sie unbedingt umgehend sprechen muss.«

»Ich rufe sie an.«

Dupin legte auf. Das durfte nicht wahr sein. Morgen. Er musste sie wirklich anrufen. Er würde absagen müssen. Aber nicht jetzt.

Jacques Nuz' Unfall. Vier Mal hatte er »Jacques Nuz, verunglückt« in sein Büchlein notiert. Das war ihm gestern Nacht auf dem Klappbett eingefallen. Es war gar nicht, wie er zuerst gedacht hatte, die Erwähnung des Todes von Le Berre-Ryckeboerecs Nichte gewesen, die ihn in seiner restlosen Ermattung hatte aufmerken lassen. Sondern die von Jacques Nuz, der vor einem Sturm von den Glénan aufgebrochen war, um noch zum Festland zu gelangen.

Im Gehen zog er das Clairefontaine aus der Jackentasche, das immer noch feucht war, dessen lackierter Einband aber erstaunlich gut – besser, als er letzte Nacht befürchtet hatte – den Regen abgewehrt hatte. Er blätterte, fand die letzten Notizen. Ja. Hier stand es. »War in der Mairie«. In Fouesnant also. Er steckte es zurück in die klamme Jackentasche. Und wählte Riwals Nummer.

»Riwal, was hat Le Coz gestern gesagt, wo Solenn Nuz unter anderem gewesen ist? In der Mairie, habe ich mir notiert.«

»Das hat er gesagt. Er sitzt neben mir. Wir trinken einen *café,* wollen Sie ihn sprechen?«

»Ja, geben Sie ihn mir.«

Es raschelte, dann war Le Coz am Apparat.

»Monsieur le Commissaire?«

»Sie haben doch gestern Solenn Nuz gefragt, wo sie sich den Tag über aufgehalten hat.«

»Exakt.«

Le Coz war ein sehr gewissenhafter Polizist.

»Sie war in der Mairie von Fouesnant, hat sie Ihnen gesagt. Hat sie Ihnen erzählt, was sie dort gemacht hat?«

»Nein. Nur das, was ich Ihnen gesagt habe. Ich habe nicht nachgehakt, weil ich dachte, es ginge nur um die Frage, wo sie an diesem Tag zwischen halb eins und vier gewesen ist.«

»Das war richtig, Le Coz. Sie hat also nichts weiter darüber gesagt.«

»Nein. Nichts.«

»Können Sie versuchen, das bei der Mairie rauszukriegen?«

»Sofort, Commissaire.«

Dupin legte auf.

Er war an der Spitze der Insel angekommen. Oder genauer: Er war über die Spitze von Saint-Nicolas hinausgelaufen, über den an dieser Stelle plötzlich steinigen, miesmuschelbewachsenen Meeresboden, und auf ein ganz und gar winziges Inselchen gelangt. Eigentlich nur vierzig Meter entfernt von Saint-Nicolas, kaum mehr als zehn mal zehn Meter groß. Bei Ebbe war es ein kleines Anhängsel von Saint-Nicolas. Dupin war so in Gedanken gewesen, dass er erst jetzt bemerkte, wo er war. Umgehend machte er kehrt.

Ein weiteres Mal holte er sein Heft hervor, blätterte, fand, was er suchte, und wählte noch einmal Riwals Nummer.

»Chef?«

»Geben Sie mir noch einmal Le Coz.«

»Mache ich.«

Wieder das gleiche raschelnde Geräusch.

»Hat Madame Barrault Ihnen gesagt, was sie zwischen ihrem Mittagessen und dem Zeitpunkt gemacht hat, an dem ich sie am Quai getroffen habe?«

»Nein. Nur, dass sie zu Hause war. Allein. Das ließe sich also ohnehin nicht überprüfen.«

»Danke.«

Dupin legte wieder auf. Das war kein fruchtbares Telefonat gewesen. Er befand sich genau zwischen den beiden Inseln. Er bewegte sich sehr vorsichtig. Das war eine irre Vorstellung, die einen Menschen des sechsten Arrondissements schwindelig machen konnte: Er lief über Meeresboden. Hier schwammen sonst Fische. Wie die aus seiner Cotriade von gestern.

Dupins Handy klingelte. Es war eine Pariser Nummer. Zuerst hatte er kurz befürchtet, es sei seine Mutter. Aber er erkannte Claires Nummer. Einen Moment lang rang er mit sich. Dann nahm er ab. Und wusste sofort, dass es ein Fehler gewesen war. Er würde ihr sagen müssen, dass er jetzt keine Zeit zum Reden habe – und genau das musste er vermeiden. Dass er so wenig Zeit hatte, für Claire und für sie beide, das war das größte Problem zwischen ihnen gewesen.

»Bonjour, Georges. Störe ich?«

»Ich. Nein. Bonjour, Claire.«

»Danke für deine Nachricht. Das waren furchtbar hektische Tage, ich war nur im OP. Zwei Kollegen sind krank.«

»Kein Problem.«

Es entstand eine peinliche Pause. Claire ging davon aus, dass Dupin etwas mehr sagen würde. Endlich sprach sie weiter.

»Und was machst du? Wo bist du?«

Sie hatte von dem Fall offensichtlich noch nicht gehört. Claire schaute nicht häufig Nachrichten.

»Ich bin auf einem Archipel, achtzehn Kilometer vor der Küste. Ich stehe zwischen zwei Inseln auf dem Meeresboden, gerade ist Ebbe. Hier sind überall Miesmuscheln, die du so liebst. Ich laufe drüber.«

Er hatte all diese Dinge gesagt, weil er keine Ahnung hatte, wie er die Situation lösen sollte. Er überlegte sogar kurz, ob er von den Delphinen erzählen sollte.

»Das klingt großartig. Machst du einen Ausflug?«

»Ich«, es ging nicht anders, er kam nicht umhin, es zu sagen, »ich bin in einem Fall.«

»In einem Fall auf einem Archipel?«

»Ganz genau.«

Es dauerte einen Moment, bis Claire verstanden hatte, was er sagen wollte.

»Dann hast du jetzt gar keine Zeit zum Reden.«

»Doch. Ich … Nein. Du hast recht. Aber ich rufe dich an, sobald der Fall gelöst ist. Dann haben wir richtig Zeit.«

»Ach so, ja«, wieder eine Pause. »Verstehe ich.«

Das war immer der schlimmste Satz gewesen.

»Ich will dich sehen.«

Das war ihm herausgerutscht. Und musste Claire sehr überraschen. Sie hatten ausgemacht, zusammen darüber nachzudenken. Ob sie sich sehen wollten.

»Was?«

»Ich bin mir ganz sicher. Ich will dich sehen.«

Dupin war die Flucht nach vorn angetreten. Seine einzige Chance. Aber vor allem: Es stimmte. Es war die volle Wahrheit.

»Gut.«

Das war ein echtes »Gut« gewesen. Er kannte es. Aus ihren glücklichen Zeiten. Die besten, die er je gehabt hatte.

»Dann sehen wir uns.«

»Gut.«

»Ich bin froh. Dass wir telefoniert haben. Das war ein – gutes Telefonat.«

Dupin war regelrecht beschwingt.

»Also – ruf mich an, wenn der Fall abgeschlossen ist.«

»Das tue ich, Claire. Sofort.«

Sie hatte aufgelegt.

Das war ziemlich unglaublich gewesen, fand Dupin. Er musste aufpassen, beinahe wäre er auf einer Alge ausgerutscht.

Doch er hatte nicht viel Zeit, sich weiter zu freuen, sein Handy klingelte schon wieder.

Es war Goulch.

»Ja.«

Dupin klang missmutiger, als er tatsächlich war. Er hätte nur gern noch das Gespräch mit Claire nachwirken lassen.

»Der Forensiker hat zwei Einschüsse gefunden. In dem verlassenen Haus auf Brilimec ist geschossen worden. Mindestens zwei Schüsse.«

»Geschossen?«

»Ja, sie haben die Kugeln im Mauerwerk gefunden. Sie bestimmen gerade das Kaliber. – Etwa einen Meter links von den Fußspuren, die wir gesehen haben. Beide Einschüsse liegen dicht beieinander und wurden wahrscheinlich von der Stelle aus abgegeben, von der wir vermuteten, dass dort jemand gestanden hat.«

»Also hat jemand absichtlich danebengeschossen.«

»Bitte?«

Der Schütze hatte in dem kleinen Raum höchstens zwei, drei Meter entfernt stehen können, überlegte

Dupin, selbst wenn er im Durchgang vom ersten zum zweiten Zimmer gestanden hätte. Aus dieser Entfernung schoss niemand zwei Mal einen Meter daneben. Le Menn? Oder war Le Menn derjenige, auf den geschossen worden war?

»Das waren Schüsse zur Einschüchterung.«

Goulch antwortete nicht sofort. Dann hörte man regelrecht, wie der Groschen fiel.

»Stimmt!«

»Sonst noch Spuren?«

»Das Vorhängeschloss und die Tür werden noch genauer untersucht.«

»Das war es?«

»Im Moment ja.«

»Danke, Goulch.«

Eine Minute später stand Dupin wieder vor dem *Quatre Vents.*

Riwal und Le Coz hatten sich an den Tisch gesetzt, an dem sie gestern Abend alle gesessen hatten. Solenn Nuz war noch immer nicht zu sehen, dafür die ältere Tochter. Ganz rechts, an seinem angestammten Platz, saß Pascal Nuz, in eine Zeitung vertieft. Direkt neben ihm Leussot, er machte eine joviale Geste, um den Kommissar zu begrüßen. An zwei Tischen saßen bereits kleinere Gruppen, Taucher oder Segler. Und die »Presse« war auch wieder da. Das bemerkenswerte Gespann vom *Télégramme* und *Ouest France* saß in der Ecke direkt neben dem Eingang, vor ihnen standen zwei dampfende *grands crèmes.* Beide machten ein verdrießliches Gesicht. Obwohl sie es eigentlich hätten wissen müssen. Sie hatten bereits mehrfach Erfahrung mit seiner – wie Dupin fand – sehr klaren Informationspolitik gemacht: kein Wort, bevor der Fall nicht gelöst war. Nichts war davor aus ihm herauszubekommen. Es sei denn, er sah einen handfesten Vorteil für seine Ermittlungen – den er hier nicht sah.

Dupin hatte auch jetzt keine Lust auf eine Unterhaltung, ignorierte sie vollständig und bewegte sich direkt auf die Kaffeemaschine zu, neben die Louann Nuz gerade einen frischen *café* gestellt hatte. Offenbar eine Bestellung für einen der Tische.

»Einen *café* noch, bitte.«

»Gern. – Guten Morgen, Monsieur le Commissaire.«

»Guten Morgen.«

Mit ein paar geübten Handgriffen bereitete Louann Nuz den *café* zu, der sogleich duftend vor ihm stand.

»Danke! Ist Ihre Mutter da?«

»Sie holt nur etwas aus dem Haus. Sie müsste gleich zurück sein.«

Dupin überlegte, ob er sagen sollte, dass er mit ihr sprechen wolle. Er entschied sich dagegen.

Dupin nahm den *café* und ging zu Riwal und Le Coz.

»Wir arbeiten draußen weiter.«

»Das hatten wir auch vor, Chef. Aber da ist alles noch vollkommen nass.«

»Macht nichts.«

Hier drinnen zu sitzen war eine blödsinnige Idee. Aus vielerlei Gründen, nicht nur der Presse wegen.

Draußen schüttelten sie das Regenwasser notdürftig von den Stühlen und setzten sich.

»Ich habe vor einer Minute mit der Mairie in Fouesnant telefoniert«, sagte Le Coz ruhig.

»Ist sie schon geöffnet?«

Dupin war aufrichtig überrascht.

»Wir haben gleich halb neun, sie ist ab acht Uhr geöffnet. Das ist ein Amt. Ich habe mit der zuständigen Mitarbeiterin gesprochen. Madame Nuz hat vor einigen Monaten einen Antrag gestellt, den Anbau des *Quatre Vents* neu konstruieren zu dürfen. Sie war in den letzten Wochen zweimal da, um Details zu klären. Gestern wollte sie nur noch mal ihre Akte einsehen. Jede Einrichtung, jede Person, jede Firma, die Anträge einreicht, bekommt eine eigene Ablage. So eine Mappe. Dort kommt alles rein, auch Zwischenbescheide. Der ganze Vorgang.«

»Warum wollte sie das? Worin besteht der Zusammenhang mit dem geplanten Neubau?«

»Das weiß ich nicht. Madame Nuz hat der Mitarbeiterin nicht gesagt, warum sie sie brauchte.«

»Und jeder hat jederzeit Zugang zu seiner Akte?«

»Ja. Das ist ein absolut regulärer Vorgang.«

Dupin verfiel in Schweigen. Die Vermutung, die in seinem Kopf immer weiter Raum einnahm, war noch sehr unvollständig.

»Ich brauche einen Hubschrauber.«

Riwal und Le Coz sahen ihn überrascht an.

»Ich muss aufs Festland. Nach Fouesnant. Ich will in die Mairie.«

Es dauerte eine Weile, bis eine Reaktion kam.

»Ich fordere ihn an.«

Le Coz stand auf und trat ein paar Meter beiseite.

Riwal blickte Dupin erwartungsvoll an.

»Ich will die Akte einsehen.«

»Suchen Sie etwas Bestimmtes? Ich meine, wissen Sie, was Sie suchen?«

»Nein.«

Es stimmte. Er wusste nicht, was er suchte, aber sein Gefühl sagte ihm, dass er genau dort suchen musste.

»Der Hubschrauber ist unterwegs«, meldete sich Le Coz. »Er war gerade mit der Spurensicherung auf Brilimec. Die müssen dann eben warten.«

Dupin musste an René Reglas denken und unwillkürlich grinsen. Dabei fiel ihm etwas ein, das er eben schon hatte machen wollen. Er holte sein Handy aus der Jackentasche und wählte Reglas' Nummer. Es dauerte, bis der Anruf angenommen wurde.

»Ah, Monsieur le Commissaire. Ich hätte es angemessen gefunden, wir wären direkt und persönlich im Gespräch gewesen über die …«

»Können Sie schon etwas Genaueres über die Fußspuren im Haus sagen?«

»Ich …«

»Große Füße, kleine Füße? Frauen, Männer?«

»Das ist schwer zu sagen, Sie haben es selbst gesehen, keine der Spuren ist deutlich. Und vor dem Haus ist der Boden fest und steinig. Aber selbst, wenn es welche gegeben hätte, der Sturm hat alle Spuren draußen vernichtet. Auch an den Stränden, Goulch hat uns die Stellen gezeigt. Da haben wir nichts mehr gefunden. Ich kann mich bislang noch nicht festlegen.«

Dupin hasste dieses »noch nicht festlegen«.

»Ich will nur wissen, was Sie denken. Eine erste Vermutung.«

»Es sind weder signifikant kleine noch signifikant große Abdrücke.«

Großartig. Es war kein Riese und kein Zwerg.

»Eine Frau?«

»Das kann ich nicht sagen. Ich denke, es waren Schuhgrößen zwischen 38 und 44.«

Das half auch nicht wirklich.

»Wir schließen die Arbeiten gerade ab. Und fliegen jetzt sofort wieder zurück. Wir werden uns dann die beiden Kugeln …«

Ein ohrenbetäubender Lärm hob an. Dupin kannte ihn mittlerweile gut. Rotorenblätter.

»Hier startet … hören Sie mich noch, Commissaire?«

Dupin legte auf.

Er wandte sich an Riwal und Le Coz.

»Der Hubschrauber ist gleich da. Ich muss los.«

»Sie können sich gern setzen. Bitte sehr.«

Die nicht nur dünne, die geradezu dürre Mitarbeiterin der Mairie de Fouesnant war überaus beflissen, in übertrieben devoter, dabei zugleich herrischer Weise – eine gefährliche Mischung, wusste Dupin. Die Strenge ihrer Züge hatte sie mit Gewalt zu einem Lächeln verformt. Anfang sechzig, schätzte er.

Dupin nahm mit einem knapp zustimmenden Nicken die Mappe, die die Mitarbeiterin ihm mit festem Griff entgegenhielt. Er setzte sich an einen der jahrzehntealten dunkelgelblich furnierten Tische, die in unsinnig beliebiger Verteilung herumstanden. Dupin hatte einen einzelnen Tisch in der Ecke gewählt – als Zeichen, ungestört sein zu wollen.

Sie hatten vom kleinen Flughafen in Quimper mit dem Wagen nicht mal eine Viertelstunde gebraucht. Riwal hatte das Kommen des Kommissars angekündigt, der Vizebürgermeister – Du Marhallac'h war »verhindert« – hatte ihn beinahe feierlich empfangen und in die erste Etage begleitet. Verfolgt von den neugierigen Blicken der Mitarbeiter.

Die Mappe schien fast zu platzen. »Jacques Nuz und Solenn Pleuvant, dann Nuz« hieß es auf dem maschinenschriftlichen Reiter. »Jacques Nuz« war handschriftlich mit einem kurzen, scharfen waagerechten Strich durchgestrichen worden. Das »und« hatte man stehen gelassen, was seltsam aussah.

Die Dokumente waren chronologisch geordnet. Die Akte schien penibel geführt. Die jüngsten Dokumente zuvorderst.

Dupin fand den aktuellen Antrag, der, von dem Le Coz erzählt hatte. Vierundzwanzig Seiten lang. Ein handschriftlich ausgefülltes Formular. Zwei angefügte Bauskizzen. Aufriss, Grundriss. Von einem Architekten namens Pierre Larmont. Aus Quimper. Ein »Neubau in massiver Bauweise des bestehenden Anbaus in Holzbauweise«. Der Antrag wimmelte von Fachbegriffen, die Dupin nicht verstand, aber alles machte einen vollkommen plausiblen Eindruck und entsprach den Informationen, die er hatte. Er legte ihn beiseite. Es folgten kürzere Anträge – sechs, acht Seiten lange Formulare und die Bescheide dazu – aus den letzten Jahren. »Neuanschluss an die betriebstechnisch mittelformatige Statik-Solaranlage der Glénan«, »Neubau eines bedarfsadäquaten, selbständigen Sickergrubensystems für gastronomische Zwecke«. Alles schlüssig und sinnfällig.

Dupin kam zu den ersten Anträgen, die Solenn noch gemeinsam mit ihrem Mann gestellt hatte. Die Eröffnung des *Quatre Vents* hatte für das damals junge Glück und dessen große Träume offenkundig eine beeindruckende Anzahl von Einzel- und Unteranträgen bedeutet. Die »innerräumliche bauliche Neugestaltung der Restauration *Les Quatre Vents* (Bar / Café), ehemals *Le Sac de Noeuds«*, »Umbenennung der Restauration (Bar / Café) *Sac de Noeuds* in *Quatre Vents* …«. Unfassbar. Des Weiteren Anträge zum Tauchzentrum »Internationale Assoziation für die Freunde und Förderer des Tauchsports der Inselgruppe Les Glénan«. Auch hier: eine beachtliche Anzahl. Dupin ging sie kurz durch. Auch sie entsprachen seinen groben Informationen. Alles schien in bester Ordnung.

Dupin stand etwas frustriert auf. Erst jetzt nahm er wahr, dass die Amtsmitarbeiterin immer noch im Türrahmen stand. Sie blickte ihn ausdruckslos an.

»Madame, waren Sie es, die Madame Nuz die Mappe ausgehändigt hat?«

»Oh ja, ich verwalte und führe die Akten des ganzen Archivs.«

»Wissen Sie zufällig, warum Madame Nuz diese Unterlagen benötigte?«

»Das ist eine Frage, die ich selbstverständlich nicht stelle. Weil ich sie nicht stellen muss. Jeder Bürger kann jederzeit Einblick in seine Akten nehmen. Und davon wird Gebrauch gemacht.«

Sie formulierte es, als hielte sie es für die zentrale Errungenschaft des freien Bürgers. Dupin hätte gern etwas wie »Dafür also haben Zehntausende in der Revolution ihr Leben gegeben, für das freie Zugangsrecht auf ihre Akte?« gesagt. Immer, wenn er mit Ämtern und Verwaltung zu tun hatte, musste er an die Revolution denken.

»Haben Sie zufällig gesehen, welches Dokument Madame Nuz gebraucht hat? Ich bitte Sie, sich genau zu erinnern. Und mir zu antworten.«

Dupin hatte seinen klaren Befehlston angeschlagen.

»Ich habe keinerlei Veranlassung, die Menschen zu bespitzeln«, parierte die Dame und schob dann eher kleinlaut, aber dennoch giftig hinterher:

»Sie wird Angaben aus früheren Anträgen für das Ausfüllen einer Reihe von Formularen benötigt haben, die in Hinblick auf den beantragten Neubau noch fehlen – es stehen noch zwei aus. Obwohl das nur Kopien sind, geben wir sie nicht heraus. Man muss schon hierherkommen; es geht um wichtige Dinge.«

Das ergab Sinn. Das würde erklären, warum Madame Nuz hierhergekommen war. Und die heiße Spur wäre augenblicklich erkaltet, die Idee, die er hatte: hinfällig.

Dupin war aufgestanden und im Begriff, sich wortlos abzuwenden, als ihm etwas durch den Kopf ging, dem er eben keine Beachtung geschenkt hatte.

»Kopien? Sie sagen, das seien Kopien?«

»Oh ja, was denken Sie denn? Wir können doch nicht die Originale aushändigen, bei allem, was recht ist. Die Originale sind in unserem Archiv. Alles justiziable Dokumente!«

Das Entsetzen war nicht gespielt.

»Ich möchte die Originale sehen.«

»Das ist ohne Genehmigung nicht möglich. Ich werde den Bürgermeister fragen müssen. So sind die Vorschriften. Da müssen wir sehr streng sein. Ausnahmslos.«

Dupin fühlte, wie seine Gesichtsfarbe wechselte, unwillkürlich baute er seinen massiven Körper kerzengrade vor ihr auf. Sein Auftreten ließ keinen Zweifel daran, dass er im nächsten Augenblick platzen würde. Noch bevor Dupin laut werden konnte, presste sie mit dünner, aggressiver Stimme hervor:

»Ich hole die Akte.«

Sie verschwand mit verblüffender Geschwindigkeit.

Dupin setzte sich wieder.

Hatte er sich vertan? Er hatte gehofft, etwas Überraschendes zu finden, das Licht in den Fall brächte.

»Bitte sehr.«

Sie hatte ihm die Mappe mehr hingeknallt als hingelegt.

»Ich hoffe, Sie sind sich dessen bewusst, dass Sie nun mit Orginalen umgehen, deren Beschädigung oder Verlust gravierende Folgen hätte.«

Sie war zäh. So gern sich Dupin auf ein Wortscharmützel eingelassen hätte, er ließ es. Er musste sich konzentrieren.

Er ging die Dokumente in derselben Reihenfolge durch wie eben. Rückwärts chronologisch. Sah sie sich eins nach dem anderen noch einmal akribisch an. Nach ein paar Dokumenten ging er dazu über, systematisch zwei Stapel zu bilden, einen mit dem Original und einen mit den Kopien. So konnte er vergleichen, ob es etwas Auffälliges, Irreguläres gab. Er fand keine Abweichungen. Wozu hätte man in den Kopien auch etwas ändern sollen?

Er fand nichts, gar nichts. Inzwischen war er bei den Anträgen für das Tauchzentrum angelangt, am Anfang also. Linker Stapel, rechter Stapel. Noch ein Dokument. Er legte es nach links. Dupin stutzte. Wo war die Kopie? Im rechten Stapel fehlte ein Dokument. Nur bei den Originalen war es vorhanden. Hektisch suchte er nach der Überschrift. »Bau eines gemäß Verordnung ›16.BB.12 / Finist.7‹ kompatiblen ordentlichen Hotelbetriebes auf Saint-Nicolas«, ein besonders dicker Antrag auf dünnem, verblichenem Papier. Datum: »28.5.2002«. Er blätterte ihn durch. »Kapazität / Anzahl der geplanten Zimmer des Hotelbetriebs: 88«. Das musste Teil der ersten großen Pläne gewesen sein, die Lefort damals gehabt hatte. Eindeutig. »Ein Hotelbetrieb«. Und kein kleiner. Dupin blätterte weiter, »Integrale Funktionalität einer Wassersportbasis und eines Freizeithafens im Sinne einer touristischen Nutzung / Integration bestehender Institutionen«. Das war die große Sache, um die es gegangen war. Dupins Blick fiel auf die letzte Seite. »Hauptantragsteller: Jacques Nuz«, dann eine schwer leserliche Unterschrift. Und: »Weitere Antragsteller im Sinne von § GHF 17.3: Lucas Lefort, Yannig Konan, Charles Malraux – das musste der andere Beteiligte vom ›Festland‹ sein –, Kilian Tanguy, Devan Le Menn«.

Dass am Anfang der Tourismuspläne Leforts noch andere an dem Projekt beteiligt gewesen waren, wusste Dupin. Zunächst hatten, wenn er das richtig verstanden hatte, mehrere junge, unternehmenslustige Leute gedacht, gemeinsam einen Traum zu verfolgen. Dann hatte sich herausgestellt, dass sie sehr unterschiedliche Träume träumten – und es war ein Streit entfacht, der sie für immer verfeindet hatte.

So weit entsprach alles dem Bekannten. Aber der Antrag warf Fragen auf. Dupin war nicht sicher, ob es das war, was er gesucht hatte, und wenn ja, was es bedeutete. Bemerkenswert war auf alle Fälle eines: dass das Dokument in der zugänglichen Mappe fehlte. Wenn es nicht zufällig verschlampt worden war, dann war es entfernt worden, was einen gehörigen Aufwand bedeutete. Und: Warum war Jacques Nuz der Hauptantragsteller gewesen? Davon hatte nie jemand etwas gesagt. Alle hatten immer von Leforts Plänen gesprochen. Und zuletzt: Der Antrag war also doch tatsächlich eingereicht worden. Die Aussagen dazu waren die ganze Zeit widersprüchlich gewesen. Und sogar Kadeg hatte dazu nichts gefunden. Doch Kadeg hatte auch nur nach Anträgen unter Leforts Namen gesucht. So wie vermutlich alle anderen auch. Dupin blätterte zurück. Auf der ersten Seite fand er eine handschriftliche Bemerkung. Mit einem amtlichen Stempel vom 29. Juni 2002 versehen: »Antragsteller polizeilich verschollen«. Was bedeutete das – hatte man die Bearbeitung eingestellt? Das würde immerhin erklären, warum der Antrag nie »offiziell« geworden war. Warum alle dachten, es hätte ihn nie gegeben.

Dupin stand auf. Er sah, dass der Amtsdrache auch dieses Mal die Tür bewacht und ihn mit genüsslichem Argwohn beobachtet hatte.

»Wenn ein Antrag mehrere Antragsteller hat, wird der Vorgang dann nur in der Akte des Hauptantragstellers abgelegt?«

»Früher ja. Das haben wir aber vor zwei Jahren umgestellt, nun liegen Kopien bei allen Antragstellern.«

»Ich brauche die Akte. Ich nehme sie mit.«

Dupin wusste, dass das für den Amtsdrachen der schlimmste Satz war, den ein menschliches Wesen auf dieser Erde aussprechen konnte.

»Monsieur!«

Sie hatte erkennbar größte Mühe, mit ihrer eigenen Empörung sprachlich Schritt zu halten.

»Das – das sind unsere Originale! Es ist nicht einmal erlaubt, die *Kopien* mitzunehmen.«

Sie pumpte sich noch weiter auf.

»Das ist restlos ausgeschlossen. Das – das müssen Sie beantragen.«

Dupin machte keine Anstalten zu antworten. Er ging schnurstracks an ihr vorbei. Sie bewegte sich abrupt, und Dupin war einen Moment lang darauf gefasst, dass sie versuchen würde, ihm die Mappe zu entreißen. Stattdessen drehte sie sich wie beim militärischen Exerzieren zackig auf der Stelle um und marschierte hinter ihm her. Durch die Tür. Den Gang entlang. Die Treppen hinunter. Vollkommen wortlos. Erst als sie im Erdgeschoss angekommen waren, meldete sie sich erneut zu Wort:

»Ich mache Sie darauf aufmerksam, Monsieur, dass Sie eine Straftat begehen. Ich fordere Sie ein letztes Mal auf: Legen Sie die Dokumente aus der Hand. Das ist Eigentum des französischen Staates.«

Dann begann sie, um Hilfe zu rufen.

»Hallo? Monsieur Lemant? Ich brauche Sie! Hallo?«

Die freundliche Dame am Empfang starrte verängstigt auf das sonderbare Schauspiel.

Dupin ging entschiedenen, aber nicht hektischen Schrittes. Im nächsten Moment war er draußen und machte dem Fahrer ein Zeichen, der umgehend den Motor startete. Zwei Minuten später fuhren sie bereits auf der Schnellstraße Richtung Quimper, zurück zum Flughafen. Dupin hatte das Telefon im Amt auf Vibration gestellt. Es hatte in der letzten Stunde einige Male vibriert. Er schaute nach den Nummern. Der

Präfekt ... insgesamt fünf Mal. Außerdem Kadeg, Riwal, Goulch, Nolwenn. Der Starforensiker Reglas.

Bei Nolwenn war besetzt. Er versuchte es drei Mal.

Dann wählte er Reglas' Nummer.

»Sie haben unseren Hubschrauber. Wir sitzen immer noch auf Brilimec fest«, hörte Dupin statt einer Begrüßung.

»Ich hoffe sehr, Sie haben mich nicht deswegen versucht anzurufen.«

»Ich wollte Ihnen etwas – doch höchst Erstaunliches mitteilen.«

Reglas machte eine Pause. Dupin kannte seinen Hang zum Theatralischen.

»Reglas, ich werde ...«

»Bei der Waffe handelt es sich wahrscheinlich um eine FP-45 Liberator. Aus dem Zweiten Weltkrieg. Eine primitive, aber effektive Waffe, die die Amerikaner ...«

»Reglas!«

»... sie wurde dann vom französischen Widerstand benutzt.«

Dupin zuckte zusammen. Das war interessant.

»Und das ist gesichert?«

»So gut wie. Die Munition ist klar zu erkennen. Auch wenn ich sie mir nur mit den provisorischen Möglichkeiten, die wir vor Ort haben, ansehen konnte, die ...«

»Diese Waffe wird doch eher selten anzutreffen sein?«

»Im Gegenteil. Es gibt immer noch viele Exemplare. Auch wenn die allermeisten nicht mehr funktionstüchtig sind.«

»Was meinen Sie mit ›viele Exemplare‹?«

»Die Résistance hat damals gerade hier in der Bretagne nach und nach beträchtliche Waffendepots angelegt. In nicht wenigen Häusern liegt bis heute eine dieser Waffen auf dem Dachboden oder im Keller … Viele haben sie auch aus sentimentalen Gründen behalten und gepflegt.«

Das war alles sehr plausibel.

»Melden Sie sich, wenn Sie mehr wissen, Reglas.«

Dupin legte auf. Wieder versuchte er es bei Nolwenn. Es war noch immer besetzt. Dann Kadeg.

»Hallo?«

»Kadeg, haben Sie sich in der Mairie das Original von Leforts Akte zeigen lassen oder nur die Mappe mit den Kopien?«

»Selbstverständlich das Original. Ich habe extra den stellvertretenden Bürgermeister herzitiert.«

»Gut. Was haben Sie sonst Neues?«

Dupin sprach schnell, aber klar und konzentriert. Kadeg passte sich seinem Tempo an.

»Der Bauunternehmer sagt aus, er selbst habe die Terrasse geplant. Du Marhallac'h habe sich zwar gelegentlich mit Ideen und Vorstellungen eingemischt, aber nie einen konkreten Plan entworfen.«

»Hervorragend.«

Das würde reichen. Selbst wenn Du Marhallac'h behauptete, Pajot habe ihm das Honorar für mündliche Beratungen gezahlt – vorzuweisen hatte er nichts. Das reichte als Anfangsverdacht – für Korruption.

»Übergeben Sie das der Präfektur, sie soll den Staatsanwalt involvieren. Unmittelbar. – Ach ja, informieren Sie den Präfekten persönlich.«

Obwohl das mit dem Fall, da war sich Dupin mittlerweile sicher, nichts zu tun hatte, wäre der Präfekt dennoch ein wenig beschäftigt.

»Und der Direktor des Instituts?«

Der Fahrer hatte einen besonders engen *rond-point* mit hoher Geschwindigkeit genommen, Dupin wurde gegen die Tür gedrückt.

»Directeur Le Berre-Ryckeboerec?«

»Genau.«

»Das wird nicht leicht. Unsere Leute haben immer noch nichts Eindeutiges gefunden. Nichts, was gegen das Gesetz verstieße. Aber da das Institut, obwohl größtenteils drittmittelfinanziert, im Kern eine staatliche und teilweise sogar eine europäische Institution ist, gibt es Vorschriften für den Verkauf von Forschungsarbeiten, die streng einzuhalten sind. Studien, Ergebnisse, Lizenzen und Patente müssen kontrollierbar auf den Markt kommen. Aber es ist wohl kompliziert, weil nicht klar ist, welche Vorschriften welcher Ebene für welche Aktivitäten des Instituts jeweils maßgeblich sind. – Das müssen wir uns genau ansehen. Das wird dauern.«

»Und seine Konten? Die privaten?«

»Ich habe ein paarmal mit Nolwenn telefoniert. Einfacher würde es, wenn wir hier etwas fänden. Es war schon ein Wunder, dass wir den Durchsuchungsbefehl überhaupt bekommen haben.«

»Melden Sie sich, sobald es etwas Neues gibt. Eines noch: Rufen Sie Riwal an, und sagen Sie ihm, jemand soll zu Muriel Lefort gehen und fragen, ob sie noch im Besitz von Waffen aus der Résistance ist, von ihren Eltern – sie oder vielleicht ihr Bruder …«

»Mache ich …«

Es war zu hören, dass Kadeg noch etwas sagen wollte. Dupin wusste auch, was: Er würde wollen, dass Dupin ihn auf den Stand der Dinge brachte.

»Ich melde mich, Kadeg. Und erzähle dann.«

Dupin hatte aufgelegt. Er wollte endlich Nolwenn sprechen. Er versuchte es erneut. Und endlich kam er durch.

»Ich habe einige Informationen, Monsieur le Commissaire.«

Sie waren am Flughafen angekommen. Dupin stieg aus, das Handy am Ohr.

»Ich habe mir die Akte zum Unfall von Jacques Nuz genauestens angesehen. Die Geschichte beginnt genauso wie die Geschichte am Sonntag. Es ist erstaunlich. Die Glénan, ein wunderschöner Frühsommertag. Dann zieht ein Sturm auf. Jacques Nuz hat auf dem Festland Dringendes zu tun und will noch vor dem Sturm hinüberfahren. Er verlässt laut Aussage seiner Frau Solenn Nuz die Insel um halb drei. So das Protokoll. Am nächsten Morgen meldet sie ihn bei der Polizei in Fouesnant vermisst. Umgehend wird eine Suchaktion mit Booten und Hubschraubern eingeleitet. Er wird nie mehr gesehen, sein Leichnam nie entdeckt, nur vom Boot hat man zwei Tage später Teile gefunden. Ziemlich weit im Osten. Über den Unfall selbst weiß man nichts.«

»Am nächsten Morgen?«

»Bedenken Sie, dass Mobiltelefone damals hier noch nicht verbreitet waren.«

Dupin stand immer noch neben dem Wagen. Nur einige Meter vom Hubschrauber entfernt. Der Pilot saß bereits im Cockpit. Dupin machte eine vage Geste, die bedeuten sollte: einen Augenblick noch. »Und?«

»Jetzt kommt es: Mit Jacques Nuz verlassen noch zwei weitere Boote Saint-Nicolas, eines unmittelbar nach ihm und eines noch einige Minuten später. Und raten Sie einmal, wem diese Boote gehörten.«

Das war eine rein rhetorische Frage.

»Lucas Lefort und Devan Le Menn! Und es kommt noch besser, wissen Sie, wer bei Lefort an Bord war?«

»Yannig Konan.«

Dupin hatte eher gemurmelt als geantwortet. Er schauderte.

»So ist es. Natürlich hat man Lefort und Konan nach dem Verbleib von Jacques Nuz befragt. In den Akten sind die Aussagen dokumentiert. Nuz wollte nach Fouesnant, wo Solenn und er noch eine kleine Wohnung hatten. Lefort und Konan nach Sainte-Marine. Zunächst ist es derselbe Kurs.«

»Und Le Menn?«

»Der hat ebenfalls ausgesagt, nichts gesehen zu haben. Weder von Nuz' Boot noch von Leforts Boot.«

»Und andere Boote? Waren noch andere unterwegs, gibt es weitere Zeugen?«

»Sonst ist niemand aufgeführt. Jeder vernünftige Mensch wäre entweder rechtzeitig aufgebrochen – oder aber an Ort und Stelle geblieben.«

»Und es gibt keinerlei Hinweise, was passiert ist? Ist Nuz auf einen Felsen gelaufen? Gekentert? Was für ein Boot hatte er?«

»Die Teile, die man gefunden hat, ließen keine Rückschlüsse zu, obwohl man sie eingehend untersucht hat. Die Berichte sind alle beigefügt. Es war eine Jeanneau, fast vierzig Jahre alt, aber in gutem Zustand, so die Aussagen von Solenn Nuz und einigen anderen. Nichts hat auf die Möglichkeit eines Defektes des Bootes hingedeutet.«

»Hm.«

Dupins Gehirn lief auf Hochtouren.

»Man muss immer im Hinterkopf behalten: Solche Unglücke kommen hier nicht selten vor, Monsieur le

Commissaire – und es gibt nur in den allerseltensten Fällen Hinweise auf den Hergang.«

Der Hubschrauberpilot machte nun seinerseits ein Zeichen, das Dupin als Aufforderung verstand, einzusteigen. Reglas und sein Team warteten. Dupin interessierte das zwar weniger, aber er hatte es nun selbst eilig, zurück auf die Inseln zu kommen. Zu einer – sehr wichtigen Unterhaltung. Was er gerade gehört hatte, war in der Tat hochinteressant. Aber er verstand die Geschichte immer noch nicht, auch wenn er sich sicher war, dass sie der Schlüssel war. Der Schlüssel zu allem.

Das kleine steinerne Haus von Solenn Nuz lag – vom Quai aus gesehen – auf dem hinteren Teil der Insel, wo das wild ins Meer gestreute Stück Land am breitesten war. Am westlichen Strand der Insel, dem schönsten, dem, der am meisten Karibikflair besaß. Das Haus war so flach gebaut, dass es aussah, als würde es den Stürmen möglichst geringen Widerstand bieten wollen, umgeben von einer eindrucksvollen Anzahl größerer und kleinerer Beete. Salat, Kartoffeln, verschiedenste Gemüsesorten, sogar Artischocken wuchsen dort, neben Lauch *die* große bretonische Spezialität unter den Gemüsen. Dupin aß sie in allen Varianten, mittlerweile am liebsten ganz bretonisch: mit einer Schnittlauch-Ei-Vinaigrette. Zwei große Kräutergärten schlossen sich an die Beete an.

Irgendwie passte es nicht auf die Inseln, dass es überhaupt Erde gab, richtigen Boden, nicht nur Sand, Dünen, Gräser, Steine und Felsen.

Dupin war ohne nachzudenken zunächst ins *Quatre Vents* gegangen, Louann Nuz hatte ihm dann mitgeteilt, dass ihre Mutter zu Hause sei.

Er stand jetzt unmittelbar vor ihrem Haus. Alles wirkte sehr einfach. Es gefiel ihm. Vergeblich suchte er eine Klingel. Die massive Holztür mit den eisernen Einfassungen und Scharnieren stand halb offen. Er streckte sich ein wenig, um nicht zum Klopfen schon eintreten zu müssen.

»Hallo? Madame Nuz?«

Keine Antwort. Dupin klopfte und rief etwas lauter.

»Hier Commissaire Dupin.«

Wieder keine Reaktion.

Dupin überlegte gerade, was er tun sollte, als Pascal Nuz wie aus dem Nichts neben ihm auftauchte.

»Sie ist im Meer. Muschelfischen.«

Dupin wäre fast zusammengeschreckt. Der Schwiegervater musste draußen im Garten gewesen sein.

»Ich würde sie gern sprechen.«

Der Satz hatte sehr elementar geklungen, merkte Dupin.

»Sie finden sie am großen Strand.« Mit der rechten Hand machte Pascal Nuz eine ungenaue Geste Richtung Westen.

»Ich werde sie suchen. Vielen Dank, Monsieur.«

Dupin fand einen aufwendigen Zickzackweg durch die Beete, ging um das Haus herum und befand sich kurz darauf auf der flachen Düne direkt vor dem großen Strand.

Es herrschte tiefste Ebbe, der Strand zog sich weit hinab ins Meer, eine glatte, ebene Fläche, nach jeder Flut von Neuem perfekt. Die oberste, feinste Sandschicht war von der Sonne schon getrocknet worden und hatte ihr makelloses, blendendes Weiß zurückgewonnen, sie war noch dünn, darunter schimmerte hier und dort der nasse Sand wie Pergamentpapier. Dupin hielt Ausschau und entdeckte Solenn Nuz im Nordwesten. Man sah nur ihre Silhouette. Sie war der einzige Mensch weit und breit, in einer Landschaft, die einen großen Teil des Tages dem Meer gehörte (Dupin verstand, warum ihr Schwiegervater »im Meer« gesagt hatte). Sie lief langsam auf das Ende der Ebbelandschaften an der nördlichen Spitze der Insel zu. Dupin setzte sich in Bewegung. Es war weiter, als er gedacht hatte.

Solenn Nuz bemerkte ihn erst, als er schon ziemlich nahe herangekommen war. Er hatte nicht gerufen. Auf einmal drehte sie sich zu ihm um. Über beide Schultern hingen dunkelgrüne Plastikkörbe, die aussahen wie geflochten, in der rechten Hand hielt sie eine kleine Schaufel mit langem Stiel.

Sie lächelte, als sie den Kommissar sah, das ruhige,

schöne Lächeln, das er kannte. Erst als er direkt vor ihr stand, sprach sie.

»Es ist Saison. Palourdes, Praires, Coques. Und Ormeaux. – Die Palourdes liegen im Sand, die Ormeaux an den Felsen, in den Spalten, wo die Algen sind«, sie zeigte Richtung Bananec, dorthin, wo bei Ebbe die imposanten Felslandschaften begannen.

»Die Palourdes verbergen sich zehn Zentimeter tief im Sand. Man muss wissen und erkennen, wo sie zu finden sind«, sie sprach ganz in sich ruhend, wie in den vergangenen Tagen, »ich habe es von meiner Mutter gelernt. Es gibt nur wenige Hinweise. Wollen Sie sehen, wie man sie findet?«

»Zeigen Sie es mir.«

Dupin sprach ebenso ruhig.

»Sie müssen nach kleinen Löchern im Sand suchen, in Form einer Acht, das sind die weiblichen Palourdes. Und dann nach zwei noch kleineren, gleich großen Löchern in einem Abstand von zwei bis drei Zentimetern, das sind die größeren, männlichen.«

Solenn Nuz' Blick hatte den Dupins einmal kurz gestreift. Jetzt war ihr Kopf wieder gesenkt, der Blick professionell auf den Meeresboden fixiert.

»Und dann gehen Sie mit der Hand vorsichtig in den Sand und ertasten die Muschel. Und holen Sie hervor.«

Dupin lief neben ihr.

»Mögen Sie Palourdes? Oder Ormeaux – die Perlmuttmuscheln?«

»Sehr.«

Dupin liebte in der Tat beide Muschelarten, die köstlichsten Palourdes gab es im *Amiral* – mit Kräuterbutter und gebröseltem Weißbrot überbacken. Und er musste zugeben, dass es ihn noch heute glücklich wie ein Kind machte, wenn er eine Ormeau, eine unversehrte Perlmuttmuschel, fand, die in allen Farben des Regenbogens schimmerte. Er steckte sie immer ein und hatte in seiner Schreibtischschublade bereits eine stattliche Sammlung angehäuft.

»Heute Abend gibt es Crêpes mit Palourdes, vielleicht auch mit Ormeaux. Aus der Pfanne. – Wir werden sehen.«

»Was hat es mit dem Antrag auf sich, den Ihr Mann bei der Mairie eingereicht hatte?«

Die Frage war unvermittelt gekommen. Solenn Nuz war gleichwohl keinerlei Verwunderung anzumerken. Gar nichts. Sie antwortete, ohne zu zögern, und in demselben Tonfall, in dem sie gerade vom Muschelfischen gesprochen hatte.

»Wir dachten eine Zeitlang, wir hätten eine gemeinsame Idee. Lucas, Yannig, Kilian Tanguy und wir. Und auch Devan Le Menn. Muriel Lefort kannte ihren Bruder besser, sie war von Anfang an nicht dabei. Wir haben nicht auf sie gehört, wir fanden sie altmodisch. Nach einer Zeit des gemeinsamen Pläneschmiedens wurde uns klar, dass Lucas ganz anderes im Sinn hatte. Wir wollten die Glénan belassen, wie sie waren, die Tauchschule und den Segelklub ein Stück modernisieren und vergrößern, ein Hotel und ein Restaurant bauen, aber keine Massen, keinen Luxus. Für Lucas war das nur der Anfang, eine Taktik. Wir fingen an, uns immer häufiger zu streiten. Eines Tages gab es dann den großen Knall. Yannig hat nie viel zu allem gesagt – aber er war auf Lucas' Seite. Und er hatte das Geld. Charles Malraux stand auf unserer Seite. Devan hat versucht, sich irgendwie rauszuhalten.«

Sie bückte sich plötzlich.

»Sehen Sie, hier – die beiden winzigen Löcher?«

Dupin beugte sich weit hinunter. Er hätte sie beinahe übersehen. Aber da waren sie.

Solenn Nuz ließ ihre Hand in einer fließenden, behutsamen Bewegung in den Sand gleiten und zog sie kurz darauf mit einer prächtigen Palourde Grise wieder hervor. Sie legte sie in den rechten Korb, erst jetzt sah Dupin, dass sich darin bereits eine große Anzahl von Muscheln befand.

»Warum war Ihr Mann der Hauptantragsteller?«

»Weil das Land, auf dem das Hotel stehen sollte, sein Land war, und es zunächst das Zentrum der ganzen Pläne sein sollte.«

»Ich habe gehört, der Antrag sei nie eingereicht worden. Warum hat Ihr Mann ihn nach dem endgültigen Zerwürfnis überhaupt eingereicht?«

Jetzt schien es, als hätte Solenn Nuz einen kurzen Moment innegehalten, aber Dupin war sich nicht sicher. Sie hielt den Kopf weiterhin gesenkt und den Blick fest auf den Sand gerichtet.

Sie schwieg eine Weile, dann schien sie sich einen Ruck zu geben.

»Er hat ihn nicht eingereicht.«

Dupin verstand nicht. Solenn Nuz machte keinerlei Anstalten, das Gesagte weiter auszuführen.

»Was soll das heißen, er hat den Antrag nicht eingereicht?«

»Wir hatten den Antrag fertig gemacht. Aber das war zu der Zeit, als wir bereits unsicher waren, Jacques, Kilian und ich. Und schon heftig mit Lucas stritten.«

Wieder schwieg sie. Dupin wartete.

»Wir haben zu dieser Zeit zwischen zwei Orten gelebt, dem kleinen Appartement in Fouesnant und den Inseln. Wir haben ein paar Monate hauptsächlich auf dem Boot gewohnt, auch wenn es eng war. Das Haus hier hatten wir noch nicht, das Appartement nutzten wir fast nicht mehr. Das Boot war unser eigentliches Zuhause. Alles, was wir brauchten, war dort – wir fühlten uns frei, wir waren sehr glücklich. – Auch unsere persönlichen Unterlagen haben wir dort aufbewahrt«, noch einmal machte sie eine Pause und ergänzte im selben Tonfall, »auch den Antrag.«

Dupin blieb stehen. Im ersten Moment begriff er

nicht, was sie da gesagt hatte. Dann wurde ihm schwindelig. Es dämmerte ihm. Er spürte eine leichte Gänsehaut auf den Unterarmen.

»Der Antrag – der ausgefüllte Antrag war auf dem Boot? Er war auf dem Boot, an dem Samstag vor zehn Jahren, an dem Ihr Mann nachmittags von den Glénan aufbrach, weil sich der Sturm näherte?«

Jetzt war es Dupin, der eine längere Pause machte, die Gedanken schossen ihm in ungeheuerlicher Geschwindigkeit durch den Kopf. Solenn Nuz suchte vollkommen unbeirrt mit den Augen weiter den Sand ab.

»Der Antrag war beim Verlassen von Saint-Nicolas auf dem Boot von Jacques Nuz«, Dupin sprach mehr zu sich selbst, »und unmittelbar nach dem Unglück wurde er eingereicht. Er ist nicht mit dem Boot untergegangen. Der Antrag ist – nach dem Ablegen von Saint-Nicolas«, Dupin sprach immer langsamer, »er ist auf ein anderes Boot gelangt, er ist nicht mit Jacques Nuz untergegangen.«

Schweigend gingen sie nebeneinanderher, Solenn Nuz einen halben Schritt voraus. Es war ungeheuerlich. Dupin versuchte, sich zu sammeln.

»Es war Mord, habe ich recht? Es war Mord. Es waren Lefort und Konan.«

Sogar jetzt blieb Solenn Nuz ruhig.

»Sie haben ihn ertrinken lassen. Der Motor war angeblich defekt. Das weiß niemand genau. Zwischen den Glénan und den Moutons. Das Meer war bereits sehr aufgewühlt. Er ist vermutlich über Bord gegangen, als er etwas reparieren wollte. Sie haben gesehen, was passiert ist, Lefort und Konan. Sie haben es gesehen. Dass er im Wasser trieb. Sie haben sich parallel gelegt, und Lefort ist an Bord. Und er hat«, zum ersten Mal veränderte sich ihre Stimme, wenn auch nur geringfügig, sie wurde tonloser, »er hat ihn gesehen, er hat ihn im Meer seinem Schicksal überlassen. Er hat den Antrag gesucht, er wusste, wo er liegen musste, er kannte unser Boot.«

Sie machte eine längere Pause.

»Er hat ihn genommen und ist zurück auf sein Boot. Dann sind sie losgefahren«, sie stockte noch einmal, »sie dachten, sie reichen ihn ein, und wenn er angenommen würde, könnten sie behaupten, Jacques hätte ihnen das Dokument doch gegeben – dann hätten drei Aussagen gegen meine gestanden.«

Das war sie. Das war die Geschichte. Das dunkle Zentrum von allem. Und – was Sonntagnacht Lefort und Konan widerfahren war: Sie hatten sich plötzlich in exakt derselben Situation befunden wie Jacques Nuz zehn Jahre zuvor. Vollkommen chancenlos, ohne Schwimmweste, in einem heftigen Sturm, in unerbittlichen Strömungen im Atlantik zu treiben.

»Und Le Menn?«

»Er befand sich fast direkt hinter ihnen. Le Menn hat sie gesehen, nicht alles, aber das Entscheidende –

dass Jacques im Meer war und Yannig und Lucas wegfuhren. Er hat nicht angehalten. Er ist weitergefahren. Er hat nichts getan. Auch danach nicht. Er hatte Angst vor Lucas. Er war feige. Er war schon immer feige.«

In Dupins Kopf sortierten sich die Dinge, die Teile eines grausigen, eines brutalen und entsetzlich traurigen Puzzles fügten sich ineinander. Nur wenige fehlten noch.

»Seit wann wussten Sie davon? Woher? – Haben Sie den Antrag gefunden, den man in der Akte abgelegt hatte?«

»Es war Zufall. Ich habe ihn vor drei Monaten gefunden. Ich brauchte Informationen aus den allerersten Anträgen, für die geplante Erneuerung des Anbaus. Da habe ich ihn gesehen. Und begriffen.«

»Und Sie sind zu Lefort gegangen.«

Ein zweites Mal veränderte sich ihre Stimme. Sie wurde vollkommen leer. Gespenstisch leer.

»Er hat gelacht. Er hat gesagt, ich könne das nie beweisen. – Und er lag damit richtig.«

Dupin schwieg. Sie waren bei den Felsen angekommen.

»Und woher wussten Sie von Le Menn?«

»Lefort hat es ihm gesagt. Dass ich es ahne. Le Menn ist zu mir gekommen. Und er – er hat mir alles erzählt«, erwiderte sie deutlich ruhiger und gefasster. »Sie müssen Spalten in den Felsen suchen, tiefe, enge Spalten, in den Becken. Sie sehen nur ganz wenig von den Muscheln, ein winziges Stückchen, wenn überhaupt, und das hat exakt die Farbe der Felsen. Rostig. Sie …«

»Monsieur le Commissaire? Hallo?«

Es war Riwal. Er rannte auf sie zu und hatte schon von Weitem gerufen. Es sah komisch aus, wie der Inspektor in heller Aufregung über den breiten Strand auf sie zustürmte. Ein sehr unpassender Moment.

»Entschuldigung! Ich muss Sie sprechen, Monsieur le Commissaire!«

Dupin ging ihm entgegen. In höchstem Maße misslaunig.

»Riwal, das ist jetzt …«

»Pascal Nuz hat gestanden. Er hat alles gestanden.«

Riwal hatte diesen Satz noch halb im Laufen gesagt, keuchend und um Luft ringend. Nun war er knapp vor Dupin zum Stehen gekommen.

»Pascal Nuz hat was?«

»Er hat die Morde gestanden. Dass er es war, der das Beruhigungsmittel in die Getränke gegeben hat. Dass er sich gestern mit Le Menn auf der Insel getroffen hat, er ihn mit seiner Waffe auf sein Boot gezwungen und ihn schließlich zwei, drei Seemeilen südlich des Archipels gezwungen habe, über Bord zu gehen. Er«, Riwal setzte ab, um noch einmal tief Luft zu holen, er war immer noch außer Atem, »er hat auch gesagt, warum. Er habe seinen Sohn rächen wollen. Den – *Mord an seinem Sohn*«, Riwal stütze sich mit der rechten Hand in der Hüfte ab, »er behauptet, Lefort und Konan hätten seinen Sohn ermordet.«

Dupin senkte den Kopf. Wieder überkam ihn ein Schwindel.

Er ging auf die Wasserlinie zu. Riwal folgte ihm nicht. Erst knapp vor den sanft plätschernden Wellen blieb Dupin stehen. Das Wasser war so unglaublich klar. Kristallklar. Auf dem gleißend weißen Meeresboden sah man jedes Steinchen und jede Muschel gestochen scharf.

Dupin glaubte das eben Gehörte nicht. So ging die Geschichte nicht. Einen Moment lang stand er vollkommen regungslos da. Dann bewegte er sich zu Riwal zurück. Riwal stand verloren im Sand, blickte auf seine Schuhe und rauchte. Er hatte das Rauchen eigentlich vor einem halben Jahr endgültig aufgegeben. Solenn Nuz war einfach weitergangen und fischte nun in den Felsspalten.

»Hat Le Coz die zeitlichen Angaben von Solenn Nuz überprüfen können?«

»Hat er. Wir haben die ganze Zeit versucht, Sie anzurufen. Es stimmt alles. Auf die Minute. Soweit wir es überhaupt verifizieren können. Und wir haben mittlerweile die Verbindungsnachweise von Le Menns Telefonaten, was gar nicht so leicht war. Er hat gestern zwei Mal mit dem *Quatre Vents* gesprochen, die Bar hat ein Geschäftshandy, für Reservierungen und so. Einmal wurde er angerufen, einmal hat er dort angerufen. Einmal um Viertel nach zehn und einmal um elf Uhr.«

Solenn Nuz war also tatsächlich nicht auf Brilimec gewesen. Selbst wenn bei allen überprüften Angaben kleinere zeitliche Unschärfen blieben, eine Dreiviertelstunde oder länger konnten sie nicht ausmachen. *Sie* war nicht auf Brilimec gewesen; *sie* hatte sich nicht mit Le Menn getroffen. Und sie hatte gestern Morgen keine Anrufe vom *Quatre Vents* aus führen können.

»Das auf der Insel, das war wirklich Pascal Nuz«, sprach Dupin zu sich selbst.

»Er hatte noch eine Waffe von früher. Aus der Résistance. Seine eigene Waffe. Mit der er gekämpft hat«, Riwal war sichtlich aufgewühlt. »Er war es auch, der Sie gestern früh mit verstellter Stimme wegen *Medimare* angerufen hat, um Sie auf eine falsche Fährte zu locken.«

»Und Pajot? Was ist mit Pajot?«

»Das hat er nicht gewollt. Er hat nicht gewusst, dass sie zu dritt unterwegs waren. Er hat viele Male gesagt, dass er das nicht gewollt hat.«

Riwal klang, als wollte er ihn verteidigen.

»Und wie hat er das mit dem Beruhigungsmittel gemacht? Ist es plausibel, was er erzählt?«

»Zehn Tabletten, aufgelöst im Rotwein. – Er hat uns die Tabletten-Packung gezeigt.«

Das passte alles, ja, aber es klang irgendwie zu glatt.

»Und er ist gerade eben zu Ihnen gekommen? Einfach so?«

»Ja, ein paar Minuten, nachdem Sie gegangen sind«, Riwal sprach mit schwerer Stimme, »Sie hätten ihm auf dem Weg eigentlich begegnen müssen. Er hat gesagt, Sie hätten ohnehin bald alles gewusst.«

Dupin wollte etwas antworten, aber er konnte es nicht. Er konnte nicht mehr sprechen. Ihn hatte eine tiefe Trauer erfasst. Alles, alles an dieser Geschichte war tragisch.

Noch nie war er in einer solchen Situation gewesen. Er wusste, dass es sich so nicht zugetragen hatte. Aber er wusste nicht, was er tun sollte. Was er überhaupt tun konnte. Und: Er wusste vor allem nicht, was er tun *wollte. Ob* er überhaupt etwas tun wollte.

Riwal hatte sich umgedreht und ging langsam, immer noch rauchend und etwas gebückt, den flachen Strand hinauf. Zurück, Richtung *Quatre Vents.*

Dupin hatte keine Ahnung, wie lange er so dagestanden hatte. Schließlich schaute er zu den Felsen. Er sah Solenn Nuz, sie stand sehr aufrecht, schien zu balancieren. Er setzte sich in Bewegung. Solenn Nuz war bereits ein beachtliches Stück die schroffe Felsenlandschaft entlanggeklettert und näherte sich schon wieder dem Sand auf der anderen Seite. Dupin überlegte, ging den Strand hinauf bis zum Ende der Felsen und umrundete das steinerne Feld.

Sie standen ungefähr fünf Meter voneinander entfernt. Solenn Nuz erblickte ihn erst spät, sie war vollständig auf die Ormeaux und ihren Halt konzentriert gewesen.

»Keine große Ausbeute heute. Fünf Stück.«

»Ihr Schwiegervater hat mit uns gesprochen. Er hat«, Dupin zögerte, »er hat uns alles gesagt.«

Solenn Nuz blickte auf, nicht hektisch. Sie schaute Dupin tief und durchdringend in die Augen. Ihre Gesichtszüge waren unverändert. Er konnte ihren Blick nicht deuten. Dann senkte sie den Kopf. Sie war noch zwei, drei Schritte vom Sand entfernt. Sie schwieg. Dupin ebenfalls. Sie ging zu ihm und blieb stehen, die Körbe an ihren Schultern, die Schaufel in ihrer rechten Hand. Plötzlich schien sie ganz in sich gekehrt, als hätte sie vergessen, dass der Kommissar neben ihr stand. In einer ruhigen Bewegung wandte sie ihren Kopf zum Meer. Sie schaute weit hinaus. Dupin beobachtete sie ununterbrochen. Sah sie von der Seite an. Er konnte nichts erkennen.

Solenn Nuz stand eine Zeitlang so. Regungslos. Dann drehte sie sich ohne Eile um und begann, den Strand hinaufzulaufen. Dupin ging neben ihr her. Sie gingen langsam, aber nicht schleppend. Klaren Schrittes.

Sie waren fast am Ende des Strandes angekommen, dort, wo das Dünengras begann, als Dupin wusste, dass er sich entschieden hatte. Er hatte sich schon eben entschieden. Als er die ganze Geschichte verstanden hatte. Er war sich dessen nur noch nicht bewusst gewesen.

»Wir wissen, was passiert ist. Wir kennen die ganze Geschichte, Madame Nuz«, er setzte nur kurz ab und bemühte sich um Stärke und Endgültigkeit in der Stimme, »der Fall ist für uns geklärt.«

Dupin hatte sie dabei nicht angeschaut.

»Die Polizei weiß alles, was sie wissen muss.«

Solenn Nuz reagierte nicht. Sie hatten die hölzerne Treppe erreicht und stiegen die Stufen nebeneinander hoch. Sie waren fast am *Quatre Vents* angekommen.

»Sie wollen sicher mit Ihrem Schwiegervater sprechen.«

»Ja. Das will ich.«

Wenig später erreichten sie die Terrasse. Riwal und Le Coz standen vor dem Eingang des *Quatre Vents.* Auch Le Coz rauchte nun.

»Pascal Nuz sitzt in der Bar. Wir haben alle Gäste weggeschickt. Louann Nuz ist nach Hause gegangen. Er ist allein. Er wollte allein sein.«

Riwal klang auf eine seltsame Art unentschieden.

Er beeilte sich hinzuzufügen:

»Die Waffe haben wir gesichert. Le Coz hat sie mit ihm zusammen aus dem Haus geholt. Sie lag in seinem Zimmer, in einer kleinen Kiste.«

»Madame Nuz will mit ihrem Schwiegervater sprechen. Wir werden die beiden kurz allein lassen.«

Solenn Nuz verschwand in der Bar und schloss die Tür hinter sich.

Le Coz hatte sich von der Seite genähert. Sie standen nun alle drei sehr nahe beieinander. Ausnahmsweise störte es Dupin nicht. Keiner von ihnen wusste, was er sagen sollte. Es war nicht einmal eine betretene Stille. Auch keine Leere. Jeder hatte den Blick auf etwas anderes gerichtet.

Sie standen eine ganze Weile so.

»Der Fall ist geklärt.«

Dupin sprach klar und bedacht. Es wirkte wie das Signal zur Rückkehr in die Realität, aus der sie alle für kurze Zeit gefallen waren.

»Ich sage dem Piloten Bescheid, Monsieur le Commissaire.«

Le Coz holte sein Handy heraus.

»Ich unterrichte Inspektor Kadeg«, Riwal schien froh, etwas Konkretes zu tun zu haben. »Und Kireg Goulch. Die Schatzsuche hat sich ja jetzt erledigt.«

Beide Polizisten gingen in verschiedene Richtungen auseinander und hatten bereits die Telefone am Ohr. Dupin blieb allein.

Er setzte sich. Nicht an den »Einsatztisch«, sondern dorthin, wo er am Montag das erste Mal gesessen hatte, direkt an die Wand. Wo er den Hummer gegessen hatte. Als er noch dachte, er hätte es mit einem Bootsunfall zu tun. Mit einem Unfall, den seine Inspektoren und der findige Kireg Goulch rasch aufklären würden.

Er blickte über den Quai hinaus aufs Meer. Wieder lag dieses spektakuläre sphärische Licht über allem. Er würde Nolwenn anrufen müssen. Vor allem: Er würde den Präfekten anrufen müssen. Dupin hasste prinzipiell alle Anrufe bei ihm: die während des normalen »Büroalltags«, die während eines Falles, aber am allermeisten hasste er die Anrufe *nach* der Aufklärung eines Falles. Aber jetzt war es anders: Nach diesem Fall war es wichtig, dass *er* ihn als Erster ausführlich sprach.

Riwal kam zurück.

»Kadeg weiß Bescheid. Er war etwas verstimmt, dass er jetzt am Ende doch, wie soll ich sagen, so abseits des Geschehens war.«

Dupin konnte sich das gut vorstellen.

»Rufen Sie ihn noch mal an, und sagen Sie ihm, ich möchte, dass er den Bürgermeister und den Direktor des Instituts drankriegt. Dass er auf keinen Fall lockerlassen soll, in beiden Fällen nicht. – Und dass ich persönlich den Präfekten in Kenntnis setze.«

»Sehr gern.«

In Riwals Stimme lag Empathie.

Auch Le Coz war zurück.

»Ich muss einige längere Telefonate führen. Sie beide warten hier. Madame Nuz bleibt mit ihrem Schwiegervater allein, bis der Hubschrauber da ist.«

Dupin stand auf.

Gedankenverloren war Dupin dieses Mal nach links gelaufen. Zwischen dem alten Farmhaus, der Segelschule und dem Austernrestaurant mit den beiden Becken entlang, an der großen Wand mit dem surrealen Pinguin vorbei. Weiter in Richtung der Sandbank nach Bananec.

Die Ereignisse schwirrten in seinem Kopf herum. Die ungeheuerliche Geschichte, der ganze Fall.

Dupin blieb stehen. Er war schon eine Weile unterwegs und befand sich nun auf dem schmalsten Streifen der Sandbank, das Wasser war inzwischen etwas gestiegen, rechts und links glitzerten türkise flache Lagunen, danach kam nur noch das Meer, unendlich, bis zum Horizont. Hinter ihm Saint-Nicolas, vor ihm Bananec. Er holte sein Telefon hervor. Sechzehn verpasste Anrufe. Seit seinem Gespräch mit Solenn Nuz. Sechzehn.

Er wählte Nolwenns Nummer.

»Monsieur le Commissaire?«

Dupin überlegte, wie er beginnen sollte. Es fiel ihm schwer.

»Ich weiß Bescheid. Über das Gröbste. Inspektor Riwal hat mich informiert.«

Dupin war froh. Er hasste diese Zusammenfassungen. Besonders in diesem Fall.

»Das alles ist sehr – tragisch.«

Dupin hörte ihr an, dass sie etwas ahnte.

»Das ist es, Nolwenn. Tragisch.«

»Die arme Solenn Nuz. Unvorstellbar.«

Dupin überlegte kurz, etwas mehr zu sagen. Aber er fühlte sich nicht in der Lage.

»Sie können mir die Einzelheiten heute Nachmittag oder ein anderes Mal erzählen, Monsieur le Commissaire. Sie sollten nur den Präfekten anrufen. Er versucht es im Fünfminutentakt.«

Ja, das würde er jetzt. Eine kleine Pause entstand.

»Gut, Nolwenn.«

»Gut, Monsieur le Commissaire.«

Es lag in diesen Worten etwas Feierliches. Eine Art Abschluss. Nein, anders: Sie hatten, ohne irgendetwas auszusprechen, eine Art Abschluss hergestellt. Was Dupin seltsam froh machte.

Er legte auf. Und ging weiter. Geradeaus, weiter auf Bananec zu. Entschiedenen Schrittes. Er wählte die Nummer. Es dauerte keine Sekunde, und der Präfekt hatte abgenommen. Dupin hielt den Apparat ein Stück vom Ohr entfernt, er wusste, was ihn erwartete. Der Präfekt brüllte in einem seiner wohlbekannten cholerischen Anfälle so laut, dass Dupin dessen Worte auch noch aus mehreren Metern Abstand zum Telefon tadellos verstanden hätte. Er hielt den Hörer in sicherer Entfernung und ließ den ersten Furor, in dem er unter anderem etwas wie »sofortige erneute Versetzung« verstand, abklingen. Er wartete sodann, bis er eine minimale Pause ausmachte, und fuhr mit eindrucksvoller Geschwindigkeit dazwischen:

»Der Fall ist gelöst.«

Länger hätte der Satz nicht sein dürfen. Seine Wirkung war durchschlagend. Einen kurzen Moment passierte gar nichts, es war totenstill.

»Äh. Sie meinen, der Fall ist geklärt? Sie haben den Mörder?«

Der Präfekt klang verwirrt.

»Wir haben den Täter.«

Wieder dauerte es, bis der Präfekt antwortete. Er musste sich nervlich vollständig neu organisieren.

»Es ist alles geklärt?«

»Alles geklärt.«

»Ich kann vor die Presse treten und den Erfolg der Ermittlungen vermelden?«

»Sie können vor die Presse treten und den Erfolg der Ermittlungen vermelden.«

Auf diesen letzten Punkt lief am Ende sowieso immer alles hinaus. Sobald der Präfekt verkünden konnte, dass seine Ermittlungen zu einem raschen Erfolg geführt hatten, war er zufrieden. Dupin hatte es inzwischen oft genug erlebt.

»Ich werde für heute Nachmittag«, er schien unschlüssig, »für den frühen Nachmittag eine Pressekonferenz einberufen. Kann ich das, Dupin?«

»Das können Sie.«

»Und wer war es?«

Immerhin. Das interessierte ihn doch am Rande.

»Es ist eine sehr traurige Geschichte, Monsieur le

Préfet. Vor zehn Jahren haben Ihr Freund Yannig Konan und Lucas Lefort in einem Sturm Jacques Nuz, den Sohn von Pascal Nuz und Ehemann von Solenn Nuz, ertrinken lassen. Vorsätzlich. Sie haben sich …«

»Ich will wissen, wer der Mörder ist.«

So weit ging das Interesse also nicht.

»Pascal Nuz. Sein Vater. Er hat den Mord an seinem Sohn gerächt. Er hat vor drei Monaten erfahren, dass es eigentlich Mord war. Nach zehn Jahren. Aber der Schmerz scheint immer noch unverändert gewesen zu sein.«

»Wie alt ist dieser Monsieur Nuz?«

»Siebenundachtzig.«

»Er hat mit siebenundachtzig einen mehrfachen Mord geplant und ausgeführt? Allein?«

Dupin zögerte keinen Moment mit der Antwort.

»Wir haben sein vollständiges Geständnis. Und das korrespondiert mit allen Fakten, die wir kennen.«

»Er hat ein Geständnis abgelegt? Wunderbar. Dann steht die Pressekonferenz ja. Und dieser verschwundene Arzt?«

»Pascal Nuz hat ihn weit draußen vor den Glénan gezwungen, über Bord zu gehen. Er wird ertrunken sein.«

»Warum hat er das gemacht?«

»Le Menn hat damals tatenlos mitangesehen, wie Konan und Lefort Jacques Nuz haben ertrinken lassen. Um das zu verstehen …«

»Das werden Sie mir im Detail erklären. – Natürlich brauche ich alle Details. Aber nicht jetzt.«

Natürlich.

»Und noch was, Dupin!«

»Ja?«

»Es ist nicht korrekt, von Monsieur Konan als meinem Freund zu sprechen. Berücksichtigen Sie das. Nicht jeder, den ich kenne, ist ein Freund von mir.«

Es war ekelhaft. Dupin reagierte nicht.

»Um eine Schatzsuche ging es dann also nicht.«

Dupin war sich nicht sicher, ob das eine nüchterne Feststellung oder ein süffisanter Kommentar gewesen sein sollte.

»Nein. – Wir wissen zwar, dass zwei der drei Toten auf alle Fälle Schatzsucher waren und dass sie in den letzten Monaten auffällig häufig zu einer bestimmten Stelle fuhren und dass Unterwasserarchäologen in dem Gebiet um die Glénan noch viele gesunkene Schiffe vermuten – aber darum ging es bei diesem Fall nicht, da haben Sie recht.«

»Eine bestimmte Stelle, sagen Sie?«

Die Nachfrage war prompt gekommen. Dupin musste grinsen.

»Leider konnten wir sie nicht genau bestimmen. Aber es hat sich ja nun erledigt.«

Der Präfekt schwieg, man konnte förmlich hören, wie es in ihm arbeitete. Aber er besann sich anders.

»Und was ist mit Monsieur le Directeur Le Berre-

Ryckeboerec? Und dem Bürgermeister von Fouesnant, Du Marhallac'h? Er gilt eigentlich als ein vernünftiger Mann, er …«

»Korruption, die Beweise sind erdrückend. Kadeg hat sich dieser Sache angenommen.«

Dupin würde keinen Millimeter weichen. Niemals.

»Ist das so? Die Beweise sind eindeutig? Denkt Kadeg genauso darüber?«

»Absolut.«

»Sie glauben, der Staatsanwalt wird es auf keinen Fall anders sehen können?«

»Auf keinen Fall.«

Der Präfekt schien kurz nachzudenken.

»Wenn das so ist, ist er ein schwarzes Schaf und wird hoffentlich eine strenge Strafe erfahren.«

»Und der Direktor des Instituts«, Dupin wusste, dass dies seine schwache Stelle war, sah aber keinen Grund, sich jetzt diese Blöße zu geben, »hat die Vorschriften zum Verkauf von Forschungsergebnissen, Lizenzen und Patenten des Instituts in einer belegbaren Vielzahl von Fällen manipuliert und dem Institut damit wirtschaftlichen Schaden zugefügt.«

Dupin wusste auch, dass sie dafür noch keinerlei Beweise hatten. Im Moment war ihm das egal.

»Wir ermitteln, ob eine Vorteilsnahme vorlag und, falls ja, in welcher Form. Ich bin mir sicher, dass wir etwas finden.«

»Ein sehr unangenehmer Bursche. Ich hatte in den

letzten beiden Tagen wiederholt mit ihm zu tun. Mit ihm und seinen Anwälten. Sie hätten wirklich …«, die Stimme des Präfekten war bei diesen Sätzen wieder ein Stück angeschwollen, manchmal kam es dann zu einem zweiten Ausbruch. Aber nicht dieses Mal.

»Was ich sagen wollte: Sie werden mich ab jetzt regelmäßiger über den Stand der Dinge unterrichten, wenn Sie sich in Ermittlungen befinden. Vor allem bei Fällen solcher Art. Haben Sie das verstanden?«

Dupin reagierte nicht. Er war fast am Ende Bananecs angekommen. Auf einem lang gestreckten, mit Gräsern bewachsenen Streifen Land, dessen Traumstrände hier, genau wie am westlichen Ende von Saint-Nicolas, zu einer weiteren kleinen, bei Ebbe angehängten Insel führten. Dupin ging weiter. Der Präfekt schien sein Schweigen als devotes Erdulden seiner Vorhaltungen gedeutet und damit sein Ziel erreicht zu haben.

»Aber das ist jetzt im Augenblick nicht unser Thema – richtig, mon Commissaire? Jetzt geht es um den gelösten Fall. Und das haben wir gut gemacht!«

Das war der rote Knopf bei Dupin. Signalrot. Wenn der Präfekt ihn am Ende eines Falles mit »mon Commissaire« ansprach und in den Plural überging.

»Sagen Sie mir, wann können Sie hier sein, Commissaire? Wegen der Pressekonferenz. Ich könnte sie natürlich ohne Sie abhalten, wenn es nicht passt, aber wir müssten uns zumindest – eingehend besprechen, damit ich die Details kenne. Ich müsste …«

»Hallo? – Hallo, Monsieur le Préfet?«

Bereits am Ende von Saint-Nicolas war die Verbindung instabil geworden, es hatte hin und wieder gerauscht und ein paarmal hatte er den Präfekten für Sekunden nicht gehört.

»Dupin? -lo?«

»Ja, Monsieur le Préfet?«

»Ich – nicht mehr. Ich muss – Informationen – unbedingt das –.«

Dupin hatte noch einen Schritt zugelegt. Mit Erfolg. Die Verbindung war vollständig zusammengebrochen.

Noch ein paar Meter und Dupin stand auf der flachen Sandanhäufung vor Bananec, die ganz sicher nicht einmal als »Inselchen« geführt wurde. Zur Sandbank von Guiriden, an der er gestern vorbeigefahren war, waren es noch etwa vierhundert Meter, von dort ungefähr noch einmal dieselbe Entfernung bis nach Penfret.

Dupin schaute sich um. Es war ein unglaubliches Panorama. Er stand auf einem Rest Sand, den die auflaufende Flut unaufhaltsam einnahm. Vollkommen im Nichts. Im Ozean. Wenn er sich einmal um sich selbst drehte, sah er den gesamten Archipel, hier verdeckte keine Insel die andere. Heute wirkten sie alle unfassbar nah. Gedrängt fast, penibel kreisrund aufgereiht. Als hätten sie sich neu angeordnet. Die Luft war ungeheuer klar.

Dupin machte ein Boot aus, das offensichtlich von Saint-Nicolas kam und, so schien es ihm, auf ihn zuhielt. Zuerst hatte er gedacht, dass es die Durchfahrt zwischen Bananec und Guiriden anvisierte, aber dafür kam es doch zu deutlich auf ihn zu. Es war ein spitzes, schmales Boot. Jetzt erkannte er es. Es war die *Bir.* Er sah Goulch auf seinem erhöhten Kapitänsstand. Im Bug die beiden jungen Polizisten. Dupin griff nach seinem Handy, bis ihm einfiel, dass er hier ja tatsächlich keinen Empfang hatte. Goulch machte ihm Zeichen mit beiden Händen. Nach einem kurzen Moment der Verwirrung verstand Dupin. Goulch wollte ihn an Bord holen, mit aufs Festland nehmen.

Dupin hatte eigentlich vorgehabt, noch einmal ins *Quatre Vents* zu gehen. Noch einmal Solenn Nuz zu sehen. Aber vielleicht war das keine gute Idee. Es war vielleicht nicht der geeignete Zeitpunkt dafür. Er würde ohnehin sehr bald noch einmal mit ihr sprechen müssen. Schon wegen der Formalitäten, wegen des Berichts. Der offiziellen Aussagen. Dupin hatte sich gestern geschworen, nicht ein einziges Mal mehr einen Fuß auf ein Boot zu setzen. Sich nur noch per Hubschrauber zu bewegen. Der Vorteil des Bootes wäre jedoch: Er wäre rasch zurück. Und die *Bir* könnte ihn genau dort absetzen, wo er hinwollte, er würde keine Zeit verlieren. Und sein Interesse, das schon fast einer Sehnsucht gleichkam, ohne Verzögerung dort hinzukommen, war groß. Es war Viertel nach eins. Es würde gerade noch so hinhauen.

Das Beiboot war schon zu Wasser gelassen, an Bord befand sich einer der beiden jungen Polizisten in den übergroßzügig geschnittenen Funktionsuniformen.

Vier, fünf Meter vor seinem Fast-Inselchen machte das kleine Boot halt. Erwartungsvoll und freundlich sah ihn der Polizist an. Dupin verstand. Und dieses Mal setzte er sich kurz hin, zog Schuhe und Socken aus, krempelte die Hose hoch – und schritt ohne Zögern durch den Atlantik. Zwei Minuten später war Kommissar Dupin an Bord der *Bir.*

Goulch nickte dem Kommissar zu, Dupin wusste nicht genau, was es bedeutete, aber es schien viel zu bedeuten. Ein tiefes Einvernehmen. Dupin nickte zurück, mit der gleichen reduzierten, vielsagenden Kopfbewegung.

Umgehend nahm das Boot Fahrt auf. Kommissar Dupin stellte sich ins Heck, hinter den Kapitänsstand. Die beiden Polizisten standen ziemlich genau in der Mitte des Bootes, rechts und links an der Reling.

Dupin fiel das alles schwer. Dieser Fall. Die »Auflösung«. Auch seine eigene Entscheidung. Die Entscheidung, es bei dem zu belassen, was formuliert worden war. Was aber nicht der Wahrheit entsprach, da war Dupin sich sicher. War das richtig? Er dachte an den alten Mann. Er dachte an Solenn Nuz. An Nolwenns Worte. Dass die Glénan ihr Reich seien. Ein magisches Reich. Und daran, dass Solenn Nuz einen Traum gehabt hatte, gemeinsam mit ihrem Mann. An diesem Ort zu leben. An *ihrem* Ort. Diesen Traum hatte man ihr brutal genommen. Für immer. Was hatte Solenn Nuz verdient? Sie würde allein sein, ihr Leben lang. So oder so.

Dupin war klar, dass er es sich zu einfach machte, wenn er die Frage nach dem »richtig« als die »falsche Frage« abtat. Denn es war eine grundlegende Frage, aber: Vielleicht war es nicht die einzige? Oder es gab zwei wahre Antworten. Vielleicht war er, Georges Dupin, in eine unlösbare Lage geraten. Die gab es.

Dupin merkte, wie unendlich müde er war. Wie vollkommen erschöpft. So sehr, dass ihm sogar das Bootfahren auf offenem Meer bei starkem Seegang und vollem Speed nichts ausmachte. Er sollte aufhören zu grübeln. Das führte in seiner Verfassung zu nichts. Dieser Fall, das wusste er, würde ihn noch lange, sehr lange begleiten.

Die Inseln hatten eben noch scharf umrissen hinter ihnen gelegen, fast greifbar, und jetzt, nur wenig später, waren sie mit einem Mal nur noch nebulöse Silhouetten, die mit jedem Meter, den die *Bir* dahinraste, diffuser wurden. Seine Augen suchten angestrengt den Horizont ab. Er hätte jetzt schon nicht mehr sagen können, ob es nicht lediglich Schwaden über dem Meer waren, die er da sah – Dunst, diesige Reflexionen von Licht auf dem grell glitzernden Meer an einem dieser silbrigen Tage. Die Glénan hatten sich wieder im unendlichen Nichts aufgelöst. Sie waren verschwunden.

Es war Viertel nach zwei, als Dupin das *Amiral* betrat. Er war über den langen, steinernen Quai gelaufen, wo ihn die *Bir* an Land gelassen hatte und an dessen Ende die großen Parkplätze lagen, die malerische Altstadt und auf der anderen Straßenseite das Restaurant.

Girard stand hinter der Theke und war mit einem imposanten Messer und einer hauchdünnen Tarte aux Pommes beschäftigt, die letzten Mittagsgäste waren längst beim Dessert. Er hatte den Kommissar sofort gesehen und rief einen der Garçons herbei, dem er das Messer übertrug.

Mit nicht geringer Erleichterung sah Dupin, dass sein Stammplatz frei war. Der Tisch links hinten, ganz in der Ecke der Brasserie, von dem aus man alles sah. Die Menschen im Restaurant, die Menschen draußen auf den Plätzen, vor allem auch: die drei Häfen. Den neuen Jachthafen rechts, links den Hafen der lokalen Fischer und dahinter den großen Hochseehafen. Und zwischen den Häfen die alte Festung, die seit fünfhundert Jahren allem trotzte, von niemandem je eingenommen worden war, und an deren dem *Amiral* zugewandten Mauer eine große Sonnenuhr befestigt war. Darunter glänzten die Worte: »Le temps passe comme l'ombre« – »Die Zeit flieht wie der Schatten«. Manchmal nicht, dachte Dupin, manchmal bleibt sie für immer stehen.

Unbesiegbar war sie, unzerstörbar, diese Festung. Alles an ihr vermittelte, dass sie für immer dort stehen würde. Dupin war heute froh, in ihrer Nähe zu sein. So unerschütterlichen Halt zu haben.

»Geschafft? Sind Sie durch?«

Girard stand neben ihm.

»Ich bin durch.«

»War es schlimm?«

»Schlimmer.«

Girard blickte ihn mit einem warmen, aber unpathetischen Blick an.

»Ich habe – echte Delphine gesehen.«

Dupin musste lächeln. Er hatte diesen absurden Satz eher geflüstert, wusste aber, dass Girard, selbst wenn er ihn gehört hätte, ohnehin nichts dazu sagen würde.

»Entrecôte frites? Roten? Wie immer?«

»Unbedingt.« Ihm fiel noch etwas ein: »Und bevor ich es vergesse: Ich habe morgen Abend Besuch. Ich bräuchte einen Tisch für zwei. So um acht.«

»Notiert.«

Kommissar Dupin lehnte sich zurück. »Wie immer.« Das waren sie. Die Worte, die alles gut werden ließen. An diesem Tag. Am Ende dieser Tage. All dieser Dinge. So war es. So war es wirklich.